/ SHAN / BIAN /

滇越铁路三部曲之一

中国铁道出版社有限公司
CHINA RAILWAY PUBLISHING HOUSE CO., LTD.

图书在版编目(CIP)数据

嬗变:滇越铁路三部曲之一/王福永著. —北京:中国铁道出版社有限公司,2019.8

ISBN 978-7-113-25801-6

Ⅰ.①嬗… Ⅱ.①王… Ⅲ.①长篇小说-中国-当代 Ⅳ.①I247.5

中国版本图书馆 CIP 数据核字(2019)第 118528 号

书　　名:**嬗　　变**

作　　者:王福永

责任编辑:乔建华　　　**编辑部电话**:010-51873005

封面设计:闰江文化

责任校对:王　杰

责任印制:赵星辰

出版发行:中国铁道出版社有限公司（100054，北京市西城区右安门西街 8 号）

网　　址:http://www.tdpress.com

印　　刷:三河市兴达印务有限公司

版　　次:2019 年 8 月第 1 版　2019 年 8 月第 1 次印刷

开　　本:710 mm×1 000 mm　1/16　印张:24　字数:380 千

书　　号:ISBN 978-7-113-25801-6

定　　价:56.00 元

序言

米轨上的嬗变

"'人是会有变化的。'王诚如送走张志刚后，冷不丁地从脑海里冒出这样一句，好在大家都已经散开，没有聚在一起，谁也听不见他的话。"这是王福永长篇小说《嬗变》中张志刚的得意门生王诚如看见自己的行政对手邢明棠与张志刚握手时的一个细节和心理描写。冷不丁的一句话，折射出了王诚如的狭隘心理和理性背后的"疼痛隐忍"。

"人是会有变化的。"《嬗变》写得就是人的变化，在人的变化中，凸显时代背景和事业的变化。时代与事业的变化是有声有色的，而人的变化则是悄无声息的，正如"谁也听不见他的话"一样，《嬗变》中王诚如等所有人的变化，都是在谁也听不见，却能够品味得到的静默中发生的变化。小李的变化悄无声息，突然一声巨响，才发现变化一直存在，像岩浆一样存在于人的内心，存在于小李的内心。一声血光飞溅的爆炸，是内心聚变的爆燃，是对静默嬗变的提示与警告。小李的恋人要求小李调出深山小站，否则就一刀两断。小李在静静的努力中，对恋人的情感发生变化，由爱生怨，由怨变恨。当调动不能如期实现，恋人下最后通牒时，小李的内心或者说是人性聚变，抱着恋人引爆了绑在身上的炸药。作者把小李人性聚变的案例设置在《嬗变》的开篇，其警示意义不言而喻。但遗憾的是，那一声血光飞溅的爆炸之后，嬗变却又从三个实习生的到来而悄悄地开始，在两条不能交汇的米轨线上悄然发生。

《嬗变》的叙事脉络，是三个实习生的成长经历。通过王诚如、李文林、赵向南三个实习生的故事，全景式地、历史地把阿迷铁路分局的改革发展、故事情节、人物性格传达给读者。嬗变是人的嬗变，人的嬗变源于自然和社会生活环境的变化。王诚如、李文林、赵向南三个实习生一起来到阿迷铁路分局迷哈地车站的时候，分别在车务、工务、电务跟着师傅实习，这时候的三个人，都是刚来的大中专学生、实习生，都是一个站上的年轻人，没有级别之分，没有高下俯仰，三个人清纯如水、亲密无间。而随着时间的推移，工作的变动、职务的升迁、自然和社会生活环境的差异，清纯如水、亲密无间的三个人之间，在看似人不变、情不变的吃吃喝喝中，掺杂进了难以言说的隔膜和变化。

内向型的赵向南，是个学者型的人才，不善言语，不善交流，该喝酒喝酒，该工作工作，尽管后来做了总工程师和副主任，仍然一门心思做学问，把精力放在技术管理和科研上，与王诚如他们搭不上话，插了句嘴，就被王诚如黑脸呵斥："这样偷听不好！"在王诚如的眼里，亲密无间的好友赵向南已经成了"这小子"，居高临下，俯视赵向南了。也许是赵向南有点"道不同不相为谋"的想法，直接考研上大学去了，淡出了"亲密无间"的朋友圈。

李文林属于端起酒来就干的外向型性格，但又软弱胆小，什么事都依赖王诚如，什么事都问王诚如，把王诚如看成老大哥，与王诚如无话不说，王诚如让劁鸡就不骟狗，也确实得到了王诚如的帮助，当上了盘溪电务段的副段长。但副职还是受制于正职，李文林希望同是副职但已经主持工作的王诚如转正，到盘溪来领导他们工作。李文林是真心的，却被王诚如劈头盖脸的臭骂一顿，王诚如怎么可能到一个偏远的电务段去呢？而李文林也因为自己酒后乱性，成为王诚如眼中的"透明人"而抬不起头来，总是借故避开王诚如他们的聚会和活动，成了只扫自己门前雪，不管他人瓦上霜的平淡副段长。

倒是王诚如，是三个实习生中变化最大最快的亮眼星星。王诚如与赵向南、李文林一起到迷哈地报到的时候，腼腼腆腆的不会喝酒，喝下杨老六的一碗“欢迎”酒后就烂醉如泥。醉过一回的王诚如就不怕再醉，仿佛一夜之后就会喝酒了，而且喝酒的能力噌噌地往上长。王诚如运气不错，一路上得到张志刚赏识，在三个实习生中，第一个离开工区，第一个晋职当领导，无论是任副职还是任正职，都是当时最年轻的副职和正职。王诚如可谓是顺风顺水，如鱼得水。王诚如的风是张志刚，水也是张志刚。王诚如这条“鱼”之所以得到张志刚之“水”的滋养，靠的是赵向南、李文林所不具备的三个“才能”：一是理性，二是乖巧，三是心机。王诚如的腼腆斯文中具有理性的思考，他把什么事都藏在心里，当说则说，不当说就让他烂在心里。“文林，有些事糊涂一点对你只有好处，不要去和谁斗，现在我们的翅膀上连毛都没有，稍有风吹草动就会伤及筋骨！”从王诚如对李文林说的话中可以看出，王诚如的理性也不是本真的，而是装出来的“糊涂”，但装得让张志刚喜欢。文化不高但干实事的张志刚，除了喜欢王诚如的总结报告等材料写得好，还喜欢王诚如的乖巧。乖巧，使张志刚像喜欢宠物一样喜欢王诚如。无论什么时候，王诚如在张志刚面前总是感恩戴德和佩服顺从，每一句话都是张志刚口渴时的木瓜凉水、饥饿时的面包、疼痛时的止疼膏药。然而，在王诚如理性和乖巧中，包藏着极大的心机。如果说理性和冷静是为了审时度势，那么乖巧则是为了利用。王诚如顺从张志刚，感恩张志刚，赞美张志刚，都是为了“背靠大树好乘凉”，都是为了张志刚之“水”的滋养。王诚如有了张志刚这棵大树，不仅可以办成很多大事，还可以对李文林他们颐指气使。王诚如可以受宠于张部长，却又容不得张部长关心其他人，张志刚与邢明棠握个手，王诚如马上心生“人都是会变的”的忧虑，张志刚年届退休，王诚如又发出“我们没有多少可以依赖的对象，张部长没有多长时间就要退休了”的感叹。王诚如的忧虑与感叹，使读者感觉到他的理性和乖巧，只不过是包藏心机的彩色包装。

在人性深处，精神层面是彼此趋同的，在这个趋同的过程中，往往因为“趋同”而产生“近”或“远”，于是便有了“变”，或者叫“嬗变”。维护自己的利益，做自己的人，如李文林感叹的“利益面前无兄弟啊”。从人性精神趋同的角度理解，赵向南、李文林和王诚如的聚与散、近与远，这些变都是正常的，这就是社会生活的多彩和精彩之处。

小说的任务是在一定的自然和社会环境下刻画人物，塑造人物形象。《嬗变》以改革为线，以干部职工的工作、学习和生活为面，串写阿迷铁路分局的改革发展史，展示阿迷铁路分局的改革发展成果，刻画阿迷铁路分局改革发展中的人物形象。《嬗变》的出场人物，有名有姓的人物有四五十人之多，但有的人物是过眼烟云，有的人物是从始至终，其中着墨最多又从始至终的人物是王诚如、李文林、张志刚、马公安、张山明、赵向南、郝卿明等等，但人物形象的刻画和塑造，不在于笔墨多少，而在于生动形象。小李引爆炸药、郝卿明命令推翻车厢以保障铁路畅通等细节，笔墨不多，但他们的形象从不多的笔墨中跃然而出于读者面前。相反，王诚如、张志刚、李文林他们的笔墨很多，除了给读者他们爱开会、能开会、会开会，讲话一二三、材料一二三的印象外，他们的形象很难鲜活起来，倒是王诚如臭骂李文林、李文林与马丽喝酒、马公安破案、栗莉指挥演唱等等细节反而显得鲜活有趣、生动形象，特别是张志刚走出礼堂，仰望满天星斗的造型，把张志刚融入诗情画意之中，不仅刻画了张志刚反顾人生的苍然形象，又给读者拓展了回味的空间。

《嬗变》基本是以会议贯彻会议的方式结构故事、推进情节，没有刻意的环境和景物描写，即便是写会议，也少有会议场景的刻意描写，开会就是开会，不是学习传达贯彻文件精神，就是布置工作总结经验。会议之外，车来车往、扳道维修、巡线检查就是铁路职工的工作和生活，简单重复、枯燥乏味。而喝酒似乎成为铁路职工打发日子，消遣寂寥的最好方式。于是，《嬗变》几乎是一部泡在酒里的小说，章节之间弥漫酒香，字里行间散着酒气，酒杯的清脆不绝于耳，劝酒的真诚令人心动，从工区到站点，从站点到路段分局，无处不是相聚觞酒，盏声频频。作者设置这么多的酒局，着墨这么多的酒局，其用心怕是“醉翁之意不在酒”，而在于反衬铁路职工简单重复、枯燥乏味、艰辛寂寥的生活环境吧。

《嬗变》是一部非虚构纪实小说，是一种介于方志、史记与小说之间的文本，即在事件真实的基础上，以改革发展为主线，以干部尤其是年轻干部的提拔使用和小李、王诚如、李文林、张山明的恋情为辅线，主辅线并进，板块式组合，项链般串联，全景式的再现阿迷铁路分局四十多年来的改革、建设和发展的历程，深刻揭示铁路四十年波澜壮阔的奋斗历程。所涉事件包括对越南自卫反击战、整顿党的作风和组织建设、大包干、行政负责制和党委核心作用与全心全意依靠工人阶级、滇越铁路通车八十年、机构撤并、安全、干部年轻化、铁路大提速、安全标准线建设、中越国际联运、三项制度改革、安全风险控制、滇越铁路通车一百周年、高铁入滇、文物保护、米轨开发等，这些事件基本属实，但人物全部虚构。《嬗变》的非虚构性在于它的编年体方式，开篇的第一句话便是“1982 年 7 月 25 日星期日下午四点”，在接下来的叙事中，每一次会议、每一个事件、每一次活动、每一次谈话，甚至每一次饭局，几乎都具体到年月日时，甚至具体到分。《嬗变》的非虚构性，还在于场景的真实性，如开远、蒙自、个旧、建水、石屏和迷拉地、迷哈地、草坝、碧色寨等等。非虚构作品的真实地点和具体时间，增加了作品的真实性，拉近了读者与作品的距离，使读者有身临其境，参与其中的真实感、亲近感和亲切感，刺激着读者的阅读欲望。

《嬗变》的作者王福永是铁路职工，直接参与体验了铁路改革发展的过程，熟悉铁路职工的生活，熟悉铁路系统的工作环节和联系，加之他又参与过《云南铁道志》《云南铁道》《滇越铁路百年史》《滇越铁路史画》《建水古城小火车》《百年个碧临屏铁路》《车与人》等图书杂志的撰写编辑工作，探究的视角触及云南铁路发展的每一个历史节点，触及铁路人的内心世界，占有得天独厚的生活基础和资料优势，熟悉铁路每一颗道钉的作用和铁路人的精神世界，所以，写铁路题材的小说对他来说驾轻就熟。刚才听说他想写该题材小说，不久就把即将由中国铁道出版社有限公司出版的铁路三部曲之一《嬗变》初校稿递到了我手中，对此，我倍感惊羡，捧读再三，感受铁路改革发展的生动画面、蓬勃生机和辉煌成果。想写，是胸有成竹的创作冲动。米轨上的嬗变会越变越好，相信在接下来的之二之三两部作品中，王福永会给读者展示更加精彩的铁路改革发展的史诗画卷。

是为序。

张绍碧

中国戏剧家协会会员、建水县原文联主席

目　录

车站响起爆炸声

1982 年 7 月 25 日星期日下午四点，迷哈地车站站长杨老六分头通知电务、工务工区的工长到自己家吃晚饭，目的是迎接今年分来的几个大学生。

据杨老六得到的消息，今年迷哈地车站共分配来三个大中专生，车务、工务、电务各一名。

“真是不容易啊，快二十年了。”杨老六自言自语，但掩饰不了内心的激动。身为一站之长，尽管在站区的各个单位分属不同的管理体系，但杨老六作为召集人已约定俗成。

681 次旅客列车在迷哈地车站停车时间已过，可车还没来。

“你问一问白寨，正点到达时间是下午五点三十九分，已经过了点，到底是怎么回事?”杨老六当着工务工长白小七和电务工长张山明的面向车站值班员小李吼道。

小李在该站已经工作三年了，对杨老六的声音已经习惯了，自然地拿起站间电话。

一分钟后，小李向杨老六解释说：“火车从白寨出站后 300 米左右，撞上了一头牛，目前正在处理，预计三十分钟后才能发车。”

算一算距离，杨老六估计一小时后才能到达迷哈地。杨老六、白小七、张山明三人叹了声气，转身往各自的住处走去了。

迷哈地车站按照铁路上的作业标准来说，属于四等站，可以进行简易的列车解编。包括车站及各个专业人员在内，不超过 50 个人。车站被大山包围，常年气温都在 20℃以上，夏季气温几乎都保持在 30℃以上。车站对面有条河，大约宽 100 米左右，没有桥梁，要到对面的公路上必须走大约 5 千米铁路才能转到公路上。车站方圆 5 千米内没有任何人烟。

“铛、铛”，敲击钢轨发出的声响在车站上空格外响亮。

“杂种，车都快到了，也不告诉我一声。”杨老六急急忙忙从家里跑出来往站台上小跑，并嘴里嘟囔着。

“呜”，火车的叫声预示着列车已经进入车站。

杨老六一边回头看火车，一边看到小李几乎赤身裸体出来迎接列车。只见小李穿着一件大花短裤站在站台上，右手摇着小绿旗，中间的大花裤随风摆动，小腿跟着旗子成相反方向抖动。

“丢人。”杨老六骂了一句。东方红 21 型机车稳稳当当地停在了小李正对面。

杨老六没有时间去纠正小李的违规行为，急忙跑向 6 号车厢去接新分来的大中专生。之前车务段教育室已经告诉杨老六，大中专生坐 6 号车。

实际上根本不用他们告诉杨老六，整个列车几乎没有其他乘客，下车的人不是去外站工作坐车回来的，就是来检查工作的，提着行李的一定是新职工。

“走，走，先去吃饭。”已经将近晚上七点了，杨老六、白小七、张山明急忙招呼新来的三个年轻人。

杨老六家离运转室不远，过了上行扳道房，爬上 39 级台阶就到了。

杨老六家在一楼，三个大中专生被安排在二楼。由于车站不大，大部分职工都住在离车站不远的三栋青砖房里。

“楼上开着门的三间房就是你们的宿舍，住哪间你们自己决定，放好行李就下来。”杨老六边吩咐边张罗着吃饭。

杨老六家是一居室，为方便做饭，在窗子外面搭了个十多平方米的厨房。远远望见杨老六他们走过来了，杨老六的妻子急忙地将简易的桌子从厨房里搬出来。

一会工夫，桌子上已经摆满了各式各样的菜。

“马公安……”杨老六扯着嗓子向后面的那栋房屋大吼。

“来啦。”声音从后面传来。

“坐，坐，都坐下，我们边吃边介绍。”杨老六招呼大家坐了下来。

桌上摆满了用各种碗和盘装满的菜肴，本身不大的桌面看上去更显得小了。吃饭的餐具只能放在地上。

“每个人倒满一碗酒，边喝边自我介绍。我先来。”

杨老六端起盛满酒的小碗，喝了一大口。三个大中专生见状都愣了，不知道如何是好。

白小七、张山明相继作了自我介绍。

“我在派出所，姓马名功安，功劳的功，安全的安，大家习惯叫我公安局的公安。”说完也是一口把碗中的酒喝完了。

轮到三个大中专生，按照顺时针的方向，第一位站了起来。

“我叫王诚如。诚实的诚，如果的如，家在个旧，毕业于成都铁路运输学校，专业是运输管理。”王诚如腼腆地说着，看了看碗中的酒，又望了望杨老六。

“喝酒啊！”杨老六鼓励道。

“杨站长，我不能喝啊。”王诚如向杨老六恳求道。

“啊，酒嘛，开始都不能喝，慢慢就能喝了，而且醉一次酒量涨一两。”杨老六尽管语气比较平缓，但似乎不容置疑。

话都说到这个份上，王诚如也不好再说什么了，端起酒碗一口干。

“我叫……”还没等赵向南介绍自己，王诚如立马醉倒在地上。

“真不行，小七、马公安你们把王诚如扶到房间去。”白小七和马公安立即架起王诚如，把他拖到了楼上宿舍里。

“你叫什么？继续！”杨老六对着赵向南，自己端起酒碗喝了剩下的酒。

“我叫赵向南，来自禄劝县，彝族，毕业于西南交通大学，专业是铁路工程与机械管理。”说完之后，把酒碗一端，干了。

“好样的。”白小七为自己工务的人而自豪。杨老六抬了一下头，不自觉地转向张山明，狡黠地一笑。

“我叫李文林，来自石屏，毕业于长沙铁道学院，专业是铁道信号。”李文林端着酒碗说道，话音一落，酒碗见底。

“来，来，大家一起干一个，欢迎我们的大中专生们。”杨老六毕竟是搞服务工作的，把酒碗一端一语就化解了之前的不愉快。

一轮酒过后，气氛也就轻松了许多。像结对子似的，张山明与李文林、白小七与赵向南相互之间开始了对话。

杨老六没有了说处，就和马公安你一杯我一杯地喝着。他俩似乎是东一句西一句的没有调地说着。

“嘭”的一声巨响，打破了寂静的车站。

“卧倒。”马公安大声叫道。下意识里，马公安是绷着一根弦的。这里离越南边境直线距离不到 30 千米，从 1979 年对越自卫反击战之后的三年时间里一直不消停。

“不对，声音是从运转室方向传来的。”一分钟过后，马公安迅速判断道。

被惊醒了的杨老六立即会同马公安起身跑向运转室。其他几位也跟着他们跑向运转室。

运转室的灯在烟尘中还亮着，尽管烟雾弥漫但格外显眼。第一个冲进运转室的是马公安，但他立马又跑了出来。

跑出来的马公安和要进去的杨老六正好撞了个满怀。“里面没事。”马公安嘟囔着，但运转室是杨老六的地盘，他不能不管。

“老张，你看看你们的设备有问题没有？”杨老六转身向张山明吩咐道。

运转室里的设备使用者是车务部门，但维护部门是电务。张山明也不敢懈怠，立马查看起来。

“小李，你跑哪里去了？”杨老六在寻找运转室值班的小李时吼道。

正在找的工夫，马公安叫来了两个民警。他们手持电筒在运转室外寻找着。

“马公安，快看尸……尸体。”由于紧张地惨叫，在楼梯上的民警的声音都严重变音。随着叫声，电筒跌落，一个民警从楼梯上滚了下来。

捡起电筒后，马公安一人顺着楼梯向上爬，快爬到二楼时，看见一堆模糊的血肉撒满了楼梯口，血顺着楼梯在往下流。

马公安用电筒照了照楼梯旁边的上方，似乎有血肉在往下掉。

“太惨了。”参加过越战的马公安也不由地惊叫了起来，他随即迅速从楼梯上下来。

回到运转室门口，脸色铁青的马公安与杨老六紧张地商量着。马公安一抬头看见新来的两个大学生，马上有了主意。

“马上封锁现场，各个单位赶快回去清点自己的人。三个大中专生快回宿舍去，不要在这里妨碍我们办案。”马公安知道这种惨状如果让新来的三个大中专生看见了，会对他们的一生都产生影响。

布置完后，马公安叫其中一位民警赶快向公安处报告，请求处里派人来破案。与此同时，马公安与卫生所商量，尽快找个地方来安放尸体。

有关爆炸案的相关工作有序地进行着。

一小时后，迷哈地站区各个单位的负责人陆续传来信息，大部分的驻站单位没有人员不在的报告。

“杨站长，你们的人都在吗?”马公安似乎也感觉到运转室值班的小李不在，所以急忙向杨老六求证。

“还没有找到。”杨老六好像有不祥地预感。马公安又告诉大家都回去再认真核实一下，“看看这两天有没有新来站区的人，包括做客的人。”

马公安顺手拉着杨老六，打开电筒沿着楼梯往上走。

“是小李……”杨老六绝望地叫道，双脚不听使唤地摔倒在地上。

赵向南和李文林没有到爆炸现场，与杨老六妻子简单收拾好厨房后，上楼看看一起来的王诚如。

一看不打紧，整个房间被王诚如弄得污秽不堪。枕头、被子、蚊帐上都有他的呕吐物，身上也弄得很脏。赵向南和李文林赶紧分头行动。赵向南帮王诚如脱去脏衣服，把床上用品重新换上。李文林下楼打水，帮王诚如擦去嘴角上的污物。

忙碌一个多小时后，看看王诚如呼吸均匀，手脚也不是很冰冷，赵向南和李文林各自便回到自己的房间睡觉去了。

一大早，王诚如醒来，感觉肚子空空的，穿上衣服把赵向南、李文林叫起来。

一看时间，才是早上七点，食堂还没有开门。三个人顺着宿舍后面的台阶一步一步走上半山腰。站在半山腰上看迷哈地，有点像一个盆。整个车站就处在这个盆里，三条股道将铁路的不同系统隔开。除了半山腰上的两栋黄墙面的房屋，其余房屋几乎都处在一个平面上。

其实整个车站并不大，只是他们三个人刚来，对环境不熟悉。顺着车站半山腰的简易便道，他们一一认识了自己所在的单位。

工务工区处在下行方向进站信号机的上方 50 米处，工区是二十世纪六七十年代建盖的青砖房，共有 5 个房间，分别是工区会议、值班、材料等房，房间前面有长约 5 米、宽约 3 米的一块场地，房间两端种植着一些不知名的植物。赵向南点点头，“兄弟们，这就是我们奋斗的地方，以后互相关照。”说着便下到股道上，沿着钢轨向上行方向走去。

王诚如和李文林并没有多想，也跟着向前走。

由于他们走的是 3 道，在运转室正对面李文林和赵向南停顿了一下，王诚如对着他们说："那是我的地盘，不用看了。看看信号工区去。"

发生爆炸的事，王诚如并不知道。再说，站在 3 道外看运转室，也看不出什么变化，何况他们昨天才来，也不知道正常的运转室是个什么样。

走了大概五六十米，看见一个马蹄口型围成的小院子。在平行于股道边上的靠近 3 道房屋两端各有一个进出口。

进去一看，下行端垂直于 3 道一栋平房有两间，门上各自挂着通信、信号工区的牌子，工区对面是三间红砖房。

"这是我的。"李文林正要说话，转身一看，信号工区工长张山明从靠近股道的红砖房里走出来了。

"你们来这么早啊，上班时间是早上八点，没有吃早点吧。咱们到对面吃点。"张山明用手指了指股道方向。

三人应声着"好的，好的"，从出口方向往食堂走去。

食堂并不大，离股道不足 100 米，与股道垂直且刚好处于山脚的位置。

虽然已经是早上七点四十分，但在食堂就餐的人数并不多，三个大中专生被今天值班的食堂服务员小黄一眼就认出来了。

"你们先登记一下，写清姓名、单位和早餐数量。"小黄很有经验，知道刚来的职工的人事关系还都在段上，不可能一下就转过来。何况他们还是实习生，不一定就分配到这里。

"数量怎么填啊？"王诚如一脸认真的样子，问道。

"写一吧。"小黄说道。边准备三碗米线，边与他们解释，早餐每份按照 2 两粮票计算，8 分钱一碗，中餐和晚餐按照男的 4 两、女的 3 两粮票统计，到各自的段上每月结算一次。

"那我们每月有多少口粮？"赵向南端起小黄递来的米线，诚恳地问小黄。

"我看你们的登记，有车务段、工务段、电务段。车务段的人员一般是每月 30 斤，工务线路工是每月 42 斤，通信工也是每月 42 斤，信号工是每月 30 斤。"还未等小黄说完，三人就此事争论了起来。

"凭什么你可以吃 42 斤，我们俩只能吃 30 斤？"王诚如与李文林对着赵向南大声叫道。

听到他们的争论，小黄觉得好笑。小黄本名叫黄卫红，因为年龄都相差不多，她 1980 年高中毕业顶替母亲来到生活段工作，结果被分到迷哈地，3 年学徒都还未满就独自承担工作了。

“好了，你们慢慢再了解了解吧，我要准备收摊了。”小黄微笑着打断了他们的争吵。

走出食堂，三个人还在争论这个问题。实际上他们三个人在来这之前并不认识，只是 7 月初到阿迷分局报到时，三个人一起到的人事科，一起住在招待所一间三个人的宿舍，又不约而同地被各自的段分配到了迷哈地。

信号工区工长张山明已经站在 3 道上等待他们三个人。按照既定三名大中专生要到各自的单位参加班前会。班前会是铁路各个基层单位或者说是生产单位，在工作前任务交代、安全提醒和任务分配的会议。

“小王，你先回宿舍整理一下行李，回头我让小李来通知你参加站区的会议，小赵你到工务工区开会。”张山明对着王诚如和李文林说道。

在三个大中专生去吃早点时，杨老六打电话告知张山明，待会要开站区联席会以通报昨晚的事情，暂时也就不开班前会了，让他通知王诚如先不用到运转室。

信号工区房不到 20 平方米，李文林跟着张山明到了工区。工区值班室有 4 个人，2 个人坐在值班床上，其余 2 个人坐在长条木椅子上，还空着两把木椅子。

“这是我们新来的大中专生李文林，大家要多向他请教。”张山明一边说着，一边招呼李文林坐下。

“还请各位师傅多多指教。”李文林连忙客气地应道。

张山明一一做了介绍。“好在我们人不多，一会就熟悉了。”张山明说完就介绍起了工区的管辖范围和设备数量。

李文林一头雾水，好像没有听懂工长张山明在说什么。无论是连锁设备还是闭塞设备，对李文林来说，基本都没有什么印象。

张山明似乎也看出了李文林的懵懂，不再继续说设备的事了。

“一年实习期，你在这里估计不低于半年，我来带你吧。”张山明转移话题，谈起了段上教育室的交代。

这边在交代着实习的事情，工务工区白小七也在向赵向南介绍着相关事情。

不过，工务工区男男女女一共 15 个人，其中女职工 6 个人，加上新来的他达到了 16 个人。赵向南有点好奇：“工务工区的工作都是体力活，怎么会有这么多的女职工。”

赵向南在想这个问题的时候，女职工也在猜想：“这个小白脸怎么会学工务呢。”

白小七，自称有高小文化，招工时也没有参加考试，直接被招了进来。

“好了，不要再胡思乱想了。工区人多活也多，干一段时间就知道了。赵向南，你就跟着我干吧。”白小七对赵向南说道。

“散了，都忙去吧。”白小七挥挥手，工区的人陆陆续续地走出了工区。

“叮铃……”，电话铃声响起，白小七接起电话，一会工夫又放下。

“牛二，赵向南，跟我去派出所开会。”白小七向着已经走出大门的牛二大声喊道。

运转室旁边就是一个大房间，平常兼做候车室，两排木条做成的靠椅，大约可容纳 20 个人，当然也兼做站区大会议室。由于迷哈地车站周边没有居民，大部分时间没有旅客上下车，偶尔离车站 5 千米左右的苗族村寨的农民会来这里乘车。

铁路站区有个好的传统，站长一般兼任整个站区的联络人或者协调人，有事的时候一般都由车站站长召集。所谓的有事，可以理解为各个单位之间需要协调的事，或者联合工作需要协调的工作，或者有大灾大难等突发事件。因此，站区联席会议也没有规定具体时间，只要大家觉得有必要开了，站长便吆喝一声就到候车室里集合开会。

杨老六快 50 岁，尽管昨晚基本没有休息，但几十年的工作经历依然支撑着作为召集人的他要把今天的会议开好。杨老六清了一下嗓子，开始开会。

“今天把大家召集来开个站区联席会议，主要是通报一下昨晚发生的事情。各个单位的工长和班长们都来了，同时也把新来的大中专生叫来了，听一听也好。下面请车站派出所马公安先通报一下情况。”

马公安站在候车室的中间，开始了他的发言。

他说道，昨晚发生的事情让人很痛心，两个才 20 岁出头的年轻人瞬间就消失了。小李在1979年曾经参加过对越自卫反击战,1980年10月退伍后被分到了车站工作。在车站,小李工作很积极,对业务也爱钻研,基本能够胜任工作了。他也很有人缘,尽管脾气火爆,但和站区职工的关系都不错。他谈的这个女朋友也是个好人家的姑娘,在来车站之前他们就开始谈恋爱,差不多有三年了。小李平常也很少和大家谈起他的女朋友,偶尔流露出女朋友在阿迷州,只是女朋友一直要求他调上去。

我们初步了解姑娘这次是来与小李摊牌的,如果再调不到阿迷州就分手。小李三年学徒还未满,不要说调走,就是在这里工作还需要经车站考试合格后才能转正。在昨晚吃饭时小李已经和姑娘讲了这些道理,但姑娘对此很不高兴,说是当晚就要离开迷哈地。可一到晚上迷哈地没有班车,即便顺着铁路走出去,也没有到阿迷分局班车,一来二去各自赌气。

“姑娘叫什么名字?”王诚如听得云里雾里,张口问了起来。

“我们到现在也不知道姑娘确切的名字,会搞清楚的。”马公安看了一眼王诚如,继续介绍整个案情。

“据我们初步判断,小李身上绑了炸药,在说不通的情况下,一把抱住姑娘并点燃了炸药,一起同归于尽。

“至于小李身上的炸药有多少,是从哪里来的,目前我们仅靠简单的工具根本无法判定案情,细节的东西以后我们在上级的支持下,一定会给大家一个交代。今天做个简单的案情通报是想告诉大家,这不是一个破坏活动,和敌特也没有关系,初步认定这应该是一起情杀案件。请大家安心做好自己的工作,不要到处乱传。当然了,还请站区的职工把知道的一些情况向派出所反映,以便配合我们尽快把案情搞清楚。”

马公安说完,杨老六接过了话题。

“今天召集大家来开会,目的就是要稳定职工,搞好工作。刚才,马公安简要通报了昨晚的案情。事情出在我们车务,出在车站,对我们来讲不是什么好事,但作为站区召集人,我想说这样几点:

“第一,可以向职工们简单地通报案情,以免大家在下面乱猜。

“第二,通过此件事情也要向职工们,尤其是年轻职工讲清楚,恋爱可以谈,但要有正确的方式方法。

“第三,现在还处在雨季,同时我们基本处于战争前沿,各个单位要按照上级要求做好工作，不要因为这件事而分心，贻误工作。

“第四，有生面孔出现在车站，大家都要多个心眼，互相通气，及时向派出所的同志汇报。”

杨老六说完，大家都表态赞成。会后，大家议论着走出了候车室，不时也向运转室爆炸的方向瞅一瞅。

“王诚如，你等一下。”杨老六把王诚如留了下来。

杨老六和马公安简单交代了几句话后，转过来对王诚如说：“这几天我忙不过来，你先跟着扳道房的师傅学习扳道。”

在杨老六身后的扳道员窦春红立马来到了王诚如的对面，伸手拉着他就往扳道房走去了。

梦想走进现场

三个实习生开始了自己职业生涯的第一步。对于步出校门的他们来说，更多的是一种憧憬。其实，对他们而言想象与现实还是有较大的差距，有些还是巨大的差距。

李文林可能遇到的问题要多一些。

他跟着张山明一早就爬乘货车赶往白寨车站，开始去巡视。

一到车站，张山明告诉他，这是“格列特拉式”路签机。

李文林第一次听说这样的名称，又不好意思问，毕竟自己是信号专业的大中专生，起码的那点自尊或者说是虚荣在作祟。

“这是苏制信号闭塞设备，你在学校里肯定没有接触过。在这条线上，大部分都使用这种设备。”张山明似乎猜到了李文林的内心在想什么。

毕竟张山明也是毕业于中专院校，尽管他是下乡知识青年，是生产队和人民公社把他推荐去读的西南交通大学三年制大专。

“是的，张工长。我学的都是大站电器集中等比较先进的信号设备，来到这里好像得从头开始学！”李文林多少有些无奈和委屈。

当着白寨站站长的李卫兵的面，张山明从头到尾讲了一遍工作原理，李文林听得似懂非懂，这时闭塞电话响了起来。

李卫兵接起电话，边打电话边在路签机上捣鼓路签，不一会就取出路签，装入呈圆形状的路签套中。

“整个使用过程，就是我刚才与你说的工作原理，只不过车务是使用单位，我们是维修单位，出现问题都是维修人员的事情。”张山明用手指着路签机向李文林说道。

“有工作原理图纸吗？”李文林一脸认真地问道，既像是问张山明，又像是问李卫兵。

张山明并没有直接回答，用手指了指路签机，示意他自己去看。

果然，在路签机侧面画了几条方框式的直线与开关，这时李文林认真地看了起来。

“火车来了，我们去看交接。”张山明转身就向门外走去。

三分钟后，一列货车从前方车站慢慢驶来。李卫兵站在股道旁，单手将路签套举得高高的。货车司机顺手丢下一个路签套，手一弯钩，路签套的圆环正好夹在手背弯曲处，转眼间就放到了机车驾驶室里。

“司机未接着怎么办？”李文林追问李卫兵。

李卫兵看了李文林一眼，就轻描淡写地回答：“还没有这样的事情发生呢！”

张山明生怕李文林再问一些让他丢脸的问题，连忙伸手拉着李文林说：“我们去看看预告信号机。”

预告信号机离车站一般有 1.5 千米，来回约 3 千米。

就在李文林他们去看预告信号机，走在路上的时候，王诚如跟着他的师傅窦春红，正准备迎接从白寨过来的货物列车。

实际上，窦春红与王诚如年龄相仿，只不过王诚如在读书的时候，窦春红顶替父亲来到了车站，目前已经出师半年，自己可以独立值班了。

有时候，命运真的会开玩笑，明明大家都是同龄人，没曾想到成了师徒关系，而且这种师徒关系有点搞笑，低学历的带高学历的，你不服气还不行。

“火车快来了，我们还不扳道吗？”王诚如有点着急。

窦春红像个老师傅一样，一板一眼地说：“你以为扳道就那么容易吗？告诉你，扳错了会出事的。”话还没有说完，扳道房的电话急促地响了起来。

“70095 次列车先进 2 道再转 3 道。”窦春红重复着。

“直接进 3 道不就行了!”王诚如跟在后面嘟囔着。窦春红没有理他,站到道岔旁边用旗子发出扳道的旗语。

“咔嚓”一声,道岔被扳到 2 道上。王诚如在静默中等待列车到来。

“等会你来扳,2 道转换 3 道。”窦春红像是在发指令。列车停稳后,司机按照运转室的要求从 2 道直接出发,过了下行道岔后从 3 道退着过来,看到窦春红的旗语后,缓慢向上行方向驶来。

“扳动道岔,由 3 道转 2 道。”窦春红不容置疑地命令王诚如。

之前,窦春红给王诚如演示过,今天第一次由王诚如自己亲自操作,眼看机车缓缓驶来,王诚如用双手使劲地扳,也扳不动。窦春红一把推开王诚如,单手握住手柄,轻轻地扳了过来。

王诚如站在旁边,好像不服气,但也说不上来什么。

接下来,机车挂着 2 节车厢,来回在 2、3 道道岔间转换,王诚如只是在旁边看着,自己也插不上手,等到 2 节车厢放在 3 道,机车重新挂上之前的车厢,缓缓离开车站后,他们才到扳道房中休息。

说是去休息,实际上是窦春红在扳道房中数落王诚如。

“你那点小身板,可要多锻炼,要不一组道岔你都扳不动,如果换到大站去,有些是双动道岔、三动道岔,那你怎么办?那还不误了调车作业、误了列车通过。弄不好还会酿成车毁人亡的重大事故。你那书不是白读了吗?”

窦春红不停地数落着王诚如。此时王诚如感觉脸上火辣辣的,比在太阳底下暴晒还难受。

中午,王诚如与窦春红一起去食堂打饭。小黄招呼他们,王诚如也就是点点头,问要什么菜也不搭理,只是说和他(窦春红)一样,打完后端着饭碗悻悻地离开了食堂。

“怪!”小黄不理解他为什么会这样。

李文林深一脚浅一脚地跟着张山明走在钢枕上。由于是米轨距离比较近,走三根钢枕跨度太大,走两根好像又短了点。李文林也不知道说些什么,就这样走着。

上午十点半左右,太阳就已经非常毒辣了。李文林才走了 1 千米左右就满身是汗，汗水不断地从头上滴下。

到了预告信号机，张山明告诉李文林，你在下面防护，我上去看看线路接触是否良好。说完抱着柱子如同猴子一般，噌噌就爬到了柱顶。

看看没有什么问题，张山明顺着电杆柱子就滑了下来。

“也没有什么问题，今后基本上就由查看，以后你来爬吧。要不，你爬一下，让我看看?”张山明像是征求李文林的意见，又不容置疑。

二话没说，李文林也像张山明一样，噌噌地往上爬。

“可以了，下来吧。下次我告诉你上去看什么?”张山明对李文林还是比较满意，心想，看样子李文林是个可塑之才和可用之人。这一想不打紧，为他们今后近 40 年的上下级关系埋下了深深的伏笔。

“走吧，今天好像是白寨庙会，我们去整点狗汤喝吧。”张山明边说边往回走。李文林也不好意思问什么，但心里在打鼓，以后都这样工作，走路是常事了。

从进站信号机开始，李文林往车站上看，钢轨两边全是乡民摆的东西，从蔬菜到水果，从干货到药材，摆放得很有规律，没有一个人将自己的东西摆放在两根轨道中间。当然，也没有人将扁担、铁丝等横放在钢轨上。

这个时间点，会有从边境开往开远的客车，客车停五分钟，方便旅客上下车购买。这个乡街子一直持续到下午五点，最后一趟客车开往边境站。

李文林尽管是从乡下来的，但对这种独特的乡街子满是新奇，东看看西望望，一转眼张山明不见了。

李文林也没有太在意，他太喜欢这种感觉，依然顺着轨道往前走，到了上行扳道房附近就没有摆东西的了。这样算来，整个乡街子也就三四百米。他正在往回走时，运转室的李卫兵正在大声叫他，也听不清叫什么。他急急忙忙就跑到运转室门口了。

“张工长到处找你，你往下面走，他们在狗汤锅那个店里，我一会过来。”李卫兵用手指了指 2 道下面的方向。

走下 2 道，远远就能看到离车站不远的地方摆了许多摊子，一股香味顺着黄灰小道扑鼻而来。

卖饮食的摊子其实也不多，整个地方也就三四百平方米，中间有个通道，两边的摊子依次呈一字型摆开。

张山明坐在靠近铁路一侧的一家狗肉汤锅位子，在座的还有几个李文林不认识的人。张山明远远地在向李文林招手。

坐下后，张山明并没有刻意地介绍，而是很随意地向大家说李文林是我的徒弟，就招呼大家喝酒吃肉了。

乡街子上都很简朴，没有多少规矩和礼节。你来我往中，更多是一种心里的交融。

这样的小站，在铁路上比比皆是。一般来说，四五等的小站，常年在站上的人基本都是车务和工务段的人员，不会超过一二十人。电务一个工区一般以中心站划界，前后两个车站在内，管辖的就是四五个车站。工务一般以车站为中心，前后线路在 10 千米以内，算下来也有 20 多千米了。而车站仅限于站内，不会管到线路和区间。

简易的桌子上，也就放着盛满大半汤水和狗肉的一个大搪瓷盆，里面有一些香菜和葱段，旁边一个大土碗盛满各种作料。

李文林正在发愣时，张山明把一个搪瓷口缸递了过来。

“喝一口，往下传。”李文林赶忙喝了一口，立即就转给了下家。

“跟着师傅吃师傅，好啊。”李文林的下家喝了口酒，用筷子夹了一块肉，顺着声音下肚了。

“张工长，前面那家要好吃一些。”李卫兵不知道从何处冒出来，说了句大家不喜欢听的话。

“卫胖子，你就盯着人家媳妇好看，你是吃肉还是看人?”张山明打趣地调侃道。

这话一出，惹得大家哄堂大笑。

插科打诨中，借着酒劲，他们在慢慢消磨时光，因为回迷哈地的火车在下午四点才能到白寨。李文林也慢慢地融入了这种生活。

赵向南的实习与李文林和王诚如的实习大同小异，只是工作性质不同而已。当然，由于赵向南所在的工区主要是养护铁路线、桥、涵，相对来说，比他们两位要辛苦一些。

今天，赵向南跟着白小七以及工友们坐着手摇轨道车，到离迷哈地下行方向 5 千米左右的地方清理沟渠和线路两侧的杂草。由于怕天太热，他们早上七点左右就离开了工区。

李文林他们在喝酒的时候，赵向南还在地沟里清理乱七八糟的石块和杂草。赵向南抬头看看火辣的太阳，浑身已经没有一点干的地方，全是汗水和汗渍。

“差不多了，我们回去吃饭吧。”白小七像是安慰自己，又像是和其他工友们说话。

由于工务工区作息时间和公寓食堂开饭点不匹配，许多时候工区都会留下一两个女职工在工区做饭。已经形成规律，做饭的人算好时间，什么时候该煮饭，何时炒菜，基本撑制得八九不离十。

赵向南他们坐在手摇轨道车上，工友轮着抬手把。说是手摇轨道车，其实与三轮车区别不大，只不过这是在轨道上行使。只要远远地听到火车鸣笛，大家就一起将手摇轨道车抬下来，等火车经过后再抬上去，继续往前走。

这种出行工作方式，是赵向南在上学期间所不曾遇到的。

在想这事的时候，白小七用手拐了他一下，示意他去换一换抬手把的工友。

赵向南尽管感觉很累但还是心领神会，立马就到位。

“吃完饭，我们一起去河里逮鱼，改善一下伙食。”白小七和旁边的牛二在商量。赵向南一听去逮鱼，立马来了精神，但忘记了给力，手摇轨道车停了下来。

“想什么呀，踩啊！”白小七大声吼道。

下午一点半，手摇轨道车终于到了工务工区，四五个人连忙将轨道车抬到与轨道呈直角的一段钢轨上。

“开饭啰！”白小七一声令下，也不管洗不洗手，各自拿着一个大碗去盛饭。做饭的人用一把汤勺给每个人舀一勺菜，各自蹲在地上就吃了起来。

赵向南已经习惯了这种就餐方式，他觉得自己与工友们没有什么区别，最后一个端着碗坐在地上狼吞虎咽吃。一抬头，看见白小七和牛二在嘀咕，好像在交代什么。

吃完饭，大伙各自回宿舍休息，今天的工作也就结束了。

“赵向南，你等一下。”白小七见他要回宿舍，立马叫住他并吩咐：“休息一下，到三点半在下行扳道房门口集合，我们一起去逮鱼。”赵向南说了一声“好”，既清脆又响亮，一跳一跳地回宿舍去了。

三点半，白小七将一个装有捞网的竹竿递给赵向南，牛二背着一个包，白小七拎着一个水桶。白小七简单地向牛二说了几句，就顺着铁路早上干活的方向走去。

大约走了 2 千米，白小七看见河里有几个弯滩，水面相对比较宽阔。最终，白小七选择了河对岸的一个弯滩。

“赵向南，你在下游 100 米处候着，等鱼下来时你把它们捞进桶里。记住，先在河边避一避。”白小七安排好赵向南，便与牛二下河蹚着水往弯滩方向去了。

选择好炸点，牛二将导火索拉出来，大约有一两米长，炸药包已经做好了防水处理。看得出，他们干这个活不是一两次，操作非常熟练。

“我来点火，你先找地方躲起来。”白小七嫌牛二体胖、速度慢，自己担起了引爆任务。

“嘭”的一声巨响，河两岸松动的土块和石头随着升高的巨浪纷纷往下落。

“是炸鱼啊！”赵向南远远的惊叹道。

水雾随风飘散，鱼漂在水上，白花花一片。

“准备捞鱼！”白小七向下游的赵向南大声喊道。

由于水面比较平缓，赵向南很快捞了大半桶鱼，加上白小七和牛二他们扒拉到河边的鱼，不一会儿，捞了一桶鱼。

“今天可以美餐一顿了。”会合后，白小七高兴地说道。

实际上，白小七他们早有“预谋”，出来之前他已经通知了迷哈地驻站单位的几个工长，其中包括张山明和新来的大中专生。他们约定今天晚上六点半左右在工务工区炖鱼。

等他们收拾好爬到铁路线上，已经是下午五点了。看时间已经差不多了，白小七和牛二扭断一棵小树，伸进水桶提环里，两人抬着，顺路基往回走。

工务工区的几个年轻人，看见白小七他们过来就立即迎上去，将水桶提到便于冲水的地方，手脚麻利地开始清理鱼鳞和内脏，整理好后将不同的鱼分开，以便厨房里的工友操作。

“黄鱼拿来清煮，小鱼全部油炸，鲤鱼用来红烧。”白小七指挥着厨房里的两位工友。其他配菜已经做好，静待鱼的出现。

离晚上九点还差几分，站区全部工长基本到齐，唯独马公安没来。白小七打电话到派出所询问，回答是马公安到处里开会去了。

“三位大中专生与工长们坐一起，其他人也坐了下来，来，大家干一杯！”白小七是地主，端起酒碗一饮而尽。

有了第一次喝酒的教训，杨老六告诉王诚如喝一口意思意思就行了。李文林和张山明直到客车到点才回来，喝得时候也是用嘴和酒杯碰一碰，意思一下。

白小七一看这阵势，有点不干了。“我说，今天是怎么了，到了我们工务工区大家都变得文雅了。都干了再倒酒。”

杨老六由于小李爆炸案，之后不知道是被鬼勾走了魂，还是受了惊吓，一直萎靡不振。但觉得今天白小七这关好像过不去，杨老六只好端起酒杯一饮而尽。

白小七一看也就不再说什么话了。

几番轮流敬酒后，大家也就静下来吃了几口菜，顺势也讲起了到河里捞鱼的事情。

“下次看我们的，而且都是活鱼，今天说好，到时我会通知大家来吃鱼。”张山明借着酒劲聊开了话题。

李文林在旁边听得真真切切，在热闹中结束了今天的鱼宴。

实习的日子既新鲜也无聊，尤其是在这前不着村后不着店的迷哈地车站。时间一长，大家也就相互都认识了，见面也就不那么客气了，也时不时地开开玩笑，相互之间有时起个绰号，叫起来似乎更显得亲切一些。

比如说工务工区的牛二，他本不姓牛，排行也不在第二，工友们觉得他比较胖，大概 1.75 米的身高有 90 公斤左右，力气也大。有一次，他一个人就把手摇轨道车摆弄到线路上。牛二为人耿直，基本没有什么弯弯绕。因此，在工区，工友们也就叫他牛二。

其实，牛二本名叫刘顺民。现在即便你叫他的本名他也会愣一下，不知道你为什么这样叫他。

电务工区也有一个叫绰号名而忘了本名的人。李文林刚到工区时，听别的师傅叫他罗汉，以为他真姓罗，也就叫他“罗师傅”。罗汉一脸不高兴，大家在旁边哄笑。后来，李文林终于知道罗汉的本名叫王懋功，“懋”字的笔画太多，连他本人都写不好。听说是参加工作前村子里的老私塾给他起的名字。罗汉已经 40 多岁，身高 1.60 米左右，体重在 70 公斤左右，在男人中矮了点，平常理个“平板”发型。这样的身高和体貌，有点像庙里的塑像罗汉一样，就被工友们叫成了罗汉。不过，罗汉本人对他的这个绰号并不讨厌。

这天，张山明安排李文林跟着罗汉到大树脚检查设备。到了大树脚后，整个车站是人山人海，信号机、道岔旁、标志旁都摆满了蔬菜和山里的干菜，看样子，今天是集市，车站就是一个交易市场。

交谈中，李文林知道，罗汉的家在师宗农村里，现在是 3 个女儿的父亲，可他还想继续要个儿子，但他妻子一直没有怀上。在交谈中，罗汉似乎了解到今年 3 月份，国家已经公布了实行计划生育的政策，像他这样的情况，如再继续生育就是严重地违反政策，可能会被单位开除，回家种地。

“哎，跟你说这些你也不懂。”话一转，罗汉聊起了工区的琐事。

罗汉告诉李文林，天天去食堂吃饭倒是简单，但是贵，把钱都交给了食堂。不如自己买煤油炉，自己做饭。反正工作的时间不多，自己有时间做饭，一是改善伙食，二是节约钱。

“好主意，可到哪里去买煤油炉呢?”李文林很感兴趣地问道。

“好办，今天大树脚不是集市吗? 等会我带你去买。”罗汉吃完米线，付了账之后便招呼李文林到大树脚的商店里去看看。

“这样，你买个煤油炉、锑锅和铲子，再买一点煤油，晚上回去就可以自己煮东西了。”李文林对其他没有意见，唯独对只买少量的煤油有意见。

“你傻啊，工区里有煤油，买一点是让别人知道你是出钱买的，以后就直接用工区库房里的油了。”李文林有点惊讶，但不好说什么。

在工区，许多职工都备有煤油炉，可以说是他们的必需品。

“点火看看，不要买回去有问题，又得回来麻烦服务员。”罗汉请服务员点火试试。

煤油炉占地不多，直径一般在二三十厘米左右。服务员迅速地划根火柴，点着了火。转一转炉捻开关，火焰大小都可以调节。

看见蓝幽幽的火苗，李文林也随着火苗的跳动而心情愉快起来。“用它来炖菜或者煮点什么东西肯定没有问题。”李文林心里盘算着。

李文林把煤油炉搬到宿舍时，赵向南、王诚如立马凑过来，开始商量他们日后的幸福生活。

王诚如整个实习就在车站上，目前大部分时间跟着窦春红干活。没有车的时候，基本上自己支配时间，无聊时会时不时到食堂去找小黄聊天，一来二去，似乎和小黄聊得来。连食堂里的张师傅和林师傅都觉得，是不是王诚如看上他们食堂的小黄了。

有时，张师傅也会当着他们两人的面，问道："你们是不是在谈恋爱呀?"每当这个时候，两人都是笑而不答。

这天，食堂的张师傅在线路边上扯了两个生木瓜，小黄知道张师傅要做什么菜，但王诚如没有见过。王诚如只知道黄了的木瓜可以吃，如同芒果，但肉质比芒果更软一些，感觉不到芒果肉的纤维感，也没有芒果肉的特殊味道。第一次吃熟的木瓜也是小黄告诉他的。但他一直奇怪，怎么没有人爱吃这么好吃的东西。他曾经问过小黄，小黄告诉他，这是喂猪的，人一般不吃。有一次，他也问窦春红同样的问题，窦春红告诉他说："没有为什么，就是喂猪的，你爱吃就吃吧。"

还在寻思中，张师傅已经将青色的生木瓜洗净削皮，用刀将木瓜切成丝，看上去有点像削了皮的黄瓜，但筋骨比黄瓜强多了。

张师傅将一个柠檬切为两半，手掌合拢挤，柠檬汁就流了出来，滴在木瓜丝上。接着张师傅又切了十多个小米辣，拍了两瓣大蒜，撒一点盐，简单拌一下，一盘酸爽脆的生木瓜就出来了。

筷子下面用手接着，轻轻地放入口，"好吃、好吃、好吃!"王诚如伸出大拇指一个劲地赞美道。

"什么东西好吃?"不知什么时候，窦春红站在了王诚如身后。王诚如本能地被吓了一跳。

"干什么嘛，窦师傅! 我这也是在实习，以后好改善我们的伙食!"王诚如认真地说道。

"太阳从西边出来了，车务段的跑到生活段来实习，还实习呢，赶快，车要来了，接车去!"窦春红一伸手拽着王诚如就往外走。

在回扳道房途中，窦春红边走边吩咐："今天有两个车要摘挂，摆放在 3 道，但 3 道上还有 3 个车要拉走，作业比较复杂。今天你来操作，我配合你。"

王诚如听着也没有说什么，窦春红以为他听懂了，也就没有再说什么。

毕竟王诚如在学校学过运输组织，而且也在大站实习过，只不过自己从未亲自操作过。在途中，窦春红交代时，他就在盘算，如何把车摆弄好。

车一般摆在 2 道，便于摘挂。今天同样也不例外。

车站本来人就少，扳道员就是调车员。记好值班员传来的车号，王诚如顺着列车走了一趟，他要记住摘挂的车厢在列车中的位置。

一般情况下，列车编组时会考虑小站的股道有限，不可能将需要中途摘挂的车厢放在列车中部。“怪了，今天要摘挂的 2 个车厢被放在列车中部，而且还不连挂，中间还有不摘挂的车厢。”王诚如像是自言自语，又像是和窦春红说，但窦春红离得远，根本听不见。

“请求司机先到 3 道。”王诚如用扳道电话胸有成竹地向运转室申请。

“不对，你先把列车中部的车厢摘挂后再改到 3 道。”窦春红连忙制止，但王诚如好像并不听他的。窦春红他们的操作顺序是先摘挂、后摆放，这次王诚如运用所学的知识，刚好将之前窦春红他们的传统作业顺序反过来。

“不能这样，这样会出事的!”窦春红抓起电话向运转室重新发出请求，但王诚如已经出了扳道房。机车已经鸣笛，示意值班员和扳道员开始作业。

接下来，王诚如按照“胸中的草图”开始作业。只看到摆在 3 道上 3 个车厢被机车挂上拉来，又和 2 道上的整列车连在一起。王诚如将需要摘挂的第一个车厢与后面的车厢断开，机车拉着前面的车厢离开道岔进入正线，从正线上又让机车推着前面的车厢经过道岔缓缓进入 3 道。王诚如在 3 道上行方向，刚好与司机成相反方向，翘着屁股远远地看道岔与机车的位置，感觉机车已经离开道岔四五十米了，即便再拉 2 个车厢也不会影响，就用旗语告知司机停车。机车停好后，王诚如迅速地将最后一辆车与倒数第二辆车分离，第一辆车就这样摆在了 3 道。

第二辆机车进入 2 道，王诚如将前后的车厢连接起来，盯着需要摘挂的车厢并果断将其与后面的车厢断开，示意司机拉动前面的车厢，作业和第一次一样，又是缓缓地将要摘挂的车厢挂上了 3 道的车。

王诚如将全部需要拉走的车厢确认连接好后，告诉运转室值班员解编完毕，可以进入下一个作业程序时，窦春红长长地舒了口气。

窦春红着急，不是没有道理的。段上和规章规定，一旦出事，实习生在实习期间即便是实习生的主要责任，都可以免责，但带徒弟的师傅必须承担全部责任。今天如果出现调车挤岔、脱线、撞钩等事故，窦春红只有“吃不了，兜着走!”

“整整提前了一个小时，合作不错！”运转室和司机都在看表。有了成绩，皆大欢喜。窦春红脸上蛮有光，毕竟自己是王诚如的师傅。

“谢谢师傅！”王诚如一溜烟跑向了食堂。

“就知道找女朋友。”窦春红说话时摸摸肚皮，感觉该吃饭了，也跟着往食堂走去。

狗祭超生娃

三个月过后，实习的大中专生们也就慢慢地融入了铁路职工的日常生活当中了。许多时候，工友们似乎都已经忘记了这三个大中专生的身份，连他们自己也觉得和工友们没有什么两样。该工作就工作，该讲粗话就讲粗话，生活似乎回到了人的本真阶段，处在这样的一种环境中，没有谁一定比谁高贵，也并不一定比谁卑微。

许多老职工经历过“文化大革命”，也刚刚经历过战争，好不容易赶上改革开放，似乎都有使不完的劲。他们大多数人对生活、工作和学习抱有极大的热情，不好好工作不仅仅是对不起党，好像更对不起自己。因此，大家都很珍惜在迷哈地的日子。谁家有好吃的，都会拿出来与大家一起分享；谁在老家有什么难处，只要一说都会来帮着出主意，没有谁会笑话。

尽管小李的事让迷哈地蒙上了一层阴影，但大家都小心翼翼不去碰，这似乎也成为他们的一个约定。

但事情终终要有个说法，否则迷哈地的人很难面对。

这不，自从小李出事后，杨老六像换了个人似的，与前面的蛮有主见判如两人，许多该做的事情到了杨老六这里，总是犹豫不决或者迟迟不见动静。据杨嫂反映，杨老六原来睡眠挺好，一上床就呼呼大睡，即便家里有动静都吵不醒，属于心宽体胖的那类人。自从小李出事后，杨老六不仅睡不好，而且总是疑神疑鬼。有时，半夜会起来找东西，“也不知道他找什么？”杨嫂经常与聊天的人说这句话。

杨嫂农村出身，她回了一趟老家，找村里“跳大神”的人给杨老六治治。回到车站后杨嫂背着杨老六去运转室小李出事的地点，烧香、献饭、敬果，希望小李不要再来打扰杨老六了。

尽管做了这样的祭祀，但效果并不好，结果还被杨老六知道了，杨嫂被杨老六狠狠地骂了一顿。

“共产党员不信鬼神，你这样去烧香，叫我今后如何在车站待下去？要是被段党委知道了，我会被开除党籍的。”杨嫂低头不出声。

实际上，这段时间以来，杨老六时不时地能碰上马公安，有时话到嘴边又咽下去了。毕竟，破案是马公安的事情，如果没有什么进展，马公安是不会告诉他的。

这天，马公安专门来站长室找杨老六谈小李的事。

“经过我们缜密侦查和了解双方的单位、父母、同事以及父母所在的当地派出所，小李的这个案子说复杂也复杂，说简单也简单。前面已经说过的基本属实，也就不再重复。我们这么长时间不说这个案子，是我们把更多的精力放在查摆和防范敌特方面去了。我们的想法是，既然都过了这么长的时间，也就不要再去揭这个伤疤了，让大家平静地工作和生活吧。我今天来找你就是和你商量，能不能不向大家通报。”

杨老六盯着马公安，嘴动了一下想说又没有说出来，点头表示赞同并示意马公安继续说下去。

“结论就是情杀，说情杀好像有点不近人情！”马公安似乎从牙缝里挤出了这么一句话。

空气好像凝固了一样，五六分钟后，杨老六说道：“马公安，你们也不容易，尽管我想不通，但毕竟人已不在了，活着的人还要工作和生活，况且这里离边境又近，这个结论仅限于派出所和我知道就行了。说实在的，这个结论对死者不敬，对生者不好，相反会产生消极的效果，谢谢你的良苦用心！”

小李的事以这样的结果结案了，迷哈地总算在平静中翻开了新的一页。

转眼快到年底了。各个单位都在忙着总结、检查和评比，工作没有之前那么多了。尤其总结和台账的事，理所当然落到了大学生的头上。

这事情也没有多复杂，不用花多少工夫。张山明本身也读过书，有了李文林的辅助更是没有问题。

之前张山明答应用鱼宴回请白小七。今天天气不错，温度适中，不如去捉鱼。

想好了主意，张山明吩咐罗汉捆好16节甲电池，用背篓装好并拿出捞鱼的网兜。李文林一看，这些东西不用准备，是现成的。

张山明对李文林说道："你问问他们两个，不忙的话跟我们一起去。"一听这话，李文林心领神会，立即跑去喊赵向南和王诚如。

"你们的任务就是用网兜装鱼，在河里要听招呼。"张山明简单地交代了几句，就带着他们往线路上行方向走去。

在其他地方已经天寒地冻，不要说下河，即便在户外走都觉得很冷。可迷哈地常年都在25℃以上，是典型的热带河谷。

初冬时节，河里流水平缓，清澈见底。如果在清澈的河里去捉鱼，鱼肯定跑得更快。张山明选择的河段与赵向南他们去炸鱼的河滩差不多。

"就去这里！"说着张山明带着大家离开线路，下到河里。

在河边，张山明逐一交代了注意事项：第一，电捉鱼是瞬间高压触及，会将鱼电晕，捞鱼的尽快将鱼捞起。当然，既可以将鱼电晕，也可以电着人，你们不要进入电击的区域；第二，太小的鱼不要捞，一般两三分钟鱼就复活了，明年再捞；第三，如果怕蛇，捉鱼后不要到河的两岸去。

"好了，我们开始行动吧！"张山明一声令下，五个人一起走进了河中。

罗汉背着甲电池，控制着开关。张山明握着拴着引线的竹竿一端。张山明说可以，罗汉将开关打开，瞬间就有鱼漂起。

"怪了，泥鳅、黄鳝、黄鱼，还有部分鲫鱼，但大部分是无鳞的鱼，这是为什么？"王诚如边捞鱼边问道，也不知道他在问谁。

张山明对着李文林说道："理科生来回答这个，应该没有问题。"李文林边走边回答。我们这个捕鱼器用的原理，是将直流电变成交流电，每节甲电池1.5伏，16节共有24伏直流电压，通过逆变可以瞬间将交流电压升到近200伏以上，也就是说电压很高但电流小，用这瞬间的高压将鱼击晕。相比较，无鳞的鱼导电要快一些。

"哎呀，我被捉着了。"王诚如听得入神而不知不觉进入了捉鱼区域，张山明也想通过这种方式让他体验一下。

"你是我们今天捉到的最大的鱼。"赵向南开着玩笑说道。

不知不觉到了下午五点左右，捉的鱼差不多够吃了。张山明吆喝着，并吩咐大家在河里就把鱼收拾干净，到工区就可以直接下锅。

“李文林，你到河中心去灌壶水背着回去。”李文林把身上背壶（行军壶）中的水倒掉，走到河中心灌满背壶，一起跟着大伙往工区走。

到了工区，其中两名在家的工友已经将配套的菜肴以及各种辅料准备好，等待着张山明他们的到来。

“李文林把河水倒在锅里，今天我要来一个河水煮河鱼。”张山明想在站区各个工（班）长面前露一手。

水开后，张山明将处理好的黄鱼直接放进锅里，又放了两块姜片和葱段，还放了一小勺猪油和盐，五分钟后就起锅了。

“来，来，黄鱼要趁热吃，罗汉你们接着处理后面的鱼，我们几个先喝着。”张山明完全是一个家长的做派，招呼杨老六、白小七和马公安他们就开喝了。

“鲜甜味够，还没有腥味，好吃。来，干一个。”白小七感觉这个黄鱼比他们上次做得好吃，碰了一下张山明的碗就一口干了。

不说隔三岔五，至少一周之内差不多他们都会以不同方式聚在一起。这种小站经年累月人员都变化不大，哪个犄角旮旯里藏着点什么东西，大伙都知道。这时，不知谁提了一下食堂里的小黄，说是长得好看。

“是不是啊，王诚如。”王诚如已经有点醉意，也不知道他们在酒里的醋味，跟着说“是好看啊，你们有意见呀？”

赵向南用手拐了一下王诚如，“来，我们一起敬带领我们去捉鱼的张工长。”赵向南这一提议，立马就将话题岔开了。顺着来，三个大中专生一起向在座的各个工长和师傅们敬酒。一轮下来，他们也离醉酒不远了。

“你们三个少喝点，喝得差不多了就回宿舍吧！”杨老六每次看到三个大中专生喝酒，总少不了嘱咐，不希望他们喝多了出事。

尽管有点不情愿，但三个大中专生还是听招呼，起身往宿舍方向走了。留下他们几个老工长继续喝酒。

罗汉今天的情绪还可以，和每个喝酒的人都干了一碗后，张山明也就起身回住的地方去了。一看这阵状，大家也相互告别回住处。

第二天一大早，罗汉就在自己的宿舍门口大声叫骂：“哪个狗日的，整这么多道砟放在我的床上，叫我怎么睡呀？”

听见罗汉的骂声，住在旁边的张山明赶紧走了过去。还真是，罗汉的床上有许多的道砟和渣土。罗汉的背上还有许多的土灰和道砟印。

张山明并不相信有人故意在罗汉的床上放些道砟。“难道是闹鬼了?”尽管张山明心里这样想但也没有出声，而是大声地说:“怕是昨晚喝多了，自己去线路上抓来的。”

一来二去，你说两句我回几句，这个事情也就不了了之了。

临近春节，大家都各忙各的，有的忙着回家，有的忙着值班。对于铁路职工而言，值班的人比较少，许多工区只有一个人。按照铁路的规定，春节期间所有工区都要留下一两个人处理一些临时发生的故障。当然，车站就不一样了，值班人员与平时的工作差不多。

赵向南、李文林今天就要坐 682 次列车回老家过年了。王诚如在窗口与他们告别。他也不是不想回家过年，只是工作需要而不能离开，还有小黄因工作需要也不能回家。尽管他们两个人还没有正式明确谈恋爱，但只是时间早晚问题。

“行了，好好值班，再说还有小黄陪着你，我们也就放心了。”李文林说话的时候，车站值班员已经用锤在敲打着钢轨，发出“铛、铛”的声响。三分钟后，列车缓缓离开迷哈地向着昆明方向驶去。

1983 年 2 月 12 日，大年三十。在车站值班的工长或者班组长只有杨老六，其他驻站的各个系统的工长都回家了。迷哈地有个传统，每年的春节只要在站上值班的人，无论是工务、还是电务、水电等人，吃过早饭后都要到食堂帮忙，用一顿丰盛的年夜饭迎接新年的到来。

食堂里只有两个人值班，要做出两桌年夜饭，显然人手不够。小黄已经可以承担厨师的责任了，与年长的林师傅一起挑做起年夜饭的重担。尽管小黄今年也是第一次做年夜饭，但有林师傅在，关键是她喜欢的人今晚也要来，所以比平常干得更卖力。

王诚如听说要到食堂帮忙，满心欢喜。他也不问站长杨老六是否许可，吃完早饭就没有去运转室值班。

自从那次调车作业后，王诚如在车站的地位与日俱增，几乎快赶上杨老六的地位了。平常在车站上的职工都喜欢围着王诚如转，让杨老六在欢喜的同时隐隐约约的有点小嫉妒。有人能够代替他，杨老六也不是不高兴，“只是这小子的能力也来得太快了。”杨老六在心里还是有些想法。当然，让王诚如成长这么快，还有一个原因，就是自从小李出事后，杨老六明显衰老了，有时候还有点魂不守舍，说话时前言不搭后语。

一看王诚如不在运转室值班，杨老六立马就到了食堂。

“王诚如，你不能在这里帮忙，你的任务是在运转室值班，今天还有 10 多趟车。赶快回去！”王诚如看了小黄一眼，做了个鬼脸，不情愿地离开了食堂。

晚上六点半，最后一趟车离开迷哈地，车站的年夜饭也就正式拉开帷幕了。

“我说两句……”杨老六照例说一些安全与祝福的话，但参加过年的人一边倒酒一边互相小声嘀咕着，也没有人在意杨老六说的是什么。

王诚如一看桌子上摆放的佳肴，有扣肉、粉蒸肉、猪肘子、松鼠鱼、小米辣凉鸡、圆子、凉拌木瓜，等等，大部分是平常吃不到的大菜。这时王诚如真的有点佩服小黄，往厨房里望去，只看到了小黄的背影。

“我还要啰唆两句，各个单位值班的人员你们少喝点酒，不要误了事。”杨老六说完，邀请大家举杯，一句：“过年啰！”算是为迷哈地春节晚宴开餐。

小黄和林师傅将最后一道红糖八宝饭端来，这时，在座的人已经都喝得差不多了。王诚如赶紧拉过两把椅子，招呼小黄和林师傅坐下，并不停地给小黄夹菜。

“王诚如，你不用忙了，我不想吃，只想陪你坐会儿，喝点水。”小黄示意王诚如多吃一点，自己坐在旁边看着他吃。

“来，我们大家敬敬两位大厨，祝福 1983 年会更好！”杨老六始终是站上的领导，任何时候都能让大家感觉到他的权威。

小黄和王诚如悄悄地溜出食堂，顺着钢轨往上行方向走，因为他们知道往运转室方向走，难免会触及迷哈地的“爱情伤疤”。

俩人一人走在一根钢轨上，手拉着手。王诚如有些摇摇晃晃，小黄倒是走得比较稳。

这是他们俩走得比较近的一次。小黄告诉王诚如，她也有过上大学的梦，只是她母亲希望她来顶替。

“这是命吧。我学习不算太好，一起读书的姐妹也没有考上大学的，都是读完高中就不上了，工作的就参加工作，没有找到工作的准备着找人嫁了。”小黄很诚实地告诉王诚如。

“也不能这么说自己，你看你今天做的饭菜那么好，我是打死也做不出来的。”王诚如既是鼓励小黄，又算是表扬小黄。

“要是天天都能吃到这样好的饭菜，那该多么好！”

“你傻呀，哪能天天这样吃啊！”

俩人就这样你一句我一句地聊着，从进站信号机处又返回。

春节这几天，王诚如和小黄基本都是这样在钢轨上谈他们的理想和人生，也谈论所谓的爱情。

这天，刚好吃完饭的几个司机坐在食堂后面机车转盘边的树根上。由于大榕树太大，根系发达并凸出地面，吃饭的人或者是聊天的人，都会坐在树根上。小黄和王诚如与他们在一起聊天，能听到他们所不知道的故事。

聊着聊着，他们将话题转到了榕树上面那个黄房子的故事：

机车转盘的后山上，有一幢两层楼的法国建筑。房屋门窗上的漆已经脱落，据说闹鬼很严重。很少有人光顾，即便有人去，也是离得远远的。

有人说，夜间出没于黄房子的法国女郎是没有头的魔鬼，有时她还会吊在大榕树上，漂亮的长发下垂至肩，长长的舌头伸出来。还有人说，她会伏在你的窗上，用一双蓝色的大眼睛看着你，久久不愿离开。

这类话传多了，服务员一般都不敢上去，有客人时也是让客人自己点着蜡烛上去。

许多迷哈地的人都说不清曾经是行车公寓的这幢法式洋楼是什么样。小黄尽管在生活段工作，公寓也归生活段管，但小黄从来没有上去过，一是确实怕鬼，二是也没有时间，更重要的是没有人敢陪着去。

正在聊着，树上掉下一根干树枝，在特别寂静的时候掉下来，给人们的影响可想而知。

不知道谁说了一句：“鬼来了。”吓得小黄一把抱住王诚如。王诚如也顺势搂住了小黄。他们的感情因为“鬼”而得到了升华。

“走了，休息去了。”司机们吆喝着离开大榕树，王诚如牵着小黄的手匆匆地离开。一路上,小黄并没有再说话。

这个时候,谁说话似乎都是多余的。

春节过后,工作恢复到正常的状态,各个工区也都进入了繁忙的劳作当中。

原本说好的半年一过,赵向南和李文林要到新的地点去实习,可等到夏天也没有等到去其他地方实习的消息。

等来的却是张山明调到段技术室的消息。工区的人都懵了:“张山明怎么突然就高升了呢。”

“不管了,反正还有几天,我们去弄只狗来欢送张工长。”罗汉开始张罗这事。

一大早,李文林就和罗汉到离车站 5 千米远的苗族村寨去拉狗。这段路本来就是上山的毛毛路,是人们徒步走出来的。下山的路非常难走,因此,罗汉在前拉着,李文林在后面用棍子撵着,好不容易将狗弄到了工区。

罗汉将狗吊在树上,用水果刀将狗的脚丫划开,狗血慢慢滴下来,罗汉用一个脸盆接着。十多分钟后,狗没有了动静。

罗汉连忙用一块毛巾沾了一下狗血,往自己住的房门和窗台四周涂抹,之后,他才和工友们用开水去狗毛。

把狗毛刮光后,罗汉从工区材料房中拿出并点着了酒精喷灯,往狗皮表面烧了一圈,整条狗变得金黄。稍微冷却后。把狗放在水中泡了三十分钟,取出后又用对狗进行了清洗,之后把狗砍成小块放在盆里。

罗汉麻利地将狗肉倒入锅里,然后又拧开一瓶老白干将酒倒入锅里,等水烧开后又将狗肉捞出来用清水洗净,将洗净的狗肉重新放在锅里,放入姜片和几颗八角,锅盖一盖,慢慢煮着。

“用狗机枪拴起来,用线连在锅盖下面,否则会被他们偷吃掉。”罗汉告诉李文林并亲自做了示范后,才放心地准备蘸水去了。

吃狗肉贵在一锅汤和一碗蘸水。蘸水取材于当地,少不了木姜子、小米辣和花椒、大蒜以及香葱等。罗汉对用蘸水颇有研究,哼着邓丽君的《甜蜜蜜》,尽情地在摆弄蘸水。

狗肉的香味飘过铁路,弥漫在车站上,引来了一批食客。实际上,大家都已经知道张山明要调走，趁机过来告别，也顺势喝碗狗汤。

酒喝得差不多的时候，肉也吃得差不多了。这个时候，大家讲的基本是酒话，谁也没有去认真听。大部分喝酒的人，都是在闲扯以打发时光。第二天，酒醒后再让他们回忆说的话，基本都是“失忆”，都会异口同声地回答：“喝多了，记不住了！”

酒，能让人们在郁闷时挥发自己，忘掉当下。李文林可不这样，今天他喝得不多，既表达了对师傅的敬意和祝贺之情，又能控制好自己。他想的是张山明去段上，对自己当下会有影响，尽管离实习期已经不远了，但谁能带我呢？

“走吧，我们俩去散散步！”正在想的时候，张山明也似乎看透了李文林的心思。

说是散步，其实是去走铁轨。

张山明的话比较多。他告诉李文林，自己来到迷哈地快三年了。工区或者说是在各个工区的职工大部分是在二十世纪七十年代中期，到沿线农村或者更远的师宗、罗平一带招来的农村子弟，大部分人说有高中学历，其实能够达到初中文化的也就不错了，文化水平低一些的人则被分到了工务工区。当然，你也看到，作为运用型的站段单位，其实文化高低并不是唯一的，许多老师傅边学边干，同样把工作做得很好，你要让他们回答为什么，那就真有点为难他们了。

说着说着，张山明将话题转到了实习期的问题上。他说，你在这里实习要学习老师傅们敢于吃苦和甘于奉献的精神。你的起点和他们不一样，未来铁路是要大发展的，离不开像你们这样的大中专生。

“我和你……”李文林刚要张口就被张山明打断了。

“你听我把话说完。我理解这一年让你在这里，段上的意思可能是要磨炼你的意志，将来使你成为可用之才。实际上，你不到一个月就熟悉了这些设备。你安安心心地在这里待一段时间，只要没有出格的事情，我在段上等你。”张山明这时既像个大哥，更像个领导。

俩人谈话回来，大部分的人都回自己的住处去了。只有罗汉、白小七、牛二他们几个人还在喝酒和聊天。

张山明和李文林也没有搭理他们，分头回宿舍去了。

转眼三个月就快过完了，一年实习期也快到了。三个实习生都在准备转正的事宜。毕竟文化层次都不低，三个人很快就写好了实习报告，之后又互相交换着学习。

李文林一看王诚如的实习报告，值得借鉴。

王诚如把实习报告分成三大部分：第一部分是一年来思想上的转变，重点从政治思想上深刻剖析自己，表示学到了师傅的好思想、好品质；第二部分是技能上的提高，从理论上对照实践中的问题，重点罗列了接发列车、调车和列车组织等方面遇到的问题，从理论上得到了升华；第三部分是今后的努力方向，重点查找了思想深处、理论高度、操作能力等方面的不足。

最后，三个人继续讨论第一部分和第三部分内容，最终把各自写得把实习报告交到自己的教育室和人劳室。

报告上交后，自然是等待转正与重新分配。

等待中，张山明电话通知李文林做好留在迷哈地的思想准备。过了两天，人劳室通知罗汉收拾行李到段上等候通知，要求第二天必须到段上。

由于来不及下达李文林的调令，人劳室在电话中告诉罗汉将工区的工作暂时交给李文林代管。代管工区对李文林来说问题不大，因为之前张山明已经跟他讲过。

已经是下午了，来不及到 5 千米外的小镇上买菜，李文林告诉王诚如去食堂找小黄弄几个菜来。赵向南、王诚如和李文林以及目前电务工区的两名职工，和罗汉一起吃了个“最后的晚餐”，算是给罗汉饯行。

三天后，张山明从电话里告知了罗汉的去向。原来，罗汉春节回家时与媳妇商量再生个老四，计划生育政策从 1982 年 3 月 13 日起成为基本国策，城市执行独生子女政策，农村可以生两胎，但罗汉已经有了三个姑娘，明显是超生。当地公社和大队来函已经确认，罗汉的媳妇怀上第四胎，都已经七八个月了，已经很难采取措施。电务段在没有办法的情况下，只好将罗汉开除并打回原籍。

李文林与罗汉关系不赖，知道这事也没有去给更多的人讲。

“怪不得之前杀狗时，用狗血装神弄鬼。”李文林自言自语，想起之前吃狗肉的情节。

给水让路

这段时间，杨老六已经将车站的事务管理和站长职责基本交给了王诚如，有空时他喜欢背着手在车站上转一转、看一看，精神尽管比小李出事时好了许多，但他已经明显地衰老了，人们有时与他打招呼，感觉他心不在焉或是若有所思。

这天，马公安要到处里汇报工作，马公安也想在途中有个伴，就来约杨老六去个旧。马公安知道杨老六的儿子在个旧铁中读书，今年准备上高中了。

杨老六由于在平时工作忙，儿子在个旧读初中，虽然已经读初三了，但他一次都没有去看过。

杨嫂惦记家里的鸡，她不想去，就让杨老六去吧，顺便带上儿子喜欢的大树菠萝。

在火车上，列车员嘱咐杨老六用塑料袋包一下，否则整个车厢气味太大了，怕其他旅客有意见。

车上的人也不多，连同他们两人也就十来个人。随着车厢的摇摇晃晃，他们两人东一句西一句地聊着。

“我看王诚如这小伙工作不错，干脆向段上建议让他来干站长，你呢差不多就调到离儿子近一点的车站，也好相互照应。”马公安的建议确实不错，杨老六其实在这段时间也是这么想的。

“也不知道段上是怎么想的，另外我怕这个庙太小，不一定留得住王诚如啊！”杨老六也真心地向马公安说道。

杨老六和马公安在车上聊着聊着，车也就到了草坝车站。两人连忙下车，把自己带的东西寄存在车站值班室里，出站到附近的小馆子里点了几个小菜，两人就喝起来了。

两个小时后，前往石屏方向的客车到站，他们又赶紧拎上东西，随便找个座位将就一下。一小时后，列车在鸡街车站停车，他们又要换车去个旧。

去个旧的火车比米轨的还要小，旅客只能在顺窗户的椅子上相互对坐，中间只有五六十厘米，两边旅客坐满后，中间的通道就过不去人了。

小蒸汽机车顺着线路蹒跚地行走着，既像是喘粗气又像是在泄气，整个列车运行速度超不过每小时15千米。停停走走，近40千米的路程需要开两个半小时左右。

经三次换乘，在车上杨老六和马公安已经没有可聊的话题了，在闭目养神中静待列车到站。

杨老六和马公安上车还没一小时，王诚如就接到了第二天到段上报到的电话。王诚如简单说明杨老六请假两天的事情后，希望等杨老六回来后再去报到。

“不行，你明天必须到段上来报到！”人劳室任主任在电话中不容置疑地说道。

王诚如挂了电话后立马跑到食堂，看见小黄在忙，就招手示意小黄出来一下。小黄手上和围裙上都沾了一些面粉。

“我忙着呢，有话快说！”小黄并没有看出王诚如的心思。

“我明天要到段上报到。”

“你说什么？怎么回事？”

“我也不知道，通知必须明天到段上。”王诚如也真不知道怎么说，几乎又重复了一遍刚才的内容。

小黄停顿了一下，总算明白了王诚如与她说的话。也就是说，眼前的这个实习生就要离开这里到更有前途的地方去了。

“好事，我卖完饭就过来，另外叫上你的小伙伴们，我打几个菜，好好送送你。”说完转身就进了食堂操作间。转身之际，王诚如似乎看见小黄的眼里有泪水。

王诚如悻悻地回到运转室，打电话到工务工区找赵向南，工区值班人员告诉王诚如，工区今天开始在线路上施工，估计三天后才能完工，赵向南也在施工现场。

摇通电务工区的电话，接电话的正是李文林。

“晚饭时一起聚一下，不要去食堂打饭了，直接到宿舍吧！”与李文林的通话似乎有点伤感。但李文林正在忙工区的有关管理流程的事情，也没有太在意王诚如的语气。

王诚如简单安排了一下，提前三十分钟回到宿舍，用李文林的煤油炉生火，煮了几个洋芋，顺便也打开了红烧肉和午餐肉罐头，静待他们的到来。

今天真不巧，只有窦春红和李文林按时来到宿舍，小黄把饭卖完才能来。

坐下来后，王诚如简单地说明了一下情况。窦春红立马兴奋起来，说道："我说嘛，你读这么多书，不可能和我们一样在这山沟里数星星啊。来，来，我们先干一杯，祝贺一下。"

"祝贺王诚如，你是第一个离开这个地方的实习生，我和赵向南的心情一样，真的为你高兴!"李文林带上赵向南的心愿一起向王诚如道贺。

刚喝了几杯，小黄拎着菜篮就来了。小黄从菜篮里端出来的是黄焖鸡、扣肉、辣子炒肉。

小黄在摆菜的时候，他们三个人并没有喝酒，而是看着小黄。

"你们看什么！喝酒啊。"小黄自己也端起酒吆喝道。

"王诚如，你真有福气。"窦春红羡慕地说道。小黄何等机灵啊，一听就听出来了隔壁音。"我说，你们哪个没有吃过我做的饭，少给你们打块肉都不行，你们以为我看不出来呀。"小黄装作生气的样子说道。

话都说到这个份上，窦春红和李文林也就不在拿小黄说事。大家便都喝着酒开始回想一年来的美好时光。

杨老六和马公安他们下车后也在找喝酒的地方。两人其实对个旧不是那么熟悉，找来找去，在车站旁金湖边上一个有炒菜兼有烧豆腐的小店坐下，要了几个菜，点了两杯粮食酒就开始喝了。

马公安的话明显要多一些。说起个旧铁中，马公安向杨老六透露了一个信息：与小李谈恋爱的姑娘，有个妹妹好像也在个旧铁中读书，今年也是读初三。

"回头你问问，说不定与你儿子还是一个班呢。"马公安很认真地说道。杨老六一边听着一边若有所思。

换了个地方，马公安就和杨老六说了许多话。毕竟俩人在迷哈地有些时间了。

马公安感觉迷哈地尽管人不多，但不好管理。但从位置上讲，迷哈地靠近边境，敌特活动频繁。最近，他们派出所有几个情报已经直接报到铁道部公安局，上级非常肯定他们的工作并要求他们加强这方面的工作。工作上我没有多少要操心的，许多精力都放在职工内部治安方面。大家都知道，来迷哈地的职工不是新分来的实习生，就是带有处分的，尤其以作风问题的人居多。我们公安也不是什么事情都可以管，但不管好像又说不过去。

“你说难不难?!”马公安端起酒杯一口喝完。

“少喝点，明天你还要去汇报工作，等我儿子下晚自习时我去看看。”杨老六起身拉着马公安就去招待所登记住宿。

看过工作证，服务员给他们开了一个房间，并告诉他们需要开水的话，自己去锅炉房打。说完，服务员就离开了值班室不知去向。

将近晚上十点，杨老六找到了儿子所在的宿舍。一个房间里住着 8 个同学，由于十点半就要熄灯休息，刚好全部都在。

“杨民海”，杨老六喊叫着，宿舍里面的打闹声戛然而止，全部都望着杨老六。

“爸”的一声，靠近窗子的近一米六、虎头虎脑的儿子来到杨老六身边，并跟着父亲走出宿舍区。

父子平时见面比较少，根据与儿子的谈话内容，杨老六知道儿子的学习成绩在班上排在中间，也就不再多说什么。快要离开时，杨老六从口袋里掏出 20 元钱给儿子，嘱咐他省着点花，转身就往大门走。

“爸，你们车站去年发生的爆炸案破了吗?”儿子从后面传来问话。

“好好读书吧，问这些干什么?”杨老六也没有回答儿子的问题，加快步伐迅速地离开了个旧铁中，往招待所走去。

回到招待所时，马公安呼噜声四起，杨老六轻手轻脚脱掉身上的衣服，拿了一个毛巾被盖在自己身上，不一会也就进入了梦乡。

就在大家都还在梦乡的时候，赵向南和工务工区的职工早早地起来施工了。

这是热带河谷地区，上午十点气温就可以达到 30℃，因此，工务工区一般都在早上六点左右就开始干活了。

今天的任务是对 K396＋000～K397＋200 区段更换再用轨，赵向南负责对再用轨接头的整治，在作业过程中面对接头上下错牙量在 3～4 毫米时，无论怎么安设垫片,但接头高低错牙仍有 1 毫米,昨天就存在这样的问题。如何解决这个问题? 只能依靠赵向南了。

赵向南带着问题对钢轨、夹板的数据进行研究,最终他找到了一个解决接头上下错牙量>3 毫米的整治方法,即采取更换特制加高夹板整治。

赵向南昨天晚上自画草图、自制夹板:以夹板中心为界,将一端与轨底接触的底面,用铣床铣掉或钢轨打磨机抹去 2～3 毫米,再在其对应的夹板上部,焊接厚 2.5～5 毫米同样长度的铁垫片。他相信这样的办法应该可行。

一大早,赵向南就吩咐牛二和其他两位工友,按照他的方法,将特制加高夹板装入接头把整治轨面平顺后,再在轨底错牙与轨枕间缝隙用纤维板垫实,这样两轨端枕下受力均匀。之后,后续更换的再用轨接头就再没出现过高低错牙的问题。

“还有没有其他方法呢?”赵向南与白小七继续在探讨,希望还有新的办法。

“先把今天的任务完成再说,不是还有明天嘛。”白小七需要的是进度,完不成任务,段上要拿他试问的。

当天任务完成后,赵向南又和牛二干开了。经过再深入研究、改良,又将此方法用于对木枕道岔辙叉根端上下错牙整治,但与消除轨底空吊方法略有不同:需使用道钉孔的自制轨底橡胶垫板,在轨底与大铁垫板间垫实,无大铁垫板处,可在普通垫板与木枕间垫实或捣实。

“哈哈,明天就按照这个新的办法!”赵向南对白小七自信地说道。

白小七答应着,但没有具体表态,心想:“这小子不愧是大中专生,不然,三天的施工时间是无法完成的。”

“他走了怎么办?”白小七在打自己的小算盘。

施工的第三天,人算可不如天算了。一大早起来,天一直在下雨,尽管下的不大,但对接头不好进行整治。这个情况白小七只好向段调度汇报,请求指示。

“原地待命!”段调度对这种不大不小的雨有经验,让白小七他们待命是最好的安排。

到了下午五点左右,施工点前方 200 米处出现了塌方,尽管土石方量不多,但已经侵线,很有可能压到钢轨上。

白小七带着施工点的十多名职工刚把塌方下来的泥石流处理完毕,更大的泥石流顺着山坡又倾泻下来。这次土石方量更多,够他们干几天。

没有办法，白小七只好向段调度汇报并请求增援。段调度将靠近施工点400 米处的工区的 12 人全部调给白小七。近 30 人的队伍，全部上去容易窝工，分三班，每班抢险两个小时，休息两个小时，连夜抢险。

“这个办法好。”赵向南也感觉白小七有丰富的抢险经验。轮番几轮后，泥石流基本被清理完毕。

“大家都休息吧，现在已经是凌晨四点了。早上再说吧。”白小七履行临时总指挥的职责。疲惫不堪的工友们披着雨衣倒头就睡了。

“不好了，又溜塌了！”牛二起得早，刚从塌方的地方回来。白小七和赵向南迷迷糊糊的就赶过去了。

“好像比昨天溜塌下来的更多。”牛二在旁边言语着。白小七和赵向南对此没有发表意见。白小七从右边爬上去，并示意赵向南从左边爬上去。大约爬了200 米左右，他们在半山腰会合。

“从塌方的痕迹来看，是山上的水冲击蓬松的土和石块形成的泥石流，你说呢？”白小七征询赵向南的意见。

赵向南点点头，没有说话，这种地质状况他没有经验。但从他们上来的山路看，相对较硬的土石不会出现问题，水顺着坚硬的土石块流得比较顺畅，并没有对泥土浸泡。赵向南将这一发现告诉白小七。

“这不是废话吗?！水肯定是顺着坚硬的土石块流下去的嘛！”白小七有点不耐烦，明显有点看不起眼前的这个大中专生。

“你说怎么办嘛？”白小七有点像征求赵向南的意见，以缓和刚才自己说话的生硬。

赵向南其实也没有更多的主意，只是感觉应该给水出路，否则蓬松的土石块依然会被水挟持着往山下滚落。

打定主意后，赵向南开始分析泥石流形成的过程，期望通过挖出一条简易“天沟”将半山腰斩断，或者说是给山“系一条皮带”。白小七一时也没有其他想法，只好同意赵向南的意见，同时调拨给赵向南 10 个人的队伍，由他负责指挥。

赵向南他们在山腰上施工，下面就不能再进行抢险施工。按照这样的安排，赵向南他们每施工两小时，下面的抢险队伍就休息两小时，依次轮番进行。到下午五点左右，尽管天还在下雨，但似乎“天沟”已经发挥作用，没有再出现大的塌方了。

白小七一看这光景，觉得赵向南是块“好料”，在抢险总结会议上夸了一番赵向南。

两天后，雨不再这样绵绵不绝。塌方的地方也没有再出现新的险情，稍作加固处理后留下看守人员，其余人员撤回工区休整。

回到工区后，白小七在电话里一个劲地夸赵向南，希望段上重用赵向南。

雨过天晴后，迷哈地又恢复了酷热的天气。女人们穿上花裙子，在满是绿色以及青砖建筑的车站很是招摇。当然，男人们也不示弱，上身光着膀子，下身就穿一条大花短裤。

也许是这种燥热的天气，让车站上的男女也跟着燥热，一颗颗不安定的心也跟着躁动。

王诚如走后，只留下赵向南和李文林，而且赵向南也在盼着自己的调令尽快下来。没事的时候，他们几个年轻人依然会聚在一起喝酒，打发这闷热和枯燥的时光。

喝到晚上九点多，牛二说要回去休息了，大家也就散了。赵向南和李文林他们各自回到宿舍休息。

大约晚上十一点，隐隐约约听到旁边的工务工区有人在吵架，而且声音越来越大。赵向南和李文林循着声音过去，一看是白小七和牛二在吵架，旁边房屋里还有女的在哭泣。

赵向南以前听工友们说起，工区 30 多岁的女职工马丽芸作风不好，丈夫在离迷哈地 100 千米远的工务工区工作，平常聚少离多，一年当中也没有几天在一起。当然，平日里马丽芸也不寂寞，经常和工区的工长、牛二等厮混。今天晚上不知道是什么原因，三人竟然打起来了。

一看这情形，赵向南也不好说什么。一边是工长，一边是平日里的酒友，可今天为什么就“撞车”了。

“牛二，我们走吧。”赵向南拉着牛二，并示意李文林都往宿舍里走。白小七一看也觉得很扫兴，也就往自己的住处走。

一夜无话。第二天早上，李文林和赵向南来到食堂吃早饭。小黄一看见只有他俩，就问道：“王诚如给你们打过电话吗？”

“要打也应该是他先给你打啊！”赵向南有点挑拨。

“不说就算了，吃什么？”小黄有点生气，但毕竟她是食堂服务员，还不至于不给他俩打饭。

“回头我们问问。”李文林赶紧打圆场，算是没有发生不愉快的口角。

“这还差不多。”小黄边说着边舀了一大瓢焖肉给李文林。李文林端着饭边吃边闷笑。

“你笑什么？！”赵向南有点纳闷。

锅碗瓢盆小乐队

刚与同学聚完会回到家的王诚如，一看父母板着脸，知道没有什么好事，准备溜回自己的房间。

“你这几天算什么？”母亲把一封电报丢在茶几上。

王诚如一看脸都白了，只见电报上有“限三天到段”的字样。

“我请过假的嘛，为什么会这样？”王诚如像是在解释。

“收拾东西，明天就回去！”父亲不容置疑地命令道。王诚如没有再说什么，悻悻地回到自己的房间。

静下来后，王诚如在想，当时我不是告诉过人劳室主任李应安了吗，我不想干团委书记，我想干自己的专业，哪怕是调车也行。可李应安主任说，这是段党委的决定，任何人无权更改。争执中，王诚如对李应安说：“要容自己想一想。”李应安答应了。不过，当时好像也没有说回家住几天。

“已经在家七天了？”王诚如自言自语，有点不相信在家里待了七天。刚回家时，只是告诉父母回家休假，具体也没有说休几天，更没有告诉父母段上对他的安排。

刚回来时，同学、小伙伴们都很热情，可毕竟各人都有自己的事情，也不可能天天陪着他到处玩，再说个旧就是个小县城，巴掌大的地方，用不了半天就可以转完。王诚如慢慢地也就在心里劝自己，不干团委书记，又去干什么。

这几天，也不能说不想小黄和赵向南、李文林，但地方和铁路是两个系统，打电话很不方便，自己不断地安慰自己，等到了段上再说吧。

说白了，王诚如内心里还是要回段上的，只是一时想不开，不过这“一时”也确实长了点，超出了人劳室李应安的权限，不得不采取“电令”措施他回到单位。

“你啊，就不知道我们的良苦用心！”李应安见到王诚如的第一句话，有点埋怨但没有批评的意思，立马安排他与前任的交接。

当然，长期从事劳资工作的李应安从王诚如的实习报告中看出了一些端倪，觉得这小子是块好材料，只要打磨得好可担重任。这个想法与教育室主任林光耀有点“英雄所见略同”。巧的是段团委书记年龄超标了，已经下令到人劳室任副主任。这个空缺，也不是没有人愿意或者说是有人惦记，但两大主任联袂向党委书记张志刚建议，才有王诚如的任命。

说来王诚如有点不珍惜，党委会上有委员就提出刚来的中专生，一点基层经验都没有就来任团委书记，是不是有点儿戏。没有三五年的基层锻炼就直接到段机关工作，好像很难服众。倒是党委书记张志刚拿出他曾在部队的作风，力排众议，坚持大胆启用，不再犹豫。会上也有委员提出，还是按照政策来吧，先从副书记干起，合适了再升任书记。张志刚依然坚持自己的观点：要用就用到位，让他充分施展，同时待遇也要跟上。“任一个团委书记都要论资排辈，何时能让年轻人有希望！”张志刚的这句话不仅在党委会上定了调，让年轻人着实振奋。实际上张志刚对全分局“人心思变、人心思走”的年轻人的想法多少有些了解，他心中就想：“大胆用年轻人来管年轻人，既是示范，也是一种正向激励！”

这些情况，李应安不可能向王诚如讲。当然，有关王诚如这几天的情况，他也不敢向张志刚汇报，一旦张志刚知道了，不仅毁了王诚如，也害了他和林光耀。

交接工作完成后，王诚如老老实实学习相关的材料，抽时间也和迷哈地的杨老六、小黄、李文林、赵向南等人通报自己的工作情况，算是给了大家一个交代。

李文林的正式任命与王诚如在时间上差不多，王诚如被电话通报后的第二天，车递的信件就到了工区。“三个人，就像一个小组一样。”李文林自己安慰自己。

“李文林，你们的信号连接线被偷了。”白寨站长李卫兵从电话里向李文林反映，同时在电话里他还说已经告诉了派出所的马公安。

李文林连忙布置另外两人准备好工具材料，等待搭乘货车前往白寨车站。

一小时后，70224 货车经过迷哈地，杨老六接到马公安的电话通知，拦停列车让他们赶往白寨。车一停，李文林、马公安他们一行六人爬到中间装有石砟的平板车上，等他们坐稳后，杨老六发出指令，列车缓缓开出车站。

到白寨车站一看，信号连接线基本被偷光了，而且在扳道房附近的也被偷了。按照程序，马公安他们先查勘，看有没有蛛丝马迹。

第一个点是上行进站信号机，马公安他们已经查勘完毕，李文林示意工友可以恢复信号了，同时告诉他们工作完了去下行信号机。他则跟着马公安又去查勘下行进站信号机，结果与上行的一样。

全部连接线恢复时间也不长，大概两个小时左右，全部也就一二十根连接线，也不值多少钱，但严格按照铁路行车时间来算，影响是巨大的。

全部忙完后，只有等待下行货车来时才能返回。今天又不逢集市，白寨冷冷清清，只有车站上的几个人，工务工区则在靠近大桥的地方，离车站有 2 千米多。没有办法，李文林找李卫兵煮了六碗面条打发了“肚子”，总算没有让大家饥肠辘辘。

熬到晚上八点多，70223 货车经过白寨，李卫兵拦停列车让李文林和马公安他们返回迷哈地。

货车上，李文林问马公安：“这个案情有什么进展？”马公安说：“这好像不是破坏，而是有意而为。”两人在货车上东一句西一句的瞎扯，始终没有头绪。

回到迷哈地，李文林、马公安各自向自己的上级作了汇报后，在值班室里倒下便睡着了。

“叮铃”，电话铃声响起，李文林抓起电话。电话另一端是白寨车站的李卫兵。

“信号线又被偷了。”

“你确定全部又被偷了？”

李文林放下电话一看手表，时间是早上七点半，昨晚才换上去的，一晚上又被偷了，看来情况严重。李文林一边吩咐自己的工友准备材料，一边电话征询马公安的意见。

一时在电话里说不清，李文林亲自到派出所找马公安。马公安也不敢大意，俩人在所长办公室积极地商量对策。

“看来，我们大家都要熬夜了。”马公安和李文林商量着能不能他们两家一起值班，分成两个组各三个人，电务组李文林负责，公安组马公安负责，每组各有一名对方的工作人员，先将信号线恢复好，今晚都守在白寨车站。“看这个毛贼怎么跑！”马公安胸有成竹地说道。

商量好后，李文林和马公安分别安排自己的工作，同时等待最早的一趟货车的到来。

整个工作程序和昨天一样，安装好后就是漫长的等待。

天黑了，李文林和马公安各自带着一个组分守上下行进站信号机。没有一个人打瞌睡，可他们守了一晚上也没有丢一条信号连接线。

“连个鬼都没有，你说怪不怪？”马公安一早和李文林在车站对面的空地上说道。马公安甚至怀疑是不是车站上的职工干的，但话到嘴边没有说出来。

“今晚还守不守？”李文林追问马公安。“先在车站上睡一会再说吧！”马公安并没有正面回答。

李文林也没有办法，说白了，马公安是在帮他们。尽管破案是公安的事情，但损失的是电务的设备。李文林也不好更多地说什么，只好招呼自己的工友找地睡一会。

睡到上午十点左右，李文林找李卫兵商量能不能搭个伙，让他多做六个人的饭，饭费由电务出。大家都是为了工作，而且各个系统之间难免有这样或那样的问题，作为基层的工人都应互相帮衬。

听李文林一说，李卫兵满口答应，就这样解决了吃饭的问题。

中午十二点半，李文林叫醒马公安和其他人，到车站食堂吃饭。李文林顺便也和马公安商量今晚看守信号机的问题。

“再看守一晚上吧！”马公安也不甘心，案子破不了他也不好交代。

又是一晚的平静。

没有办法，李文林和马公安他们只有撤退。因为，电务和公安都把精力耗在白寨车站，万一其他车站有点事情根本顾不及。不过，马公安毕竟是从事公安工作的人，他留了一个心眼，这几天毛贼不出现，肯定与车站的人有一定的瓜葛。

“今天正好集市，车站上的人很多，大家都不会注意，你我各留下一个人，先去工务工区睡觉，我们分头坐客车回迷拉地，迷惑一下车站上的人。”马公安悄悄和李文林说着自己的计划。对此，李文林没有异议，就分头安排自己的人员。

下午四点，681 次旅客列车准时从白寨车站发车，李文林、马公安和其他两人分别乘坐 2、3、4、5 号车厢，而且上车时，车站值班员看得真真切切。

白寨赶集的人散尽，又恢复了往常的平静。

晚上九点左右，一个黑影窜到上行信号机，手脚麻利地扯信号连接线，当他准备扯第二根信号线时，一束手电光直照到他的脸上。“啊”的一声，扯信号线的扳手掉在钢轨上，发出清脆的“铛”的一声，下行信号机守候的电务工都听见了，连忙赶往上行信号机处。

在上行守候的正是派出所的公安小赵，那一声“啊”，是他非常熟悉的声音。黑影是白寨车站的站务员李尔明。随着扳手落地，小赵一把揪住李尔明，把他直接带到运转室。正好是李卫兵值班。

李卫兵将电话打到迷拉地派出所，将情况告诉了马公安。马公安带着 2 名民警连夜步行来到白寨车站突审李尔明。

据李尔明交代，最近家里母亲病重缺钱。前几天赶集时和一个收破烂的人在喝酒时勾搭上的，那家伙说铁路上的东西值钱，一根卖一块钱，我一共偷了 25 根。

马公安问收破烂的人还在镇上吗？李尔明说：“可能还在，因为他还在等我的信号线。”

马公安立即决定抓捕收破烂的人。凌晨四点左右，李尔明敲开了镇上一个鸡毛店的大门，一个大汉伸出头来便问道：“东西带来了？”李尔明一点头，马公安他们迅速扑上去。

案子就这样被破了。

就在马公安他们侦破信号线被盗案时，王诚如却在积极准备迎接十月国庆节的节目。

国庆三十四年，既不逢五也不逢十，自然是规模比较小。不同的是，这两年分到段上的大中专学生加起来有二十个人左右，尽管有部分人在各个小站，但在机关附近也有十多个人，加上这几年陆续到来的复退转军人，在段机关附近的年轻人有六七十个人，不搞活动似乎说不过去。

迷拉地车务段机关就在迷拉地镇机关附近，基本还是处于乡村地带。这里有一个水库可以供蒙自县坝区的居民使用。

迷拉地车站与镇街道只有一墙之隔，几乎就在镇中心。当年，越南主席胡志明曾在这里生活和工作过半年，顺着车站通道出去向右转一百米，就可以看到当年胡志明待过的小屋。

王诚如刚上任团委书记，将团员青年团结在团委周围是他的主要任务和工作。开会、学习、培训和做思想工作是团结团员的常规和必要的手段。

“用这些方式会不会老套了?”王诚如这几天一直在心里不断地问自己。等到团委会开会时，他在会上问其余四个委员同样的问题。四个委员是上届团委的班底，年龄也是比较大了，自然他们也不会给出具体的答案。

一看这种情况，王诚如也就打消了倚重委员们的念头，自己寻思着如何搞好这次上任后的第一个团员青年的活动。

活动是团组织的生命。这点，王诚如理解得比较到位。围绕着激发年轻人的热情和活力，他开始思索活动方案。

吃过晚饭，许多铁路职工都会到水库坝上去散步，王诚如也不例外，跟着职工们也到了坝上。

整个坝上的路宽两米左右，大概有三四百米长。路面是用拳头大小的石块铺成的，走起来不是那么平坦。

走在坝上，在夕阳下看着碧蓝的水面，有多少烦恼都可以抛掉，让人顿时清静下来。

王诚如走着走着，似乎来了灵感，立马加快返回办公室的步伐。

摊开信签，王诚如开始琢磨自己对活动的构想。

整个构想是这样的，庆祝国庆三十四周年活动，分为四个阶段:第一个阶段，组织团员青年到离机关五千米外的紫蓝洞游览，放松和放飞心情。这个阶段需要半天时间并需段上的卡车接送一下团员青年，反正五六十个人，一车就拉走了;第二个阶段，组织主题团会活动，请退休或者党委书记给团员青年上团课，回顾建国历史，珍惜现在生活，大约需要两个小时;第三个阶段，在水库坝上搞接力赛跑，以团支部为单位进行，时间在下午四点半到五点半，同时邀请机关党支部的党员给予指导;第四个阶段，组织一台晚会，有部分文艺节目，请阿迷分局工会的老师来教交谊舞，普及舞蹈。

把大体内容理清以后，王诚如需要预算经费。经费包含着午餐费用、接力赛的奖品、文艺节目的纪念品以及请老师来的讲课费等，一算 600 多元。

现在可支配剩余的团费只有 100 元，还差 500 元。“钱从何来?”离国庆节只有半个月的时间，王诚如从洋洋得意的构想中跌入窘境难以破解。

这天，李应安看到王诚如心事重重，也就关心似的问王诚如。当听说王诚如的计划后，立马表示支持这个计划。李应安详细地了解了王诚如没有钱而苦恼之后，拉着王诚如来到了主管货物装卸副段长白家喜的办公室。

王诚如一时没有反应过来到白副段长办公室的用意，只是听着李应安和白副段长的交谈。

“你给团委 10 个车皮的货物，让他组织团员青年去装卸，费用就给团委，你看行不行?”李应安把整个缘由一说，白副段长满口答应。

当着他们两人的面，白副段长立即安排装卸队，将最近这几天比较好装卸的车皮分给团委，具体交代装卸队长配合好新任的团委书记王诚如。

“李主任，团员青年都在岗位上，我抽不出他们来啊。”王诚如比较聪明，如果不和人劳室主任商量，他是一个人都不能动的。

“没事，你排一个计划给我，哪天哪个班组出几个年轻人，分出时间段来，把计划给我，我帮你解决。不过，我可跟你说清楚，装卸是件苦差事，团员青年的工作由你去做。不要让被抽出来的人瞎嚷嚷啊！记住了!”

自己挣钱搞活动，原来可没有这样的事情。况且，可以利用工作时间来干这个工作这事应该好办。王诚如有了底气，开始分头去找各个团支部书记。

团支部书记们一听，好事啊。反正都在现场干活，装卸虽然苦一点，又不是天天干。这样一来，大家也就分头将人员和时间排定，接下来的事就是干活了。

10 个车皮的货物排了 5 天时间，刚好有 600 块钱的劳务费。当然，王诚如也会做事，管这 5 天干活的团员青年一顿饭，每天 5 个人也就 20 块钱左右总共花了 100 多元。

钱够了，活动也就紧锣密鼓地推进着。

王诚如组织的活动非常成功和令人震撼。老辈的人都积极参加，感慨段上有将近 20 年没有这样的活动了，整个车务段机关，不，应该还有工务段机关，甚至镇里的人都被吸引来了。

活动已经结束一两天了，机关的人还在不停地议论这件事。当然，更多的人逐步由议论变成了对段领导的肯定和赞许。有的人认为，没有党委书记张志刚的力排众议，哪会有王诚如的今天；有的人则说，还是人劳室的主任慧眼识珠，推举了这样有作为的年轻人；有的人还说，白家喜副段长敢想敢让年轻人干，没有他的主意，哪会有这么多经费来搞活动。

一个活动能调动这么多人的积极性，而且让参与的人都很有成就感。王诚如也在感慨，看样子要能成就一次完美的活动，还是要搞好协调。既然大家这么喜欢，能不能将这个活动中的一部分复制到小站去，并结合各个小站的特点适当地加以改编。

王诚如还沉浸在活动的细节之中。“叮铃……”，电话铃声响了起来。

“小王，你来一下我的办公室。”电话里，党委书记张志刚语气平和地说道，但不容置疑。

党委书记办公室在三楼，也是最高一层楼。“坐下，我想和你谈谈心。”张志刚 50 多岁，头顶已经秃得差不多了，头发有点“地方支持中央”的意思。

王诚如第一次与党委书记面对面坐着，多少有些紧张，也不知道张志刚书记要谈些什么，他静静地等待着张书记的问话。

刚开始，张志刚和王诚如都在拉家常，问一问家里的情况，在学校里学的知识以及实习时学到的东西，等等。不知不觉，王诚如就放松了下来，没有像刚进入书记办公室时的紧张了，也可以时不时和张志刚附和一两句话了。

“今天找你来，是想让你谈谈你对党的认识和自己对入党问题的考虑。”十多分钟后，张志刚立马转入正题。对这个问题，王诚如在平时没有过多的考虑，等张志刚书记一问，足足愣了有一两分钟，不知道怎么回答。

对党的认识，作为一个从大中专生来说是不陌生的，只是了解的程度有多少。停顿一下，王诚如如实地回答了第一个问题。

王诚如从五四运动讲到共产党的成立，从 1927 年 8 月南昌起义讲到抗战以及解放战争和新中国成立，每一个事件基本都说到了，而且对党在各个阶段的重大决策都有自己的理解。

“没有结束‘文化大革命’，我们就没有机会参加高考，今天我也没有机会到铁路工作。我觉得党是在错误中不断纠正自己的不足，因此，这个党是可以信赖的和拥护的！”王诚如一共用了近三十分钟陈述了自己对党的认识。看得出来，张志刚书记对王诚如的回答还是比较满意。在交谈中，张志刚频频点头，并不断给予王诚如鼓励。

“张书记，我觉得自己离党的要求还有许多差距，入党的问题我感觉还要继续努力！”王诚如最后的表态让张志刚很是满意。

“有差距，说明自己还是有自知之明，正是因为有差距，党组织才会让你在这个岗位上多锻炼、多学习，这也是一种培养和教育的好方法嘛！”张志刚不愧是书记，用又拉又推的办法让王诚如佩服得五体投地。

接下来，张志刚书记提了一些要求，无非是多和团员谈心，帮助他们进步，同时不要冷落不是团员的年轻人，要团结他们一同与团员进步。

王诚如还谈了能不能将在段机关举办的活动复制到小站的想法。张志刚一口答应，并应承说，让各个党支部支持团委的活动。

得到张志刚的支持以后，王诚如抓紧准备到沿线小站的各项工作。他在案头列了一个时间计划表，计划在半年内走遍所有车务段管辖的三十个小站，让各个团支部将所管辖的小站的特点和所处位置一一表明，并叮嘱各个团支部书记要提出自己的想法，不能段团委说什么就是什么。

到 10 月中旬，王诚如已经在段机关附近的三个小站搞了三次小型活动，反映都很强烈，希望团支部能再搞一次。王诚如并没有立马同意各个小站团支部的意见，而是想在搞几次活动后再总结总结，成熟后再进一步推广。

早在 10 月 9 日，李文林与王诚如通电话，告诉王诚如，15 日赵向南将到湾潭桥隧领工区去任技术员。李文林让王诚如来一趟迷哈地，顺便给赵向南送行。

放下李文林的电话，王诚如又给小黄打电话，食堂的人告诉王诚如，小黄去白寨买菜去了，有什么话可以帮忙转告。

“过两天，我就下来。”王诚如像是让人家转告，又像不是。

王诚如赶紧和杨老六报告要来迷哈地搞一次团员青年活动，希望杨老六发挥站区协调联络员的作用，把车站的各个系统的人员召集起来，尤其是年轻人。杨老六没有推辞，满口答应。之后，王诚如接着又找窦春红。

窦春红现在是车站团支部书记，对王诚如在段上搞的活动已有耳闻，听说王诚如要下来搞活动，也非常期待。

10 月 11 日下午，王诚如坐着 681 次旅客列车到了迷哈地。王诚如看透过车窗，一眼望见小黄，还真有些激动，虽然有三四个月的时间没见，但觉得小黄比原来更好看了。尽管小黄穿的是厨师服，但身材还是凸显出来。

小黄并不知道王诚如今天会来，只是听师傅说这两天王诚如要来，因此，这两天小黄一见客车就从食堂里跑出来看。

车站上也没有多余的人，全部是铁路职工，只要没有工作，职工都会站在不同的位置看客车。有时，客车门打开，没有一个旅客上下车，只有列车员走出，大家相视一笑，算是老朋友般的招呼，五分钟后又目送客车离去。

小黄正在往后面的车厢看，王诚如已经站在小黄的身后，拍了一下小黄的肩膀。“别闹，我在等人。”小黄以为是同事在逗她。

“等我吗?”王诚如小声说道。小黄一转身，正好转到王诚如的怀抱里。

“你个死鬼，来之前也不说一声。”小黄嘴上埋怨，心里还是挺高兴的。王诚如一看，车站上李文林、赵向南和杨老六、窦春红等人都在，立即叫窦春红将搞活动用的物品全部从车上搬下来放在运转室里。

搬完物品，王诚如简单地和小黄说了几句话，就转身往运转室里走去。半小时后，白小七、李文林、马公安等驻站的各个系统的工(班)长悉数到场。杨老六开场白后，王诚如将在迷哈地搞站区团员青年联谊会的活动方案进行了说明。

大家对王诚如的活动方案都比较赞成，也说了许多恭维车务段的话，让杨老六和窦春红比较受用。

对明天下午的传球和划旱船小游戏没有争议，工务和电务自报他们去准备比赛工具。但对晚上的交谊舞活动没有谱。一来没有录音机放音乐，二来没有乐器伴奏，不知道设个舞会如何进行。

讨论半天也没有个说法，已经超过了吃饭时间，说是吃完饭再研究。

李文林拉着王诚如和赵向南就往宿舍里走去，杨老六、白小七和马公安在后面嘀咕，李文林一看这个阵势，不叫他们一起怕是说不过去，转身连忙说:“杨站长、马公安、白工长，我们一起为王诚如接风吧!”

“这还差不多。”马公安笑着像是和杨老六、白小七说话。

实际上，之前李文林与王诚如已经通过话，知道王诚如今天会来。一大早，李文林就安排他的两个工友去白寨买菜，并要求他们今天的任务就是做饭。

一切都已准备就绪，满桌都是迷哈地特有的菜肴。当然，还有两个菜的空间是留给小黄从食堂里带来的。

满上酒、舀好汤，李文林俨然一幅主人的样子招呼大家：“今天，我们欢迎曾经的战(站)友王诚如回到迷哈地，同时欢送赵向南到湾潭领工区赴任。我提议，大家一口干了！”

李文林一说，没有不干的。但王诚如有点发怵，因为他知道今晚还有一个问题没有解决，生怕喝醉了误事。抿了一小口后，抬头看着李文林。那意思是说：“我这样行吗？”

窦春红毕竟是车务的人，他不想让电务的人看不起，抢过王诚如的酒杯一干而净，算是为车务争回面子。

大家对王诚如的酒量还是清楚的，说实在的，即使窦春红不帮王诚如喝，李文林也不会逼王诚如喝，何况知道王诚如待会还有事呢。

“挺热闹的嘛，我再来添两个菜。”小黄从菜篮子里取出了四个菜。

“不是两个菜吗？”王诚如有点较真。

“看样子，你还没有喝好啊。看好了，第一个菜是情真意切(茄子凉拌芹菜)、第二个菜是一清二楚(小葱拌豆腐)、第三个菜是蒸蒸日上(粉蒸肉)、第四个菜是果然相伴(水果拼盘)。怎么样啊？”小黄一脸得意，这些菜名让王诚如有喜又有忧。喜的是第一个和第三个菜意蕴美好，忧的是第二个和第四个菜到底是何意啊。

“来，来，来，我敬大家一杯。”小黄不容分说，端起王诚如的杯子干了。大家一看，呵，今天可有戏了。

“小黄，你坐下来，咱们慢慢喝，今天还有个事要商量，可不能都喝醉了。”王诚如说着就把小黄拉过来坐在自己身边。

“还有什么事？”小黄问道。窦春红将下午的事情说了一遍。小黄看着王诚如，像是深情又像是看不起。

“听说过锅碗瓢盆交响曲吗？我看你们都是书读多了。”小黄说着就把碗翻过来，用勺一敲，发出了“铛”的一声响。

在小黄的参谋下，喝酒已经不重要了。杨老六、马公安、白小七喝得差不多也就知趣地走了，留下他们几个年轻人在捣鼓用日常的家什组成的乐器。

第二天一早，吃过早点后，小黄把食堂里的圆桌收了起来，把昨天晚上商量好的东西，全部排列摆好，还真像回事。

架子鼓就是用一个木抽屉当鼓，废弃的油漆桶装上沙子，用废弃的铁皮叮叮当当地敲，然后还有把菜盆扣起来敲，当乐器。七拼八凑的，敲起来还是像模像样的。

七八个人，排练了一上午，基本的节奏可以敲出来，静待晚上一展这神奇的乐器发出的声响。

联谊晚会如期举行，踩着快三、慢四节拍翩翩起舞的铁路职工可真是享受到了一场神奇的音乐盛宴。

赵向南第二天中午带着对迷哈地的眷恋，离开了与他一起相处的工友。王诚如则赶往下一个车站继续进行与团员青年相关的活动。

大雪过后

王诚如一直都在忙他的年底青年联谊会活动，整天屁颠屁颠的往各个小站跑，机关里少了他的身影。当然，近半年来，似乎各个党支部的汇报中也少了年轻人的抱怨和惹事的情况，好像大家都在忙自己的事一样，没有多少人去挑事。

迷拉地车务段党委书记心中是有本账的。每年的年底，结婚的人比较多，也容易惹出事情。每到这个时节，每次的支部书记会议，他都会提出要求，生怕自己单位的年轻人吃亏。可今年与往年不一样，正好印证他的决定是正确的。

“王诚如，这小子确实不一样！”机关党支部书记也就是人劳室主任李应安正好来找张志刚书记汇报有关工作，也顺带汇报了机关党支部马上要召开的支部大会的准备情况，好请张志刚书记作指示、提要求。

既然都提到了王诚如，李应安趁机向张志刚书记汇报，能不能将王诚如列入明年的党员发展计划。张志刚对此并没有说“行”，还是“不行”。李应安从这种姿态中读懂了党委书记张志刚的态度。

“张书记，你要是没有新的指示，我就回办公室去了。”李应安觉得工作已经汇报了，接下来是落实的问题了。

“等等，你刚才说准备发展王诚如入党？”张志刚有些疑虑，把抬脚要走的李应安叫住。

“有什么问题吗？张书记。”李应安也不理解张志刚书记的问话。

张志刚从王诚如的工作谈起，满口都是赞许，只是张志刚觉得还需要好好淬炼王诚如，让他全面履行职责的同时，暴露他的缺点，党组织也好对症下药，把王诚如培养成为一个全面合格的共产党员，担得起更大的重任。如果让他觉得入党是那么轻而易举的，只会害了他，对他没有任何积极的帮助。

“当然，这也只是我个人的意见，并不代表段党委的意见。在党支部我也只是一名党员，我只有一票，主意还得你们党支部拿。”张志刚书记把话说到这个份上，李应安也就不好再说什么。

过了两天，王诚如刚好路过人劳室，李应安主任叫住他。

“你这几天都跑哪儿去了？人影都见不着。”

“李主任，我这段时间都往小站跑，还有四五个小站就基本跑遍了。”

“你坐下，我有话跟你说。你天天往小站跑不是不可以，但你也要追求进步啊！”

“我一直都在追求进步啊。怎么了？李主任，是不是有什么好的消息要告诉我？”王诚如听到这里，拉过椅子坐在了李应安主任的旁边。

“你叫我说你什么好呢。”李应安开始数落王诚如的不是，从任团委书记后就没有找过他，似乎已经把他给忘了。

“你忘了我是人劳室主任，可我还是机关党支部书记，你的进步能离开我吗？”李应安拿出支部书记来逼王诚如就范。

“我问你，上次说的入党申请书写好了没有？”李应安不再绕圈子，直接向王诚如要申请书。

“还，还没有写好。”王诚如如实回答。

“是还没有写好，还是根本没有写？”李应安不想再让步，他今天必须要王诚如给个准确的时间。

“三天后交给我！”说完，李应安拿起记录本就往办公室外走，王诚如也跟着走出了人劳室。

年终岁尾，各个单位都在忙总结，忙忙碌碌中似乎都快接近 1983 年的尾声了。

王诚如终于如期递交了入党申请书，同时也正在考虑明年的工作重点。赵向南在领工区技术员的任上熟悉工作要求，这对他来说比较陌生。李文林也在准备明年的各种工作，以便在段上开会时交出一份满意的工作答卷。

12 月 23 日，电务段调度通知，编表会将于 26 日开始，27 日结束，要求各个工长安排好工作到段上参加编表会。李文林接到通知后，着手准备编表会的各项工作。好在张山明保留的去年的编表会资料比较齐全，他一一对照，看看明年哪些是日巡视、周检查、月检修、季检修和年度重点检修项目，在草稿纸上全部标好，不清楚的地方也标出来了，好在开会时提出来。

编表会的工作准备就绪，李文林又叫两个工友一起到材料房中检查材料的多少，全部清查后罗列所有材料清单，根据日、周、月、季度和年度检修要求，在测算出工作量的同时，提出初步的材料清单。

两天时间的准备，各种文案和材料报表也基本准备得差不多了。25 日，李文林乘 682 次列车离开迷拉地到蒙自电务段报到。

参加编表会的人员有七八十个人，会议上，首先是段长对明年工作提出了原则性要求，接着是分管副段长分别就通信、信号工作提出初步安排。最后是技术室、材料室、人劳室、财务室、办公室等相关人员从技术要求、材料准备、人员考核、财务报销等方面提出了具体、明确的指标，希望各个工区在编表时如实反映并认真组织实施。

下午，技术室的主管技术员张山明专门对信号工区的技术指标作了详细说明。接下来就是各个工长开始做计划和编表。李文林由于准备充分，将指标重新明确后，将准备好的表格、报表誊写后，放在抽屉里就出来了。

晚上一觉醒来，整个城市白雪皑皑，很少下雪的蒙自已经被大雪覆盖。大家正在为大雪而欣喜的时候，调度室通知所有参会人员立即到会议室，准备抢险救援。

到达会议室后，分管安全的副段长通报了从昨晚到今天早上的雪灾情况。整个铁路系统的指挥系统，也就是通信中断，所有道岔都有不同程度的损伤，初步判定电务系统要恢复所有通信、信号大约需要一周时间。

鉴于天还在断断续续地下雪，段党委立即决定组成抢险指挥部，由分管通信的副段长指挥，将出席会议的工长以及段机关人员组成十个抢险小分队，每个小分队由十个人组成。尽管李文林不是通信专业出身，但考虑他是大学生，也就让他任其中一个小分队队长，负责迷拉地车站相邻十公里的通信抢修。

接到任务后，李文林和自己的队友一起去领取抢险物资。由于李文林负责的区间处在海拔更高的地区，又远离蒙自县城，段领导决定给处于高海拔地区的小分队每队配一辆卡车。

李文林他们加上司机共十一个人，把所有抢险材料和救援设备全部搬上卡车后，李文林命令司机开往迷拉地车站。

迷拉地车站基本被大雪覆盖，连道岔都看不见。车站值班人员全都龟缩在运转室里。

迷拉地工务段也没有动静，整个段机关出奇的安静，不时有一两个人打伞进出，但没有见段上组织人员抢险。

李文林到达迷拉地车站时已是下午五点左右，他让司机把汽车开到电务大院后就往工区食堂里跑。当然，迷拉地通信、信号工区工长也编在他的小分队里，他俩人在汽车上就商量好，到迷拉地先做饭，等吃完饭后再商量抢险事宜。

由于气温较低，天还在下雪，每个抢险队员都喝了碗酒，大约 150 毫升左右。酒足饭饱后，李文林拉着迷拉地通信工区工长付昆和信号工区工长罗永田到车站实地查看通信电杆歪倒情况。

从运转室往下行方向到进站信号机不到 1 千米的线路上，歪倒的通信电杆就有 10 根，而且有些是连续三四根一起倒的，情况十分不好。

李文林他们又返回运转室，往上行方向也是走到进站信号机附近，倒掉的通信电杆与下行方向差不多。如此一测算，10 千米的抢险线路，初步估计歪倒和需要加固的电杆大致在 100 根左右，靠他们十个人加上迷哈地通信信号原有的工区人员不到二十个人，工作量非常大。

在返回工区的路上，李文林与付昆、罗永田商量，全部队友十八个人，每队九个人，李文林带一队到上行方向抢险，罗永田带一队到下行方向抢险。

根据阿迷分局及段指挥部的命令，首要任务是先拉一对皮线接通各个车站，作为阿迷分局抢险指挥电话。必须在 28 日零点接通。抢险会议上，段领导要求无论遇到多大困难，原则上各队必须完成任务。

刚到迷哈地电务工区，李文林与付昆、罗永田又开了个碰头会。会上，罗永田建议让一部分人恢复电杆，其他人员放皮线。罗永田认为，这样做的好处是可以争取时间，不致落人于后。

李文林开始并没有表态，他抬头看看天，似乎雪没有停的迹象。想了一会，他告诉付昆和罗永田，从天气来说，估计 28 日一天还会下雪，不可能停下来，如果我们让一部分人去恢复电杆，一部分人去放皮线，很有可能被恢复的电杆在雪的作用下再次倒下，再者我们抽出的这部分人会因为皮线没有人去抬，而延误拉通皮线的时间，这样会影响电务、阿迷分局指挥部对雪灾的判断，从而影响大局。因此，我建议全力以赴放皮线，尽快拉通皮线，使抢险工作在阿迷分局的统一指挥下进行。

“另外，我们可以边放线边由一位同志查看未倒的电杆的情况，做好标记，回程时顺便一起加固，不要让电杆倒了。”李文林布置完毕，指挥抢险小分队往上下行方向放皮线。

27 日深夜十一点半，相邻的两个小分队都点到达，双方麻利地将皮线连接好，并做好绝缘和防护。

28 日凌晨四点，李文林的上下行小分队全部回到电务工区，汇总后发现总共歪倒的电杆有 51 根，加固了 50 根。

“不管了，现在全部睡觉。早上我们再说。”李文林命令全体抢险队员马上休息。

第二天上午十点，李文林、付昆、罗永田起来后，又聚在一起商量下一步的抢险方案。但此时天还在下雪，一时也不知道怎么办。

“先煮饭，大家伙吃饱了才有力气抢险。”李文林叫醒做饭的工友，要求在中午十二点前把饭做好，只要下午雪小了，就开始把车站进站信号机以内的电杆立起来，同时将通信线架好。

下午两点后，雪小了，李文林他们开始行动了。半小时后，雪停了。

“老天爷善解人意啊!”李文林长长地舒了一口气。

两个小分队各自恢复了两根电杆后，明显感觉人手不够，而且还比较吃力，从立第三根电杆开始进度明显迟缓。

“不行，必须合力而战，一部分人栽电杆，一部分人架线。”李文林和付昆商量后，先期带着一部分人赶到下行线，与罗永田会合。交代付昆带着另一部人架好线就到下行线。

两队合并后，李文林带着九个人在前面立电杆，罗永田带着另外人员架线。

到晚上十点都已经精疲力竭。李文林只好下令收兵，让大家回电务工区吃饭、休息。

29 日一大早起来，李文林一看雪停了，赶紧叫醒临时负责做饭的师傅，简单煮碗面条，大家一起吃完饭后就去干活。

31 日下午五点，李文林带领的抢险小分队顺利抢通线路，圆满完成任务。他们比其他小分队整整提前了一天时间。

完工后，各自回到自己的工区。1984 年新的一年开始了。

铁路抢险，比较看重的是“一切为了抢通”。这里的“通”，是广义上的“通火车”。李文林他们的“抢”，是铁路上的先头部队。“耳不聪，目不明”，对于铁路来说意义不大，因此，对于李文林他们来说，他们的结束才意味着铁路的大规模抢险开始。

就在李文林他们抢险行将结束的时候，阿迷分局的抢险命令才开始下达到工务、车务、水电等各个系统。

在车务段，雪一停，王诚如也跟着段党委书记张志刚到附近的车站转了转，道岔上还有雪堆，要恢复通车必须好好清理道岔。

“怎么样，组织一下青年突击队到车站扫雪?”感觉张志刚是在征求王诚如的意见，实际上是要求王诚如组织机关和车站的团员青年来帮助车站扫雪，尽快恢复车站的作业。

“没问题，回到段上我立马组织突击队。”王诚如立即答应着。

赵向南他们工务系统可就没有车务那么容易了。

因大雪覆盖，白茫茫一片。一般看到这样的景色，会想到“瑞雪兆丰年”。据老师傅们讲从参加工作到现在都没有看到这样的大雪，难道明年会有大事发生？赵向南也就是听听而已。

尽管在下雪时赵向南就已经开始查看所管辖的桥隧，但也仅仅是看看在领工区附近的桥梁和隧道。火车线已经中断，他们根本无法知晓管辖内的基本情况。

两天后，天已经放晴，雪开始慢慢融化，等露出轨道后，赵向南他们开始乘轨道摩托车缓缓向前查勘。

实际上，不仅仅在轨道上的雪融化了，在树枝、石头和路上的也融化了，雪水从山上毫无规律地倾泻而下，相约来到铁路上。有涵洞的地方雪水则顺着山往下流，没有涵洞或者涵洞较小的地方，全部漫上了道，不停地寻找它们的归宿。

不稳的路基受到雪水冲击后顺势垮塌，造成线路或者轨排悬空。赵向南他们尽管是桥隧领工区的人员，但面对这样的情况，也只能先加入恢复线路大军的行列，等待可以向前行进时再查勘桥梁和隧道。

五天后，线路经过简单处理，通过轨道车已经不是问题，轨道摩托车则可以加快速度往前走。

赵向南所在的领工区共管辖 15 座桥梁和 35 座隧道。这次大雪所造成的影响，估计本身质量好，最危险和最重要的桥梁、隧道居然安然无恙。倒是几座近几年改道过或者加固过的桥梁和隧道，出现了垮塌和堵塞。

又过了五天，这次大雪造成的所有设施设备已经恢复正常，线路被完全修复，已经具备通车条件。

这天，王诚如向迷哈地食堂打了个电话，向小黄问候一下。

“你还知道打个电话问问，我们差不多都快饿死了。”小黄有点生气，不过还是很高兴。

“我们这十天，已经将所有的腌菜、洋芋吃光了，一点肉都没有。前两天，工务段的师傅都已经去挖木薯吃了。哦，你吃过木薯吗？”

“没有，只是听说不好吃。对了，我在迷哈地时还喝过木薯酒，只是没有甘蔗渣酒好喝。”

“就知道喝酒，你也不会想想我。”

“谁说不想，你做的菜都好吃，尤其是豆腐好吃！”

“豆腐好吃，你可不能到处乱吃。”

隐隐约约中，小黄听到耳边说“豆腐好吃”，抬头一看，也没有人在说话。放下电话，小黄在纳闷，那个声音就像是王诚如说的，而且声音很大。

“小黄，你们的通话被通信站的喇叭播出来了。”公寓管理员小张跑来告诉小黄。小黄立马羞得脸红脖子粗，扭头往伙房里走去。

从此以后，不管食堂有没有豆腐卖，迷哈地的职工见到小黄都喊“豆腐”。慢慢地，小黄也就不去计较了，直到小黄离开迷哈地调到迷拉地后，人们才慢慢地淡忘了小黄的这个绰号。

装甲轨道车

1979 年 2 月，通往中越边境的列车中断，只能停留在离迷拉地 30 千米远的蚂蝗田车站。从蚂蝗田到边境大约还有 10 千米的线路被暴露在对面越军的枪口之下。客车可以不开，但必须保证通往边境城市河口的铁路线畅通，这关系到市民的稳定和边民的生产、生活。

由于几十年没有战争，铁路系统也没有防御枪炮的设施设备。此时，迷拉地工务段的职工开动脑筋、想办法，在轨道车上做文章。

本来，上下轨道车都是在车的两侧，但这样容易被越军冷枪攻击，因此对轨道车的两侧包括门都用 5 厘米厚的钢板加厚焊接，而窗户则用防弹玻璃加固。轨道车前面的窗户被压缩一圈，中间改为防弹玻璃，周围是用钢板焊接。一个奇怪的轨道车呈现在人们面前。

改装好后，在线路上试车，速度只能在 15 千米左右，看起来有点笨重，跑不起来，怪模怪样的，也不知道叫什么好。不知道是谁脱口而出，说了一声："装甲轨道车"，此后，大家都这样叫这个怪家伙。

装甲轨道车成功试营后，每周都在这条线路上来回运行一次。这种运行，更多的是一种象征意义。

从蚂蝗田到河口，有 3 座桥梁和 5 个隧道，尤其中越交界处有一个隧道和一座桥梁，尽管目前不用，但管理者也需要时时掌握其状态。这天中午，正好线路工区的工友要到河口巡线，赵向南和桥隧工区的工长李治兴一同乘装甲轨道车前往。

赵向南是第一次乘装甲轨道车，感觉比较新奇。十分钟后，赵向南由好奇转为头晕，其他同车的工友建议他不要环顾四周，先坐下来静一静，过一会就好了。

装甲轨道车到达河口车站后，直接开到隧道里，一来是安全，二来是让赵向南他们看看隧道。说是看看，其实也没有什么可看的，靠近中越大桥也就是越南的一端隧道是被堵好的，确切地讲，这个隧道是个防空洞。

隧道不用查看了,反正现在已经用作防空。从装甲轨道车下来的工友们,不会离装甲轨道车太远,大家也就是找个地方休整一下,等待返回。

稍事休息后,赵向南带着李治兴悄悄地来到了离中越河口大桥只有10多米的地方观察大桥。只见靠近越方大桥一端塌向南溪河里,中方这一端安有铁丝网,还长了一些草。

“走了,预防越军放冷枪。”李治兴小声叫嚷着,赵向南意犹未尽,边走边回头望。等他们俩回到装甲轨道车上时,准备发车返回蚂蝗田。

在蚂蝗田停留一天,赵向南和李治兴他们并没有休息,而是到附近的桥上和隧道里进行了认真的检查,对需要检修的部位进行了详细的标注,只要维修人员来就能看见。同时,他们也做好了记录,以便回到领工区能够编制作业计划。

一天后,赵向南和李治兴回到湾潭领工区。

经过大雪和巡查桥梁隧道后,工作节奏慢下来了。因为,1984年的春节就要到了,大家的心思都转到了回家过年上去了。

临近春节,一纸调令将李文林从迷哈地调到段所在地的蒙自领工区任领工员,管着4个工区55名职工,不仅是蒙自电务段最大的领工区,也是技术条件最为复杂的领工区。

随着李文林的职务变化,张山明从技术室技术员升任主任,他们又成为实际的上下级关系。当然,从级别上来说,两人都是正股级,但一个是技术方面的主管,一个是一个地区的领导,负责整个区域的技术和行政管理。

本来李文林想在春节期间值班,等春节一过就回家看看父母,可离春节不到十天调令就来了,他不得不到新的岗位。

正好,李文林利用放假期间可以好好熟悉一下所在领工区的基本情况。蒙自领工区在蒙自车站有两个信号工区,一个负责客站的信号设备,一个在货场,相隔不到1.5千米。客站信号工区设备不复杂,但毕竟是服务旅客,容不得半点马虎。货场信号工区,调车、装卸车情况复杂,道岔组数是客站的两倍。这两个站的设备是米轨线上最先进的信号设备——大站电气集中,要求的技术条件比其他工区高许多。

另外两个信号工区,一个是十里村,一个是两锅铺,听称呼都不是什么好地方,设备相对简陋和落后,不是领工区的工作重点。

大年三十这天,张山明和李文林都在值班,电话里相约在食堂打两个菜到领工区一起过年,算是“有福同享”过大年。

巧的是马公安也到食堂打饭,不由分说,张山明和李文林拉着马公安就往信号领工区方向走。

“我一会过来,我到派出所交代一下工作。”马公安连忙说,将已经打好的饭菜递到李文林手上,跟着值班的民警往派出所走去。

实际上,派出所与信号领工区只隔着生活段的食堂与招待所院子,步行三分钟就到了。

晚上七点,该发的车和该接的车都完成了,本来信号工区就在领工区旁边,他们可以一起吃饭,但李文林让工区值班人员何跃辉回家过年,他听着电话就行了。

“何师傅,你九点左右再回来值班。”何跃辉高兴地答应着回家去了。

剩下张山明和李文林两人在领工区里值班。说是领工区,其实它也没有多大,整个房间面积大约是 20 多平方米,摆了三张桌子,领工员、技术员、安全员各一张,一个有角钢焊接的茶几和自制的三人麻线沙发,外带几把折叠椅子。

李文林简单收拾了一下,两个人就将菜摆放在茶几上。这时,马公安也就到了。一人一个搪瓷杯子,半杯老白干,就这样开始了 1984 年的除夕年夜饭。

“你是调上来的,还是来出差?”张山明开口问道,因为这段时间基本没有马公安和迷哈地的任何消息。

“先喝口酒吧,不要辜负了这三十晚上。”马公安端起杯子与他们一碰,深深地喝了一口酒。

马公安吃了几口菜,开始说自己的情况:自从你们都离开迷哈地以后,整个车站的气氛并没有多大变化,杨老六变得神神道道的,有点疑神疑鬼,状态大不如以前。白小七他们依然那样,他们和女职工的故事,没有多少变化,该睡觉的睡觉,该吵架的吵架,与你们离开之前一样。不过,有点变化的是,原来各个工长之间比较融洽,现在关系好像差了一些。

“我们想知道你的事。”李文林端起杯子向马公安碰了一下。

“我啊,前几天从迷拉地派出所调到蒙自派出所任副所长。不过,之前的所长已经退休，到城市来任职，估计是有点不放心，需要考验考验吧。”马公安说得很平淡，他说，一直没有告诉你们，是时间比较紧，另外又是春节，大家都比较忙，算了，我的事说完了，也该听你们说说了。

张山明开始感慨：“在迷哈地共处的一年半载，就这样悄悄地过去了，现在又聚在一起了。”

李文林开始还是在说一些客气话，当然其中也不乏真诚，因为他知道，尽管自己是一名中专生，但没有像张山明这样的人提携，不会这么快就到了中层的位置。有些职工一辈子都在铁路上奋斗，连个工长都没有干上就要退休了。

三个人在年夜饭中，就着酒劲说了一些平常无法说的话。

严格说来，他们并不是一个时代的人。一个是工农兵大学生、一个是恢复高考后的正牌大学生、一个是参加过越战的退伍军人，但这似乎都已经不重要了。因为，他们有一个共同的“同龄人”称谓，有了这点，他们走得更近了。

晚上九点，何跃辉准时回到工区值班室，同时还给他们带来了一个卤猪蹄。这时，张山明、李文林又倒了半杯酒，把领工区的门一关，继续他们的聊天。

聊天中，李文林得知张山明的一些私人方面的信息。张山明在读工农兵大学时，与一位女同学谈起了恋爱。该女同学家境殷实，父母都在省会城市昆明工作。女同学很喜欢他，也希望和他一起共度此生，但女同学父母不同意，认为他们门不当户不对的，不适合在一起。女同学父母通过关系将她分配到了路局附近的电务段。哪曾想，意外就降临到她的头上。女同学在 5 月份去沿线出差，突然遇到泥石流，和她一起出差的三名职工都被泥石流冲走，找寻两三个月都未找到尸体，派出所只能宣布四人失踪。

张山明知道这个消息是几个月后的事情，他忘不了这个女同学，但又无法排解，因此主动要求到小站工作锻炼。

就这样一年又一年的过去，张山明已经 31 岁。每次过年回家，父母、同学和发小都会为他张罗找女朋友的事情。最近两三年，他感觉很烦，也就借故单位要值班，就待在单位上不回家，等到大家都上班，他才回去看看父母，在家待一两天也就回单位了。今年春节，有李文林陪着他，他就显得很开心，酒也就喝多了，话匣子也就打开了。

“马所长，所里有电话找你。”何跃辉从信号值班室过来，对着陌生的马公安喊道。

“你们喝吧，三十晚上有人来报案，说是老婆两天不见了。”马公安打完电话，过来和他们告别，李文林和张山明应了一声，也没有起身相送。

马公安走后，张山明和李文林继续喝酒和聊天。李文林喝得也不少，眼睛半睁半闭的。零点过后，两人就顺势倒在沙发上睡着了。

马公安从三十晚上离开信号领工区后，在派出所接待了一个四川男子。该男子身材不高，年龄大概 30 岁左右。他称自己的老婆，前两天与一个工长去打牌，之后两天都没有露面，估计是出事了，希望铁路公安帮忙找一找。

马公安一看时间，差不多快零点了，就说：“我都知道了你说得情况了，你把你知道的工长家的地址写下来，明天大年初一我们也帮你找一下，写好后你就回去休息吧。”

送走报案的男子，马公安的酒劲已经醒了一大半，此时没有多少睡意。顺手翻起了刚才的报案记录，看了一会，开始琢磨起来。四川妹子是漂亮，与铁路职工打牌，会不会输了用“色”来抵债。两天都没有回家，难道是被工长霸占，难以脱身？难道工长没有家室，但看地址是铁路职工住宅啊……

分析半天，也没有什么结果，“睡觉”的马公安自言自语，和衣躺在值班床上凑合着度过了大年三十晚上。

初一一大早，马公安叫醒和他一起值班的民警，命令家在蒙自的干警下午三点全部到所里，因为他还不清楚是找人还是破案。找到了人，就是一个平常的纠纷。找不到人，那就难说不是案子了，是案子的话，这个春节可就“热闹”了。

下午三点，到所里报到的有 5 个干警，尽管老所长曾经说过哪些人能干活，能干什么活，等等，但在春节期间能把他们召集来，已经是很不错的了。

“事出有因，春节期间把你们召集起来，先向你们的家人说声：‘对不起。’现在处于‘严打’期间，我们不能放过一个坏人。今天正好来了五个人，这样，自愿报名留下两个人值班，其他三个人跟着我去找人。”马公安把情况大致说了一下，大家也就没有再说什么。年纪大一点的两位主动值班，其他三位按照相关办案要求准备相关工具。

下午三点半，马公安按照报案者提供的地址，来到了铁路小区，细看字条写得是三栋二单元 301。

马公安敲了半天门没有人应声，正准备离开时，门打开了，一个有点猥琐的男人站在门口，好像刚刚睡醒。

“这是你家吗？叫什么名字？怎么半天也不开门？”马公安一连串的问题，让该男子不知道怎么回答，连忙把他们让进家。

马公安一进门，没有闻到其他气息，因为窗子都被打开了，整个家里的东西摆放的乱七八糟，餐桌上还摆放着三十晚上没有吃完的食品。

房子本来不大，只有二室一厅，一会工夫干警们把家看了个遍，似乎没有发现任何的蛛丝马迹。马公安回头看了一眼该男子，他丝毫没有惊慌的感觉。

马公安接过该男子递过来的春城牌香烟，点燃后吸了起来，一口浓烟慢慢地从嘴里喷出，正好喷在该男子的脸上。马公安用余光看出，该男子往阳台方向瞟了一眼。

“走了！”马公安大声地说道。“再坐一会嘛，大过年的。”该男子作开门状，巴不得马公安他们快点走。

正准备离开时，马公安转身从客厅走到了阳台上，一看阳台上的一个汽油桶有挪动过的痕迹。

马公安想挪动汽油桶，可是搬不动，敲了一敲发出的声音比较沉闷，似乎是被浇注过。

“撬开！”马公安以一声不容置疑的声音命令道。听见声音后，该男子想从客厅溜走。马公安立即叫民警将男子控制起来，自己拿起男子家里的斧头往汽油桶离地面三十厘米左右的地方用力砍去。

不大一会儿，从砍开的口子里流出一摊乌黑发臭的血泥浆水。随着血水的流出，该男子也瘫倒在地上。

“铐起来，带走！”马公安回到派出所，立即向公安分处报告，处领导立即指示刑侦大队来蒙自带人，同时让派出所将汽油桶拉往殡仪馆，做好人证、物证的收集。

刑侦大队突审该男子。原来，该男子是配件厂的职工，名叫李明昌。据李明昌交代，之前和四川妹子因为打牌而认识的，觉得她漂亮，但起初基本就是打打牌，没有进一步的发展关系。当然，李明昌也知道这个四川妹子已婚。12 月 28 日早上，李明昌将老婆孩子送走回老家过年，告诉老婆说是要值班，春节不回去了。下午就以打牌的名义将四川妹子约到家里。四川妹子一到李明昌家里就知道是怎么回事了。四川妹子也不是不愿意，只是双方在钱的问题上没谈拢。四川妹子转身要走，李明昌顺手抓起茶几上的锤子打在其后脑勺上，四川妹子就这样命丧黄泉。

大过年的如何处理尸体让李明昌想了半天，最后打起汽油桶的主意。将尸体头朝下硬是装进汽油桶里，将自己修窗台剩下的水泥和沙搅拌后，一股脑地倒进去，然后盖好盖。后来，马公安他们在殡仪馆将汽油桶打开后，将尸体弄出来冲洗干净。

“真是漂亮，可惜了。”马公安后来说到这个案子一直都在重复这句话。

春节期间，马公安带着民警破了惊天的人命案。他们在忙的时候，其他铁路职工也都在值班，这已经成为铁路职工的常态。每到春节只能安排一部分职工回家与家人团聚。赵向南和王诚如都是年轻干部，值班的事自然也理所当然了。小黄也倒是想得开，干脆她也在迷哈地值班，相互思念就用电话倾诉。当然，上次他们的通话被播出来后，他们在电话里的讲话相对收敛了许多。

平淡的春节过后，转入了正常的忙碌之中。

春节过后，赵向南又和其他工区的职工坐轨道装甲车跑了两趟河口，继续检查他所管辖的桥梁和隧道。这两次都途径边境，也就是大家所说的八条半到两条半期间，实际是与越南隔河相望，最近处也就是 100 多米。估计越南刚过完春节，此时，在边境，看不见越南公安或者军人出没。

短暂的平静并不能掩盖即将到来的凶险。赵向南有“初生牛犊不怕虎”的精神，实际上他并知道战争到底有多可怕和多危险。

3 月 31 日，轨道装甲车照例要巡查此段线路。赵向南和李治安一同踏上轨道装甲车，摇摇晃晃开到了危险地带。大约进入四条半左右的线路，有一个简易桥梁需要检验，车上的人都下了车。他们和往常一样，看线路的看线路，看桥梁的看桥梁。正当赵向南弯腰的一刹那，听见“砰”的一声，李治安“啊”的一声倒在钢轨上。

“趴下！”不知道谁大声叫道，所有人员全部爬在道砟上。大约过了五分钟，大伙爬到了轨道装甲车下，将轨道装甲车作为屏障，静待观察。

又过了十分钟，看没有动静了，李文林他们迅速将李治安抬上车，直接将轨道车开往河口车站。

到了车站后，装甲轨道车直接开到货场上，并通知车站值班员呼叫救护车。一会，县里面的救护车到了货场。李文林与大伙立马将李治安抬上救护车。

李治安一直处于昏迷状态，到了县医院，医生马上对李治安进行手术。

手术室外，赵向南他们全部等着，没有一个医生告诉他们李治安的情况，因此，他们也没法向单位汇报具体的情况。

好不容易出来一个医生，只是告诉他们手术还在进行中，具体情况等手术结束后才知道。等待中，赵向南他们分批到医院附近的小吃摊上吃米线。

大约三小时后，手术结束。主治医师简单地通报了李治安的手术。子弹从右肩胛骨偏下射入，伤及肝脏部位。目前李治安仍然处于昏迷状态，随时都有生命危险，建议单位派人员与医护人员一起看护。

赵向南和其他工友商量，由他向段上报告，并请求段上派人以及李治安的家属尽快到达河口。商量好后，赵向南跑到河口车站向迷拉地工务段调度进行了详细汇报。调度让赵向南在电话旁等待。

大约十多分钟后，段调度指示赵向南和巡线的职工留下，其余职工今晚坐装甲轨道车返回。明天段上会有领导和看护的职工到达，等他们到了医院后，听候他们的安排。同时，段调度还在电话里要求，守候李治安的职工由他负责管理，不能擅自行动，更不能去街上闲逛。

回到医院，赵向南向大家交代了段调度的要求。赵向南将留下的三名职工与自己一同编成两组，每组两个人，凌晨两点前由第一组负责。他和另外一名职工从凌晨两点开始到早上八点，采取轮流守候的办法，在医院里值守李治安。

第二天上午十一点左右，段工会主席王义舜和守护的职工到达医院，慰问和看望了李治安，对李治安等职工维护铁路运营、不怕牺牲的精神给予了高度评价。中午十二点左右，李治安的家属也赶到了医院。简单的交接后，赵向南和王义舜一起乘汽车返回迷拉地工务段。

李治安在河口医院治疗一段时间后，被转到了陆军59医院继续接受治疗。好在李治安的体质好，两个月后就康复了。李治安出院后被阿迷分局评为先进典型，到各站作巡回报告，不久便被调到了省城昆明。当然，这是后话。

一转眼快到清明节了，王诚如就向党委书记张志刚报告，想在清明节这天组织团员青年到迷拉地不远处的大青山烈士陵园祭扫，以表达今天的青年对烈士的崇敬心情。

当兵出身的张志刚当即表示同意并愿意一同前往。书记要去，这个事情就好办多了。段办知道后，马上做好了相应的后勤准备工作。

大青山离段机关也就 30 千米多一点，只是路面基本都是弹石路，大约需要一小时才能到达。烈士陵园就在大青山半山腰上，大约有 300 位烈士的英魂长眠于此，山脚有一个像牌坊一样的大门，上书“大青山烈士陵园”。

清明节这天，细雨绵绵，整个大青山由于海拔相对较高，加上雨的飘散，为寂静的山谷增添了几分悲壮的气氛。

“青山有幸埋忠骨。”不知是谁在低吟，也没有人接话。整个队伍从左边顺着石级往上走，到第六级台阶上，张志刚与王诚如他们又横着往左边走，看到的坟茔几乎一模一样，只是名字不一样，战死时间也是一模一样。

“张书记，你看他们的年龄和我们差不多，可为什么他们全都战死了，他们的指挥员到底是怎么当的?”王诚如的质问，正是张志刚想要说的，但只见张志刚嘴唇抖了几下，没有说出一句话。

张志刚确实没有办法向这个毛头小伙说清楚。1978 年 10 月，张志刚被上级通知从团政委转业到铁路工作。当时他也不知道是什么原因，事后他自己揣测是自己 48 岁，年纪大了，不适合在部队带兵。这些年来，他不是不挂念自己的老部队，但他心中还有一件事让他不能释怀自己像个逃兵一样到地方上工作。因此，这些年来，一旦有人说起部队，说起战争，说起烈士，等等，他都尽量不去碰这个话题，也不去接这个茬。

今天，不知道是什么原因，或者说是被没有当过兵的王诚如搅动了内心最软弱的部分，居然跟着这帮年轻人上了大青山烈士陵园。从台阶上逐级往上走时，看到左右两边的坟茔上的“40578 部队”番号时，每上一个台阶心就沉重一分。他似乎觉得这些战士的死跟他有直接的关系，是他的临阵脱逃才导致了这场灾难的发生。因此，他走着也不言语，也不答话，脸色十分难看。至于王诚如在质问时，他好像觉得是自己的罪过，想解释又显得苍白无力。“难道我能说，我不到铁路工作，继续在部队带兵，我就一定能避免这场战争?”这个念头一出现，张志刚自己都在摇头，好像自己也说服不了自己。难道自己真的去了前线，也和他们一样躺在这里，心就平衡了？张志刚真的没有一个头绪，内心的苦楚和挣扎，是这帮团员青年无法理解的。

张志刚在想这些心事的时候，王诚如他们已经从烈士陵园顶端往回走了。看着眼前年轻的职工，又看看埋在坟茔里的战友，尽管是一样的年华，却是阴阳相隔。也罢，还是要珍惜这美好的时光，否则更加辜负了牺牲的年轻战友。

这么一提醒自己，张志刚毕竟是经历过风雨的人，立马招呼王诚如过来，告诉王诚如："这次活动组织的非常好，回去以后要开展主题团日活动，深入探讨和引导青年人，树立正确的人生观和价值观，为加快铁路发展再立新功。"

回到段上以后，王诚如按照张志刚的要求，召开了主题团日活动，并组织单位的人写了一些心得体会的文章，准备创办一份"迷拉团讯"，发至各个车站和团支部。

说干就干，王诚如到县城里买来了蜡纸、油墨、蜡笔等，同时购买了显影液和相纸，准备自己冲洗照片。

白天，王诚如刻蜡纸，可是上手后并没有想象的那么好弄，一连刻破了三张蜡纸。停下来思考，感觉是自己心情急躁，没有很好地在蜡纸的方格上刻字，另外，蜡笔有点尖锐，可以适当地放慢速度，锻炼自己的耐心。

急躁的问题解决了，新的情况又出现了。快要刻好时，不知道怎么把"憧憬"写成了"撞憬"，稍微一添笔画，把该方格刻破了。没有办法，王诚如只好重新又刻写一张蜡纸。这样折腾来折腾去，一晃也就到了晚上。

晚上，王诚如在段机关找了一间 5 平方米左右的小房间，用绒布将门窗遮住，不让一丝光亮照进房间。各项工作准备就绪后，王诚如用电筒照着使用说明，用水兑显影液。第一道工序，先将底片冲洗出来，看效果可以后再用相纸呈现照片，一来二去，倒腾一个晚上终于将海鸥相机上的黑白照片全部冲洗了出来，并试着放大了几张照片。

两天后，一份油印小报在全段发行，整个主题是"我们的青春怎样度过"，正好切合即将到来的五四青年节。这份小报上，既有团员青年祭扫烈士陵园的感想，也有青年职工的表态，基本上都是只有简短的一两句话，但影响很大。尤其是王诚如写的《我们都年轻》这首小诗，大家都在传诵。

我们都年轻
——祭扫大青山烈士陵园有感

我们都年轻
但你
却选择血洒疆场
让我
只能景仰

我们都年轻
但你
倒下的背影如山
让我
不能释怀

我们都年轻
但你
憧憬的梦想定格
让我
往前冲锋

同时，在机关门口一个简易的展板上摆放了祭扫大青山烈士陵园的照片，尤其是在烈士陵园大门的集体照片格外抢眼。许多机关干部驻足观看并发出赞许声音。李应安心里比王诚如还自豪，拉着张志刚的手，对展板上的照片指指点点，让张志刚很是受用。

“王诚如的入党问题，上半年可以考虑了。李主任你要加强培养和引导，让王诚如在青年中起到带头作用。”张志刚既像是在提要求，也像是在明确时间表。听到张志刚书记的说法，李应安不敢怠慢，立即布置支部组织委员，该外调的尽快外调，该谈话的马上谈话，将王诚如入党的材料准备齐全，一旦时机成熟，就可以按照程序接受王诚如的入党申请。这样一来，王诚如的入党问题就被排上了日程，如果没有其他问题，王诚如入党就只是时间早晚问题了。

王诚如他们祭扫大青山烈士陵园的第二天，马公安也到了陵园祭扫。他祭扫的烈士，是他当年参战时的战友，也是他当初的初恋。

说起来，马公安他们 1978 年 11 月就到了屏边附近，等待作战命令。他所在的连队与通信连相差不到 1 千米，因此，与通信连的女兵会有交接。有时甚至训练都会在一起。两个月过去了，他和通信连的四位女兵混得都比较熟。

四姐妹以“大花、二花、三花、四花”的别号相称，马公安对其中的“三花”有些好感，其他几位“花”也看出来了，不时为他们创造独处机会。

战斗打响前几天，气氛相当紧张，四姐妹与马公安相约，战争结束后，马公安就娶“三花”。马公安也不含糊，拉着“三花”的手在她们姐妹之前表态，一定会让“三花”幸福。

3 月 15 日，部队返回驻地，马公安到通信连一打听，四姐妹在战斗中都有伤亡，其中他最爱的“三花”阵亡，其他三姐妹不同程度的受伤并在昆明军区总医院接受治疗。

马公安回到连队一病不起，经过三个月的调养才恢复了原有的精神，到 1980 年转业到铁路公安。

经过多方打听，马公安终于找到“三花”的安葬地：大青山烈士陵园。“三花”的本名叫李桂仙，家在四川省简阳县的一个小镇上，家里有什么人，没有人知道。自从打听到“三花”被安葬的地点后，每年的清明节前后，他总会找时间来看望“三花”。这么多年来，单位上的人也不知道他去看谁。问他的时候，他只是告诉大家是去拜谒死去的战友。

“‘三花’，你好好安息吧！但愿你在天之灵能帮我找到另外三姐妹，让我看见她们，就如同看到你一样！”每次离开“三花”时，马公安都在念叨。

马公安从 1979 年以后很少向同事说起对越作战的事情，每当有人提起此事，他总是含糊其辞的躲闪过去。后来，家人帮他张罗婚事，他也没反对，最终和一位铁路职工，即铁路车站的客运员张惠琳结婚生子。

张惠琳有次问他：“到烈士陵园看谁。”他的回答依然是：“看战友！”

正当铁路鼓励青年立足岗位做贡献时，从 4 月 25 日开始，一批批有志青年开赴“两山”前线，收复“两山”，为此拉开了为期 5 年的“两山”轮战。

纯洁我们的队伍

当张志刚书记在布置王诚如开展主题团日活动时，路局和阿迷分局正按照上级要求部署一项更大的政治活动，那就是对党的作风和组织进行一次全面整顿。

实际上从 1983 年底，铁道部就贯彻党的十二届二中全会精神，全面开展对党的作风和组织进行整顿，已经开过会议，下发过文件，并提出具体的目标和时间表。

一段时期以来，社会上有各种议论，甚至流传一些谬论，说什么“共产主义远看一张蓝图，近看一塌糊涂，五十年代有以苏联为首的社会主义阵营，六十年代有阿尔巴尼亚的一盏明灯，七十年代有越南的同志加兄弟。现在是阵营散伙了，明灯熄灭了，同志加兄弟就成了刀枪相见的仇敌，还有什么共产主义？”有的人认为“社会主义温而不暖，资本主义腐而不朽”；还有的散布“现在是党风不如以前正，政策不如以前稳，领导不如以前亲，党员不如以前硬！”等等，这些谬论，张志刚在路局、阿迷分局开会时听到过。现在从上到下都有要求，确实是该对党的作风和组织进行一次全面整顿了，否则各级领导干部如何承担起改革开放的重任。

上级文件一到，张志刚立马召开党委扩大会议，专题学习有关对党的作风和组织进行全面整顿的系列文件，会议快结束时，张志刚提出了三点要求：第一，提高全体党员对党的作风和组织进行全面整顿的认识，动员全段党员满腔热情地投入到对党的作风和组织进行全面整顿中来。按照党的十二届二中全会的精神，在马克思列宁主义、毛泽东思想的指导下，正确运用批评和自我批评的锐利武器，执行党的纪律，解决党内存在的思想、作风和组织严重不纯的问题，实现党风的根本好转；第二，扎扎实实地学习对党的作风和组织进行全面整顿文件，打好思想基础。重点是学习邓小平、陈云同志重要讲话和《关于党内政治生活的若干准则》、党章、《十一届三中全会以来重要文献简编》、《毛泽东同志论党的作风和党的组织》、《邓小平文选》、《党员必读》等；第三，坚决彻底地清理

“三种人”,纯洁党的组织。这是对党的作风和组织进行全面整顿不走过场的重要标志。关于什么是“三种人”,中央有具体的说法,今天就不在这里说了,回头发给各个党支部书记,请大家掌握精神、吃透政策,认真对党的作风和组织进行全面整顿。

王诚如参加了此次扩大会议,对有些精神或者说政策不是很理解,毕竟他还不是党员,对许多大事件、党的重大方针也不是很知晓,但参加今天的会议,也让他很受教育,知道了党的伟大和神圣——敢于面对自己的问题并勇于改正!

经过一段时间的调查,张志刚基本掌握了迷拉地车务段党员的状况。总体来说,全段50多名党员对党的作风和组织进行一次全面整顿是拥护的,有很高的热情,但也确实存在一些模糊认识,主要有四种情况:一是“与己无关”的思想。有的同志认为,自己不是领导干部,也没有什么大的错误,更不是“三种人”,没什么好整的;二是缺乏信心。有的同志认为,现在问题这么多,有的干部还在台上,只批评两句就算完事;三是随大流、跟着走。“批评上级怕打击报复,批评同志怕影响关系,批评下级怕丢掉选票,批评自己怕丢了面子。”别人怎么整都行,反正我不得罪人;四是背包袱,等挨整。一些同志过去犯过错误,思想包袱很重,等着挨批,等着处分,有的甚至对此有抵触情绪。

这四种情况,张志刚在支部书记会上一总结,由王诚如整理后上报阿迷分局政治部。政治部批转了这个信息,指示各个站段要注意克服这四种倾向,牢牢把握对党的作风和组织进行一次全面整顿的大方向,力争取得较好的效果。

“张书记,到底哪些算‘三种人’,没有一个具体的说法,我们也不好掌握啊。”人劳室主任、机关党支部书记李应安来到张志刚书记的办公室,向他汇报下一阶段的工作时,提出了“三种人”的说法。

“你把王诚如叫过来!”张志刚吩咐李应安。一会,他们两人坐在张志刚办公室的椅子上等候书记的说法。

张志刚从抽屉里拿出一张记录纸来,告诉王诚如做好记录,一会整理好后发到各个党支部,让大家按此进行操作。说完后,张志刚就开始说“三种人”的划分。

第一种人，造反起家的人，大概意思是紧跟林彪、江青反革命集团，造反夺权，升了官，干了坏事，情节比较严重的人。这种人在群众中有较大的影响、粉碎“四人帮”时基本都有结论。

第二种人，帮派思想严重的人，无论在工作和生活中都宣传林彪、江青反革命集团的反动思想，拉帮结派干坏事，粉碎“四人帮”后，还明里或暗里进行帮派活动的人，对改革开放和四项基本原则有抵触，在群众中散布不利于改革的言论，造成一定影响的人。

第三种人，打砸抢分子，在“文化大革命”中诬陷和迫害干部、群众，刑讯逼供，摧残人身，情节严重的人，还有就是砸机关、抢档案、破坏公私财物的主要分子和幕后策划者，策划、组织、指挥武斗造成严重后果的人。

区分是不是“三种人”的根据，是所犯错误的事实或罪行，而不是参加过哪一个组织。要特别注意，不论参加什么组织，只要查明事实，属于“三种人”的，就要清理。机关党支部要积极配合党委，重点清查领导班子、要害部门和第三梯队人选。如果第三梯队里有“三种人”，不清查出来，再过若干年，他们就可能掌权，就会闹地震，事关党的颜色的根本问题。

李应安和王诚如听完张书记的讲话，都一脸严肃。王诚如赶紧回到自己的办公室去整理张书记的谈话内容，整理好后又誊写了一遍后，经张书记矫正了几处说法后便交到打字室去打印。两小时后，一份油印的“关于‘三种人’的界限及认定事宜”的稿件放到了张志刚书记的办公桌上。看着这份打印件，张志刚望着王诚如的背影长长地舒了一口气。

一周后，李应安又来到张志刚的办公室，这次讨论的还是“三种人”的问题。第一个问题是机关有五个人被定为“三种人”，第二个问题是关于王诚如等几个年轻人的外调问题。

对第一个问题，张志刚比较慎重，告诉李应安如果机关的“三种人”都有五个人，那全段岂不是有更多吗？尽管上级没有硬性规定比例，这也太高了点，弄不好会成反面典型的。张志刚叫李应安把五个人的情况报上来，不要扩散，等他看完资料后再说。

关于第二个问题，李应安认为，既然是党员的都要甄别“三种人”，入党的科室更要把好“入口关”。张志刚一听有道理，指示李应安要在外调材料上注明，让对方单位党组织出示是否是“三种人”的证据，让他们也帮我们把好关。

探讨结束后，李应安正准备离开张志刚的办公室，忽然一本正经地对着张志刚说道：“张书记，您说像王诚如他们这样年龄的人，在‘文化大革命’中还是个小屁孩，如果他们参与到大人的起哄中，甚至打砸抢，算不算‘三种人’？算的话，又怎么处理？不算的话，万一外调中出现有‘三种人’的结论，那我们怎么办？”

“这是个问题，按道理他们是未成年人，不能对自己的行为负责，可是由他们的父母负责，那还不是成了‘三种人’的子女，到底算不算？”张志刚摇摇头，向李应安表示这个问题也需要向阿迷分局政治部请示，他不能擅自做主。

迷拉地车务段遇到的问题，在全阿迷分局都具有普遍性。李文林所在的蒙自电务段和赵向南所在的迷拉地工务段都一样，而且也涉及他们两个人的入党外调问题，看样子不把这个问题搞清楚，对于像他们这样的年轻人也是不负责任的。

一周前，就这个问题，张志刚电话请示了阿迷分局政治部主任郝卿明，但没有丝毫音讯。这个问题是对党的作风和组织进行全面整顿中出现的不是很重要但有影响的问题，他们就集中精力对党员进行甄别，并没有将精力集中于此。

漫长的等待，并不是郝卿明没有把该问题当回事，而是非常重视，层层上报后一直没有消息。一个月后，郝卿明告诉张志刚事关年轻人的外调和政审，凡是“文化大革命”结束之后，即 1976 年还未满 18 岁的人，不在外调和政审中要求对方出示“三种人”的材料，即便有出示的也仅供参考，不能作为不发展入党的主要依据。张志刚生怕出问题，向郝卿明要正式的文件。郝卿明告诉他，没有正式文件，你就这样执行吧。

张志刚又向兄弟单位书记打听，得到的回答都一样，他也就不好再固执了，通知李应安和各个支部按照郝卿明的要求执行。

对于“三种人”比例问题，张志刚也向郝卿明口头作了汇报，郝卿明告诉张志刚先把材料准备好，不要向支部这一级说行还是不行。这个问题事关全局，需要向路局请示后才能确定，但郝卿明告诉张志刚：“没有确凿的证据，就不要定为‘三种人’，否则很难处理。”

一周后，郝卿明向张志刚进行了口头传达。在通话之前，郝卿明指示张志刚，可以进行电话记录并按照此记录进行工作，但没有具体的文件下达，记录完后可以再找他复核一遍。经过反复校核后，郝卿明主任与张志刚书记的通话记录作为迷拉地车务段对党的作风和组织进行全面整顿时甄别“三种人”的主要依据。

通话记录的主要内容：坚决彻底地清理“三种人”，纯洁党的组织。

这是对党的作风和组织进行全面整顿不走过场的最重要的标志之一。对“三种人”不可小看。他们是一股有野心的政治势力，如果不在对党的作风和组织进行全面整顿中解决，就会留下祸根。我局对清理“三种人”做了一些工作，但差距很大。有些问题没有查清、查透；有的只是做了工作调动，没有做出结论处理；一些“军师”式的人物还没有被揭露、清理。特别需要指出的是，我局还有“三种人”在继续进行破坏活动，暗中串联，写诬告信，破坏安定团结。我们必须保持高度警惕，一定要坚决贯彻执行中央历次指示，不能一拖二等三回避。

首先，要把一些重大事件彻底查清。这是一件较真、碰硬的工作。清查的重点要放在领导班子、要害部门和第三梯队人选上。对此，万万不可疏忽大意。发现属于“三种人”的，要坚决清理出去，绝不姑息养奸。

其次，要切实掌握政策界限，按照中央办公厅122号文件办事。重点是升了官、干了坏事，情节特别严重的人；现在依然不思悔改，立场观点没有转变的人；迫害革命干部、致死致残的人；幕后军师和首恶分子。

再次，区分“三种人”的主要依据是所犯错误的事实或罪行，不是参加过那些组织。

最后，确定是否“三种人”要严肃，更要慎重。在这个问题上，要特别注意防止派性干扰，防止用“一批之仇”或“一保之恩”来衡量。

总之，既要把“三种人”一个不漏地清理出来，也不要把当时历史条件下犯有一般错误的同志当作“三种人”看待，防止把面搞大。同时，还要高度警惕别有用心的人把水搅混，破坏清理“三种人”的工作。

根据这个精神，各个支部在认真学习的基础上，再次对“三种人”进行了排查。各个支部汇总给张志刚的材料上，只有李应安的机关支部曾经有一名党员在“文化大革命”中参与打骂群众的情况，需要党委确认是否“缓登”。

对党的作风和组织进行全面整顿的工作虽然颇伤脑筋，但在张志刚的领导下顺利完成，因此，在这次对党的作风和组织进行全面整顿中，迷拉地车务段党委被路局评为“先进单位”。

就开展对党的作风和组织进行全面整顿的同时，张志刚找王诚如谈话，希望团组织按照上级要求并结合段的实际情况，开展激励团员青年奋发向上的主题教育活动，将团员青年的注意力转移到做好本职工作，以实际行动支持段党委的各项工作，确保对党的作风和组织进行全面整顿。

王诚如觉得张书记的要求事关团员青年的未来大计，不敢怠慢。他立马召集团委会开会，商量和拟定活动方案。

经过这段时间的历练和摸索，王诚如对团的工作、青年工作有了一定的了解和见解。他认为，团的工作既要符合党的要求，也要符合年轻人的特点；既不能事事都直接地将其政治化，也不能不进行潜移默化的引导和教育，更不能任凭年轻人自由生长，还是要寓教于乐，乐中见真章。因此，王诚如在设计主题教育活动时，提出了鲜明的主题与年轻人乐见的活动相结合的思路，即主题是旗帜鲜明地坚持四项基本原则，系统地进行共产主义思想教育。围绕这个主题，将路局政治部编写的《如何看待共产主义的曲折历史》《如何看待前进中曾经发生过的缺点和错误》《如何看待党中央的领导》与中宣部编写的《共产主义劳动态度教育课五讲》《关于加强爱国主义宣传教育的意见》《国有企业思想政治工作纲要》等作为主题教育内容，贯穿于整个活动的始终。

围绕这个主题，王诚如设计了若干个读书兴趣小组、开办团支部书记培训班、举办入党积极分子学习班、知识抢答竞赛等活动。段党委书记张志刚非常高兴，指示教育室、人劳室和工会从人力、物力和财力上给予支持。

这些活动大部分都好操作，就是知识抢答竞赛活动需要有抢答器。王诚如向阿迷分局团委汇报，阿迷分局团委对此事也比较为难，因为他们也没有这个设备。王诚如经过多方打听，可以到北京的一家电子科技公司购买，但一听价格为一万多元就放弃了。

开展这项活动的文件已经发出，尽管离开展这项活动还有三个月的时间，但有关抢答器的问题似乎难以解决。当然，到时候说没有或者说买不起抢答器，相信大家也会理解。

这天，王诚如到迷拉地车站办事，在跨过道岔的瞬间，王诚如好像若有所思，这么复杂的道岔通过电路就可以控制，一个抢答器分六路，不就是一个电路控制的过程吗？这么简单的问题，难道李文林他们不能解决？

想好以后，王诚如就致电李文林，把自己想要的东西说了一下，李文林就知道了王诚如的需要。王诚如说："只要按照六路抢答制作，成功后会给李文林一定的报酬。"李文林只是说："自己试一试，到时候再说。"

一周后，李文林通知王诚如到蒙自来取抢答器。王诚如随即带着 1000 元来到了蒙自电务领工区。

李文林招呼信号工区的六位职工，分别站在抢答器按钮前，先是一个按钮一个按钮的试，然后要求六位职工在听到"开始"后抢答，结果只有先抢到的一位才具备抢答资格，而且在抢答器上只有抢到的灯才亮，这完全符合王诚如想要的效果。

"不管了，你帮助我解决了大问题，1000 元作为酬劳，怎么样？我说过要感谢的！"王诚如将 10 元一张的钞票共计 100 张摆在李文林面前。

"我不能收你的钱，材料、工具和人工都是电务段的，怎么能算我私人的呢？"李文林一本正经地说道。

"那我们也不能白要你们的东西啊。李文林，你想个办法吧。"王诚如表现得很诚恳，对老朋友也是很尊重。

"这样吧，我把我们团委书记叫来，你的钱作为电务段团委的活动经费，不是更好吗？"李文林毕竟也是一名中层干部，考虑事情比较周全。王诚如一听，说："好啊，咱们车务、电务团委以后可以走得更近一些嘛。"

蒙自电务段团委书记佟玲江，又称"小童"，也是一名大中专生，是 1982 年从内江铁路技术学校通信专业毕业分配到这的，尽管是女生，但比较干练和有魄力。王诚如早有耳闻，阿迷分局团委开会时会偶尔碰到，只是没有正面接触过。今天由于抢答器的问题，终于可以见上一面了。

佟玲江看到已经制作出来的抢答器，也蛮喜欢，表示先留电务段吧。王诚如一看这架势就抱着抢答器不放。

"好商量嘛，不就是个抢答器，我们再制作就行了。"李文林向自己的团委书记说，希望不要因为这个伤了两家的和气。李文林将 1000 元活动经费的事情一说，佟玲江喜笑颜开，连忙伸出手来"成交"。

总算皆大欢喜。王诚如把抢答器带回到段上之后，从没有听说过的团员青年觉得这是个新鲜玩意，都报名参加活动，想目睹其风采。可以说，王诚如又在段上又露了脸。

信仰，从查尼皮开始

因抢答器的问题，本来对李文林有好感的佟玲江就显得格外引人关注，因为她时不时到领工区找李文林。

由于已经答应为佟玲江的电务段也制作一台抢答器，李文林又把领工区的三个年轻人召集起来，利用休息时间，继续制作抢答器。看到李文林工作这么认真，而且文化程度又高，佟玲江对李文林有点芳心初动。由于原来没有与李文林打过交道，佟玲江不好意思主动追求。不过，迷拉地车务段的团委工作经验值得借鉴，佟玲江认真分析了电务段的团员青年状况：这两年分配来的大中专生不少，相对来说，文化程度也比较高，尽管他们不怎么喜欢学习政治，但可以成立若干个兴趣学习小组，相信会得到这些大中专生的喜欢和满意。这样的话，一来可以真正学习知识，二来可以名正言顺接触和了解李文林。

想好办法以后，佟玲江开了个团委会，方案尽快上报段党委和阿迷分局团委。该方案很快得到段党委和阿迷分局团委的支持。

佟玲江将电务段通信信号工区的大中专业生梳理了一遍，从侧面了解了这些人的兴趣爱好，之后在蒙自电务段管内成立了10个兴趣学习小组。这些兴趣学习小组涉及科技、政治、文学、书法、舞蹈等多个领域。段党委当然比较鼓励学习科技、政治方面的的内容，但考虑到年轻人的特点，也没有做更多的干涉，只是指示团委要认真做好引导工作。

佟玲江毕竟是女性，心细而且又有责任心。10个兴趣学习小组在她的引导下都有规章制度、联系方式和主题内容，大家感觉比较规范。尤其是舞蹈小组深得年轻人和中年人的喜爱，每周的学习和排练都很认真。从慢到快的交谊舞培训，少的时候有二三十个人，多的时候有近百人，很是壮观。

李文林生性不是很活泼，对舞蹈更是有天然的抵触情绪。禁不住佟玲江三番五次的劝说，李文林跟着她学习起了交谊舞。佟玲江性格开朗，教人跳舞别有一套，李文林在她的指导下学得像模像样了。

"我给你说过,跳舞不像你的工作那样复杂,你这不是会跳了吗?"佟玲江边跳边鼓励李文林。这样一来二去的参加活动,俩人的关系发生了微妙的变化。以前,佟玲江一般称李文林为"李领工",与大家的称呼没有区别。最近一段时间,开始讲囫囵话,有时称呼"你",有时干脆不称呼,最后叫成"文林"了。

这正是佟玲江想要的效果和结果,那意思太明白不过了——这李文林是我的菜,你们不要来跟我抢了!

有心计的佟玲江在工作上也是"诡计多端"(王诚如的评价)。她把自己开展的这些活动逐一上报给阿迷分局团委,一个季度后又将兴趣学习小组的活动进行总结上报,阿迷分局团委又直接将蒙自电务段团委的做法进行了系统地总结,并在阿迷分局进行了推广,把蒙自电务段团委列为年度标杆,推荐给路局和铁道团委。王诚如只能眼睁睁地看着全路"红旗团委"的大旗花落蒙自。

王诚如从李文林这里拿走抢答器后,在段上以及小站进行了知识抢答赛,每到之处都办得非常成功。尽管从阿迷分局团委那里听到蒙自电务段团委和佟玲江的一些消息,内心有一些想法,但毕竟这是两个单位,"和一个女人争"不是我的风格。每次听到蒙自电务段的消息,王诚如总是这样安慰自己。

6 月 28 日,又到了迷哈地车站,一晃就快两年了。照旧是到了车站先安排活动,这是他的"饭碗",他不敢怠慢。好在窦春红这个哥们和杨老六站长他们对他的支持一如既往。不,更像家人一样的支持他的工作。

迷哈地车站上的车务职工全部有十五个人,抢答器分为六组,每组两人,这样基本就没有观众,全都是选手了,热闹气氛就出不来。王诚如想动用杨老六,将全部站区组织起来,每个单位出三个人,形成一定的竞争关系,台下的观众就多了,会起到积极的学习和教育的效果。窦春红认为,怎么组织都行,但我们车务段先搞一次演练。说来说去,好像都有道理,王诚如也就没有再坚持己见,同意了两个方案,即下午组织车站职工抢答,晚上再组织全站区职工抢答。

中午吃饭时,王诚如与小黄在食堂里简单说了几句话,又各自忙自己的活去了。小黄要收拾餐厅和后厨,没有时间和王诚如说话。王诚如要安排下午车站职工的抢答活动，交代抢答活动中的一些细节。王诚如到候车室时，窦春红他们已经在杨老六的带领下，十多个人将座椅围成一个马蹄形状，专门抬了一张桌子作为主席台，王诚如一看非常感动，没有一个人把自己当外人。

一切准备就绪，王诚如把家什拿出来，按照顺序将抢答器摆放好，逐一进行调试。大家伙也好奇，希望尽快参与知识抢答赛。王诚如简单交代了注意事项，就在候车室里开始了车务段自娱自乐的知识抢答赛。

没有超出王诚如的预期，毕竟参加的人太少，形不成热闹的氛围，但基本的效果达到了。两个小时后，活动结束，转入全站区的活动准备。

杨老六在下午四点左右将各个系统驻站的工长召集到了候车室。王诚如与他们基本都熟悉，而且也不是第一次举办这样的站区性活动，因此，王诚如没有多少客气话，开门见山就说了这次活动的安排和注意事项。

“这次活动，考虑站区职工基本都会参加，我们也不能将他们当观众，每抢答 5 题之后就有 2 题给站区职工现场抢答，抢答正确则有奖励。各位工长可以动员大家都来参加，并积极参与答题。”王诚如最后向大家说明了这次活动的不同点。其实，大家也没有参加过所谓的知识抢答赛，其中的环节就更不知道了。

晚上七点，候车室门口已经搭成了一个抢答现场，观众基本都在股道上，前两排放置了椅子，后面就只有站着观看了。

晚上七点半活动准时开始。王诚如作为主考官坐在正中间，两边各安排三组，抽签决定顺序。王诚如说明了抢答规则后，抢答赛正式开始。

整个活动超乎想象，大家的热情已经不是在抢，而是在热火朝天的学习，对有疑问的难点互相不让，有些稍微不准确的答案都被职工们点出，王诚如几乎被惊出一身冷汗。职工现场答题非常活跃，让王诚如举棋不定，不知道该让谁来答。最后由职工们自己解决，没有答过的人才能来答题。

活动已经结束，职工们意犹未尽，站在股道上迟迟不愿离开。小黄也跟着车站的人一起帮王诚如收拾现场，打包封箱。

“王诚如接电话。”杨老六从运转室里出来，对着王诚如大声喊叫。

王诚如从运转室出来，告诉窦春红明天将抢答器搬到 682 次列车返回段上。由于人多，小黄也没有过多问。等全部收拾好大家散了后，王诚如才告诉小黄，明天直接回段上了，不再去下一站。原因是明天下午，机关党支部要召开支部大会，讨论他的入党问题，这种情况他不能缺席。小黄表示理解，也心疼王诚如这样疲于奔命。

“你啊，就知道工作，你跟工作过算了。”小黄有点埋怨，嘴上这样说，心里还是关心的。拉着王诚如像原来一样顺着钢轨往上行方向慢慢走。

两个人走在一条钢轨上，估计是聚少离多，手牵着手默默地往前走，基本没有话讲。准确来说，相爱的人不用说。是要说的话太多，不知道先说哪句，干脆就不说，不要让说话打扰了这份好景致。

机关支部有党员20个人，占全段党员的40%，今天参加大会的18个人，超过党员人数的三分之二，会议有效。李应安报告了党员人数后，正式进入支部大会议题。由于本次大会有许多议题，发展王诚如入党是最后一个议题。王诚如一直呆在办公室等待。当他一进入会议室，顿时感觉到了庄严和神圣，所有人的表情都很庄重。机关支部书记李应安清了清嗓子，身体微微向段党委张志刚书记倾了一下，开始这个议题的顺序。

先是由王诚如念了一遍入党申请书，之后，李应安作为入党介绍人介绍了王诚如这一年来的工作学习和思想情况，当然其间不乏溢美之词。简短的介绍之后，李应安作为支部书记提请党员发表自己的意见。

“王诚如是个好苗子，是应该发展为党员，为党内输送新鲜血液。”新任段长白家喜对王诚如印象不错，率先表态发言，算是对张志刚书记比较器重的人才的支持。其他同志也跟着纷纷发言，大部分同志都表示赞同。

毕竟是党内会议，有不同看法的人还是积极表达了自己的意见。会上出现了两种声音，而且有争论下去的趋势。

“是不错，但是不是太急了点？有些积极分子四五年都没有发展。”

“改革开放时期，是需要积极向上的年轻人，等到人都老了再发展，会影响党的事业的。”

……

“要不，张书记您看看还有什么意见？我们支部好落实。”李应安觉得再说也没有多少新的意见，由张志刚书记最后定调比较合适。

张志刚清了一下嗓子，在投给王诚如赞许的目光后开始了他的发言。他说：“再过一天将迎来我党的63周岁生日，在庆祝党的生日的时候，讨论王诚如同志的入党问题，我认为是一件具有纪念意义的事情。我们党走过63年，可谓历经艰辛、波澜壮阔、矢志不移。今天我就不展开说了。无论是入党多年还是即将入党的同志，思想上的入党是最重要的事，我们都要时时刻刻对照党章和党员标准，在内心深处多问一问，我们这样做符合党的要求吗？党是这样要求我们做的吗？群众会不会接受我们的做法？我想这三问，是我们在座的同志必须回答的问题，也是我们今后随时都要回答的问题。也算是在党的生日到来之际，我们大家一起共勉的问题。

“至于说到王诚如的入党问题，刚才许多同志都发表了自己的意见，我首先要表明，我们就是要多吸收像王诚如同志这样优秀的年轻同志加入党组织，使我们的党随时保持朝气蓬勃的气息，团结和带领广大干部职工建设社会主义。当然，刚才有些同志认为王诚如的工作时间太短了，被吸收入党，会不会经不住考验。这个问题从革命战争年代一直存在，许多优秀的同志加入党的目的就是要为革命抛头颅洒热血，不惜牺牲自己的生命。实际上大多数同志没有来得及接受考验，就献出了自己的生命。今天，在和平年代，考验的时间要多长，党章上并没有具体的规定，当然，也不能说今天申请入党明天就批准。关键是在于我们是否看准了没有。我认为，机关支部对王诚如同志的入党动机、目的，是看准了的。看准了就及时发展，以便吸引更多的优秀同志加入党组织。”

“你们按照程序进行吧！”张志刚中肯而不失权威的发言，让有其他意见的同志也就不好再说什么。

“在表决之前，请王诚如同志暂时回避一下。”李应安抬头示意让王诚如离开会场。

“同意王诚如加入党组织的，请举手。”话音刚落下，大家都举起了自己的右手。

“一致通过，没有不同意见。”李应安的这句话表明这次表决是有效的，也是合法的。最后一个程序是被接收的同志进行表态性发言。李应安按照事先写好的主持词说道：“王诚如入党已经得到机关支部到会成员的同意，待报段党委批准后即成为预备党员，预备党员从即日起开始生效。下面，请王诚如同志表态发言。”

“衷心感谢党组织对我的关心和培养，从现在开始我要对照党章，从思想上真正入党，同时恳请在座的党员同志们给予帮助，我一定不忘使命，更加勤勤恳恳地为党工作!”王诚如表态发言后,支部的党员同志鼓掌表示欢迎。

“你准备一下,明天参加段庆祝建党 63 周年活动,同时也要参加全阿迷分局在查尼皮举行的入党宣誓活动,要认真对待。”

王诚如听说过查尼皮,但没有去过。

第二天,也就是 30 日早上,王诚如参加了段上庆祝建党 63 周年活动。活动分为上党课和表彰优秀共产党员、先进党组织两个议题。上党课时,张志刚基本上讲的是他昨天的一部分发言内容,听完张志刚的党课,王诚如更加觉得张志刚书记授课水平不低啊。

下午参加阿迷分局活动的新党员共有五个人,由张志刚带队乘吉普车前往。查尼皮离迷拉地车站不到 10 千米,但都是山路,非常难走,差不多走了一个小时才到达,但比阿迷分局要求到达的时间提前了三十分钟。

下车后,张志刚带着他们先参观了一下查尼皮。实际查尼皮只有两间破草房,里面摆了一张简陋的桌子和两把长条凳子,墙上挂了一盏马灯。

张志刚来过多次,对查尼皮了如指掌。他临时当起了解说员。

查尼皮是彝语“不引人注目”的意思。这个不怎么引人注目的地方,其实离迷拉地车站并不远,随着滇越铁路通车和中共党组织在芷村的活动,查尼皮变得特别引人注目。

1928 年 6 月酷热的一天,刘林元召集滇越、个碧铁路工人代表在阿迷(开远)火车站召开会议讨论铁路工运工作,李鑫到会指导。会上成立了云南铁路总工会,刘林元任主席。7 月,云南铁路的第一个党支部在芷村车站成立。从此,工人运动有了党组织的领导。

有了斗争基础和基层组织,中共云南省特委根据 1928 年 5 月《中央致云南临委的信》的要求中共云南地方党组织召开一次扩大会议、产生 5 到 7 人的临时省委的指示精神,于 1928 年 10 月 13 日在芷村火车站附近的查尼皮村召开了中国共产党云南省第一次代表大会,会期两天。出席大会的有各个方面的代表及中央派回云南工作的张舫共 17 人。其中从昆明来的代表是乘滇越铁路的火车到达芷村,然后由刘林元护送到会议地点。

中国共产党云南省第一次代表大会选举产生了由陈廷禧、吴少默、张舫三人组成的中共云南临时省委,陈廷禧任书记,陈廷禧、吴少默、张舫为常委,吴澄、陈家跳为委员，杜涛、杨立人为候补委员。

在中共中央的多次指示和中共云南临委的领导下，云南地方党组织和群众组织发展迅速，但党组织并没有迅速壮大和发展起来，历经曲折和磨难。

1930 年底，历任中共云南特委书记、省临委书记、省委书记的王德三被害，中共云南省委机关被破坏，共产党在云南的革命斗争遭受了最严重的损失。

抚今追昔，那些年轻的、优秀的、为了革命理想不惜洒热血和献生命的革命志士，尽管他们没有看到新中国的模样，但今天，潮涌般的党员、群众纷纷来到查尼皮，足以告慰他们的英灵，而且请他们见证：为了中国的富强，我们一直在奋斗。

张志刚的讲解如教科书一般，时间节点和人物记得清清楚楚，最后的激情演讲深深地感染了参加活动的党员。

其实，在张志刚的讲解过程中，其他单位的一些党员也跟着听了起来，只是大家都在认真地听，没有顾及旁边的人。此时，王诚如的肩膀被拍了一下，转身一看，是好久不见的赵向南，不远处的李文林也在向他们招手。

巧了，他们三个人一同入党并参加新党员入党宣誓，相约仪式结束后，到迷拉地车站找个地方聚一聚。

入党仪式非常简短，是由阿迷分局组织部的副部长主持，迷拉地车务段党委书记张志刚领誓，六七十个人排成六列纵队，在茅草房前面，面向党旗，大家庄严宣誓。

宣誓结束后，大家在查尼皮合影留念，在讲解员的带领下分批依次进入茅草房内参观，大家对简陋的陈设肃然起敬，除了讲解员的讲解外，几乎没有任何声音。

参观结束后，大家各自归队乘车返回迷拉地车站。李文林和赵向南分别向自己的领队请假，保证明天准时回到工作岗位。

迷拉地车站对于王诚如来说比较熟悉，三个人下车后边说边从车站往外走，出站向右转五十米，有一家当地特色的小馆子，名字叫作“平民小吃店”。

“你们别看门面装饰的不怎么样，但菜的味道不错。”王诚如招呼李文林和赵向南坐下，自己跑到厨房去点菜，点好菜后顺手从柜台里拿了两瓶老白干，用钢化杯给一人倒了一杯。

说话的工夫，回锅肉、鱼腥草凉拌黄瓜、生炸排骨、牛趴呼和干烧草鱼就被端上桌了。王诚如连忙招呼大家先吃点菜，再喝酒。大约三分钟后，王诚如俨然一副“地主”的感觉，端起酒杯说了起来。

“今天是个大喜的日子，我们一同加入了共产党。两年前，我们又一同到了迷哈地，这是一种怎样的缘分，又是一种难得的机缘。我提议，为了我们的友谊、为了我们的追求、为了我们的铁路，干半杯！”说完，三个酒杯一碰，三个人各半杯酒下肚。

酒过三巡，三人都放开了。回忆总是难免，一起都追忆起两年前的事情。其实，两年对他们来说并不遥远，也不可能忘记。三个年轻人，谈论的东西从古到今，从天上到地下，有些忧国忧民，有些愤青慷慨，有些倾情激昂。不管怎么说，毕竟他们是受过教育的，超越底线的话真没有人说。

“我说，你们就不想想为什么我叫你们来这个小店？”王诚如喝得差不多，但不忘自己是“地主”的身份，他要借着酒劲再延续查尼皮的传奇。

“别卖关子了，到底有什么秘密？”赵向南急不可耐地问道。

“听说过胡志明吗？听说过越南革命吗？”王诚如还在设置机关，不想一下就把谜底揭开了。

听他这么一说，李文林和赵向南端着酒杯悬在半空，静静地听王诚如说话。

早在 1940 年前后，越南革命正处在非常艰苦的岁月。一位叫黄光平的越侨在这间房里开了“平民理发室”。黄光平就是后来任越南民主共和国副主席的黄文欢。当时他在云南和冯志坚（后任越南民主共和国商业部部长）等领导着一个支部，他是支部书记，以理发的职业作掩护，利用理发室为联络、接送革命同志的据点。

有一天，日头已经偏西，迷拉地街道那边走过来两个人。其中一个人穿着一套褪色的咔叽布衣服，有双特别引人注意的明亮眼睛，身体消瘦，没有胡须，善良朴实的像当地农村老大爷。另一个年轻人外表机灵、热情，是越南共产党海外部的负责人之一，叫冯志坚。他们走进理发室，待顾客走后，冯志坚同理发师热情地交谈起来。那年纪大一点的默默地坐在一旁仔细地倾听他们的谈话，同时也在思考着问题。这个化名“老陈”的人，正在考虑越南的革命问题。他就是越南人民革命的领导人——胡志明。

胡志明在迷拉地住下后，尽管环境艰苦，生活条件困难，但他总是每天起得很早，时常走出房间做深呼吸、伸腰等活动。然后，他就开始忙着收拾屋子，列出一天的工作安排，接着是找人谈心、研究问题、写作等。他就在这间房里开办党的训练班，亲自讲解马列主义理论，分析国际形势和印度支那局势，讨论资产阶级民主革命的理论问题。夜晚，他常常又组织同志们探讨革命的任务和工作方法。他常常提出一些启发同志们去思考、钻研问题。他一有空就和这里的工人、农民谈天，了解他们的生活，关心他们的疾苦。由于他能说一口流利的中国话，这里的人都不知道他是越南的革命领导人。大家喜欢他、接近他、尊敬他，大家有什么事就找他商量，把他当成知心朋友。后来，冯志坚来这里把胡志明接走了。

“哦，这个地方有这么多故事，藏着这样的秘密。听你这么一说，我们今天可是受到国际主义和共产主义以及爱国主义教育！”李文林由于与佟玲江正在谈恋爱，深受她的影响，说出的话也有一定的水平。

“哎呀，真是近朱者赤，文林兄身边有个团委书记，觉悟渐长啊！”王诚如意味深长地说道。

“什么情况？整天钻山沟的我都不知道外面的世界了。”赵向南迫不及待想知道李文林谈恋爱的进展情况。

王诚如又要了一瓶酒，每人分了三分之一，喝了一口酒后说：“你问问文林，还是我牵的线，人家可是阿迷分局里赫赫有名的能干书记，要不是我从中撮合，他们能走到一起？”王诚如有点沾沾自喜，李文林却点头称谢。

“什么书记，我怎么一头雾水，越听越糊涂啊！”赵向南真不知道他们在说什么，不依不饶地让王诚如讲得明白一些。

王诚如将有关抢答器的事情从头到尾讲了一遍，赵向南算是听明白了。李文林听着王诚如讲着自己的故事，不时喝一小口酒，不知不觉把自己酒杯的酒喝完了，而赵向南和王诚如小半杯酒一口未喝。

“有这么喝酒的吗？自己听自个的故事，自娱自乐啊！”王诚如又要了一瓶酒，将李文林的酒杯倒满，把自己和赵向南的也倒满，端起酒杯继续说话。

“分三口，我们把酒喝完回去睡觉吧。我提议，每人说一句，干了。”

“友谊长存！”

“对得起兄弟！”

“三人一起往前走！”

诗意“人字桥”

在迷拉地短暂的相聚后，王诚如、李文林和赵向南回到各自的工作岗位，基本都是按部就班地工作。

赵向南一直在湾潭桥隧领工区任技术员。说是桥隧，其实许多时候都往隧道里钻，到桥上的时候相对要少一些。不是桥梁没有问题，而是在 1982 年检修过线上的这几座大桥。

领工员谢尊诚告诉他，过两天要去查勘大名鼎鼎的“人字桥”。之前他听说过，但一直没有去成，坐火车经过时倒是看到过这座桥的尊容，感觉在两山之间架起的一座铁桥，其他情况也就知晓很少。听到这个消息，赵向南翻遍了领工区的各种资料，查找有关“人字桥”的资料。

资料显示，“人字桥”托起的不仅仅是 180 吨重的自身桥梁，而且从 1908 年通车以来，它承载南来北往的列车何止数十万趟次，运送旅客人员数以亿计，运输货物数千万吨。

按照设计，“人字桥”为从重结构，下部为三铰人字拱臂钢架组成，拱臂底部分别支撑于两端山腰间的铸钢球形支座上，支座又以在两岸山腰设计高处嵌入山体的钢筋混凝土预制块作为拱座承台，待顶部合拢后连接于钢枢上。其上托 4 孔简支上承多腹杆钢桁液，高 2.05 米，主桁梁中距 2.4 米。建成后的“人字桥”长 67.15 米，高 100 米，自昆明一侧的一孔跨长 21.9 米，二、三孔跨长14.75 米，四孔跨长 15.75 米；桥梁重 179.5 吨（包括配件），有效荷载与自重比为 1∶0.5，三铰拱重 70 吨，其矢高于跨长比为 1∶3.5。“人字桥”犹如巨人横空跨越在 200 米高的四岔河谷之间，造型优美，雄伟壮观。因其形恰似汉字“人”，故“人字桥” 一名不胫而走。

“人字桥”的施工从开凿河岸峭壁两端的隧道口的桥台开始，然后在两端洞口距轨顶面高 19.17 米的峭壁上，开挖出宽 4.4 米，高 3.8 米，深 4.0 米的施工山洞以安置铰车及滑车系等起重设备。之后，又在隧道下方的设计高度构筑钢筋混凝土的拱座承台，并在其上安置铸钢球型支座。前两项准备工作完成后，便开始吊装:第一步是在球型铰上垂直吊装三角形钢拱支架,其拱肋的上弦、上风撑,临时用锚杆及缆绳稳定在岩壁上,自下而上拼装下弦杆、腹杆、下风撑,并将三角形拱架顶悬挂于与铰车相连的滑车上。

第二步是进行拱臂钢架合拢,利用两边铰车的徐徐放松,拱臂随即绕支座作半圆弧转动,两只拱臂向峡谷中心缓缓靠拢,待两架拱臂顶部的枢轴孔吻合后即穿入钢枢,并在拱脚底部安装锚固螺栓,两端实现对接。

第三步是在开凿好的拼装槽内拼装上部简支梁,又将拼装好的简支梁利用铰车、滑车、滑轮等牵引推送。由于场地的限制,每次拼接 18 米左右即须向前拖拉,经多次循环直至全部就位,最后铺设桥面及轨道。桥梁工程历时 20 个月 26 天,其中钢架结构架设过程历时 5 个月。

读了这些有关“人字桥”的资料,让赵向南对人的力量心存敬畏。

到了现场,谢尊诚先在桥上做一个示范,即用尼龙绳将自己捆绑后,又将赵向南按照他的办法依葫芦画瓢,将尼龙绳的一端拴在“人字桥”的护栏上,另一端由两名职工拉着,一点一点地往桥下放,赵向南也跟着谢尊诚慢慢往下走。两个人对铆钉、角钢、杆件等部件逐一查看,足足用了两个小时,才将昆明方向的桥梁部件基本检查一遍,并做好记录和标记,以便以后维修。吃过午饭一小时后,他们又像早上一样如法炮制,大约下午五点才全部检查完毕。等到他们爬上来时,已是夕阳西下,全身没有一点干的,瘫坐在桥上。赵向南的第一次与“人字桥”的亲密接触就以这样的方式结束。

查勘结束后,赵向南他们就住在工区,没有返回领工区。等吃完饭,谢尊诚向他讲起了“人字桥”的一些趣事。

这座桥是由法国人保罗·波登设计并由其所在的法国巴底纽勒工程公司承建的。为适应在陡峭高山中人抬马驮的运输条件,工程所需的全部钢铁构件都在法国预制成单件重量限制在 100 公斤以内,长度不超过 2.5 米,大多为 1.2 米至 1.5 米,均为短而轻的杆件,可在施工现场组拼铆合。我们今天看到的都是冷铆技术。今天,即便我们可以焊接,但悬在空中非常危险。对我们而言,这些年来主要就是对局部修修补补和油漆,防止锈蚀。

另外,还有一个有趣的事情,即许多人认为保罗·波登是一个女工程师。

“还有这样的传奇,说来听听!”赵向南本来有些睡意,被谢尊诚一说睡意全无。

传说是这样的，根据桥所处的地理位置，许多法国的一些著名工程师都参与设计方案，结果都败下阵来。最终决定的修桥方案，源自一个女裁缝的剪刀叉开落地的启迪：刀尖插入地板巍然屹立。女裁缝想，这不就是设计那座桥梁的图形吗？于是报告给法国工程学会。著名的桥梁设计师保罗·波登，依据她的设想，设计出状若张开剪刀的“人字桥”。那位突发奇想的女裁缝也因此被聘为“帮忙工程师”（即助理工程师）。

“从故事的角度讲，我更相信是一个女工程师。”赵向南听完故事，向谢尊诚说道。

一觉醒来，赵向南早早地来到了“人字桥”上，站在桥上冷风习习。这是八九月份的酷热天气，但却让赵向南有深秋的感觉。近七十米的距离，赵向南花了十多分钟才走完，而且在走的过程中，他的手一刻也没有离开过护栏，他曾经试过不扶护栏，但有一种想掉下去的感觉。猛一生发出来，他又紧紧地扶着护栏，紧紧地盯住脚下踩着的钢板，生怕踩滑摔倒，更怕真的跌到桥下。

吃过早点，赵向南和谢尊诚顺着桥的隧道口往山上爬，目的是要踏勘松动的土块和石头，不能让土块和石块在雨水的作用下滚到桥上并影响列车通行。踏勘完毕正好是午饭时间。他们草草吃过午饭，爬上开往迷哈地列车返回领工区所在的湾潭车站。

下车后，谢尊诚交代赵向南编制“人字桥”的维修方案及材料工具准备方案。最迟本周五下午要编出来。周一要向段技术室和材料室报告。

编制维修方案对赵向南来说不难，但对需要多少材料没有谱。在编制中，他向谢尊诚说了这个意思。

“你若没有谱，那谁有谱？整个段上也没有谁向我们这样去爬过‘人字桥’，你说该去问谁？”

听谢尊诚这么一说，他也就不问了，按照自己的估算和判断，周五上午将方案提交给了谢尊诚。谢尊诚简单看了一下，就将需要的材料十位数上添加了“5”，即原本只要 10 根角钢的就变成了“60”根。

“你再誊写一遍给我，周一我向段上汇报用。”赵向南转身回到技术员办公室，立即誊写维修方案和材料申请表，誊完后交给谢尊诚。

把方案一交也就没有什么事了，但想到这么好的“桥”，赵向南就和王诚如打电话闲聊。

经不住赵向南的忽悠和诱惑，王诚如答应明天一早爬货车到“人字桥”，希望在“人字桥”能够见到赵向南。赵向南一看时间表，明天早上没有货车途经“人字桥”，只好在下午乘货车到“人字桥”工区等王诚如。

说走就走，赵向南向谢尊诚打了一声招呼，收拾好洗漱用具就爬上开往迷拉地的货车。

第二天，赵向南早早地到了“人字桥”上，感觉又和第一次来的时候不一样。这次有些轻松但还是有些害怕，但这种害怕已经不像第一次那样怕掉下去，这种怕确切地说，应该是心存敬畏，在心里默默地向当年那些造桥人致敬。

等到王诚如到来后，他带领王诚如顺着维修楼梯下到桥的支撑点，然后又爬上来，离开隧道往山下走。

“真是太美了！你看这个桥，就是一个大写的‘人’字，桥下怪石嶙峋更加衬托出它的美。一个是钢铁之美，一个是自然之美，居然在这荒山之中和谐地呈现。感谢法国佬！”王诚如有一种善于发现美的天赋。赵向南和王诚如在桥下整整看了一上午，以致错过了吃午饭的时间。

下午三点，他们才回到工区，做饭的师傅赶紧热了一下剩的饭菜。狼吞虎咽地吃了两碗饭后，赵向南才说道：“怎么能没有酒呢?!”。

酒喝得差不多了，王诚如开始作诗。他认为，这么美的风景，原来坐车时忽视了，要表达一下我们对“人字桥”的赞美。酝酿一会，一首诗真的从王诚如的嘴里一个字、一个字地吐出，尽管带有一股酒气，但也不失为一首赞美的诗。

人字桥上

远眺两山之间
上帝之手
剪开岁月后安静地挺着
俯视怪石嶙峋的河
风儿轻轻说
当年八百壮士撑着

两洞默默期许
百米之间
铆钉锤打着法国的传说
万里漂洋厮守不离
尘中飘着爱
相融早已穿越百年

去故乡已远兮
谁在桥上
张开双臂都欲乘风而去
桥下不论有意与否
一张合影后
无故乡愁注定梦里

赵向南听得出奇，更为奇怪的是，王诚如在诗里涉及的资料基本没有听说。

“你从哪里看的资料，我怎么都不知道这些呢？”

“你在电话里说‘人字桥’，我就去翻找相关资料了。你不想想，我可是在段上，找资料肯定比较容易和方便啊！”

“也是，也是。我怎么忘了这茬。”

王诚如在“人字桥”陶醉了，但此时小黄却坐上 682 次列车到迷拉地去找他。下车后，直奔王诚如驻地，结果人没有在。周围的人说：“他一早就出去了，不知道是去蒙自还是去哪里了。”

小黄这次是有心计的，来之前并没有告诉王诚如，她想来个突然袭击，看看他到底在休息时间干什么。在小黄的心里，她一直认为王诚如很忙，工作上的事太多，一般不愿打搅他，但禁不住周围的人嚼舌头。这年头，有文化的人花花肠子多，你不看好你家王诚如，有人睡在他身边，你还不知道。再说，你又不在他身边，这么年轻又有职务、有知识，盯上他的人应该很多，你还是有空就去看看，不要到时候人家结婚你还不知道。

这些话听多了，小黄心想：“我一个高中生长得又不漂亮，他把我甩了怎么办，这么多年的心血不是白费了吗?”小黄思来想去，请了假，就登上开往迷拉地的火车了。

到了之后，王诚如不在，小黄又有点后悔了。后悔的是，如果王诚如知道了她来的真实意图，会被王诚如看不起，让王诚如觉得她小心眼。算了，要成为一家人的话，撵都撵不走；要不是一家人，捆来也会走掉。打定主意后，小黄向住在王诚如周围的人说了一声，将自己从迷哈地带来的生木瓜和菠萝，放在王诚如的门口后就离开了。

正好中午十一点半左右，开往迷哈地的 681 次列车从迷拉地准备发车，小黄在车站门口草草地吃了碗米线，就上车返回了迷哈地。

第二天，王诚如回到宿舍时看到门口的东西，一问傻眼了，连忙给小黄打电话，结果得到的是人不在。

其实，小黄在食堂忙着做饭，她不想去接电话，所以告诉食堂的人：“只要有人找她，就说不在。”她想用这种方式考验考验王诚如，让他从此如实报告他的行踪。

星期一中午，赵向南到了迷哈地食堂去打饭。赵向南对小黄说：“等你忙完，我给讲个故事，保证你感兴趣。”

“能有什么好故事!”小黄心里想，赵向南与王诚如他们是一伙的，暂且听听他怎么说。

赵向南并不知道小黄去找过王诚如，小黄也不知道王诚如周六与赵向南一起去了“人字桥”。吃完中午饭，赵向南在餐厅里坐着，等待小黄来收拾桌子时，顺便给她讲一讲。

“王诚如星期六到了‘人字桥’，我们全天都在看‘人字桥’，你猜王诚如在‘人字桥’做了什么?”赵向南故作神秘状。

“谁知道你们做了什么？准没有好事!”

“你怎么这样想呢，你们家王诚如能做坏事？我敢做，他都不敢做。”

“行了，你就别卖关子了，我还要忙正事呢!”

“是这样，我们到了下午两点才吃饭，吃成了蚂蚁上树，连着下午饭一起吃。当然，酒是没少喝。”

“喝醉了?”

“也不算醉，不过在这样的状态下，他还为‘人字桥’作了首诗。你想听听吗?"

"说出来,听听嘛!"

"好的,不过你记好了。"赵向南将王诚如在"人字桥"作的诗朗诵了一遍,小黄感觉是一首好诗,但并不知道好在哪里,央求着赵向南将诗写下来给她。

三天后,王诚如又打电话找小黄,开始小黄还在埋怨:"这么多天了,吃了东西都不会言语一声。"让王诚如在电话里说了N个谢谢。

"谁要谢,听着,我念首诗给你听听……"

王诚如在电话里听到自己在"人字桥"时作的诗,既感到高兴,又感到惊奇。

"这是谁卖了我呢?"放下电话后,王诚如在琢磨,这首诗没有几个人知道啊!

"听风楼"边听风雨

对党的作风和组织全面整顿以来,铁道部提出铁路对党的作风和组织全面整顿的效果要体现在"畅通无阻,四通八达,安全正点,当好先行"上,用优秀的党风带动路风,处处体现在"人民铁路为人民"理念。因此,围绕着这个目标,铁道部部署了三年的企业整顿工作,要将当前事故多、效率低、纪律松、管理乱、质量差的混乱状况彻底改变。

铁道部的部署之后,各个局结合自己的实际情况,认真进行了安排。为确保全路目标的实现,各个局的要求又比铁道部的要求提高了一格,层层往下压。到了站段一级要求之高就可想而知了。

张志刚接到阿迷分局的部署后,并没有立即开展行动。按照通常的惯例,先是阿迷分局召开动员大会,阿迷分局领导在会上再作动员和部署。毕竟,文件只是原则性的安排和要求,他还要等一等,只批转给段领导班子阅览,并未作具体的要求。

果真如此,文件下来三天后,阿迷分局召开企业整顿动员大会,要求各个站段党政主要负责人参加,时间为半天。

会议结束当天下午,张志刚就立即召开党委扩大会议,议题只有一个:转达学习阿迷分局整顿企业会议精神，在吃透文件和会议精神的基础上，提出迷拉地车务段的贯彻意见。

“阿迷分局主要领导的讲话精神，大家要深入学习和吃透，今天我们重点学习阿迷分局政治部主任郝卿明的讲话内容，这个讲话对我们下一步工作有很强的针对性和指导性，尤其是他提到的十一个方面的问题，我们要举一反三。”张志刚把学习重点放在了阿迷分局需要清理整顿的十一个问题上面。

“第一，在管理体制上，过分强调集中统一，因而统得过死，捆得太紧，管得过细，企业没有自主权，没有搞好经营的活力和后劲。

第二，在机构设置上，过分强调上下对口，因此庞大臃肿、人浮于事、互相掣肘、效率不高、官僚主义严重。

第三，在经营思想上，片面追求产量指标，满足完成数量任务，因而不注重经济效益，结果是产值少、利润低、成本高。

第四，在发展生产的措施上，过于偏重依赖扩大外延，一味要求国家投资、增人增设备，忽视挖潜提效、以内涵为主扩大再生产。

第五，在经营结构上，片面认为铁路就是运客运货，忽视多种经营，存在严重的单打偏向，铁路的优势没有得到应用和充分发挥。

第六，在内部关系上，上下只重视行政领导与被领导的关系，左右只重视生产上的协作关系，而忽视建立必要的经济联系和经济制约。

第七，在生产组织上，片面强调工种齐全，因人设事，因设备定人、有定额不严格考核，造成人多事少、工种量不饱满，设备小而全，劳动生产率和设备利用率低。

第八，在分配机制上，把平均主义当社会主义的优越性，干与不干、干多与干少、干好与干坏一个样，长期吃大锅饭，压抑了职工的积极性。

第九，在用人制度上，把铁饭碗当作社会主义的优越性，基本上是单一的固定工制度、一入路门就是终身制，甚至是世袭制。

第十，在干部队伍结构上，由于是铁交椅只上不下，奉行论资排辈，轻视知识和知识分子，因而年龄偏大、文化偏低、专业知识偏少。

第十一，在基本建设上，片面抓进度、完成投资额，缺乏在技术上、处理上下功夫，因而造价高、质量差、胡子工程尾巴多。

这十一个问题造成了企业经济效益差、劳动生产率低。”

张志刚强调，这十一个问题，是从路局、阿迷分局的角度来衡量的，我们是运输站段，不可能与路局、阿迷分局像水桶一样上下一般粗，但有些问题估计在我们站段更加严重，因此，要重点清理我们自己的问题。迷拉地车务段按照张志刚的要求，有条不紊地开展了企业的整顿。

对于企业的整顿，因是一个阿迷分局管辖，整顿的内容大致差不多。李文林所在的蒙自电务段也基本学习了郝卿明讲话中提到的“十一个问题”，但到了领工区这一级又有所减压。对领工区而言，当务之急是要清理各项工作制度，重点是从“以阶级斗争为纲”的束缚中解放出来，从制度上规定“以经济建设为中心”，逐步建立适应经济建设的最基本的管理、工作、学习等制度和办法。

李文林每周要应付阿迷分局相关科室、段股室的检查，有时一天会有三个检查组到领工区检查。因为之前没有多少管理制度和办法，根本起不到帮助或者促进领工区的工作效果。没有办法，李文林只好晚上在夜深人静时，根据工作的难易程度，慢慢思考和整理领工区需要建立的各种制度和办法，梳理出一个清单。

经过将近一个月的努力工作，李文林列出了一份领工区应该具备的基本管理制度和办法清单，将其分为：一、工作制度：值班制度、报告制度、例会制度、考评制度、考勤制度、请销假制度；二、管理办法：违章违纪考核办法、安全生产分析会议、月度生产会议、重要生产组织办法、应急管理办法、防洪抢险制度等；三、学习培训：每周学习制度、月度学习培训、重要技术培训、政治学习制度等；四、台账记录：值班记录、学习记录、工具材料使用登记台账、家具用品登记台账、工作日志等。李文林列出的这数十种办法、台账等，一时间让领工区和工区都感到非常为难。不做说不过去，做的话又太耗费时间和精力。

这些制度和办法一施行，首先遇到的阻力是领工区党支部书记，尽管之前也和支部书记孙波商量过，但孙波并不知道有这么多的制度、办法和台账，而且这些制度、办法和台账基本上是领工区的行政、技术和日常管理，并没有涉及党支部方面的制度和办法。

“你要推行这么多办法，叫工人们还干不干活?”孙波认为这样不是在管理，而是形式主义。

争论和难以推行上升到段上，作为技术主管，张山明亲自带队来领工区调研，说是调研时给一个中性的说法，不带结论或者偏向。事实上，张山明带领人劳、安全、材料等科室的人下到领工区，就是要解剖一个领工区，看看到底领工区的整顿是否可操作、是否可复制，能否为全段打造一个样板。

之前，李文林曾经向张山明聊过，他要在领工区建立一套管理办法，使领工区的各项工作有章可循，张山明从口头上是支持的，希望李文林能够在电务段的领工区这一层级开创出新局面，为全段的管理提供一个样板。

“没想到啊，经验还没有出来，告状的人倒是不少。你要做好充分的思想准备，否则不仅管理实现不了，而且很有可能动摇你的职位。”在来调研之前，张山明给李文林打预防针，希望他能够顶住压力，否则很难迈出实质性步伐。

张山明调研结束后，撰写了一份详细的调研报告。整个报告对领工区的各项管理、做法给予了积极的肯定，同时建议段上推广李文林的经验，希望各个部门满腔热情地支持这种敢闯敢干的行为，为段上的清理整顿工作做出积极的贡献。

在肯定工作的同时，调研报告也提出了中肯的建议，即希望党支部让广大党员投身改革、支持改革，用党员的先锋模范作用带领和带动领工区职工，使领工区的各项工作迈上新台阶。张山明的报告，还建议强化党支部建设，将党支部建设成为一个坚强的战斗堡垒。为达到这个目标，建议党组织也要建立健全相应的工作、管理和学习等相关制度，适应企业整顿后领工区的生产和发展要求。

蒙自电务段党委书记梁立凤和段长邢明棠非常看重这份报告，立即以电务段党委的名义上报给阿迷分局整顿办。阿迷分局政治部主任郝卿明非常敏感地看到电务段的尝试可能会孕育一种新的工作方式，立即指示宣传部、组织部和党委办公室要密切关注。

至此，李文林和孙波的第一次交锋，以李文林全面胜利而告终。孙波由于在此次整顿中的消极态度而被调离，李文林由于还是预备党员而不具备任党内职务资格，因此领工区支部书记出现了空缺。

这段时间，团委书记佟玲江忙于自身的工作，而且刚刚从省城培训回来，并不知道李文林“惹的祸”。

吃过晚饭后，佟玲江约李文林到南湖走走，以解这段时间的相思之苦。

“你回段上没有听说过什么吗？”

“听说什么，你不会是出现了男女关系了吧?”

“你都不在，哪有什么男女关系!”

李文林觉得佟玲江真的不知道这期间在段上发生的事，就一五一十地向佟玲江说明了领工区发生的事。

“我的天啊，我才离开一个月，你就将天捅了个洞。”佟玲江任团委书记一年多，对机关的事多少了解一些，尽管不赞成李文林的做法，但毕竟是好事，也就没再说什么了。

“以后，工作上的事和我说说嘛，我们还是一个单位的呢。像这个事，你不说，机关里的人会在背后议论你，我想帮都帮不上你。”

“好的，但我的事不想让你操心。另外，我是怕别人说闲话，那样的话对你影响不好。不过，今天你这样说，我很欣慰，以后有什么事我会告诉你的。”

两个人顺着南湖走了一圈，差不多也有一个小时。基本上都是在说工作上的事，他们无心欣赏这南湖的美景。

“云天收夏色，木叶动秋声。”佟玲江吟诵着这句诗，拉着李文林往宿舍方向走去。

企业整顿开始后，迷拉地工务段整顿办因缺乏人手，请示段领导后将赵向南从湾潭桥隧领工区抽调上来，专门从事企业的整顿工作。

这项工作他没有多少经验，与王诚如虽是在一个地方，但分属两个单位，而且王诚如干的是团委书记，没有可以借鉴的地方。正为工作苦恼之际，王诚如从阿迷分局政治部的简报中知道了李文林他们的做法，建议赵向南可以到蒙自电务段去找李文林，估计对他的工作会有帮助。

想好以后，赵向南通过电话总机接转了李文林，讲明了打电话的用意之后，李文林希望他两天以后再过来，这两天阿迷分局的一些部门在领工区检查工作，没有时间接待赵向南。

两天后，赵向南到了蒙自，找到了李文林。作为老朋友而且又不在一个系统里，李文林毫不保留地将领工区的各种管理制度、办法、台账和资料报表等材料都拿给赵向南看。

“你也可以向我们提提意见，把好的想法也跟我们说说!”李文林在老朋友面前也说得比较真诚。

"说实话,我是来学习和取经的,不是来挑刺的,而且也没有资格啊!"赵向南目前所处的位置比较尴尬,本身接触的事相对要少一些,只是现在临时被调到整顿办帮忙,才需要了解大量的信息和资料。

"不过,我们都是搞技术和管理的人,我建议能否将技术管理、技术台账等从管理中单独分列出来。当然,如果可能的话,还可以将安全管理作为一项单列,这样就可以形成基础管理、技术管理、安全管理和综合管理四大类,相对来说可能更清晰。不过,说得不一定对,仅供参考。"赵向南说道,这让李文林感到赵向南在迷拉地工务段任技术员真是屈才了。

不过这样的话,李文林并没有说出来,毕竟是两个单位,如果这样说的话不仅有点挑拨离间,还有干涉人家管理的嫌疑。

"走吧,一起去吃饭!"李文林一看到吃饭时间点了,电话通知了派出所的马公安、技术室主任张山明和佟玲江。

佟玲江一听都是他们迷哈地的老朋友,借故说有事不去了,告诫李文林少喝点酒。他们几位,尽管上班相互离的不远,但实际要聚在一起,也是件很难的事情。今天巧了,正好大家都在蒙自,也都没有什么安排。

离车站不远的一家小馆子,名字就叫"新安所小吃店"。李文林招呼赵向南坐下之后,直奔厨房点菜。马公安和张山明要值班,都表示不喝酒。

在等人和上菜的过程中,赵向南问起李文林谈女朋友了没有,李文林说了句:"算有吧。"赵向南一直穷追问李文林,在问的过程中,张山明和马公安陆续赶到了,才将此话题绕开了。

看到老朋友们都在蒙自,赵向南尽管有点自卑,但还是笑着调侃道:"你们都往城市跑了,留下小弟整天钻山沟。"

稍作寒暄,菜也就上来了。

"套肠、手抓饭、凉卷粉,这些都是新安所的传统名小吃,赵向南今天虽说是来取经,但是来送宝的。来,来,我们一起干了这杯酒。"李文林从任领工员后,不仅酒量见长,而且很有说辞。

大家都知道李文林这段时间名气大振,但今天却说是赵向南来"送宝",这让张山明感到奇怪。

"李文林说笑了,我是来取经的,哪送什么宝啊!"赵向南有点惭愧地说道。接着此话,李文林一五一十地向张山明道来。

“马公安，你不是在春节期间破了个大案，怎么最近一点消息都没有了？”张山明不想让赵向南再继续说下去，用马公安来转移话题。

“是破了个案子，说我是刚刚调来的，看年底能不能转正。”马公安知道弟兄们关心什么，也就直接挑明了，让大家不用再继续猜。

“按道理你是破案功臣，应该嘉奖和提拔了。但听你这么一说，还真是只能忍忍再说。不过你应该去补个文凭，起码应该有个中专文凭，否则，以后很难混下去。”张山明说的很有道理，但马公安怎么去补文凭这事确实还得从长计议。

不喝酒，饭就吃得快，结账后李文林提议到南湖走一走，看看风景。大家也都跟着来到了南湖边上。

从车站出来，路过一座大院，平常并不喜欢舞文弄墨的李文林，也许是在酒精的作用下，居然讲起了这座大院不为人知的故事：

“1938 年 4 月 19 日，西南联大常委会决定成立国立西南联合大学蒙自办事处，具体负责在蒙自成立分校的相关事务。考虑到蒙自分校设在城外，空旷无依，安全难以保障。于是把女生安排在城中绅士周伯斋家里，住在颐楼上。颐楼意为颐情养性之意，一说取自周敦颐之‘颐’字。找周家攀祖，找到周敦颐。周敦颐以爱莲名世，而南湖荷叶田田，水叶交辉，称为‘荷花海子’，恰合周敦颐性情。无论哪一说，都应从颐楼的地势来领会——颐楼离南湖 200 米左右，且它前面还有许多房屋，但颐楼地势突兀，高高在上，且楼高三层，登上顶楼，向南而望，湖光山色，碧水荷叶，尽收眼底。蒙自气候多热，每当晚饭后，上楼而坐，沐风品茗，赏景作乐，心旷神怡，优辱悄遁。这是士大夫情趣。联大女生住在此楼，却是另一种况味：楼风呜呜，满怀凄凉，国忧家思，涌上心头……

“怎一个‘愁’字了得！白天，女生到湖对面校本部上课，无暇忧思，夜晚人静，正是愁绪活跃之时，国破家亡的痛楚，对于只身万里，漂流他乡的少女本是难以承受的，更哪堪凄风扣窗，如泣如诉！呼啸的劲风，是从东北、华北、华南绕道而来的吧？一定捎来了游子家乡的消息了，那里的乡亲好吗？我军打胜了吗？哦，没有，风声呜呜，痛说惨状……女生们忧国思乡，焦心如焚，彻夜不眠。于是，同学们将颐楼改名为‘听风楼’。

“好一个‘听风楼’，听风而生忧国之心，听风而生思乡之念，听风而生抗敌之志，听风而生爱国之情。‘听风楼’的故事很快传开了，颐楼反而没有多少人知道了。

“有时候，许多故事好像是应该有个曲折的。果不其然，就在联大分校迁往昆明不久，‘听风楼’即遭厄运。

“那是 1939 年 4 月 13 日，日本飞机首次轰炸蒙自，将一颗炸弹投到它的顶上，‘听风楼’三楼随声开了‘天窗’。为了让后代子孙记住这个惨痛历史，在人们的建议下，周家索性削去顶楼，让它作为日本帝国主义侵略罪行的一个罪证。

“削去顶层的‘听风楼’，也就不用听了，直接风就来了。”

尽管是李文林自己编的，但讲得有滋有味，而且又有点学究式的言语在里面。听完这个故事，大家都很佩服李文林。

马公安从一旁凑过来，问道：“真的？假的？我来南湖许多次，也没有听人讲起这个故事啊。”

“这里还有许多故事呢，周家主人还和我们的铁路有千丝万缕的关系呢。”李文林欲言又止。

“不说了，不说了，我也是王诚如不在才敢说两句，咱们还是回去睡觉吧。”李文林没有再说什么，径自在前面带路往车站方向走去。

李文林他们在散步的时候，王诚如可没有闲着，而是在准备第二天党委书记张志刚向检查组的汇报材料。

之前，车务段的整顿工作大部分都在行政方面，党委也就没有过问。但张志刚听说带队的是阿迷分局政治部主任郝卿明，不敢怠慢，连忙叫办公室将汇报材料送来。一看，这怎么向郝主任汇报，基本情况都没有说清，这不是明摆着让郝主任批评吗？整顿才开始一个多月，你就出经验了，谁相信?!

“不行，让王诚如重新整理一份汇报材料。”张志刚发话，王诚如不能不干。由于之前他参与的深度不够，对许多情况不了解，他只好来请教张书记。

张志刚大概告诉了他几个方面的情况：首先，简要介绍一些迷拉地车务段的基本情况。其次，报告一些车务段关于企业整顿的措施和做法。再次，也是重点，即在车务段企业整顿中存在的主要问题。最后，针对这些问题，我们拟采取的主要对策。

一听张书记讲的框架，王诚如心里有谱了。翻阅各个股室提供的材料，王诚如大致找到了迷拉地车务段在整顿中存在的问题，顺手在草稿纸上画了起来。总体来说，存在的主要问题：一是粗暴待客、野蛮装卸、野蛮调车的歪风还在蔓延。一些客运人员对旅客冷、硬、拉、推；少数装卸人员作业时摔、砸、压、碾。至于脸难看、话难听、事难办的现象，则更为普遍，借故刁难、谩骂、作弄货主的事也时有发生；二是客货运输的各项服务标准、作业程序、管理制度，还没有完全落到实处，更没有成为自觉行动；三是客货服务人员缺乏职业素养，在服务工作中言谈举止、待人处事不文明。有的只埋头干活，不愿开口宣传。有的简单生硬、不作耐心解释，有的语言粗俗、动作粗野，有的不注意人员着装、衣帽不正。有点以貌取人，不平等待客等等；四是路容路貌不整洁，站车秩序不稳定，旅客货主还没有舒适感和方便感。沿线治安秩序没有根本解决；五是个别职工利用职权和职务之便，违法乱纪；六是运转人员业务素质不高，基本的职业技能都不具备，对安全生产构成直接威胁。

王诚如在总结了上述六种情况后，自己又加了一段文字，指出这些问题存在的原因：首先，是我们各级领导干部对搞好企业整顿的重大意义缺乏深刻的认识，还没有提到坚持企业的社会主义方向，贯彻为人民服务的宗旨、落实党的十二大提出的“三个根本”好转战略任务。其次，治路不严，没有做到“严字当头，铁面无私”，有的领导干部嘴巴严但行动不严，有的对歪风邪气没有一个鲜明的态度，模棱两可，含含糊糊；有的对问题不是大胆揭露，严肃处理，而是姑息迁就，包庇袒护，大事化小，小事化了，甚至推拖赖；特别是对败坏铁路声誉、损害旅客货主利益的歪风邪气，缺乏一种抓住不放、一抓到底，不彻底改变面貌不罢休的气魄。最后，是思想教育和业务培训抓得不够紧、不够细、不够扎实。相当一部分职工受“一切向钱看”的思想影响，不是全心全意为人民服务，而是为人民币干活。职业道德、职业纪律、业务水平都跟不上时代的发展要求。

第二天一早，王诚如把草稿起草好之后，誊抄了一份请张志刚书记过目。张志刚看完后，对汇报材料非常赞许，但又有些担心，尤其是在分析问题的三点原因，他怕郝卿明主任看了不高兴，但又觉得如果不把这些问题的原因分析透，似乎有点隔靴搔痒。

“看情况吧，下午你也参加一下，听听阿迷分局领导怎么说。”张志刚让王诚如先休息一下，因为早上检查组还在迷拉地工务段检查。

下午，按照程序，郝卿明简单说明了此次检查的要求，先听取汇报，要求汇报时间控制在三十分钟之内，然后再找个别人谈话和检查台账资料。

张志刚清了一下嗓子，按照稿子的内容认真地汇报车务段的情况。当张志刚说到目前存在的问题时，郝卿明一行人都认真地记录并不时地点头。张志刚看到郝卿明投来赞许的目光，鼓起勇气也将产生这些问题的原因一并汇报了。

“分析得有道理，问题尽管产生在下面，但根本还是在上面，在干部啊！”郝卿明一口重庆口音插了这句话，让参会的人员也有同感。等张志刚将全部，材料汇报结束后，郝卿明并没有更多地表态，只是希望将汇报材料给他一份。

检查组根据事先安排，分散到各个股室去查台账和资料。张志刚引领郝卿明到了自己的办公室，他们两个人要对一些问题进行核实和谈话。

王诚如从自己的办公室里端着一杯水来到了张志刚办公室，“来，郝主任，我介绍一下我们的团委书记王诚如，1982 年来的大中专生。今天的汇报材料就是他整理的。”张志刚连忙将王诚如介绍给郝卿明。

“不错，写得有功底，很有发展潜力！”郝卿明对着王诚如说道。张志刚何等聪明，在这个时候不能让王诚如再多待一会，因为，效果已经出来，他们还有正事要谈，便使了一个眼神，示意王诚如出去。

王诚如转身离开并顺手将张志刚的门带上，长长地舒了一口气。

偷来的死刑

张志刚的汇报，虽然反映的是车务系统的问题，但许多问题带有普遍性，而且还具有倾向性。郝卿明回到阿迷分局后，细心整理了此次检查的情况，既是对前一阶段工作的总结，又是对下一阶段形成具有指导性的整顿意见，为整个阿迷分局开展企业整顿提供了方向。

这边问题刚反映上来，蒙自车站货场就暴露出木材被盗的问题。

蒙自货场木材被盗的情况有些蹊跷。据装卸工人反映，汽车拉来的木材是整整 25 立方，装在一个 30 吨的敞篷车内，应该能把车装的满满的，但装卸工只装了半车就没有了。货主一看就不干了，因为整整一车的货，到了车站货场就只剩半车货了，就向派出所报警。马公安他们一看，确实只有半车货了，但不清楚货主说的一车货有何根据，三方就在货场里僵持不下。

货主是文山木材转运站的，他出具了从文山拉来的票据，确实是有这么多的木材，但也没有人能够证明他拉到货场的木材就有这么多。铁路方根据目前的装车情况，对其重新进行复核，结果只有 20 立方，两者相差 5 立方。但铁路方说自己没有过错，谁也不能保证说是在铁路货场损失了这么多木材。

为了保险起见，马公安建议不要再动已经装好的车，暂时对其做好封存和看护。待他们去文山调查清楚后在启运。

货主采纳了马公安的意见，希望尽快查清问题，对方还急着用木材呢。

马公安所说的到文山调查，其实是说给货场的职工听的，好让他们放松警惕。马公安判定木材是货场职工“监守自盗”的，而且应该就是今天装木材中的人干的。

回到派出所，马公安立即布置警力密切监视今天装卸木材的三名工人，不管他们去哪里都有人盯着，但不要让他们发现。

“我就不相信这么多木材，他们能够在一两天就给吃了。”马公安尽管信心满满，但对能否抓住盗贼还是有些怀疑。

“这些都是圆木，自己盖房子不好用，会不会偷了再去卖?”民警周荣亮在马公安耳边嘀咕着。经他这么一说，马公安也清醒过来。

“对啊，小周，我们一起去木材市场看看。在去之前，你详细再看一下这些木材的特征，或者锯一截放在车上，我们好对比。”

小周也聪明，立马到敞篷车里弄了一截圆木放在吉普车上。十分钟后，开着汽车直奔木材市场。

今天不是集市，市场里比较冷清，但由于木材体量大，占地多，平时许多商家还是开门营业，反正也要守着木材。

马公安他们在这个市场里转悠了近两个小时，也没有发现相同的木材。

“还有十多家没开门，我们明天再过来看看。”马公安说着便带着小周离开了木材市场。

第二天，处理完所里的公务，马公安与周荣亮又来到了木材市场。不过，这次他们把吉普车停在了木材市场大门外 100 米处的地方，穿着便装，看上去更像是一个生意人。

“老板，要买木材吗?”刚一进入市场，就有店主向他们吆喝。

“我们想看看圆木，主要用于防护。”马公安直接说了他需要的木材，以免一些板材店主再向他们兜售。

“圆木的话，前面有几家，你们可以过去看看。”有些店主比较热心，尽管不是自己的生意，但也想成人之美。

马公安看了几家，没有找到圆木。快要离开时，周荣亮看到一堆圆木，走近一瞧，是混在一起的几种圆木。

“有戏!”马公安示意周荣亮专门挑一种圆木。店主一心虚，说这种圆木不卖了。

“不卖了？老实说，这些圆木从什么地方拉来的?”店主一看这架势，忙说是朋友拉来的。

“偷来的吧，我们是派出所的，现在说实话还来得及。”

店主一听是派出所的，知道圆木的事已经露馅，自己兜着没有意义，连忙说两天前有个人用拖拉机拉来的，说是家里盖房子买多了，用不完，便宜卖给他。

“那你还记得他的模样吗?”

“应该认得出。”

“那跟我们走一趟吧。”

店主名叫徐瑞，是本地人，在这里经营三年了，木材是从石屏方向进货，很少从文山进货，因为贪小便宜，今天自己只好认栽了。

马公安、周荣亮带着徐瑞到了货场，正好装卸工人还在干活。徐瑞一眼就认出其中一位，并用手指了指。周荣亮上前告诉他，停止干活跟我们走一趟。

该装卸工上车后就知道了怎么回事，但仍故作镇定。

“带我去哪里?”

“去了，你就知道了!”

“我还要干活呢。”

“有你干的活。”

周荣亮与装卸工在吉普车上的对话，让卖木材的店主徐瑞稍微放松了点，心想铁路公安就是素质高，抓个人都这么有涵养。

其实，铁路派出所的民警与职工们一样，都同属于铁路系统，尽管叫不上名字，毕竟早上不见晚上见，而且基本上都住在铁路宿舍里，多少有些脸熟。正所谓“跑得了和尚跑不了庙”，说白了也就是抓个“内鬼”，没有必要像抓坏人那样严肃。

到了木材市场，装卸工立马招认，基本与店主徐瑞说的一样。

“你和徐老板把你拉来的木材清理出来，回头拉回货场去。”马公安说完留下周荣亮，自己又赶回所里。

刚进入所长办公室准备喝口水，张山明领着个人就进来了。

“我介绍一下，这是我们草坝通信工区的工长杨有，今天来是向你报案。”说完，杨有就开始讲发生的案子。按道理，通信方面的事情，应该是技术室副主任或人保股长来说，偏偏这几天这两人都不在，杨有与张山明多少有点交情，也就陪着杨有来到了派出所。

草坝通信工区负责 25 千米通信线路的维护以及站场电话的维修。正线上的通信设备没有问题，而在东山村附近有约 15 千米长的迂回通信线，在这两周屡次被盗，我们只能在被盗了之后又装上，每次装上不到 10 个小时后又被盗割，我们猜会不会是周围的村民干的，希望派出所能破了此案。

“迂回线是什么意思?”马公安没听明白。

“实际上就是备用线!”

“盗割了不安装就行了，盗贼也就没有偷的了。”

“那可不行，马所长，这是战备通信线，你知道现在‘两山’战役还在打，万一正线中断，迂回线又不能用，这不是闯大祸吗?”张山明直接将问题的严重性点明了，不能再这样绕圈子。

“每次大概盗割多少米的通信线?”

“也不多，大概一两百米左右，大约四五根电杆的距离。主要是盗割载波线，也就是长途通信线。”杨有连忙回答。

“地点基本不变吗?”

“地点基本就在附近，地势有点平缓，可能那个地方便于携带和逃跑。”

“这样，我们警力也有限，我们一起组成一个护线队，你们出三个人，我们出两个人，日夜守候，张主任你看这样行不行?”马公安有征求意见的意思，但也不容商量，毕竟这是在办公事，张山明没有再说什么。对付东山通信线路盗割案的办法就这样敲定了。

护线队一到，什么事也没有。连续两周内迂回线都完好无损。马公安觉得蹊跷，自己悄悄去看护线队，结果他们就在电杆附近看护。

“你们这样看护，傻子都知道不能再来盗割通信线，但只要护线队一撤，盗线分子就会立马出现。”马公安显然不满意他们这种护线方式。

马公安回到所里，指示周荣亮带队，重新考虑护线方式。他告诉周荣亮，我们的目的是彻底解决盗割通信线的问题，而不是耗在那里作简单看护。如果是这样，哪有这么多警力来干这事，必须调整思路，尽快破案！

周荣亮心领神会，立马召集5名护线队员，轮流看守，在离电杆500米左右隐蔽好，观察就行。周荣亮还特别交代护线队员，一定要有证据，一定要让他们在电杆上割断通信线，最好是他们在地上收线时实施抓捕。

远离电杆后，第一天就有人来电杆附近转悠，但没有下手。第二天，依然是没有人行动。根据这两天的动向，周荣亮将所有人力集中起来，准备应付第三天和第四天的情况。

到了第三天晚些时候，有三个人鬼鬼祟祟地来到电杆旁，简单耳语了几句之后，一个人先爬上第一个电杆，另外一个人又爬上了第三个电杆。两个人爬上电杆后迅速剪断通信线。在地上的人迅速收卷被盗割的通信线。爬上第一个电杆的人，又迅速爬上中间的第二个电杆，将线剪断，而第二个人已经爬上第四个电杆了。

就在这时，周荣亮命令护线队从两头向电杆方向包抄过去，第一个人、第二个人都还在电杆上，在地上的人被两名护线队员控制住。

案子就这样破了。但盗割通信线的问题依然没有解决，隔三岔五总是出现通信线又被盗割的情况。

马公安到电务段找到张山明，希望两家联合向阿迷分局政法委报告，不严惩盗割分子，通信线还会被盗割。

商量好以后，由电务段分管通信的副段长吕和生带队，技术室主任张山明、派出所所长马公安前往阿迷分局政法委进行汇报。

由于之前进行了简单的电话交流，政法委书记顾世清将法院和检察院的人也叫来了。在会议室里，首先是电务段副段长吕和生汇报最近盗割通信线的情况，接着是派出所马公安介绍抓获盗割通信线的过程，最后张山明补充说明了最近又出现的三起盗割通信线的情况。

政法委书记顾世清开门见山说道：“尽管抓获了犯罪分子，但又出现新的情况，村民也在看，如果不能重判他们，这种事情将没完没了。如果要重判，依据何在？从法律上讲，我们好像还没有更多的办法。因此，今天大家就当是座谈会，畅所欲言。法院的人，你们先说说。”

“顾书记，如果仅从铜线的直接价值来算，够不上重判，拘留几天我们就得放人，那时候，他们更加嚣张。要重判还得找依据。”法院来的是个年轻人，看样子也是毕业不久的大学生。

“检察院这边支持顾书记的说法和要求，但证据如法院所说的话，还得补充侦查，否则我们也很难提出公诉意见。”

“公安系统的，还有其他需要补充的吗？”顾世清对着马公安说。马公安摇摇头，表示没有需要补充的内容。

“法院的，你叫什么名字？” 顾世清对着法院的年轻人问道。

“顾书记，我叫丁存德，是刑事审判庭的。”年轻人赶快答话。

“哦，小丁，按照你说的直接价值来说，你认为是低了，不足以对他们进行重罚，是这个意思吧。”

“是的，顾书记！”

“那电务段对此有什么看法，比如说按照通信线路不间断、已经中断的这两种情况，我们怎么评估？”顾世清并不武断，他想按照大家的意见得出一个结论来。

“顾书记，严格来说，铁路通信线路不能中断，中断的话其损失不可估量，这几次通信线路中断，每次恢复都要在三个小时左右，就算前三次一共累计大约十个小时，造成的损失估计都有点吓人。”电务段副段长吕和生没有说出具体的数字，他想探一探阿迷分局的态度。

顾世清环顾一下参会人员，进行了总结性发言：“这个案子要引起大家重视，东山迂回通信线是战备线，目前‘两山’战役正在打，我们要提高到这样一个政治高度来认识。这是其一。其二，有关重判的依据，法院再专题研究研究，按照小丁提出的价值或者损失来说，电务段要给出一个科学的算法，不能采用估算一说，弄不好是要砍头的，不能简单了事。其三，公安、检察院在对案子的疑点进行分析和排查，不能似是而非，要重判能起到震慑效果，证据必须能经得起推敲。其四，电务段还得继续辛苦，不能让迂回线出现中断，必须确保通信线路畅通。”

顾世清一宣布会议结束，大家都分头回到各自的岗位，开始为审判工作进行前期准备。

装卸工监守自盗的事，让段党委书记张志刚非常尴尬。刚向阿迷分局政治部主任郝卿明报告整顿工作的情况，没想到自己的单位就开始冒泡。蒙自车站向他进行书面报告中，提出留路查看装卸工的建议。张志刚并不是不愿意处分他，他一贯的做法是能教育的尽量不要用行政处分的办法，但这次不处理的话很难说服大家，也不能对全段职工起到积极的教育作用。思虑再三，他还是布置人保股对其进行一次处分前的谈话，以便让被处分的人能从中吸取教训。这时，张志刚把电话打给了李应安。

“你来我这一下。”

“张书记，有什么事吗?”

“李主任，你是人劳室主任，这几年我们处分的职工多吗?”李应安有点丈二和尚摸不着头脑，没有贸然接话，而是等着张志刚说下一句话。

“你说一个职工，辛辛苦苦在单位工作，却因为一些事情被处分，经济上受损失不说，还要在政纪、党纪上受处分，这是何苦呢?”

“张书记，家有家规、国有国法，一个单位还是要有自己的规矩的。如果一个人犯错误而不被处罚，那大家还不都跟着犯，到那时我们怎么来管理，又如何对得起上级对我们的信任。因此，对企业的整顿是十分必要的。我认为，在纪律面前对犯法的人不能手软。”李应安毕竟在人劳室和机关支部书记的任上，说出的话非常符合他的身份。

“也没有什么，蒙自装卸工处分的事情，你多用点心，能够去当面了解了解可能更好一些。”李应安答应着离开了张书记的办公室。

李应安确实按照张志刚的要求，到蒙自找到了盗窃的装卸工。由于是本路职工，盗窃金额不算太大，车务段给了个停职检查的处分，派出所告诉他不要离开住所，随时听候问询。

装卸工叫刘春雷，从事装卸工作已经 20 年，家里有一儿一女，老婆没有工作，时常打点短工补贴家用。李应安到了刘春雷家里，一看其家徒四壁，老婆和子女都不在家。

看到李应安，刘春雷一脸惊愕，生怕被开除。因此，他感觉比较惊慌。

“你站着干什么? 这是在你的家里，坐下吧，我们一起聊聊。”李应安反客为主，招呼刘春雷坐下。刘春雷像个犯错误的小学生一样，呆呆地站在李应安的旁边，等待问话。

“家里最近有急事吗?”

“没有多大的事。”

“到底出了什么事?”

“李主任，你就不要问了，怎么处罚我都行。”

李应安顺着他的话继续说下去：“你看看，这还像个家吗?！客人来了连个坐的地方都没有，处罚你了，你让老婆孩子喝西北风，还是跟着你再去偷？你还怎么处罚都行，一点认罪态度都没有。你不知道，现在正在进行企业整顿，就是要让企业回到正常的生产轨道上来，哪还能像以前一样没人过问，想拿什么就拿什么。同志，这是国家的财产，你付出劳动，国家不会亏待你，是你的一点都不会少，不是你的千万不能伸手啊。记住了没有？我的同志哥！”

经过这一顿数落，刘春雷感觉李应安不是来开除他的，是来救他的。因此，也就和李应安说了实话：

“最近，我父母都病重，缺医少药，病情很难控制，更不要说去住院了。一个月三四十块的工资，既要生活又要供孩子上学，还要给父母看病抓药，实在是没有办法，我就动了这个歪主意，哪知道木材款还没有到手，就被公安逮着。我接受单位对我的处罚，犯了事，我承担责任。”

情况了解的差不多了，李应安就到派出所找马公安。马公安第一次见李应安，知道他的来意后，表明了公安的态度。

“他是你们车务段的，他犯的事刚好撞在枪口上，‘严打’和整顿都被他碰上，按理说要进行重罚。不过，从他盗窃的数量和钱财上看，属于单位改造教育这性质。我们还是看单位的态度。”

马公安从谈话中就摆出一副公事公办的样子，也难怪，人不熟，只能说台面上的话，因为他不知道李应安是怎么考虑的。

“马所长，你看这样行不行，刘春雷他们家的情况比较特殊，你们这边在不违反纪律的情况下，从轻处罚，我们在单位对他进行严格教育和监督，让他改过自新。”李应安也顺带把刘春雷家的情况向马所长进行了说明，目的是让马公安放刘春雷一马。

“好吧，李主任，你都这样担保了，我也就不好再说什么。不过，你们车务段给他处分的决定，也给我们一份。”马公安与李应安达成共识，派出所这边的事情就这样摆平了。

李应安回到段上，立马向张志刚做了汇报。张志刚表扬了李应安这种为职工着想的做法，支持他与派出所达成的共识和意见。但张志刚话锋一转，和李应安探讨起如何关心、关爱职工的问题。

张志刚从本次事情谈起：“刘春雷家里出了问题，作为党组织的我们不知道，让刘春雷觉得自己无依无靠，进而铤而走险，做出违法的事情，表面上看是他本人的问题，是他政治思想觉悟不高，法律意识淡薄。但从深层来讲，我们作为一级组织、一个单位，在自己的职工出现状况的时候，让他孤立无援。就事论事来说，是我们失职了。作为劳资部门，对职工只管工作上的事确实没有错，但我们让职工出现违法犯罪，不能说我们一点责任都没有。我们的教育工作做到位了吗？我们的思想工作做到家了吗？我们组织的关心让职工感受到了吗？李主任，说真话，我这个党委书记工作也没有做好啊！有时候，你们看我只批评你们，许多时候，我也扪心自问，这么多职工我管好了吗？”

张志刚像是在说李应安，其实也在说自己。听了张志刚的这些话，李应安表示会按照张书记的要求，尽快提出处理意见并上报党委讨论批准。”

由于已经形成了事实，但考虑到损失已经挽回，段党委决定给予刘春雷记大过处分，同时以整顿办的名义报送阿迷分局，抄送蒙自派出所。

刘春雷接到处分决定后，抱头痛哭。他庆幸的是领导网开一面，没有开除他路籍，保住了自己的饭碗。因此，自己拼命干活，专门捡累活、脏活去干。其他人员也从他的身上吸取了教训，感觉迷拉地车务段待职工像自己的家人一样。这件事也起到了“惩处一人、教育一片”的积极效果。

货场被盗木材的案子算是了结，马公安他们现在重点防范东山村迂回线盗割问题。通信工区工长杨有和派出所的周荣亮他们组成的护线队只要稍有疏忽，东山村民就会伺机而动，通信线就会被盗割。

电务段副段长吕和生和张山明最近又和阿迷分局政法委书记顾世清作了一次汇报，希望检察院、法院尽快判案，期望产生震慑作用。顾世清听完汇报，即刻指示检察院、法院和公安分处加快工作步伐。

东山通信线盗割案开庭前，阿迷分局政法委书记顾世清召集公检法、电务段进行协调，以确保开庭顺利。

电务段吕和生副段长汇报时说道："根据三次盗割、中断 10 个小时的情况来计算，直接损失不到万元，但从影响铁路通信的角度来计算，造成损失超过 100 万元，我们不知道这样的说法，在法律上是否可以从重处罚。另外，后面这几次盗割的通信线，我们并没有抓住盗贼，但损失也和前三次差不多，如果一起算上，预计超过 200 万元。"

法院小丁认为，以直接损失来量刑没有任何问题，但不可能产生震慑作用，充其量判处 3 年以下，这样的结果对他们本人来说，还是比较重的，但对村民来说没有多少意义。反正他们干两三年也不可能挣得万元。按照造成的损失来判，目前没有先例，铁路法院从 1982 年组建以来，第一次碰到这样的案子。当然，如果根据"严打"精神和造成的损失以及影响来说，主犯的罪责可以适用于无期徒刑，直至死刑。

"可以按照小丁的说法，研究重刑的依据。"顾世清并没有直接说按照小丁无期、死刑的标准来研究，只是提醒大家按照这样一个方向去探讨。

"判处死刑的话，确实能够起到震慑作用，估计从此无人再敢去盗割。"马公安心有余悸，但从他们最近与电务段的联合护线来说，又似乎有点赞同小丁的说法。

"如果真的按照死刑的标准来收集证据，我建议可以在战备线上再多考虑一些，否则，公诉时会觉得依据不充分。"检察院的发言为下步进行诉讼直接提出了结果。

"我看，大家还是倾向于重判，公检法根据今天的会议再作最后的补充，电务段积极配合，不说是铁案，至少从法律依据上不要有明显的漏洞。"顾世清几次都没有说出具体的量刑尺度，足见政法委书记的功底和"太极"功夫深厚。

离开会场，张山明和马公安走在一起，边走边议论。

"今后，你们东山迁回线应该可以宁静了。但你们到东山检修的话，可能要做好人身安全的防护，村民有可能会给你们出难题。"

"彼此彼此吧，你们公安今后出入东山村，估计也不会有好果子吃。"

两人彼此安慰，上了各自的车返回蒙自。

几天后，东山盗割铁路通信线案开庭。整个庭审过程比较顺利，三个村民对盗割通信线供认不讳。庭审中也没有辩护员，他们三个人为自己辩护。庭审结束，并没有当庭宣判。法警将三个村民押回了看守所。

十天后，法院开庭宣判，其中一名主犯被判处死刑，其余两名被判处无期徒刑。这三名犯人当庭表示不服，要上诉。

十五天后，铁路中院受理他们的上诉。

尽管还不是最终的结果，但东山村民一听到这个结果，大家都傻眼了。几条通信线就能把人命给要了，确实起到了震慑村民的作用。

在这期间，被判刑村民的家属组织村里的老少爷们到阿迷分局闹访。当打听到政法委书记后，立即围住顾世清，要求改判，否则他们将一直闹下去。顾世清要求村民按照正常程序提出要求，不能采取这种方式扰乱铁路正常工作。在推搡中，顾世清被村民从后背撞了几下，原本已经50岁左右的顾世清倒在地上。一看见顾世清倒在地上，村民纷纷离开了阿迷分局。

顾世清起来后，电话联系了州里的政法委书记，请求处理此事。州里接到电话后，立即派出工作组到东山村了解情况和安抚村民。

州政法委和阿迷分局政法委几次协商后，感觉判处死刑可能会引起村民极大的不满，估计还会有更大的闹访。尽管当前处于“严打”时期，但也不能不考虑村民的诉求。

经过多次协商，最后中院对东山盗割通信线案进行了再审，基本维持原判，但主犯从死刑改判为缓期执行。

村民得到这个结果后，也就没有再闹访。当然，期间州政法委也出面到村里做工作，希望村民遵守法律，不能做危害铁路运输安全的事情，否则，州里也不会再去协调。

盗割通信线案件随着判决的执行，东山再也没有出现过盗割通信线路的事情。

经过这件事，顾世清觉得不能继续在阿迷分局主持政法工作。阿迷分局政治部主任郝卿明，此时已经兼任阿迷分局党委副书记，对顾世清的现状比较清楚，也多次到路局反映，希望路局能够帮助解决，让顾世清能够到路局工作，调离这个环境，可能对顾世清会好一些。经过多次与路局汇报，路局同意将顾世清调离阿迷分局，到路局离退处任副处长，直到退休。

顾世清调到路局，阿迷分局政法委书记暂时由郝卿明兼任。

此时，已是1985年的年初了。

我们需要年轻干部

对党的作风和组织全面整顿已经基本结束，而企业整顿进入第二个年头，整章建制、规范管理等各项工作进入正常轨道，企业现代化建设开始朝积极的方向迈进。

春节过后，阿迷分局组织一部分单位党委书记到改革开放的前沿阵地广州参观考察。带队的就是阿迷分局党委副书记、政治部主任郝卿明。他们此行的重点是学习广州铁路局的改革经验，也就是实行局长、阿迷分局长、站段长负责制。

张志刚早就知道了这一消息。郝卿明经过这几次的工作接触，觉得张志刚尽管文化水平不高，但有军营的经历，有丰富的工作经验，并有同情心。因此，只要有组织的活动，基本少不了张志刚的身影。

考察学习的队伍一共七个人，即阿迷分局整顿办一个人，干部科一个人，劳资科一个人，三位站段党委书记。参观考察来回共六天，其中路途往返四天。实际参观学习只有两天时间。

事先阿迷局已经和广州局联系好了，此行由广州局党委安排，全程在广州局政治部主任的陪同下进行。大家都是第一次到广州，对广州充满了好奇。但此行任务主要是参观学习，因此，基本没有安排大家到大街上游逛。

第一天上午，在广州局政治部学习参观。由广州局政治部副主任简要介绍广州局企业整顿的基本情况后，根据来宾分布，由对口部门人员将他们一行人员分开，到各自的部门重点了解和学习。下午到广州机务段参观考察。一行人员对广州机务段的外部环境留下了深刻印象。

第二天，到广州车辆段考察学习，也是此行的重点学习单位。在会议室，车辆段办公室主任冯高林向郝卿明、张志刚他们做了专题汇报。

广州车辆段将行政领导班子改为一正一副三总（总工程师、总调度长、总经济师），加强了专业管理。全段实行工资总额包干，每人定额超部标 1.34 辆，压缩定员 434 人，并实行自费工资改革，实行职务工资加浮动工资，取消奖金。在干部制度上，搬掉“铁交椅”，规定各级领导干部在任职期间，实行定期考核，民主评议，称职的可连任，不称职的随时撤换，“组阁”上来的干部不再保留新级别。在管理体制上，按照生产规律和经济规律重新组合，一切围绕着车辆运营、调整检修和后勤生产组织。在分配制度方面，根据工作和工种性质，推行工资总额包干、浮动升级和计件工资等办法。当然，更为重要的是经过这次整顿，不仅清“左”、破旧、去私，而且带来了观念上的除旧立新，经济效益观念、运输经营观念、竞争观念、信息观念、全局观念、物质利益观念，等等，在广州车辆段已经树立起来。

冯高林介绍完，可以有一定的提问时间，但考察组成员听完后还没有反应过来。是的，这些观念、做法，对于处在偏远地区的人来说，太超前了。消化、吸收都需要一个过程，更不要说提什么问题了。

“谢谢冯主任，你给我们上了生动的一课，我们要好好吸收。”郝卿明对一个站段主任的客气，表现出他对这些改革者的敬重，而不仅仅是谦虚。

从车辆段出来后，大家都没有声音，坐在车上都感觉压力比较大。

“郝书记，我们与广州局的差距确实不是大了点，而是非常大。我们要改革，看样子还有很长的路要走。”张志刚首先打破沉默，大胆地谈了自己的感慨。

“是的，回去以后我们要深刻理解改革，对照我们的差距，提出符合我们自己的改革办法来。我看，我们可以从思想上入手，这个问题在回程途中就可以想了。下午，我向广州局政治部说一下，让他们把我们带到繁华地段，也让我们亲身感受一下改革给广州带来的变化，也好让我们回去现身说法。”经郝卿明这么一说，大家又立马活跃起来。

在回程的路上，郝卿明交代每个人都要准备一份报告，即对口部门的学习考察报告。

“张书记，你就准备一份在米轨讲如何解放思想的报告吧。其他两位书记根据你们的亲身感受，也写一份你们的学习考察报告。目前，我只是有个想法，看你们准备材料的情况，我有个建议，我们这个考察团回去以后要组建一个巡回报告团，为下一步阿迷分局的改革做好思想上的准备！”郝卿明尽管只是说他的想法，但整个学习考察团感受到了肩上的重担沉甸甸的，不好好准备的话，会辜负了阿迷分局的这次考察学习。

张志刚回到段上，立即召集段领导班子，包括各个股室负责人，参加谈体会学习扩大会。在会上，张志刚介绍了此次阿迷分局组织的参观考察的目的、学到的经验和自己的体会。

学习扩大会结束之后，张志刚指示王诚如将今天的情况写一个总结并立即报阿迷分局政治部办公室。阿迷分局政治部办公室接到迷拉地车务段的总结，以专报的形式第一时间呈送阿迷分局领导班子成员。郝卿明看到专报内容后，立即批示：“上报路局，同时转各个单位学习借鉴！”

十天后，参观考察学习组的报告全部送到了郝卿明的办公室。郝卿明对每一篇报告都认真批注。三天以后，这些报告又回到了起草人的手上，同时附上了政治部办公室的修稿意见，要求各个起草人在一周之内完成后交阿迷分局政治部办公室。巡回报告团到了蒙自电务段，电务段书记梁立风、段长邢明棠以及段领导班子悉数到场。团委书记佟玲江帮着党办安排相关事务。李文林作为领工员与其他中层干部一起参加会议。

报告团成员一行三个人，张志刚为组长，其余两个人为劳资科、干部科参与广州参观学习的成员。劳资科、干部科的两位讲得比较具体，大家觉得比较新鲜。张志刚的讲话直接触动了大家的神经，也达到了洗耳聆听的效果。看似是一场企业整顿的报告，实际是一次改革的动员会和思想解放的大会。报告团按照安排的内容讲完后，梁立风专门安排段领导班子成员与报告团成员座谈，再一次聆听来自对改革前沿的讲解。

尽管大家都是站段领导干部，但梁立风毕竟五十多岁了，还有几年将退休。但梁立风还是有一股改革的冲劲，希望在不多的工作时间里为电务段创造一个更好的改革环境。因此，梁立风在致辞中诚恳希望报告团成员多讲一讲前沿的政策，多为电务段提一提建议。

张志刚一听，也就完全放开了。整两个小时的时间，基本上都是张志刚在说。他重点讲了广州车辆劳动定员、考核和干部使用等方面的情况，也对电务段的改革及企业整顿提出自己的建议。

蒙自电务段段长邢明棠来自上海铁道学院通信专业，今年也差不多五十岁，长期从事电务段的管理工作，前几年被提拔为段长。他不是不甘心，而是觉得电务段的管理要更多地体现在专业上，对一些新鲜的提法似乎有不同看法。邢明棠听完张志刚的全部介绍后，在会上也谈了自己的感想。

他认为，目前电务段的主要任务依然是确保安全生产。电务段七百多人，号称是铁路上最具有高科技含量的单位，但高小文化的人有二百多人，初中文化的也有二百多人，高中文化的有一百多人，而所有的大中专毕业生，也就是一百人左右，仅占总段的七分之一。按照这样的人才比例，不要说积极改革，就是维持生产都有难度。所以，无论我们的改革还是生产，要立足于实际，立足于现状，不能盲目跟进。

邢明棠这样一说，大家也就不好再谈什么了。但梁立风认为，改革是大势所趋，不会更改，希望大家要有改革的决心和紧迫感。当然，邢段长的说法也不是没有道理，我们相信，随着改革的深入发展，这些问题会在改革的路上逐步解决。

应梁立风的请求，张志刚也向电务段介绍了迷拉地贯彻阿迷分局整顿办以及报告团之后的行动计划。有了这个范例，梁立风也按照车务段成立了三个组，其中动员组组长就是团委书记佟玲江。

佟玲江领到任务后，当晚就找到李文林，希望通过李文林的关系将王诚如他们的计划和工作推进情况给要过来。

刚开始，李文林有点不愿意，心想怎么老是和王诚如牵扯在一起，有点酸酸的感觉。但禁不住佟玲江的劝说，还是答应第二天找王诚如。

"你是不是怕我跟王诚如来电，所以你有点不愿意！"

"也倒不是，只是觉得你们两个经常在一起谈论工作，我又插不上嘴！"

"你那点小心思，我还不知道？放心，我要找比我学历高的人！"

佟玲江算是给了李文林一个调子，那意思是王诚如的学历和她一样，她是看不上的。

第二天，李文林通过电话把佟玲江意思向王诚如又说了一遍，希望王诚如多多帮忙。

"佟书记真的是这么说的吗？"王诚如在电话中逗李文林。

"你不相信，你打电话去问嘛！"

"我相不相信并不重要，重要的是通过你来说，这有点假公济私的嫌疑嘛。"

"你误解了，她跟你不太熟。我们是一起混的，这点你都不理解？"

"理解，理解，我这不是逗你玩嘛。放心，三天后你就能收到我寄给你的资料，到时你给她就行了。"

"你直接寄给她不就结了。"

“你傻啊，我直接寄给她，人家以为是我把单位的资料给了她，被别人发现了多难看啊！”

李文林在电话中特别感谢王诚如考虑问题周到，也给他留下多与佟玲江接触的机会。

电务段的改革以及企业整顿算是拉开了帷幕。

迷拉地工务段是党委副书记政治部主任郝卿明的老窝了。但这次的改革与企业整顿却明显滞后许多，尤其和处在当地的车务段相比，完全不能相提并论。郝卿明对老单位的事情不便说得太多，但心里不是滋味。

赵向南在整顿办纯粹是在打杂，由于都在当地，时不时他会找王诚如聊天。听到车务段的整顿和改革做得风生水起，总是有说不出的感觉。他甚至萌生出还是回到领工区的想法来，因为，现在也不是正式的调到整顿办。他一说出这种想法，王诚如就劝他，不要想得太多，如果你提出回领工区去，段领导会怎么想，你的前程不是就这样给毁了吗？改革是谁也扭转不了的，你们单位的领导目前的处境只是暂时的，实际阿迷分局也是在看，时机一合适，没准你有用武之地的。我们还年轻，不着急在当下。再说了，你现在就是一个具体的工作人员，有你不多无你不少，你没看到这几年大学生来的多了，你沉不住气，就会有人取而代之。

王诚如像劝兄弟一样，把心都掏出来和赵向南交流。慢慢地，赵向南也想通了。一个单位的行与不行，不取决于下面的职工如何卖命，而是取决于主要领导的胆量和魄力。生在不同的单位，确实不能用一个尺子去衡量，否则的话就是和自己过不去。

李文林向王诚如来要资料，王诚如也觉得应该给赵向南一份，至于迷拉地工务段能不能借鉴，那是他们的事了。作为一起工作并有些经验的王诚如来说，这点胸怀还是有的。甚至他还认为，大家都学习借鉴迷拉地车务段的整顿和改革方面的经验，对阿迷分局来说应该是件好事，而且他们的赵志刚书记也不藏着和掖着，基本都是有求必应，这也让王诚如工作起来比较舒坦和开心。

张志刚从巡回报告回来后，没有更多地指示王诚如和李应安应该怎么做，这让他们两个人有点不适应。这天，张志刚把他们两个人叫到办公室，说只是聊天，没有任何设定。

“王诚如，你书读的不少，你认为改革对我们来说是好，还是不好?”张志刚抛出这个话题，着实让王诚如一惊，李应安一愣。

惊的是，这个时候张志刚说出这样的话，让他们无法接话。当然，张志刚并没有让他们接话的意思。

张志刚看了他们一眼，开始回答他想问的话题。对党的作风和组织进行整顿是收心，是把已经完全散了的人心再次凝聚起来。现在通过整顿，正视自己的问题，自己改正自己的错误，这一招确实伟大。事实上，通过对党的作风和组织进行整顿，大家的心气都顺了，劲都往着建设社会主义上使。

李应安和王诚如听着频频点头。张志刚似乎意犹未尽，还在继续着他的话题。

人心是顺了，但十多年来，大家不知道怎么去干社会主义了。如果不理顺我们的管理，解放思想和大胆干没有一个边际，肯定会出现问题，而且很有可能是出大问题。这样来看，整顿就成为必然的选择。没有规矩哪能行啊。这段时间你们已经感受到了规范管理带来的阵痛，许多干部和职工都已经不适应了。尤其是中层干部文化低、年纪大，要适应改革开放还有很长的路要走。但如果我们等他们转变过来，黄花菜都凉了。你们说是不是?

张志刚把对党的作风和组织进行整顿都讲到了，而且讲得比较透彻，让李应安和王诚如受益匪浅。他们两人并没有将这两件事联系起来看，当然，他们也没有这么高的觉悟。尤其是快要结束谈话的时候，张志刚留下了一个话题：改革还得靠有朝气的年轻人来干。

“希望在你们年轻人身上。”李应安符合着，和王诚如一起慢慢地离开了张志刚书记的办公室。

就在王诚如他们在谈论改革开放的话题时，迷拉地工务段迎来了郝卿明。此次公干，郝卿明不是来调研的，而是来宣布工务段的主要领导变动的。钱向东任党委书记、朱文忠任段长，前者是盘溪工务段副书记，后者是来自阿迷分局工务科科长。两人均为四十岁左右，正是年富力强的好年龄。显然，阿迷分局对工务段的工作很不满意，派他们两人来是出于要加强迷拉地工务段各项工作的需要。

郝卿明在全段干部大会上，并没有充分肯定工务段前任主要领导的功绩，也没有过多地介绍他们两人的“能耐”，而是讲改革成功贵在用人。在用人问题上，我们要大胆起用年轻干部，坚决破除十个方面的旧观念、死框框、老做法。

第一，非党干部不能提拔担任主要领导职务。

第二，论资排辈讲资历。

第三，人要完人才放心。

第四，凭个人印象好恶论亲疏，对“文化大革命”的历史记一批之仇和一保之恩。

第五，只要听话驯顺不管才干，把八面玲珑或德才平庸的当作好干部。

第六，只注重档案死材料，不重现实表现工作成绩。

第七，听到有人反映不加核实，就举棋不定搁置一边。

第八，照顾关系、照顾情绪，提拔干部也搞平均主义。

第九，错把迟钝当稳重、把果断当武断、把主观当骄傲、把无能当厚道。

第十，形而上学，以文凭代替水平、学历代替能力、不是择优而用。

郝卿明强调，这些问题在全段、全阿迷分局都不同程度地存在，各个单位尤其是工务段要以这次调整领导班子为契机，进一步加大用人力度，不断开创工作新局面。

讲完上述十个方面的问题，郝卿明直接向工务段提出下一步工作的具体要求：一是工务段的整顿工作推倒重来，必须严格按照阿迷分局和上级的要求，认真开展整顿，不达目的不收兵；二是工务段的当务之急是整顿干部作风，不能在位不谋其政，确实调动全段干部职工的积极性；三是通过整顿，大胆启用一批年轻有为的干部，尤其是要大胆使用最近几年分配的大中专生。

赵向南作为整顿办工作人员也参加了干部大会。听完郝卿明的讲话，让他热血沸腾。本来已经逐渐冷却的心又开始萌动起来。会议刚结束，赵向南就把这个好消息通报给了王诚如。

“诚如，估计我们也会像你们一样快速推进各项工作，你有好经验可不要保守啊！”

“看你说的，我估计你的好日子也快结束了，你这个大学生不可能被闲在那里的。”

“一个单位还是要像你们那样朝气蓬勃才行，整天死气沉沉的，人都会憋坏的！”

“对，对，要不吃完饭后咱们到水库边走走?!”

“两人约定后，大约过了一个小时，他们都来到了水库边。”

“赵向南，你回去把今天的郝卿明副书记讲话的要点，重点是要破除的十个方面的内容整理一下，明天我过来拿，也让我们学习学习。”王诚如凭着敏锐的政治嗅觉，似乎看到了阿迷分局下一步要有大动作。这样的讲话精神一定要让张志刚知道。

“好的，今天党办和我们整顿办都在记录，我明天和他们对照一下，你上午十点左右过来拿应该没有问题。”赵向南是个懂得感恩的人，在他们整顿工作陷入被动之时，还是王诚如和李文林他们给他的资料，才勉强躲过阿迷分局的检查的。

聊着聊着，就走到了车务段旁边。赵向南还想继续聊，又往回走。

“王诚如，当了几年团委书记，水平见长呀。”

“瞎说，今天不是也替你高兴吗?”王诚如不想隐瞒什么，见到赵向南即将有出息，也讲了当年不想干团委书记的事情，同时也透露出当时由于环境艰苦，许多大中专学生普遍存在“人心思变，人心思走”，当时，张志刚用王诚如既是一着险棋，也是一招妙棋。张志刚曾担心，如果用不好，不仅不能起到积极作用，还会更加助长年轻人“走”的决心。

“要不今天就聊到这里吧，明天还有事呢!”赵向南估计明天一早新到任的领导肯定会要整顿办的汇报材料，因此，不敢再继续深入聊下去了。

转眼就到了年底，各个单位在整顿中都在学习郝卿明在迷拉地工务段调整领导班子会上的讲话精神。张志刚准备在党委会上再学习一下郝卿明副书记的讲话精神，上次是王诚如从工务段拿来的，记录有些不全面，这次是阿迷分局以“情况通报”的方式下发，权威性不容置疑。同时他叫王诚如去找一找 1984 年 10 月 22 日邓小平在中顾委第三次全体会议上的《中共中央关于经济体制改革的决定》的讲话精神，估计《人民日报》上会有，已经过去了一个多月。

王诚如把自己团委订阅的《人民日报》，翻遍了也没有找到。还是张志刚自己找到的，在《政情通报》上刊载了邓小平的讲话。文件资料找齐后，进行了党委会学习。

张志刚学习完这个讲话精神后，继续学习郝卿明的讲话精神。学习完文件后，郝卿明结合迷拉地车务段的实际，谈了自己的感想和体会。

他说，培养使用年轻干部的问题，是一个事关党的事业接班人的大问题，无论中央还是铁道部和路局、阿迷分局，目前对使用年轻干部相继出台了一些文件和办法，这对推动各项工作有积极的、现实的意义。学习这些领导的讲话和文件精神，就是要统一大家的思想，使大家都认识到，干革命搞改革，不用年轻人是不行的，靠我们这样的老同志把把关还可以，冲锋陷阵那是不行的。如果我们思想上这个弯转不过来，很有可能会成为阻碍年轻人发展的绊脚石，对单位、对国家、对党都是有害的。

对于车务段来说，首先，要真正解放思想，认清形势、胸襟开阔，绝不可将关系党和国家命运、企业兴衰荣辱的头等大事掉以轻心；其次，要亲自考察，全面了解。主要掌握德才标准、注重实际；再次，要认真比较、优中选优、确属优秀，应当机立断、大胆启用；最后，采取小步快跑，压担子，上台阶，在实践中继续考察，切实帮助其成长。

这次学习情况，照例由王诚如将其编成信息上报阿迷分局政治部。阿迷分局政治部采纳了这条信息。信息刊发后，郝卿明作了批示：“选拔使用年轻干部，事关改革大计。希望迷拉地车务段大胆尝试，为阿迷分局改革探索出有益的路子！”

有想法、有批示，张志刚必须往前走了，否则向阿迷分局也不好交差。张志刚立即让李应安先起草一个办法，待党委会通过后，再上明年职代会进行表决。

李应安受命后，开始对使用年轻干部进行筛查，将起草办法与使用干部一并进行。1985 年元旦一过，张志刚立即召开党委会讨论李应安提出的办法。

在会上，李应安大概讲了整个办法的内容和提醒需要考虑的岗位。张志刚制止了一锅烩的做法，严格控制在只讨论办法，不涉及人员调配和起用年轻干部。会后，李应安专门到张志刚的办公室汇报这样做的一些想法。张志刚安慰李应安并说道：“你的初衷是好的，一并考虑有利于今年的各项工作开展。但你考虑过没有，这个办法有些人连消化的时间都没有，你就仓促提出人选，一来冲击太大，二来阻力也不小，即便勉强得到通过，但在实际工作中不利于年轻干部的成长！”

“张书记，还是你深谋远虑，我只想一步到位，没有过多地考虑其他问题。

你这样一讲，我就理解了。先释放一些信号，让大家有充分的思想准备，下次会议就相对容易通过了。”

“是的，改革不仅要积极，更要稳妥，我相信我们这种小步快跑的做法，会得到干部职工的支持的。”

“李主任，王诚如在团委书记的任上已经快两年了吧。”

“是快两年了，他入党也快一年了。”李应安知道张志刚在打王诚如的主意，估计还想让他挑更重的担子。因此，李应安也特别提醒张志刚有关他的入党时间，好让张志刚想好把王诚如放在哪个职位上，由此产生奇效。

我证明，他们是合法夫妻

新的一年迎来了新的气象。马公安从副所长的位置擢升为刑警队大队长。公安分处政治部主任宣布他被任命的理由是破案有功，几次大案都是在马公安的组织下成功破获，出任刑警队长是因材施用。而赵向南也由整顿办的工作人员提拔到技术室副主任的位置上，让他感觉工作有了奔头。李文林和王诚如依然还在原位，没有出现职位变动，但他们两人的婚事已经排上了日程，王诚如想在春节前结婚，而李文林还在考虑中。

元旦前，小黄来过迷拉地几次，希望在春节前能够把婚礼办了。小黄其实很有心计，最近这几年来的大中专毕业生不少，小黄生怕夜长梦多。这些大中专毕业生基本都是共青团员，经常在一起难免生情。另外，她又在迷哈地，离王诚如有上百公里的距离。在几次的聊天中，小黄希望王诚如和领导说一说，能调到迷拉地食堂，但王诚如都没有明确答应。王诚如给她的理由是，我怎么去跟领导说，凭什么把你调来。

小黄觉得只要结婚了，理由就充分了。尽管他们两人的年龄都不大，也都不到晚婚年龄，但是符合法律规定的。刚开始，王诚如说自己是团委书记，应该晚婚，这样可以为年轻人做出表率，但说多了，小黄就说他在推脱，是不是有“新欢”了，弄得王诚如很是被动和难受。

王诚如只好向张志刚汇报他要结婚的事情。张志刚倒是比较开明，说是你已经进入法定婚龄，没有必要纠结这个问题。

“你不说，没有人去查你的户口。但是提醒你从简办婚事。”

“我和小黄商量了，有两个问题请您支持。”

“有什么问题，我来处理！”

“第一，想请您做我们的证婚人！”

“第二呢？”

“第二，想在我们自己的食堂办，能节约点钱。”

“好吧，这两个问题我都答应你。”

“谢谢张书记！”

“好说，好说。”张志刚在说的过程中，已经拨通了办公室主任的电话：“子亮，你来我办公室一下。”

办公室主任刘子亮，五十多岁，长期从事办公室服务工作，对领导的要求落实得非常好，很有点“八面来风”的感觉。

“张书记，有什么指示？”

“来，坐，王诚如你也坐下。”

刘子亮看见王诚如，不知道张志刚要安排他什么活。正在揣测是不是团委的什么活动需要他支持时，张志刚问起了食堂的情况。

“现在食堂大家反映都不错，色香味都比以前有进步。还有什么困难需要解决？”

刘子亮一听尽管很受用，但转念一想，不对，书记基本不过问食堂的事情，今天估计有其他事。“没有特别需要解决的问题，只是最近活动多、培训多，人手有点不够用，我们都是把车班未出车的师傅请来帮厨，也还能应付。”

“哦，是这样。子亮，我们王诚如要结婚了，估计要麻烦你们食堂办几桌酒席，你看行不行？”张志刚像是在求人，并没有命令式的安排。

“啊，好事，好事，祝贺王诚如书记了。这样，你把具体的时间和桌数确定以后尽快通知我。另外，王诚如书记，你有什么要求尽管提？”

“他能有什么要求，他又没有结过婚。这样，你拟定一个菜单，下周拿来给我，我亲自为他们把关。当然，还是要收点成本，不然，我们不好说话。”张志刚一口就把王诚如的话挡住，不让他在说话。

下班后，王诚如打电话告诉了小黄，小黄也觉得很有面子，党委书记证婚而且还在车务段食堂操办。但是具体是什么时间，两人在电话里一时商定不了，初定一月底春节前。定不了的原因是双方父母这一关，他们还得在星期天向双方的父母汇报。毕竟这是一件大事。

王诚如他们在商定结婚的时候，李文林和佟玲江也在商量春节前后结婚的事宜。

李文林和佟玲江都在蒙自，相对来说比较好办。蒙自饭店就是许多年轻人结婚办酒席的首选。

这天，李文林和佟玲江一起来到饭店。大堂经理热情接待了他们。

“你们大概有多少桌酒席？时间上有什么要求？标准是多少？”大堂经理的问话，让他们一时回答不了。这时，大堂经理笑着说：“我们这里有三个厅，每个厅可容纳 30 桌左右，也就是说可以坐 300 人。餐标有 108 元、208 元、308 元三种，当然，你们也可以自己确定餐标。目前到月底，日子都基本排满了。你们两位商量好后再确定。如果能定的话，先考虑时间和桌数，餐标回头再定也不迟。”

“我们商量一下再告诉你。”李文林拉着佟玲江离开了蒙自饭店。

两个人边走着边商量何时比较合适。他们没有想到这么多人也在节前结婚。大家都选日子，好像他们也落入俗套，不选的话心里不舒服。两人就这样你一句我一句地说着，就是不能确定到底是在节前还是节后。

李文林和佟玲江两人都是从学校毕业来的，结婚请客大多数都是单位的同事和学校的同学，加上双方父母和亲戚朋友，可以到场的人不算太多。他们算来算去，也就不到 15 桌。

“一个厅 30 桌，我们只有 15 桌，看能不能安排进去。”佟玲江还是想在节前结婚，讨个喜庆气氛。

第二天，他们又到了蒙自饭店，还是昨天的大堂经理接待的他们。

“两位，想好了吗？”

“我们只有 15 桌，你帮我们看一下，还有空间吗？”

“有点难办，不过，我查一下好日子中有没有只要 10 多桌的。”说着就翻开了预定本。

“1 月 25 日，有一家也是 15 桌，预订的是花好月圆厅。”

“两家在一起，会不会干扰太大？”

“会有一定的干扰，不过我们可以用一个长屏风帮你们隔开。从两边进入相对来说，干扰要小一些。”

“还有什么配套服务吗？”

“看你们的要求，一般就是提供请柬、茶水等服务，特别的要求要收费。”

“最迟什么时间确定？”

“这个时间就要确定，我不能保证明天还不被其他人预订。如果你们可以定的话，今天就确定吧，免得节外生枝。至于说餐标，我会提供一个不同费用的菜单给你们，最迟也要提前十天敲定。”

“好吧，就这么定。餐标我们过两天告诉你。”

“现在需要交订金 200 元，这样也就不能反悔了。”

李文林拿出 200 元交了订金，顺带领取 100 张请柬。回到单位后，两人也就开始填写请柬，准备送请柬时的糖果和瓜子等物品。

这边，王诚如马不停蹄地回家向父母通报要结婚的事。小黄也特意请假一起去见王诚如的父母。其实，小黄只有母亲，也就省掉许多环节，至少不用王诚如去喝酒。

双方父母没有太多意见，王诚如和小黄也是确定 1 月 25 日，时间还是比较仓促。好在父母都通情达理，没有说不好的意见。两人高高兴兴回到各自的单位上班，该发请柬的发请柬。王诚如直接和刘子亮去商量。

“1 月 25 日，星期一，食堂还在卖饭。这样，我找大师傅商量商量。对了，餐标按照 108 元一桌，如何？”

“行，就听刘主任的吧！”

“24 日早上，你叫一帮小伙子或者姑娘们都来食堂帮厨，杀鸡、处理鱼或者捡菜，如果可以，来一二十个吧。”

“好，好，我多动员一些过来。”

“差不多就行了，多了也施展不开。”

王诚如与刘子亮的对话干净简洁，没有拖泥带水和拐弯抹角，正准备离开刘子亮的办公室，刘子亮一把拉住他：“走，菜单已经出来，我们一起向张书记汇报汇报，请他也把把关！”

到了张志刚书记办公室，刘子亮掏出一张信签纸，只见上面写道：

1. 清炖整鸡

2. 酸辣鱼(整条)

3. 东坡肘子

4. 酱香鸭

5. 四喜丸子

6. 芋头白菜汤

7. 家常豆腐

8. 鱼香肉丝

9. 炸三拼(花生、洋芋片、蜂蛹)

10. 糖水八宝饭

11. 水果拼盘

12. 米饭、馒头和包子(包子分为肉包和糖包)

“王诚如,你觉得呢?”

“张书记,我觉得挺好的。”

“子亮,你看着办吧,第 11 个和第 12 个不能称为菜吧,大家都喜欢喝口喜酒,我想再加一个牛干巴和炸水库里的小石头鱼,总的序号不变,水果和米饭不在菜单里。这样一调整,不仅代表我们车务段的厨师水平,也体现段领导对年轻人的关心和关爱。对了,子亮,人家小黄可是生活段的厨师啊,提醒食堂的大厨们,拿出点真本事来,可不要让小黄小瞧了我们车务段!”

“还是张书记考虑得比较周全。”

“你就不要拍马屁了。人家餐馆里都有冷碟赠送,你考虑一下,也不要向我报告了。整好后直接上桌就行了。”

“谢谢张书记和刘主任,让你们操心了。”

张志刚书记右手一挥,告诉他们忙去吧。王诚如和刘子亮一前一后离开了书记办公室。

1 月 24 日,李文林和佟玲江再次到蒙自饭店对接一些具体事宜,生怕哪个环节出娄子。大堂经理带着他们又到花好月圆厅去看了一遍,屏风从中间隔开,正好有两道门在屏风的左右两边,因此,客人怎么进出都不受影响。交代好大堂经理之后,他们才满意地离开饭店。

都在同一天结婚，这可让马公安和赵向南着急，又不可能都去参加。最后，折中一下，马公安参加李文林、佟玲江的婚礼，因为阿迷州到蒙自不远，但到迷拉地可就远了。赵向南也就在迷拉地参加王诚如、黄卫红的婚礼。而迷哈地的师傅或者说老朋友他们，包括杨老六、白小七、牛二、窦春红等，基本可以坐早上的火车到迷拉地参加王诚如与黄卫红的婚礼。

参加与否，人情礼是要送的。到不了的，他们之前就通过不同方式送到结婚者的手中。尽管大家都不太富裕，根据自己的认定的关系亲密程度，从 20 元到 100 元不等，总是要表达一份祝福和心情。

24 日一大早，王诚如就带着他的一帮小伙伴来到食堂，接受刘主任的安排。

“5 个男的杀鸡，包括退毛、翻鸡肠等，一定要处理干净。30 只鸡必须在中午处理好，否则会影响师傅的下一道工序。”

“等一会，5 个小伙跟着食堂的李师傅去鱼塘捞鱼，争取下午五点前回来。另外，5 个小姑娘捡菜，其他人员洗碗和摆桌椅、板凳。大家听清楚了没有？”

“听清楚了。”

“司令讨婆娘，请我来站岗！”不知道是谁哼出了这句，大伙哄堂大笑。说笑声中各人找到自己的位置，开始了忙碌。

好在迷拉地车务段的食堂门口就是一个大操场，完全可以摆开阵势处理。5 个男的开始以为杀 30 只鸡是小菜一碟，没曾想，从杀鸡到烫鸡、退毛，都非常麻烦，开膛破肚处理内脏也不好整。第一只鸡被这些毛头小伙从中间几乎一分为二破开。食堂师傅一看这可不行。

“只能从鸡屁股旁边开一个小口，人家是结婚请客，要保证鸡身的完整。”食堂师傅一说，这 5 个小伙开始嘟囔，早知道这样，还不如去捞鱼呢。说归说，毕竟王诚如与他们的关系都很好，又开始认认真真地干活。

王诚如待了一会，看着大伙都在忙各自的活，他就回到宿舍里去整理房间去了。本来是有招待所，但全都腾出来安排给王诚如的亲戚和朋友了，根本没有多余的一间让他们当临时的婚房了。没有办法，他只好打理自己的宿舍做婚房了。

今天，小黄还在迷哈地食堂上班。本来说好，提前一天来，可是车务段没有多余的房子给她住，她又不能直接住在王诚如的宿舍里。按照当地风俗这是不可以的，会被周围的人笑话。商量来商量去，只好委屈小黄在 25 日坐 7021 次小运转上来，时间正好在上午十点左右，即便晚点一小时，也不会误了中午十二点前进入新房的规矩。

当然，说是新房，还真是王诚如住的宿舍，几天前他和几个小伙伴重新粉刷了一下墙面和门窗。迷拉地赶街天，买来一些木材，自己设计了个双人床和高低柜、梳妆台。利用晚上时间和星期天，叫上一帮小伙，自己推刨、自己组装、自己油漆，总算赶在24日前准备就绪。25平方米的房子把这些家具一摆就感觉非常拥挤，还有一股刺鼻的油漆味。会生活的小伙，立马招来几个柚子皮和潮湿的毛巾，摆在床上、柜子上，同时打开窗户和大门，这样味道才减少一些。

经过二十多个人一天的忙活，各项准备工作基本就绪。食堂里三个师傅把已经炸好的香酥、做好的扣肉、八宝饭以及肘子等都装在碗里，静待明天在蒸笼里蒸熟即可。

下午五点左右，刘子亮主任来做最后的检查和安排。看了一圈，基本满意。但他发现没有鱼。

“怎么，捞鱼的人还没有回来吗?”

“没有。”

“早上就出去了嘛，怎么一天去捞几十条鱼都没有弄来?”

“有点远，估计快差不多了吧。”

正说时，卡车的声音远远地传来。

“怎么这么慢?!”车到食堂门口时，刘子亮问司机。

“池塘里鱼太少了，一网要用一个多小时，一网上来没有几条鱼。你交代每条鱼不能低于一公斤半，这样反复近十次，所以就晚了。”

“那你们吃饭了没有?”

“没有，中午吃了点糕点，快弄点吃的吧!”

刘子亮连忙招呼食堂大厨，给他们弄点吃的。

杀鸡的5个人还要杀鱼，所以一直在等着鱼来。从卡车上把鱼卸下来，他们都傻眼了，100多条鱼，要杀到什么时候。

“别愣着了，食堂师傅和你们一起杀鱼。尽量挑一样大小的鱼30条，其他的放在冰柜里储存着。还有，你们杀鱼，刀口在肚皮上，不要一开两半，鱼也要完整的。”刘子亮这个时候更像一个行政总厨，每一个细节都交代得非常清楚。

第二天上午八点，每周的大交班会，段领导班子成员和各个股室主任都要参加。这次交班会，重点是总结上周的工作，分析存在的问题，安排本周的重点工作。各个股室一般是需要协调的工作在会上提出，由领导当面协调。今天的交班会事情不多，张志刚书记交代了一些工作上的具体事情后，转身替王诚如说："今天是王诚如大喜的日子，结婚仪式和晚餐都在食堂办，希望大家都去喝喜酒。当然了，你们都要随份子，王诚如也要出餐料钱。"

大家祝贺着，纷纷离开了交班会议室。

"刘子亮、王诚如，你们两个留一下。"张志刚叫了他们两个人的名字，两个人靠近张书记坐了过来。

"现在还有什么问题?"

"张书记，食堂这边餐料、桌椅板凳和碗筷都已经准备就绪。现在还有一个环节，可能是我疏忽了，就是酒水由食堂准备还是王诚如书记自己准备?"刘子亮汇报中夹带着请示。

"这样，酒水也由你们食堂准备，王诚如出钱就是了。散酒和饮料，不要提供瓶装白酒，也为他省点钱吧！小王，你看怎么样?"

"全听张书记和刘主任安排，该我出的钱我出。"

"还有什么问题?"

"好像都差不多了。"

"差不多了，在操场上摆酒席，前面有话筒吗？下雨怎么办?"张志刚书记是今天的证婚人，他要讲话呀。刘子亮突然醒悟过来。

"张书记，我马上解决这个问题。再有，准备几把大伞在旁边，一旦下雨我们就打伞撑着。应该不会有问题。"

"不是应该，是必须!"

张志刚书记安排好后，各自都忙自己的事去了。王诚如一看还有点时间，赶忙去宿舍再看一眼。没有需要再做的事，叫上赵向南和 8 名小伙立即奔到车站，准备接车。

火车进站后，火车司机看到一帮小伙在站台上像是接新娘子，拉响汽笛，长时间的三声，响彻整个迷拉地车站及小镇。

小黄在杨老六、窦春红、白小七、牛二等他们的簇拥下，从行李车上走下。脚还未伸到站台石块上时，窦春红大声喊叫："等下，王诚如背着小黄！"

这一声，周围的人大声叫好。小黄顺势趴在王诚如的背上。就这样，王诚如在大伙的鼓励声中，走了近一公里，把小黄背到了宿舍的大床上。

"小黄，你就老老实实在床上待着，吃饭喝水都由王诚如伺候，等到下午六点开席时，再由他背着你出来。懂吗?"窦春红不知道从哪里学来的规矩，让王诚如刮目相看。

到下午四点半左右，亲戚朋友和同学已经陆续到达，开始在操场上寻找适合的座位坐下，静待仪式开始。

而李文林和佟玲江的婚礼，同样已经准备差不多了。从热闹程度上来说，没有王诚如与黄卫红的热闹。也就是说多了几分庄重，少了几分亲情。

下午五点左右，李文林和佟玲江双双捧着一个装有糖果、香烟的托盘站在饭店门口，迎接和接受亲戚、朋友和同事们的祝贺。他们在拟定名单时，就有意不请本单位领导和上级领导，因此，来的客人基本没有超越他们职务的人。

张山明和技术室的几个同事一起，相约一同来。李文林远远地就看见了他们，赶忙上前一步帮张山明点烟。张山明趁势将红包塞给李文林。李文林麻利地将红包装进西服内包里，并示意帮忙的人将他们领进餐厅里。

马公安原本想早点过来，结果在原来的蒙自派出所因一桩案子把时间给耽搁了。等他到饭店门口时，李文林和佟玲江正准备进入餐厅。一看穿着制服的马公安出现在门口时，李文林也愣了一下，随即招呼马公安赶紧进去，马上就开饭了。马公安也知趣，把红包给了李文林后，脱下外衣，说笑着进入花好月圆厅。

李文林与佟玲江的婚礼进入正式环节的时候，王诚如与黄卫红的婚礼也开始了。前者基本就是吃喝了，而后者的"戏"才刚开始。

张志刚书记、白家喜段长带着整个领导班子鱼贯进入操场，刘子亮将他们安排在最中间最靠里边的桌子，前面简单搭了个高出 15 厘米的一个长方形平台。正当大家在寻找新娘和新郎的时候，操场上的广播放出了轻快的"滇池圆舞曲"音乐。伴随着节奏，王诚如背着身穿红外套的黄卫红从中间走道到了平台上。此时掌声响起。主持人宣布王诚如与黄卫红的婚礼开始。

“首先，由新娘黄卫红和新郎王诚如介绍恋爱经过。”

王诚如和黄卫红腼腆地站着，基本没有说出什么话来。自然下面的人就饶不了他们。

“其实，我和小黄的恋爱很简单，就是我去打饭，她是卖饭的，饭打得多了也就认识了。认识长了也就结婚了。”王诚如说的是实话，但不是每个去打饭的都能够娶卖饭的为妻的。

第二个环节，夫妻对拜。

话音刚落，下面的人又是一阵起哄，“亲一个，亲一个”的声音此起彼伏，看样子他们不能仅仅是对拜了，“不亲”是过不了这一关的。王诚如大方地搂起黄卫红亲了起来，不是一个，是长时间的亲吻。在他们亲吻时，下面的人又是尖叫，又是打呼哨，场面甚是热闹。

第三个环节，请张书记为王诚如、黄卫红证婚。

张书记今天穿着中山装缓缓走到台上，接过主持人递过来的话筒，说了起来：“今天是王诚如和黄卫红结婚的大喜日子，我和我的同事们祝愿你们新婚幸福，白头偕老！今天，王诚如、黄卫红结为合法夫妻。我，迷拉地车务段党委书记，在此与大家一同证明！最后，请大家举杯共同为新娘新郎祝福，祝愿他们和和美美，天长地久！干杯！”

说到干杯时，主持人递过来酒杯，张志刚与王诚如、黄卫红都一饮而尽。整个婚礼在此时达到了高潮。接下来，就是王诚如和黄卫红一桌一桌的去敬酒。敬了三十桌，整整闹腾了两个小时。昨天帮忙的那帮小伙伴，就是不散，不仅要喝酒，还要闹洞房。

王诚如本来酒量不怎么行，这一圈下来尽管“酒司令”帮他挡了许多酒，也用了许多水当酒，可这帮小伙伴在，人家昨天这么卖力帮忙，今天不喝酒肯定是说不过去的。没有办法，王诚如只好硬撑着与他们又在一起喝酒。快到晚上十点了，小伙伴又架着王诚如到了新房。黄卫红一看王诚如这个样子，入什么洞房啊，连忙叫赵向南和其他小伙伴背着他到了铁路卫生所。

卫生所离他们住处不远，也就一公里左右。值班医生一摸脸面，冰凉冰凉的。赶紧叫他们放在床上，立马安排打点滴。

“你们留下两三个人就行了，没有多大问题，主要是喝酒喝多了，打完点滴就好了。”医生嘱咐大家都回去散了，全部在屋子里空气也不好。最后，留下黄卫红和赵向南，一个是妻子，一个是好朋友。

开始他俩还在聊着天，到后面也都趴在床边沿睡着了。凌晨三点多，打完点滴，王诚如也醒了。

“回家。”王诚如与黄卫红的婚礼就这样收场了。赵向南目送一段路后也回宿舍睡觉去了。

道岔上的事无小事

春节过后，职工们又恢复了正常的工作。

赵向南任技术室副主任后，除安排日常的技术工作外，重点是盯住影响安全生产的疑难杂症，收集有关影响行车安全的相关信息。总之，就是在尽快熟悉的基础上，履行技术负责人的角色。

由于李文林、王诚如的婚礼都在同一天举行，相互之间也就不能参加彼此的婚礼。节后尽管他们之间约定聚一下，但都总是因各种的事情被耽搁了。

赵向南这天，在办公室一直伏案工作，电话铃响起，接起来后，另一端的王诚如在电话里“喂，喂”地喊了几声，他才反应过来。

“你在忙哪样？怎么拿起电话又不讲话！”王诚如有点埋怨。

“啊，哦，是王诚如，有什么急事？”

“没什么事情，看看你这个星期天，也就是3月10日，把李文林他们俩小口一起叫来，我们在迷拉地一起聚一聚，算是我们三人共同祝贺祝贺！”

“好主意，我来操持，为你们两家祝贺！”

“你就不要操持了，我和小黄结婚也没有正式感谢过你，这次就两场谷子一场打吧。”

“这是应该的嘛。我们兄弟一场，你们结婚，我哪能袖手旁观啊！”

“那就说好了，我向李文林他们发出邀请，也让在城市的他们到我们村子里走走，呼吸一下新鲜空气。”

王诚如与赵向南通话后，就和李文林通话，基本意思就是到迷拉地。李文林也非常爽快，但说是要问问佟玲江。

“怕老婆，有酒喝。刚结婚就完全听老婆的了？”

“也不能这样说，毕竟她也有她的事。放心吧，我会动员她来的。”

王诚如与赵向南、李文林商量好后，才打电话和小黄说。一开始，小黄说是要值班，估计星期天来不了。王诚如觉得他们都来了，自己的老婆不来，有点说不过去。

“实际上，我是想通过这种方式，一来是感谢赵向南为我们的婚礼忙前跑后，二来也是加强与李文林他们的联系，毕竟我们从前一起在迷哈地呆过，你再向领导说说，下不为例。这次你无论如何都要来，否则我很难做人。”

话说到这个份上，小黄尽管文化不高，但在为人处世方面还是比较精明的。确实是如果自己不到场，很难向他们交差。

“好吧，我去说说看，争取去！”

“不是争取，是一定！”

王诚如一听这种口气，知道八九不离十了，也就在电话里加重了口气。

星期天上午十点左右，从迷哈地开出的小运转到达迷拉地车站。王诚如站在运转室门口远远地看到自己的老婆小黄，拎着一袋东西从车上跳下来。

“看风景呐，还不过来帮我拿点！”

一听是小黄的声音，王诚如也就从运转室的高站台跳下来，赶紧跑到小黄身边。小两口提溜着东西，一起往宿舍里走去。

大约一小时后，赵向南从办公室打来电话，说是李文林和佟玲江已经到了，而且已经在“平民小吃店”坐下了，我们差不多赶紧过去。

磨磨蹭蹭中，王诚如和小黄终于到了，赵向南立马打趣道：“才几分钟都不放过，你看菜都上齐了。”李文林和佟玲江笑了笑算是解围。

“这样，你们两家结婚是高兴的事，但由于都是同一天，包括我也没有都参加。我单身一个，祝贺并祝福你们和和美美，早生贵子！”赵向南一副地主之谊的样子，让李文林和王诚如他们非常开心。

照例是酒杯一端，一干而尽！

“好酒啊。”李文林感觉还是兄弟们在一起喝酒舒服。

女人只要不是情敌，天生就是亲人。三个男人才喝了两三杯酒，小黄和佟玲江就像是亲姊妹一般，无话不谈。

“小黄身材好，随时都笑眯眯的，难怪王诚如那么喜欢你。”

“小童，你有知识、有文化，看着很有气质，我要好好向你学习。”

这样一个多小时过去，酒也喝得差不多了。小黄提议去买点菜，下午在家里招待大家。王诚如觉得这是好主意。

“晚饭尝尝我老婆的手艺，不比这里差。”王诚如说完，就起身准备付账，店老板告诉他，已经付过账了。

“赵向南，我们不是说好了吗?!”

“不关我的事，人家李文林刚到就先付了。”

“不兴这样的啊，难道去蒙自我们付钱?!”王诚如转过身，开玩笑地向李文林说。

“行了，谁付都一样，我们去买菜吧!”佟玲江拉着小黄就往店外走。

路上，小黄他们在前面买菜，三个男人在后面嘀嘀咕咕。由于是中午，他们基本都没有喝多少酒。赵向南提议，把菜放回家后，再去紫兰亭走走。风景尽管没有多好，也不能大白天的去水库边上散步。

对于紫兰亭，王诚如倒是去过，而且不止去过一次。当然，王诚如每次都是组织团员青年去的，忙着招呼人，也没有仔细地看过风景。一说这个地方，王诚如表示坚决支持。

商量好后，小黄和佟玲江已经买好菜。一条鱼、一斤肉和一只活鸡，加上一些蔬菜，全部交给三个男人去办，转身就想去逛一逛小百货店。

“还有事呢。”

“什么事?”小黄她们没有想到三个男人商量去玩的事。王诚如一说，小黄满口答应。

“你们把菜提回去，回头来街上找我们。”小黄拉着佟玲江就往小商店走。

紫兰亭离镇不远，大约 3 千米。他们五个人包了一辆小马车，说好来回两块钱。

由于中午喝了点酒，三个男人在摇摇晃晃中睡着了，而且还打起了呼噜。小黄和佟玲江有说有笑。十多分钟后马车就到了村里，马车夫告诉他们前面看得见亭子的地方就是了。

五个人下了马车，有说有笑地开始往前走。赵向南比较知趣，独自一个人往前走，与他们两对稍微拉开了些距离。

“你们两个女同胞，看看身边有合适的女同志，给赵向南介绍介绍。他一直这样，我们也不好玩嘛！”王诚如好像吩咐，又像是在征求意见。

“电务段倒是有啊，不知道他要找什么样的?”佟玲江算是回答，也并没有回答。

“晚上问问他，到底有还是没有？不要我们张罗半天，人家早就有意中人。”小黄接过话，她是希望在美好的下午不要被这个话题干扰，免得赵向南不高兴。

“赵向南，你慢点嘛，等等我们！”李文林从后面大声喊叫，结果赵向南走得更快，并转过身来大声说：“你们慢慢来，我先去看风景了！”

紫兰亭在山顶，山本身并不高，大概海拔 200 米左右，但实际上要爬上去得七弯八拐。石阶之间的距离有长有短，基本没有规律，或者说是如鸡肠子般弯弯绕。赵向南一下就没入林间，早已看不见人影了。

赵向南站到山顶亭子里，感觉心旷神怡，四周比较开阔。蓝天白云似乎就在头顶，远远地可以看见车站的圆柱水塔。这些年来，一直都在山沟里转，今天虽然自己也是在山里，但心情完全不一样。三个人一起到的小站，他们目前都已经成了单位的中层干部，而且事业、爱情双丰收。尽管新来的段长、书记都比较器重他，他也算是中层干部了，但爱情似乎离他还很遥远，不知道他的另一半，目前还在何方?

“你不能这样独享风景啊！”正在继续他的思绪的时候，王诚如也先期到达了。紧跟着李文林和佟玲江、小黄她们也跟上来了。

“这么美的风景，可惜，没有照相机。”佟玲江赞美这个地方，也说出了她们此行的遗憾。

“都是你们急急忙忙的，本来办公室里有照相机的。”王诚如转得太快，本来他就没有想过，结果把问题踢给了他们。

“下次补上，否则真辜负了这良辰美景。”小黄吩咐李文林紧贴佟玲身边。

“良辰已过，美景早被赵向南占了。”赵向南从后背拍了一下王诚如：“你们不能这样成双成对地来欺负我。”

“斗嘴，斗嘴，差不多就行了。我们吃完晚饭还要赶回去的。要不，这就回去做饭?”李文林不想让赵向南太难堪，吆喝着往下走。

“你们先下去，我一会就下来。”赵向南不想看他们你牵着我、我拉着你的样子，说还要看看风景。

回到宿舍里，大家一起动手做，洗菜的、切菜的，一会工夫小黄倒腾出七八个菜来，只是炖鸡得慢慢来了。这丝毫不影响他们喝酒。喝得差不多，王诚如故意说道："小黄，你们生活段的女同志，适合的介绍一个给赵向南吧。"

"有倒是有，不知道赵向南喜欢什么样的？"

"对了，赵向南你也说说嘛，我们电务段也有啊。"佟玲江也凑了上来。

"还真说不上喜欢什么样的，你们看着办吧。"赵向南在认真中透着无奈，毕竟大家都是好心好意，也不好更多说什么了。

赵向南这么一说，还真是没辙。你看看我，我看看你，也就该喝酒喝酒，该吃菜吃菜。整个晚饭氛围显得有点沉闷，少了往昔的无所谓和天真样。

王诚如也就在这一刻，似乎读懂了赵向南，也读懂了自己。是啊，生活本来是自己的。怎么生活，别人是插不上手。我们已经成家，并不意味着别人一定要成家，一定要按照别人的意愿去生活。

"喝酒，喝酒，今天我们的聚会还是赵向南提议的，我觉得这是个好主意。我们大家应该好好敬向南一杯！"王诚如毕竟是在自己的小窝里，主动地转移话题，把曾经的那份美好保留起来，小心翼翼地珍藏。

"对，我们都干了！"李文林干脆先喝了。

"鸡汤来了，大家喝一口暖暖胃。"小黄俨然一个家庭主妇，每人为他们盛了一小碗，有鸡肉有汤。

"真香，比食堂里的好吃多了。"佟玲江有点羡慕小黄。自从她和李文林结婚以后，基本上没有做过饭，两人还是到食堂里打饭吃。

"小童，你要学习学习。"李文林张口就安排。

"你为什么不学习学习？！"佟玲江喝下一口鸡汤，立即回过嘴来。

"好，好，大家都学习学习！"王诚如生怕闹出不愉快，马上出来调解。

晚上七点，最后一班车开往蒙自县城。王诚如、小黄和赵向南慌慌忙忙送李文林和佟玲江他们去坐车。正好，汽车还没有坐满，多等了十分钟，好像专门是在等李文林他们。

"好运气啊，连班车都专门等他们两口子。"小黄好羡慕，挥挥手算是将他们送走了。

第二天，赵向南一上班，为道岔用轨一事开始发愁。他已经连续观察好几天，不知道如何解决。赵向南在想，这个问题原来就有了，也没有人对此进行研究。难道这个问题是专门等自己来研究和解决?

米轨道岔用轨均为普通的 VL25kg 钢轨。转辙部分的尖轨与基本轨在接合部分只作垂直刨切，尖轨轨底不重叠在基本轨底上。两尖轨以拉杆相连，其中一拉杆通向转辙器。转辙器以支架设在铸铁底座上圆饼形铁砣，可作 180 度旋转，使尖轨往返移动于基本轨间。尖轨与基本轨均平置在滑床钣上。尖轨跟部设备为间隔铁，道岔联结部分的导曲线不设置超高，辙叉由垂直刨切的长短心轨，对称的翼轨及间隔铁、垫钣、紧固件组成护轨在两端轮缘槽展宽部分弯折，护轨也以间隔铁，螺栓、垫钣与紧固件与基本轨相连。

这种道岔的主要优点是:全长等于两根标准轨长，便于加铺股道，铺设岔线及临时便线等。此外，由于结构简单，便于制造和维修。道岔全部用轨均为普通 VL25kg 钢轨，且部件长度便于用标准长轨套截、用料省。但道岔同时又存在一些难以克服的缺点:转辙部分构造薄弱，尖轨及尖轨前基本轨过短，列车经过道岔时尖轨跳跃震动。辙叉处未作任何处理，长短心轨易于磨损，会直接影响行车安全。(为此，法国铁路公司曾于 1938 年后设计制造了 30kg 钢轨 7.7 号曲线尖轨曲线辙叉道岔数组试铺并取得一定效果)。中华人民共和国成立后运量大增，VL25kg8.3 号道岔的缺点更为明显。当时的养路工作者在加强道岔捣固的同时，在尖轨底部加设了防跳跃通长垫钣、钩锁器等简单设备，堆焊打磨叉心部位以维持行车安全。又由于道岔设计制造于百年前，并未考虑道岔联动及道岔信号设施，更未考虑轨道电路等电务设备的安装，使其缺点更为突出。

赵向南看了一些资料之后，感觉有了点眉目。向段领导报告后，在迷拉地车站上行方向 1 号道岔进行试验，成功后再向全段予以推广。

迷拉地工务段批准了赵向南的方案。具体实施由迷拉地领工区和工区组织。

赵向南不敢怠慢，亲自拟定施工技术方案、安全方案、组织实施方案和材料准备计划。到施工这天，赵向南召集领工区、工区负责人和技术员，明确了他们施工的各个环节。

中午，主管副段长杨学明到现场看望和技术把关。在各方的关注和努力下，整个道岔各项指标达到设计要求，圆满完成了此项技术改造项目。

总结会上，副段长杨学明高度评价了这次技改项目，尤其对技术室最近的敢想敢干的精神给予了积极评价，同时对大学生赵向南的表现高度认可，鼓励赵向南今后发挥自己的专业所长，为迷拉地工务段排忧解难。

赵向南并没有陶醉在杨学明的表扬之中，在专门的技术总结会上，他说出了这次技改的三大不足：第一，技术指标还有不足。有些指标刚刚达到，如果从动态运用和重载运行的角度来说，基本未达标。第二，施工时间太长。尽管我们作为第一次技改并没有设定时间，但今后都是在既有线上施工，如果时间控制不好，将影响铁路运输。第三，安全防护没有完全到位。大家都忙于施工，对相邻股道的列车往来没有进行防护。可能是由于我们这次申请停站，没有列车经过和经停，所以也就没有安排防护。今后的施工不可能摆开这样的阵势干活，无论工区和领工区在预案中要有，实际工作中要有安排。

副段长杨学明后来知道赵向南查找的三个不足，很是赞赏这种对工作高要求的思想和做法。从此以后，副段长杨学明基本都带着赵向南下工区和领工区，对赵向南提出的许多工作办法基本赞同。

这一来二去的处熟以后，杨学明认为赵向南是个人才，是这几年来的大专毕业生中不可多得的人才，感慨迷拉地工务段有些怠慢了像赵向南一样的人，因此，他也加入到要大力提拔年轻干部的主流当中，几乎只要有机会就向段长、书记汇报这方面的情况，积极推荐年轻人到重要岗位上任职。

迷拉地工务段党委书记钱向东四十五六岁，正是年富力强的年龄。他也偶尔听说杨学明副段长与年轻人接触比较多，深得年轻人的信赖。这天，钱向东主动找杨学明聊一聊，了解最近的工作情况。

“钱书记，我们都快接近五十岁了，工作劲头肯定不如年轻人，尽管党要求我们不能懈怠，但我们还是要有自知之明。”钱向东不知道杨学明要说什么具体内容，只是点头表示赞许，并没有在言语上表露出来。

“钱书记，目前三十五岁左右的骨干基本没有，照这样发展下去肯定是会造成技术骨干队伍上的断层。如果现在不打破常规，再过五年，我们的骨干队伍就撑不起来了。”

杨学明的分析是有道理和比较客观的。钱向东和朱文忠接手迷拉地工务段后，感受比杨学明要更深一些。无论是开个交班会、领工员会或者是工班长会议，坐在主席台上的人似乎比主席台下的人还要年轻，有种退管会开会的味道。但毕竟他们两位刚调来不久，一方面是不便马上换人，另一方面是有些岗位无人接手。

“杨副，你不会给我只是分析分析吧！你还想表达哪样具体要求？”钱向东不想再给杨学明绕弯子，直接问问题。

“钱书记，经过这一段时间的接触和了解，我认为赵向南无论是技术水平、领导能力和为人处世都可以胜任技术室主任的担子，建议段党委考虑将其直接任命为主任，这样有利于赵向南开展工作。”

“我并不反对你的这个提议，相反，听你这么一说我还有一个想法。当然，我们还得征求段长朱文忠的意见之后再上报阿迷分局党委，赵向南同志可以任总工程师兼技术室主任，这样一来可以将班子成员的平均年龄往下压。另外，他也可以带出一批技术骨干和人才。”

钱向东的话让杨学明感到震惊，没有想到党委书记的心胸和魄力这么大，远远地把自己甩在后面，不由地对钱向东更加敬重。看样子，阿迷分局党委把钱向东放在迷拉地，是要出成绩的。原来，我们只是佩服同地区的车务段党委书记张志刚，如果照这种势头发展起来，迷拉地工务段也可以和车务段并驾齐驱了。

“钱书记有魄力和胆略，我们工务段是有希望的。”杨学明拍马屁很到位，起身离开了钱向东的办公室。

杨学明边下楼梯边琢磨，一个“向东”，一个“向南”，还真有点意思。“也许是天意啊！”杨学明自言自语回到了自己的办公室。

“杨副，有什么高兴的事？”一抬头，赵向南已经在他的办公室等着他回来。

“天机不可泄露！”杨学明用右手食指摆了几下，示意赵向南不要再问了。

赵向南请示完工作上的事情后，起身要离开杨学明的办公室。杨学明也从位子上过来，拍一拍赵向南的肩膀，说了句让赵向南不太明白的话：“我们一起好好干吧！”。

我们不是一直在一起干活吗？难道之前我们干得不好吗？杨副到底在说什么，又好像在暗示我哪样。

“真是搞不懂，领导就是领导啊！”赵向南疑惑地回到自己的技术室。

“老兵”的军礼

经过对党的作风和组织全面整顿，各个单位党组织的各项工作已经走向正轨，党员都得到了洗礼。在此基础上，阿迷分局党委发出通知要在今年年底前召开阿迷分局第二次党代会。至于第一次党代会是什么时候召开的文件也没有说。

阿迷分局要召开党代会，各个站段必须在之前完成自己的党代会并选举出席阿迷分局党代会的代表。迷拉地车务段党委在张志刚的要求下，正在紧锣密鼓地开展段党代会之前的各项准备工作。

张志刚叫来党办工作人员，安排部署党代会之前的各项筹备工作。关于召开党代会，阿迷分局已经下发了一个流程指导意见，只要照着准备基本就可以了。但张志刚并不满足这些，他找来王诚如探讨，如何动员党员和干部职工为段、阿迷分局党代会献礼。

由于时间比较紧，张志刚也没有说出个子丑寅卯，把这个问题直接交给了王诚如，由王诚如拿出一个具体的意见报党委会讨论。

王诚如也不敢怠慢，接受任务后开始苦思冥想。终于，在张志刚规定的时间内提出了一个活动的构想。

王诚如的整个构想贯穿于段、阿迷分局的党代会期间，无论是迎接段的党代会还是阿迷分局的党代会都说得过去。大体内容是：优质服务旅客、货主，为党旗增光添彩。活动分为三个阶段：第一阶段，动员和营造氛围，要求各个党支部和团支部做好宣传和发动工作，覆盖面必须达到100％，做到“四个讲清”，即讲清目前单位的形势和任务、讲清党员的义务和责任、讲清党代会的地位和作用、讲清党的十二届四中全会以来党的工作重心；第二阶段，组织和搞好服务，要求各个党支部围绕各个车站的旅客、货主做好服务工作，每周要有“红旗”支部产生，硬性指标是必须完成生产任务、确保安全，如果出现事故故障则相应减分或者取消评比，连续四周均为倒数第一的则要对支部书记和车站站长问责；第三阶段，总结、巩固和提高，各个支部要评选出好人好事、可以坚持的具体做法以及下一步需要整改的问题。

对于活动的时间，王诚如提出了到年底的一个含糊的界定，张志刚书记也没有作过多地修改。

“王诚如，你这个具体时间是如何考虑的?”

“张书记，关于活动时间的考虑，我是这样想的：第一，阿迷分局的党代会时间没有确定，只要一天没有确定，我们的活动也就一天不停止；第二，我们党代会的时间实际在阿迷分局之前，但不知道张书记有什么具体的要求和时间节点？第三，我建议这个活动作为党团今年的一个重点，从现在起力争贯穿到年底，充分发挥党支部的战斗堡垒作用。”

“我们等各项工作都做得差不多了再召开段的党代会。当然，我们段的党代会何时召开，召开的方式以及地点，要等阿迷分局组织部的通知，我们不可能想什么时候开就什么时候开。这是政治纪律和政治规矩!”

“张书记，我建议关于活动的开展方案先发下去，让各个支部和车站立即行动起来，营造一种迎接党代会的氛围。这样，我们自己的党员心中也有方向，即便上级领导来检查，我们也好应对。”

“好吧，具体内容你再斟酌一下，修改完成后就可以下发通知了。另外，关于党组织的有些程序和规矩，你要尽快熟悉。到党代会召开的时候，你已经是正式党员了，许多工作需要你主动上手。因为党办的其他同志都上了年纪，你要好好把握。”

张志刚并没有向王诚如承诺什么，但很明显比较器重他。本来今年段团代会也要召开，王诚如已经向张志刚书记汇报过两次了，按照事不过三的说法，他不能再找张志刚说这事。还有，两次汇报这个问题时，张志刚都明确地告诉他，再等等看，不要着急。结合今天张志刚跟他说的党代会的事，王诚如有一种预感，等他转为正式党员后就意味着新的岗位在等待着他。

“会是什么岗位呢?”王诚如在修改迎接党代会活动的文稿时，不止一次地问自己。

王诚如他们在忙着部署迎接党代会的时候，李文林他们电务段却在整理各个站的电务设备报表。李文林问过张山明，这些资料每年都要整理，为何在今年年中就开始弄呢。张山明尽管闻到一些气味，但也不知道准确的消息。

“你就不要再打听了，这些基础的报表和资料，现在抓紧调查肯定有上级的用意。”张山明告诉他不要再琢磨这些事情了。

也就是在王诚如他们发出迎接党代会文件的时候，李文林打电话和王诚如聊天。王诚如告诉他最近在做的事情。

“怪了，都是一个阿迷分局管的，阿迷分局要召开党代会，我们为什么没有动静？”李文林似乎嗅到了新的气息。晚上回家，李文林把这事和佟玲江一说，佟玲江马上想到：“最近党办要求团委将各个团支部的人数和团员整理后上报，要求具体到每一个人。”

“原来有一种声音，说是电务段跨度太大，难以管理，要合理分段。难道真的要分成两个电务段？”佟玲江将这个问题提了出来。

第二天一早，李文林以汇报领工区工作为名，找到张山明，说了自己的猜想。

“如果分段，你是怎么考虑的？”李文林直言不讳地问道。

“那要看组织的决定了，我现在一点消息都没有，许多消息都是你们传来的，你叫我如何说呢？”张山明确实也不知道段上以及阿迷分局的考虑，有一种听天由命的感觉。

“不管怎么说，我跟着你吧，你不要把我给甩了。”李文林认定张山明会有出息，而且也一定会帮他。

“好吧，不过，你还是问问小童吧，你不要只考虑自己工作的事情，最好还是不要分居。”张山明提醒李文林，老婆和前程一并考虑。

到了晚上，李文林与佟玲江再次谈起了此次设备基础资料的问题。佟玲江还是有些预感：“估计是要分段，但至于怎么分，好像还真没有具体的方案。但从地理位置上讲，一分为二的可能性比较大。”

“蒙自基本处于阿迷分局管内的中间段，在米轨的交汇地点，如果要分开的话，上段很有可能单独成段。”

“如果是那样的话，不可能在昆明成立新段，在宜良或者盘溪这样的地点可能性要大一些。”

“在宜良的话，基本处于昆明市的范畴，今后到省城也就方便了，但到阿迷分局远了一些。如果在盘溪的话，倒是离阿迷分局近，但去昆明市不方便了。”

“要不这样，无论怎么分，我在蒙自，你到新段，毕竟你的文凭要高一些。再说了，我一个女流之辈，也不可能被重用！”

“把你留在蒙自，我又有些不放心。你一个人在蒙自，将来有了娃，会非常辛苦的。”

李文林与佟玲江讨论来讨论去，似乎还是一去一留比较好。无论怎么改，至少能占着一边。如果两边都好，岂不皆大欢喜。

两人亲热一番之后，李文林倒头就呼呼大睡了。佟玲江却很长时间都睡不着。她在思量：“最近几年毕业的小师妹们，见到李文林的样子着实让佟玲江受不了。一口一个‘哥’‘师傅’地叫着，如同猫叫春一样，心里很不是滋味。如果让他一人去新段，会不会被这些小师妹‘俘获’了呢。另外，也不知道他此去是任何职，应该不会还是领工员吧。凭他的学识和能力，不要说任技术室主任，就是任副段长都绰绰有余。”

“这是改革，还是调整呢？为什么我们的工作一直处于动荡之中，眼看着好日子刚刚开始，又要东奔西跑，没有安全感和归属感。”

这般思来想去，佟玲江一晚上都没有睡好，快到天亮了才迷迷糊糊地睡着。

7月刚过，王诚如又有了一项新的工作，即接手段宣传干事，负责全段的宣传工作。由于一时半会没有选到合适的人，王诚如身兼两职：团委书记和宣传干事。但张志刚给他的要求是将重点转移到宣传工作上来，团的工作就这样干着，当然也不要太落人于后。

张志刚从党代会和今后车务段的发展角度出发，调整了组织干事，新任组织干事是湾潭车站站长石明晖。

这是一着险棋！

石明晖在行政系统工作确实比较优秀，是知青中比较优秀的人，被推荐上的大学。目前，35岁左右，很有发展前途。但这些年来，石明晖对党务和组织工作可以说是一无所知，基本可以用“无知无畏”来形容。

石明晖第一天来上班，阴着脸。王诚如目前还在团委办公室上班，因此，党办就只有石明晖一个人。

张志刚与石明晖简单的谈话结束后，让他自己翻资料看，熟悉组织工作的有关程序和规则。

连续三天，没有人到党办办事，几乎也没有电话来找石明晖。快到周末，张志刚告诉他，下周提出一个段党代会的初步计划和方案来。

石明晖不耻下问，连忙去问王诚如应该怎么来写报党代会的计划。王诚如尽管也不知道怎么搞，但还是停下手头上的其他工作和石明晖一起探讨。

"我们段快接近 60 名党员，而且分散在不同的车站，按照 30%的比例来考虑，正式代表应该将近 20 个人。从支部的分布来看，个别支部只有 3 到 5 个人，至少要分配 1 个人，机关的比例又要比基层高一些，否则处于关键岗位的党员少了，不利于党的作用的发挥。"王诚如根据上级有关党代会召开的精神，提示石明晖首先要考虑的是党代表名额的分配问题。

"上级规定，党员数量少的党组织可以召开党员大会，我觉得我们可以按照这个要求来开会，这样的话更能体现全体党员的意志！"石明晖从另外一个角度来解释。

"我认为，这个办法行不通，我们的党员高度分散，基本上都是车站上的骨干，如果将所有党员召集起来开会，对单位的生产和安全是非常不利的！"王诚如也不隐瞒自己的观点，直接告诉石明晖不能这样去想。

石明晖回到办公室，按照之前与王诚如商定的方案，提出了各个支部的代表名额和召开支部大会的时间。方案成形后，石明晖将材料报给张志刚。

"你去把王诚如和李应安叫来，我们一起商量一下。"

不一会儿，王诚如和李应安鱼贯进入张志刚的办公室。张志刚示意大家都坐下："石明晖先介绍一下整个方案，我们大家一起讨论一下。"

石明晖将手中的材料，一五一十地做了汇报。

"我认为这个方案可行，之前我们两个商量过。将名额分配下去后，我认为党办有必要参与各个支部的选举，这样一来，可以把时间错开。否则，党办是顾不过来的。"王诚如这样一说，张志刚点头表示同意。

"机关的党员名额少了点，张书记，我建议适当增加一到二人，这样可以把机关的股室主任囊括在里面。"李应安说得不是没有道理，石明晖在考虑时对党员有所倾斜，但毕竟有选举办法在那里卡着，不能违反。

"能不能这样考虑，将最近一两年调进机关的党员分散到原来的支部进行选举，这样一来没有违反原则，二来也让原支部的人员比例有所提高。"张志刚的这个主意像中央在选举代表时，将一部分任重要职务的党员分散到各个省区去选举一样，很有创新！

“放到支部去，如果没有被选上，怎么办?”石明晖有些担心。

“要相信党员的觉悟，不过，每个支部开会，你们不是都要去吗?”张志刚反问石明晖，结果让石明晖无法回答。

张志刚掌控着会议，一看这个问题讨论得差不多了，宣布散会后并单独留下了王诚如。

“选举和支部大会的事让石明晖去办吧，你还有一个重要的任务。开党代会有两个重要的任务：选出出席阿迷分局党代会的代表，还有一个就是要有激励党员干部和职工为之奋斗的目标和方向。这个目标和方向，要在党代会报告中体现出来。我想由你来起草这个报告，你手头上的其他工作暂时停一停。”张志刚说到这里，看着王诚如不言语。

“张书记，起草这个报告难度很大，我怕辜负了你对我的期望。”

“王诚如啊，说实话，我也不知道这个报告怎么写，我到车务段以来就没有开过。我问组织部，我们这是第几次党代会，他们只说阿迷分局是第二次，车务段是第几次他们也没有可查资料。我想，阿迷分局是第二次，我们车务段应该也是第二次吧。至于是第几次直接影响着党代会的报告起止年代。”张志刚是在和王诚如交心，这个问题把握不好，对下一步各项筹备工作都有影响。

张志刚还在继续分析。他认为，从 1978 年党的十一届三中全会写起，七八年的跨度有点大。如果从 1982 年开始写起，相对要好把握一些。把这个时间界限确定了，你就大体这样来写：第一部分为工作总结，将整顿的作风作为总结的重点，并补充几项大的重点工作和任务，粗略的写一写即可；第二部分为目前的形势和任务，重点突出对改革的分析，让大家从思想上明确改革开放是中国、是铁路发展的必由之路；第三部分为今后一段时期的主要任务，明确今后工作的指导思想、主要目标和主要任务，动员全段党员和干部职工为之奋斗。这只是个框架性的，具体的内容和布局谋篇由你去完成。

经过张志刚这么一说，王诚如心里有底了。

按照张志刚的框架，王诚如在心里有个盘算，何不一起跟着石明晖到各个支部去开会，在开支部大会的间隙，找党员聊一聊，让党员也总结总结，憧憬一下美好的未来，这样写起来有依据，不至于将来在讨论报告时没有落脚点。

他的这些想法得到了张志刚的肯定和支持。张志刚表示，有时间的话，他也去参加几个支部的选举和调研，顺便了解党员的思想动态。

布置完这摊子事，正好办公室主任刘子亮来请示：今天正好是八一建军节，按照惯例军代表和党委书记、段长与退伍军人有个座谈会，会后大家在食堂里聚餐，特向张书记请示能否参加。

“走，走，怎么能不参加，我就是个兵嘛！”张志刚说着话就往会议室里走去。

白家喜段长因事外出，不能参加座谈会。车务段退伍军人比较多，将近100个人，今天到会的只是各个车站的代表，也就是30个人左右。会议由办公室主任刘子亮主持。

“首先，请张书记讲话。”

“这样，我先向复退军人和军代表表示热烈祝贺！祝大家节日快乐！这是一个座谈会，我想多听听大家的想法，最后，我再发言。”张志刚一反常态，算是对会议重新做安排。

会上，大家畅所欲言，回顾了建军节的历史和我军的光荣传统，结合实际谈了参加工作后的一些感想和体会。集中起来就是军队是所大学校，是军队培养和教育了大家，尽管在军队的时间不长，但对自己终身受用。许多职工表示，在单位上要好好工作，继续发扬和保持军队的作风，为铁路发展多做贡献。

“大家有什么困难需要单位解决的？”张志刚引导大家，有困难可以和单位讲。大家你看看我，我看看你，好像有许多问题，又好像没有什么问题。张志刚看到此情此景有些感动，因为自己也是军人出身，觉得有点愧对他们。在这样的思想作用下，张志刚发表了一番动情的讲话：

我首先向大家作一个检讨，这么多年来，我没有使大家的腰包鼓起来，也没有实际为谁办过哪怕是很小的一件事。说起来很惭愧，我和你们以及在岗位上的复退军人一样，是你们的战友。是战友就要说战友的话。对我们来说，目前不是太平日子，前方也就是“两山”战役一直在进行着，比我们年轻的战友还在流血牺牲，是这些年轻的战友为我们赢来这样祥和的日子。我们今天在回顾我军的奋斗历程时，倍感自豪，更加感到我们肩上的责任更重。我们没有理由把党交给我们的铁路事业不做好，更不应该用待遇与前方的战友比生活，我们更应该珍惜我们所拥有的岗位，要继续发扬我军的优良传统，服务铁路、服务人民群众！

刚才，算是一个老兵向大家提出的共勉。我在想，这些年来，每到建军节大家在一起开个会聚一聚吃顿饭，就算是过建军节了。好像这个面窄了一点，可又没有其他的办法。这样一个重大的节日仅限于军队和复退军人，多少有点“自娱自乐”。当然，我确实改变不了整个国家对建军节的安排。我是军人出身，我并不想把这个单位搞成像军队一样，那样的话，我怕大家说闲话。但我是军人出身，这又驱使我为军人做一些力所能及的事的想法。我想，刘主任，今后我们段的建军节能不能扩大一些，每个车站的退伍军人都要搞活动，吃一顿饭只是个基本的活动。能不能向我们的团委那样学习学习，到烈士陵园看看我们的战友、组织战友小分队帮助烈属和困难退伍职工、组织大家看看战争电影等等，起码要在我们段营造一种尊重军人、崇尚军队的良好氛围，使“光荣之家”在我们单位真正光荣。

张志刚动情的发言，赢得了大家的掌声，全体退伍军人起立并向张志刚敬了一个长时间的军礼。

这个军礼，使大家的心都被融化了，大家感动得流泪了，张志刚也感觉眼前模糊了。

迷拉地工务段的党代会按照既定的时间在往前赶，但赵向南并不是党代表。关于这一点，钱向东并没有在意，因为，赵向南目前是技术室副主任，主任已经是党代表，一个七八个人的股室不可能出现两个党代表。

钱向东之前和段长朱文忠沟通后，认为赵向南是总工程师的合适人选。段党政主要领导统一意见后，钱向东专门到阿迷分局向郝卿明作了一次汇报，希望阿迷分局支持迷拉地工务段选出自己的一名段领导，因为他们两个主要领导都是外派去的，从有利于调动本段干部的积极性考虑，工务段应选出自己的一名段领导。当钱向东提到赵向南的名字时，郝卿明立马来了兴趣，因为之前他也听说过他的一些情况。

“向东啊，你们考虑从本段选出自己的一名副职的想法，我完全支持！至于说是谁，你们两个主管和干部科考核人可能心里有数了，但我想说的是，能不能在段上进行无指定推荐，看看我们的想法与干部职工的想法是否一致。另外，也可以通过这种办法，更多地发现人才，也让我们储备好人才，需要时就可以随时提拔。”

“郝书记，有您的指示，我们一定会把这件事办好。”说完，钱向东就回到迷拉地工务段，立即布置工作以配合干部科推荐干部。

正在布置时，组织部干事马兴强进来报告：“钱书记，我们召开党代会的请示，阿迷分局组织部已经批复，时间是在8月中旬，也就是说还有10天左右。”

“知道了！”钱向东感觉有点不对，因为最近几天既要推荐段领导干部，又要召开党代会，那领导班子成员进不进委员会？带着这个问题，钱向东打通了郝卿明的电话，把他的考虑向郝卿明做了汇报。

郝卿明一听，立即指示钱向东把推荐干部一事放在首位，党代会可以往后推一推，具体召开时间另行通知。

“郝书记，是我们直接跟组织部讲，还是您出面协调？”

“我找组织部吧，你们自己不好协调此事。但党代会的各项工作正常准备，要开就开出一个新气象的党代会！”郝卿明的话简洁而具体。

接下来就是和段长朱文忠商量如何接待好干部科推荐干部的有关事宜。因为，这个问题直接决定着迷拉地工务段今后的走向。

由于这是第一次推荐站段领导干部，阿迷分局干部科科长李传勇不敢擅自做主，在来迷拉地之前他已向郝卿明作了专题汇报。郝卿明指示，不能漫天推荐，要符合以下几个基本条件：一是参加工作要在三年以上，年龄不要超过四十周岁；二是文化程度在中专及以上；三是担任站段中层干部在一年以上。

到了迷拉地工务段，李传勇首先向钱向东交换了意见，并说明了此次推荐干部的目的和意义。钱向东对这三条意见都满意，他还建议最好加上是中共党员。李传勇觉得非常正确，但还是打电话向郝卿明做了汇报。郝卿明原则上同意，但告诉李传勇不要将此条建议加进推荐条件里。因为，在这三四年中，分配来的大学毕业生，是党员的比较少，尽管已经加大发展力度，但都还不是党员。如果这样一卡的话，职工会认为我们没有诚意。

“先推荐吧，是人才的话，党组织会积极培养和发展的嘛！”李传勇得到这个指示，立马和钱向东进行了传达。

“钱书记，按照郝书记的指示不要把‘是中共党员’加在条件里。”李传勇把话都说到这个份上，他也就不好再说什么。

下午，迷拉地工务段召开全段干部大会，领工区的领工员也都赶来参加这次推荐大会。会议由阿迷分局干部科长李传勇主持，钱向东在会上作了表态发言，希望干部从全段的发展大计出发，从培养干部出发，为段上挑选人才，也为阿迷分局做好示范。

李传勇公布了推荐的条件和方式，宣布开始进行第一轮推荐。56 名中层干部和 8 名领导班子成员各自填写候选人。

写好推荐人后，党办与阿迷分局干部科的工作人员依次收取参会人员的推荐票。收齐后，又依次唱票和计票。第一轮的结果是有 5 个人得票均在 10 票以上，其余的人得票有 1 票或 3 票的，比较分散。

李传勇和钱向东、朱文忠简单碰头后，又将这 5 个人作为第二轮推荐。领导班子的推荐单独进行。

第二轮结果，赵向南在中层干部的推荐中名列前茅，拥有 40 票的绝对数，在 8 名领导班子的推荐中拥有 5 票，两边均拥有绝对数。

对这样的结果，钱向东并不意外，有点不高兴的是，这么多推荐人，赵向南绝对胜出，今后要搞类似推荐的话，会不会太分散，这对培养干部是不利的。但不管怎么说，各方都对今天推荐的结果满意。阿迷分局干部科认为，迷拉地工务段的干部识大体顾大局，有很高的政治觉悟和对单位的期待。段党委书记钱向东和段长朱文忠则表示，是阿迷分局党委的信任和全段干部的努力才有这样的结果，充分体现了党组织的意图和职工的愿望，今后还要请阿迷分局干部科多加支持。

“工务段开了一个好头！”郝卿明得到结果后非常高兴，表示阿迷分局党委会按照程序进行审查，原则上会支持职工的意见。

蒙自有个家

迷拉地工务段推荐干部的事，第二天就传到了张志刚的耳朵里。作为车务段的党委书记，他的面子上有点挂不住。因为，这些年来在迷拉地各项工作都是车务段跑在前面，这一次明显是落人于后了。偏偏这两天，组织干事石明晖让他添堵。

石明晖对工作比较积极，也很认真，但经验不足。选举党代表的工作，两个支部已经进行完了，但这两个支部选举出来的代表，张志刚不是很满意，或者说没有在张志刚的期望之中。

“支部选举出来的，我又不能控制会议。”石明晖感到很委屈。

“原来我说过，每个支部要推选出代表候选人出来，这些候选人要经过党委审查。你就是不听，再这样下去，党委如何把关？”张志刚把石明晖狠狠地说了一顿。

“接下来的支部，不能再按照你的办法进行了。通知下去，让他们尽快把候选人报上来，根据候选人的情况再决定开支部大会的时间。”

石明晖答应着离开了张志刚的办公室。见石明晖离开了办公室，张志刚拨通了郝卿明的电话。

“郝书记，向您报告一下我们选举党代表的情况。”

“志刚，你等一下，我一会打过去。”

张志刚估计有人在郝卿明办公室汇报工作，不方便接电话。从迷拉地工务段释放的信号来看，阿迷分局重用年轻人和改革的步伐明显在加快。另外，以前郝卿明对他以前的单位很不满意，这次将这么重要的试验放在工务段，很明显是借原来单位，弄点成绩让大家瞧瞧，工务段是可以有所作为的。正在想的时候，电话铃响了。

“郝书记，不好意思打搅您了。”

“没事，刚才是干部科的李传勇在汇报迷拉地工务段推荐干部的情况。怎么样，你有什么想法吗？”

“郝书记，我不敢有其他想法。只要您指示，我们都可以试试！”

“你不是要跟我说党代会的事情吗？”

“对，对，我们按照您的指示和组织部的要求，目前在支部一级召开支部大会并选举出出席段党代会的代表，从选举的情况来看，效果不错，大家对党代表都充满了期待。”

“那就好，你不会就说这事吧。说吧，有什么问题需要我解决的！”

“从培养年轻干部的角度来说，我们车务段同样具备条件。经过这几年的努力，一批年轻干部成长起来了，但不给他们一定的舞台锻炼锻炼，也不知道是马还是驴。我想啊，借党代会的东风促进一下，将部分年轻干部补充到领导班子中来，实现传帮带。”

“志刚，你很有想法，我要向你学习啊！”

“郝书记，您就别抬举我了，我这把年纪了，但在您的领导下还想再搏一搏，多为那些年轻的干部铺好路，我也就心满意足了。”

“我们也再想一想，如何来推动阿迷分局的各项工作。你提出的大胆使用年轻干部，不失为一剂好药和猛药。这样吧，党代会你们先准备，安排好的话，你们与工务段一起前后开会，我都去参加。”

郝卿明副书记、政治部主任要来参加党代会，这是今天最好的消息。张志刚知道，一般情况下，组织部长到站段参加党代会已经很不错了。郝卿明承诺要参加，而且两个单位的党代会都要参加，估计这在迷拉地是要创造历史的。

放下电话，张志刚转到白家喜段长的办公室。

“张书记，今天这么高兴，有什么好消息要分享?”白家喜大感意外。他记得，张志刚书记很少到他的办公室来，从资历、威望上，张志刚远远地将他甩在后面，只有他去汇报的份，哪有书记过来跟他商量的事。

“是这样的，刚刚我与郝书记通电话，郝书记对我们党代会的准备工作非常满意，指示我们要继续抓好。郝书记要来参加我们段的党代会，我觉得这是个好机会，也通过这次会议检验我们各方面的工作。我想听听你的想法，看通过何种方式促进我们的工作。”

“张书记，您就布置吧，需要怎么搞，您就发话，我组织大家把各项工作再抓一抓，争取再上一个新台阶!”

“这样，我们先统一一下意见。有关安全生产、运输的事情你多想一想。从会议室、食堂、段办公环境、宣传氛围等方面着手，把内外环境好好整治整治，以一个新的面貌迎接党代会的召开!”

“要不这样，我们俩现在就通知刘子亮、石明晖、王诚如和李应安，一起到会议室议一议，说干就干吧!”白家喜的提议正合张志刚的心思。

全部到会以后，白家喜率先说道：“张书记刚才和我商量，要以一种全新的方式迎接段党代会的召开，我认为，这是我们段上的一件大事。今天找你们几位来，有几个问题需要大家去办，待会张书记再做指示。

第一，办公室尽快拿出整治机关内外环境的方案来，包括绿化、地面硬化、粉刷墙面、食堂厨房和餐厅的改造和维修计划，给你们一周的时间弄方案。

第二，机关的宣传栏、文化营造和会议室的陈设，王诚如和李应安多操点心，也尽快提出一个方案来。

第三，石明晖打听一下，其他站段开党代会时对服装、旗子都有什么要求，我们应该如何开好这个会议。”

张书记，有些事情我有点越俎代庖了，你最后再指示，让大家好做准备。

“刚才，白段长已经将要准备的事情布置了，我没有更多的补充。我想强调的是，阿迷分局郝书记要来参加我们的党代会。这一定要从思想上引起我们高度重视，郝书记来参加会议不仅仅是一种形式，我们要通过这事，进一步提振我们的精气神，向郝书记充分展示我们的精神风貌，鼓舞大家进一步做好各项工作。我想再补充的是，宣传氛围还需要进一步加强，机关党员干部的作风还要进一步转变，安全生产还需要再加把劲。”

“没什么事，就散会吧。王诚如你留一下。”张志刚留下王诚如，是想进一步探讨党代会报告的起草问题。

“按照张书记的要求，调研和资料准备以及初步大纲已经搭建，由于支部选举暂停，我没有下去继续调研，我觉得还是要多听听基层党员的意见！”王诚如如实汇报了这一阶段的准备情况。

“从现在的情况来看，在分析形势这个部分里，要加重年轻干部作用的分析，尤其要点出我们车务段在选拔年轻干部方面所做的工作和不足，不足的内容要有理有据，不能泛泛而谈，必须有数据对比！”

“张书记，如果用数字对比的话，我们的工作数据不好看。”

“没事，你就直接将数据摆出来，也要让大家，尤其是党员同志们惊醒惊醒。”

“张书记，还有其他指示吗？”

“整个主题往改革方向靠，以改革为主线来谈我们的问题，这样的话大家应该都能接受。”

“好的，按照您的要求，我再调整框架和主题。”王诚如说完立马回到自己的办公室。巧的是赵向南打来电话，约晚上一起吃饭。王诚如告诉赵向南要加班改材料，饭就不吃了，去水库边散散步吧。

来到水库边，意外碰上马公安。由于马公安他们人多不便说话，赵向南和王诚如便快速的走到了前面。

赵向南将干部科有关推荐和考核的情况给王诚如一说，王诚如非常高兴地说道：“兄弟，祝贺你高升！”

“八字才只有一撇,还早呢!”

“就是这一撇重要了,我给你说,估计你的任命会在你们段党代会召开以前,时间应该不会太久,肯定是今年内的事情。”王诚如的话,赵向南觉得有道理。

“听说郝书记要来参加我们两个单位的党代会,这应该是个好消息。”

“我在技术室,对这些不太懂,你可不要保留啊,以后多帮帮我。”

“你很快就是段领导了,我都要听你的了!”

“无论怎么干,我们还是兄弟,你整天不要拿领导说事。再说了,我又不是你们车务段的领导,怎么能领导你呢?!”

“聊什么呢?”马公安从里面出来,由于他们两人谈话太专一,都没有发现马公安在他们后面。

“哦,正在说赵向南要高升的事情。”

“好事啊,祝贺,祝贺。”

王诚如绘声绘色地向马公安描述了一遍,马公安喜形于色,甚至比他们两个还兴奋:“我就说,你们这批大中专生是要担重任的,不要当上领导就把我们给忘了。”马公安高兴地说道。

“慢点,奇怪了,你今天怎么到迷拉地,也不知会一声!”王诚如一把拉住马公安的手,大有说清楚再喝酒的架势。

“我也是没有办法啊。刑侦大队就是要到沿线派出所啊,否则怎么破案!机务折返段转盘上的一个配件突然不见了,派出所搞不定。这不,今天我就带着两个民警过来了,已经勘验完现场,待会还要返回。所以来得突然,我也只能陪你们聊一会,待会我还要回所里。”马公安很惋惜地说道。

“没有听说啊! 这么点小事都要惊动刑侦队。”赵向南不太理解。

“赵主任,现在各个单位都在迎接阿迷分局党代会,任何差池都会被放大到你接受不了的程度,反正,我们已经来到现场,已经交代给派出所。哎,不说这事了,还是谈谈咱们兄弟之间的感情吧!”马公安觉得好不容易见面,不想扯这些烦心事。

尽管是兄弟一样的聚会,但身处铁路,大家免不了会有一个集中话题。许多时候,无论如何回避,都会谈到工作的话题。也由于大家都年轻,自然少不了谈论党代会的话题。

“我目前被选为分处的党代表，分处党代会何时召开还没有通知，估计会很快召开。”马公安属于本单位党代会的代表，是意料之中的事。

赵向南也说自己是本单位的代表。王诚如向他们两个人说，自己目前在起草迷拉地车务段党代会的报告，草稿已经写好，需要再修改。

由于马公安离开，王诚如也要回去改材料了。

第二天一大早，张志刚就找王诚如。由于昨晚改材料睡得晚，起床晚了些，石明晖在办公楼下见到王诚如，立即告诉他，张书记一上班就找你，你快去吧。

到了张志刚办公室，张志刚正在打电话，他连忙退了出来。这种时候，一般都是领导与领导在交谈，许多话题是下属是可以知晓的。这一点，王诚如很是知趣。这深得张志刚的喜欢。

半个小时后，张志刚在办公室里大声叫王诚如。王诚如闻声就来到了张志刚的办公室里。

“又晚睡了！”张志刚的问话比较随和，听上去有点关心的意思，没有责备的语气。王诚如点点头，算是回答了问话。

“张书记，报告初稿基本写出来了，下午我就可以给您审阅！”

“不急，我今天要过问一下你自己的事情。”王诚如摸不着头脑，我的什么事情，我没有什么事情啊。

“我问你，小黄是不是怀孕了？”看见王诚如点头，张志刚继续说道：“你啊，小黄挺着个大肚子一个人在迷哈地，你就没有想过如何关心一下？”

“我每天都在打电话啊，她都说很正常。”

“你啊，你不好意思说，我来替你说吧，你想把她调到你身边，又不好意思开口，是不是这样？”

“张书记，不是我不想，只是不属于工作上的事，我不好意思向你说。我又不熟悉生活段，因此，我话到嘴边，又咽回去了。”

“这样，我这两天可能要到阿迷分局开会，顺道我找找生活段的领导，看能不能帮着把你媳妇调上来，免得你牵挂着媳妇，没法安心工作。”

“谢谢张书记！”

“行了，感谢的话就不要说了，下午誊写一份党代会报告初稿给我，我在开会期间有空看一看。”

王诚如对张志刚书记有种知遇之恩的感觉，真是要像其他人一样在他面前溜须拍马，王诚如也还真做不到，唯一能做到的就是好好工作，以此报答张志刚。这种想法很朴素，也很管用。这些年来，王诚如把张志刚作为一个长辈来对待，大小事都会向他报告，唯一的坚守或者觉得没有必要的就是，在逢年过节不给张志刚送礼，哪怕是一丁点的土特产。久而久之，王诚如觉得这样蛮好，暗自庆幸：这种幸运，真的是可遇不可求！

两天后，张志刚从阿迷分局开会回来，照例是传达阿迷分局会议精神。传达完之后，张志刚叫王诚如到自己的办公室。

张志刚告诉王诚如，小黄的工作估计下周就可以调动。小黄接到调令后，你到迷哈地把她接回来，等安顿好后你再来上班。

“都在迷拉地上班，我把她接来就是了。”

“你知道她调到哪里？你就过来上班。”

“不是在迷拉地食堂吗？”

“谁告诉你是在迷拉地食堂？算了，我也不跟你兜圈子了，调到蒙自食堂。之前，我跟你们要了一套30平方米的小房子，钥匙在车站站长手里，你过去打理一下，安顿好以后再来上班。”

“不是，张书记，这有点突然，幸福来得太快。”

“好了，好了，我跟你说实话吧，我也只是过手菩萨，这等好事我也办不下来的。你先坐下，我慢慢给你说吧。”张志刚看着惊讶的王诚如，用手把他按下，示意他做好，顺手把门一关，说出了此行阿迷分局的目的。

此次去阿迷分局，会议照开，内容照样传达。中途，我和白段长到了郝卿明书记的办公室汇报了我们段的工作。郝卿明没有完全听完我们的汇报，告诉我们用一个月的时间，做好改革的各项准备工作。说是改革，对我们而言就是要撤销迷拉地车务段，所有业务归并新成立的蒙自车务段，增加管理跨度，降低管理成本。

说实话，这个单位我们都有感情，不是说撤就能撤的。但是，上级机关的命令一下，再艰难的事都必须跨过去，这是组织原则，也是立场问题，任何阻拦都是螳臂挡车。因此，我和白段长坚定地向郝卿明书记保证，确保过渡期间安全、生产和队伍的稳定，不拖阿迷分局改革的后腿。

因为事关重大,当晚我和白段长合计,我们这支队伍,尤其是干部队伍是经得住各种考验的,但也不能因为改革使一部分如你一样有前途的干部被耽误。因此,我们向郝书记作了建议。事关我们单位的改革,而且时间上也来不及,我听说撤销合并的单位不少,阿迷分局没有多少时间来走程序,估计不会像工务段那样来推荐和考核了。不管出现什么样的情况,一律不要乱说和表态,站好这最后一班岗,接受改革的洗礼和撤并的考验,让阿迷分局放心,让职工安心!

最后,我想说的是,珍惜我们在一起共事的时光。从目前来说已经进入倒计时了,在表面上还是该干什么干什么。党代会报告再修改一次就可以了,回头我把修改的重点给你,毕竟我们做了许多工作,好好总结对我们在各自的岗位上也是有好处的。

张志刚起身握着王诚如的手,两人都饱含热泪,算是相互之间的第一次交底。

王诚如是怎么走出张志刚的办公室的,事后他都回想不起来。倒是石明晖来到团委办公室,问他是否有时间一起到各个支部开会,督促各支部完成选举代表的各项事宜。

"你去吧,这两天事多,张书记叫我再修改一下报告。忙过这一阵,我抽时间陪你一起去。"王诚如估计石明晖还不知道车务段要撤销的事情,他不想从自己的嘴里说出来。

石明晖确实不知道这件事。张志刚作为领导,他有自己的一套办法。从他谈话顺序就可以知道亲疏远近。石明晖知道这件事,是在他到小站后督促支部开会的第四天,他打电话给王诚如以求证消息的真伪。王诚如在电话中告诉他,他也是刚刚才知道,估计消息可靠。

"那支部选举还进行吗?"

"你向张书记请示一下,看是否还有必要。"

隔了半小时,石明晖打电话告诉王诚如,工作还是正常进行,反正谁来接管都要走这个程序,不如把工作彻底做好,不留尾巴。

刚讲完,电话铃声再次响起,他以为还是石明晖打来的,拿起电话就说:"还有什么事吗?石明晖!"

"是我,你在给谁通话?!"一听是小黄的声音,立马软了下来。

"啊,哦,是你啊,怎么了,想我了?"

“想你个头，段上刚刚通知，叫我下周一到蒙自食堂去报到，你怎么一点消息都不告诉我？我还是你老婆吗？这么大的事你都不说一下。”

“这几天事太多，没有来得及和你商量，反正是好事，我想等办成后再给你惊喜，看来是出力不讨好啊！”

“耶，有谁讨好你了？如实交代！”

“别闹了，我明天回来帮你收东西，你自己可不要乱动，好好保胎吧！”

放下电话，王诚如跑去告诉张志刚：“张书记，小黄的调令下来了，我想请两天假去迷哈地收拾东西，陪着小黄去蒙自，把她安顿好我就回来。”

“今天周四，你下周三再来上班吧，好好陪一陪小黄，这么多年你也没有好好地陪过人家。”

周五一大早，王诚如爬上机车头，以登乘机车的名义坐到了迷哈地。上午十点左右，王诚如下机车后，直奔食堂，看见小黄挺着个肚子，在桌子边捡菜。顿时，王诚如一阵心酸。小黄一抬头看见王诚如，说了句“死鬼”后给了他一个大大的笑脸。

本来食堂的师傅们告诉小黄，今天就不用来上班了，她算着王诚如会乘681次列车在下午四五点才到，在宿舍等着还不如来上班，也给大家一个好印象。哪知王诚如爬货车提前来了。

“不是货车，我是坐机车来的！”看着这对年轻人，食堂里的师傅们也为他们高兴。转身一看，王诚如见一男一女的两位中年师傅，一个都不认识，一个笑脸算是打了招呼。

“诚如，你过来，大师傅姓陈，那位老大姐跟你一个姓，叫王姐。这是我男人，叫王诚如！”小黄很大方地介绍道。

“小黄，今晚我们食堂欢送你，看看有多少人一并叫来，就在我们食堂里摆两桌。”陈师傅非常客气和友好地表示，王姐在旁边也应声着。

“陈师傅，心意领了，我们随便打点菜就行了！”王诚如把话接过来，因为他不知道这些师傅是否是出于真心。

第二天一早吃过早点，杨老六、白小七、牛二他们将王诚如他们的行李全部搬到运转室。列车快进站时，生活段食堂和公寓的师傅们全都来送行。实际整个车站上车的只有王诚如夫妻两人，车厢里不多的旅客都伸出头来张望。

“是领导调动吗？”

"好像也不是，这么年纪轻轻的，怕是人缘好吧！"

一声鸣笛，机车启动，缓缓离开迷哈地，火车开出很远了，杨老六他们还在向前张望。

是的，小站职工的调动，就是铁路职工的希望。他们都希望有一天也是这样乘坐火车，走向自己期待的地方。

这个书记有点嫩

蒙自电务段的党代会按照计划如期进行。

李文林作为新的成员列在六位党委候选人之中，这既是一种新生力量的象征，也是一种"陪选"的选择。六选五，明摆着就是五位段领导嘛。大家向李文林祝贺时，李文林也只是笑笑，没有说什么。张山明却说："不一定。"李文林摇摇头表示："不可能。"

在向阿迷分局组织部汇报时，段党委书记梁立风觉得电务段的党代会有新意，希望组织部给予理解和支持。

梁立风对电务段比较乐观的态度感染了阿迷分局组织部部长苏磊，口头同意了蒙自电务段的党委候选人名单。

整个会议前半段进行得比较顺利，但到选举环节时，参会的组织部长苏磊还是有些担心，因为从 50 名代表的构成来说，40 岁以下的党员超过半数，这种状况很难说不会出现意外。

苏磊的担心很快就得到应验了。

一块黑板上，六位候选人的名字按照姓氏笔画排列，梁立风排在最后。随着唱票人和计票人的一唱一和，一开始梁立风的得票数还比较多，可是从 15 张票以后，李文林的得票数就领先于梁立风，其他候选人的票数基本正常。

苏磊一看梁立风的脸，一会白一会红的。在快要结束时，苏磊坐不住了，点燃一支烟，离开了会场。

监票人在宣读选举结果时，整个会场比较寂静，在读到"李文林 35 票，梁立风 15 票"后，整个会场瞬间炸了锅，基本听不见大家在说什么。

“坏了，我怎么向阿迷分局党委交差啊！”苏磊的第一反应是要向上级组织负责。苏磊接过监票人递过来的单子，向段长邢明棠交代了几句就离开了会场，直奔电务段党委办公室。

邢明棠在会场宣布休会三十分钟，请大家不要散，一会接着开。

苏磊急忙拨通郝卿明的电话，便说道：“郝书记，不好了，我没有完成组织交给的任务！”

“怎么了，慢慢说嘛。”

“是这样，蒙自电务段党代会刚刚选举结束，梁立风落选！”

“什么？梁立风落选！怎么会出现这样的问题。会议是被人控制，还是出现其他问题?！这是个信号啊。上级党组织提出的候选人居然被下级组织给否决了。这，这，党的组织原则难道大家都不懂吗?”郝卿明接连问了几个问题，让苏磊也招架不住。不对，会场没有问题，整个过程也没有问题。苏磊立马清醒过来，如果会议有问题，他是要负责任的！

“郝书记，整个会议都在我们的监管之下，没有问题。准确来说，问题出在梁立风本人，他太过于自负，对党代表的期望把握不准。可以这样说，大家对年轻人充满了期待，对改革充满了信心。现在，我向您请示的是，这个会议是否照常进行，会议结束后是否召开会议选举党委书记。”

“你等十分钟后再打来。”郝书记毕竟还是副书记、政治部主任，这样特殊的问题他还得请示书记或者说是向路局组织部请示。

十分钟在平时不算长，可今天这十分钟比较漫长。在等待中，阿迷分局组织部的随行人员来请示：“可否继续开会。”苏磊一直说：“再等等，一会就知道了。”

十五分钟后，苏磊打通了郝卿明的电话。

“苏部长，对电务段的党代会我们这样来处理：第一，尊重全体党代表的意愿，也就是说承认选举有效合法；第二，由段长代表新任委员会致辞，但会后不进行书记选举，党委工作暂由邢明棠代管；第三，作为组织部要认真吸取教训，不能再出现类似电务段的情况；第四，会后你代表我找梁立风谈谈他个人的想法，回来向我报告！”

“按照郝书记的指示办！”

苏磊放下电话，立即来到会议室召集新任党委委员在主席台开会，将郝书记的指示作了传达。

党代表们全都坐在自己的位置上，等待会议结果。五分钟后，会议主持人邢明棠宣布会议继续。会议还有两项议程：一是宣布选举结果；二是新任委员表态发言。

当监票人宣布新当选的五位委员名单，并说出此次会议选举有效时，全场响起热烈的掌声。在掌声中，邢明棠代表新当选的五位委员发言："表示一定要按照阿迷分局党委的部署，集中精力抓好电务段的各项工作，以实际行动向阿迷分局党代会献礼，不辜负全段党员干部和职工的信任和期待！"

会议结束后，一群年轻人要约请李文林喝酒，李文林都婉转地拒绝了。佟玲江作为代表，也是会务组成员，此时也为自己的男人感到高兴。

回到家后，佟玲江给了李文林深深的一个吻。

"李文林，你知不知道，休会的三十分钟，我觉得是如此的漫长，好像这一生中从未有过的恐慌。我不知道你是怎么熬过来的，我生怕好事会瞬间即逝！"李文林拉着佟玲江的手，感觉佟玲江的手还是冰凉的。

"是啊，我跟你感觉一样，那三十分钟像是在等待一个判决，真不知道会是什么样的结果，不说了，在家里煮点东西吃吧，吃什么都行！"

佟玲江对厨房的事基本不在行，但今天为了自己老公的"胜利"，她想表现表现一下。

"咚，咚"的声响，佟玲江大声喊道："来了，来了。"

开门一看，是张山明，手里提着一只烤鸭和卤猪脚。

"怎么样，我们一起庆贺一下?!"李文林接过来，顺手将其倒在碗里，翻出酒杯倒满老白干。

"小童，我们先喝酒了，你弄个黄瓜鸡蛋汤，炒两个小菜就过来吧！"李文林对着厨房说道。

其实也不叫厨房，就是阳台上搭了个灶台。客厅兼餐厅，还有一个卧室，着实比较简陋。

"文林，祝贺你啊，马上就要成为我的领导了。"

"张主任，我是你一手调教出来的，在你面前可不敢这样啊！"

张山明和李文林边喝边聊，从党代会聊到了最近分段的事情。张山明分析道:“这次党代会打乱了阿迷分局的计划,原本在阿迷分局党代会后再分段的事情,估计得提上议事日程。两个段,从领导班子成员来说,通常要配备党委书记、段长、两名副段长和一名工会主席,这样一来两个段得有 10 个领导班子成员。当然,阿迷分局各个科室也会派出一些人来,但电务段相对来说,专业性和科技含量要高一些,即便是党委、工会的人选由阿迷分局选派,也还有五到六名的技术人员出任领导。现在这种状况,阿迷分局肯定会将五名委员一分为二,你到新单位的可能性是百分之百。之前邢明棠段长跟我说过,我们一起到新的电务段,但以今天这样的形势,很难做出准确的预测。但不管怎么说,你已经站在门槛里面,我却还在门外晃荡。”

作为李文林,确实也不好讲什么,这一切都来得太突然,好像老天爷特别眷顾他。他没有办法安慰张山明,因为从学校到单位都受张山明的影响。他只好默默地端起酒杯喝酒。正当讲话陷入尴尬的时候,佟玲江像救星一样端着菜过来了。

“张主任,我也没有准备啥,将就着吃点吧!”

“小童,你不要再忙了,两三个人,已经可以了。”

“小童,你也喝口酒吧,敬一敬我的师傅张主任!”

平常佟玲江滴酒不沾,今天情况不一样,而且是在自己的家里,面对自己老公的恩人和师傅,她还是倒了点白酒。

“张主任,谢谢你多年对我们家文林的提携和照顾,今天他能有这样的成就,多亏你了!”说完,与张山明轻轻一碰酒杯,小童喝完了杯中酒。

“文林、小童,你们不能这么说,本身你们就很优秀,这是有目共睹的,文林有今天的成就全都是他自己奋斗的结果。我想,随着铁路改革的深入,这只是开始,我敢肯定地说,文林和小童,你们的前景是美好的!”张山明平常很不尚言辞,今天却说得比较多。

“张主任,你说这分段何时会进行啊?”佟玲江问这话,是为自己的老公担心,因为她不知道这会是怎样的一个结局。

“估计快了,刚才我们也在分析,按照原计划应该在阿迷分局党代会以后,但以现在这样的情况等不到了。”张山明的猜测不无道理。

三个人把酒言欢,从迷哈地聊起,李文林和张山明一直都在回忆他们三年多来的变化,许多事情好像昨天发生的一样,各个细节甚至对话都还清晰地记得。没曾想，铁路改革的大船已经启动，把身处船上的他们带向未知的远方。

“我们一起往前走吧！”张山明喝完杯中酒，起身告辞。李文林和佟玲江连忙起身相送，李文林一直把张山明送出铁路小区大门。

看着渐渐远离的背影，李文林深深地吸了一口气，转身回到自己的家里。

蒙自电务段党代会选举的结果，如张山明所料，彻底打乱了阿迷分局改革的步伐。按照阿迷分局的计划，是在阿迷分局党代会后再推行改革，不致于让大家分心。这下可好，梁立风的过分自信与电务段对年轻人的期待，这本来可以合成一股力量的洪流，结果分流了。这也不能说阿迷分局领导控制和驾驭不了目前的形势，只是有些问题不得不提前解决，不得不在党代会之前快刀斩乱麻，有点像阿迷分局自己给自己的党代会献礼的嫌疑。

为解决蒙自电务段问题，阿迷分局通盘考虑了站段领导干部的调配。此次一共涉及电务段的分开，2 个车务段、3 个机务段、2 个工务段的合并以及各个科室的职责调整和更名事项，总共涉及干部人事变动（含阿迷分局各个科室变成“分处”）有 100 名之多，是成立阿迷分局以来人事变动最多的一次。有人戏称梁立风“亏了他一个，幸福一百人”。郝卿明公开批评这种说法，说：“阿迷分局的改革及人事布局早就形成共识，只是梁立风的落选加快了这项工作的进程。”

在这次改革中，梁立风到林业事务所任党总支书记，级别没有动，由“党委书记”变成了“党总支书记”。赵向南也乘这次改革的东风，顺利成为迷拉地工务段的总工程师。

原来阿迷分局管多大，蒙自电务段也管多大，现在拆分了：蒙自电务段一分为二成立了盘溪电务段。蒙自电务段领导班子出现了新的变化，原班子中的人基本未动，只是李文林离开蒙自到盘溪。党委书记一职则由迷拉地车务段团委书记王诚如担任，职务则变成党委副书记，主持党委工作，暂时没有书记，整个班子保持五人格局。盘溪电务段的两名副段长则是张山明和李文林，由张山明主持行政工作，党委书记则由阿迷分局组织部部长苏磊出任，副段长尚缺一名，工会主席暂未配。

迷拉地车务段和鸡街车务段同时被撤销并组建新的蒙自车务段，张志刚任阿迷分局组织部部长，原段长白家喜任蒙自车务段段长，原鸡街车务段党委书记张华任蒙自车务段党委书记，两个车务段的副职属超配，暂时不作调整。原迷拉地车务段办公室主任刘子亮和组织干事石明晖新任善后办公室主任和支部书记，协调段机关撤销后的相关事宜。原迷拉地车务段的人劳室主任李应安任蒙自车务段人劳室主任。

其他撤并单位也在按部就班地推进中。整个改革由于事先准备充分，没有出现大的波动和人员上访，基本处于可控的状态。路局对阿迷分局的这次改革给予了高度评价和充分肯定。

王诚如是张志刚履新后到站段宣布的第一个任命。有张志刚的带领，王诚如信心满满，稚嫩的脸上掩不住内心的自信。在会上，张志刚没有更多地讲王诚如如何能干，而是讲对年轻干部的支持、包容和理解，与会人员还是能够体会到张志刚的爱才、惜才之心。

任命宣布后，张志刚与邢明棠、王诚如坐在一起深谈。

二十四五岁就出任站段主要领导，这在阿迷分局历史上是没有过的。尽管这次启用一批年轻干部，但基本都在三十五岁以上，我想，阿迷分局可能想释放一些积极信号，让年轻干部有想头、有奔头。邢段长也是老革命了，要为小王起好带头作用，努力把革命的好传统传下去。小王年轻气盛，现在是党委负责人，不同于以往的共青团书记，这点在心里面一定要牢记清楚。有事要多向邢段长请教、商量。我相信，为了党的事业、为了电务段的发展、为了阿迷分局的试验和试点，你们一定会从大局出发，把电务段的各项工作做得更好！

邢明棠、王诚如都表态，一定会按照阿迷分局的要求，按照张部长的谈话精神，全心全意做好电务段的各项工作，以实际行动支持阿迷分局的改革，迎接党代会的胜利召开！

盘溪电务段，有组织部老部长苏磊掌舵，张山明和李文林作了一个简单的分工，实际就是张山明负全责，李文林主管技术和维修工作。他们这个班子不全，当务之急是赶紧把各个股室的构架搭起来。

"活要有人干、事要有人理，尤其是安全不能出任何问题！"党委书记苏磊目前是名副其实的盘溪电务段掌门人。出了任何问题，他都不好向阿迷分局党委交差。

"这样，我向邢段长请求支援，看看每个股室愿意来盘溪的，至少给我们一个人，否则都是新同志，工作无法运转。再说了，现在已经快进入十月。明年的工作还得谋划，不能只有我们几个光杆司令在跳啊！"在三人碰头会上，苏磊提议道。张山明和李文林一听，好主意，还是请老大哥单位支援吧。

主意已定，苏磊拨通了邢明棠的电话。

“邢段长，原来我们是一家人，现在是兄弟单位，我现在连张都开不了，还得麻烦老大哥，你看看能不能支援一下，每个股室派一到两个人来支援一下，救救急。放心，我不是挖墙脚，他们愿不愿意来盘溪段工作，都听邢段长的！”苏磊把话都说到这个份上，邢明棠没有拒绝的道理。

“放心，苏书记，一定支持你们，都是电务段嘛！回头我和王书记碰一碰，明后天人就会到达。”尽管邢明棠资历老，但面子上还是比较尊重王诚如。王诚如一听，很是高兴。

“还是邢段长有大局观，像个老大哥的样子，我完全同意。这次不仅仅是行政股室的人去，党群部门的人也去。”王诚如满口答应。

蒙自电务段党办共有两个人，加上佟玲江共三个人。组织干事叫高令发，年龄 40 多岁。宣传干事刘书学，也是 40 岁左右。按照王诚如和邢明棠的意见，他们分头动员各个股室的人。

王诚如把党办的三个人召集起来开了个短会，目的是告诉他们支援一下盘溪电务段，能使兄弟单位的工作正常运转起来。

“佟书记，你不去看看李文林吗？”

被王诚如点名，佟玲江只好听从安排。高令发主动提出来去帮盘溪建立组织工作的有关流程。那留下来的就只有刘书学了。

“好吧，佟书记，麻烦你把办公室主任叫来一下，他叫什么来着？”

“办公室主任叫龙海滨，我马上去叫来。”佟玲江并没有认为王诚如是李文林的哥们兄弟。在单位，王诚如是她的顶头上司，丝毫看不出他们相识。

不一会，龙海滨来到了王诚如的办公室。

“王书记，有什么指示？”

“你通知一下各个股室负责人和支援盘溪电务段的人员，明天上午十点在会议室开个短会。”

“段领导班子成员都参加吗？”

“不用了，只有我和邢段长参加！”

龙海滨转身离开王诚如办公室，前去各个股室通知。王诚如到邢明棠段长的办公室，说明天开个短会。邢明棠告诉王诚如：“明天一早他要去电务分处开会，就全权由王诚如提要求吧。”

第二天上午十点，王诚如准时到了会议室，扫视一圈，问道：“龙主任，都到齐了吗？”

“还有两个段室的人未到。”

“我们不等他们了，开会。”王诚如并没有看龙海滨的脸色，直接宣布会议开始。

“我们开个短会，邢段长到阿迷分局开会去了，之前我们两个交换过意见。现在，我向大家提几点意见：

第一，从思想上要高度重视这次支援，说白了，几天前我们还是一家人，现在是兄弟分家。尽管分了家，但不能分心，毕竟我们还是一个阿迷分局的人。这点请大家务必认清，要像个大哥的样子！

第二，毫无保留地教会盘溪相关对口支援人员，不能留一手。

第三，大家不用担心，只是去支援，不是调你们去工作，你们本人不去，我们不能强行地调你们去。

第四，我们留在家里的人工作要主动上手，不能出现脱节甚至延误工作。这是说给你们各位主任听的，务必请各位主任协调好工作。

第五，想到盘溪去工作的人，必须在支援结束回到蒙自再按照正常程序调动，不能赖在盘溪不回来。

第六，支援的时间取决于你们的工作成绩，可以一起去，但不一定一起回，但应该有个时间节点，最长不能超过一个月！

后面来的同志，请在场的同志转述一下，我不再重复以免浪费大家的时间。今后，请大家准时参会。散会！”

会议一结束，大家静静地离开了会场。这样一种开会的场合，使与会者产生了压力。

万事开头难，好在老大哥单位派人来支援，工作有了转机。苏磊书记有丰富的经验，不像张山明和李文林只有站段中层的经验。在蒙自电务段派人来之前，苏磊就分别向盘溪电务段的党支部书记和领工员打电话，了解各个领工区在技术、党务、人事等方面有工作经历或者是有这方面工作意向的职工，在不影响工区、领工区工作的前提下，抽调人员去段上学习。

尽管像草台班子一样，按照蒙自电务段的构架设置了相关的部门，每个部门临时抽调一两个人来学习。好在阿迷分局财务处在分段时明确过，盘溪电务段的财务开账时间是 1986 年 1 月 1 日，这样一来工资、奖金以及维修资金的问题在两三个月内都由蒙自电务段列支，着实省掉了许多的麻烦和账务上的纠葛。

佟玲江随着支援人员一并到达，此时盘溪电务段三名领导在简易的办公楼前等候。眼前的报告楼还是在撤销盘溪工务段时留下来的。虽说是撤销，但这几天还有许多的善后人员在办公，只是整个环境一片狼藉。

这样的一种办公状况，令佟玲江不忍直视。说句不好听的话，一个词语蹦在佟玲江的脑海里“有点像占领军一样”。她想笑但没有笑出来，形成一种苦笑状。

这个细微的变化被李文林一眼就看出来了。毕竟是夫妻，妻子的一颦一笑他还是比较清楚的。李文林没有想到佟玲江会在支援的队伍之中，这些天来他根本没有时间给佟玲江打电话。不过，看到佟玲江还是很高兴，此时不来更待何时？

苏磊在欢迎会上讲了什么，李文林根本没有记住。简短的欢迎之后，就是一对一，或者一对二的分头对接。

工作就这样开展起来了，苏磊紧锁的眉头也开始舒展开了。

晚上吃饭时，李文林向苏磊介绍，佟玲江是自己的媳妇，而且是蒙自电务段的团委书记。对此，苏磊乐了。

“古人是上阵父子兵，你们家是夫妻共甘苦啊！”苏磊有点打趣的味道，但李文林和佟玲江是“听者有心”。尽管当时还不知道现在的情形，但夫妻分段的选择无疑是正确的。

“佟书记，怎么样？要不一起来盘溪开创工作新局面吧！”苏磊发出邀请，佟玲江不得不接招。

“苏书记，你这个地方不开创也是新局面啊！”佟玲江并没有直接回答，跟他玩了个虚的。

苏磊一听，这小女子也不是等闲之辈，出口就让你无法再接话。

“也是，蒙自毕竟是个县城，我们这个地方就是个镇。”说完，苏磊抬头看了一眼佟玲江，她似乎没有接话的意思。

“苏书记，我们就不要当电灯泡了，让他们亲热亲热吧！”张山明眼瞅着时间快晚上九点了，与苏磊一起离开了简易食堂。

李文林和佟玲江也离开了食堂，顺着车站的股道散散步。

走了近百米，两人都无话，借着车站上微弱的灯光，佟玲江看到了几棵大的香樟树，无论树形、枝叶都让她心动。

“这个地方还有这么多香樟树，看着就让人心旷神怡。”

李文林只比她多来几天，对这些香樟树没什么印象，也许就无心观风景。今天，这样难得的时光，佟玲江的女孩天性使然，非要李文林陪着她数香樟树。

“26 棵，这些香樟树估计是当年修铁路时种下的，差不多也快八十年了。文林，百年修得香樟树，该不会是祝福我们吧？”

“你真能想象，不过这个意义挺好的。”两人说笑中，回到了李文林简易的“小窝”。一张单人床，也确实小了点。

“有床就不错了，太累了！”等李文林用脸盆打来热水，准备给她烫一烫脚，发现佟玲江倒在床上已经睡着了。

李文林和着衣躺在藤条沙发上也进入了梦乡。

第二天早上六点刚过，李文林见佟玲江还在熟睡，悄悄将门虚掩，走出院子，来到车站上。

站在远处望去，只见一片墨绿铺天盖地。当走到近处才发现，那一片铺天盖地的墨绿其实就是三四十棵树而已，只不过每一棵树都是那么雄壮魁梧，枝繁叶茂，都有着四五个人才能合围的腰身，并以参天之势矗立着，像一把把巨大的太阳伞，把林间的两栋五层楼房和几处黄墙红瓦的旧房子遮掩得恰到好处，让居住在里面的人无偿地享受着冬暖夏凉的安逸。

最让人意想不到的是在樟树林里居然还有一个篮球场，球场的两端各有一棵香樟树，整个球场都被香樟树茂密的枝叶庇护着。一大早就有人在这里打篮球。有的向他打招呼：“李段长好。”

细赏香樟，粗壮的腰身令人叹为观止，灰褐色的树干皲裂的皮纹，间或剥落几片，或形成凹槽，或形成树洞，那是岁月留下的痕迹。抬头向上望去，离地丈余渐生枝丫，先是三枝两杈，但极为粗壮，古朴苍劲。渐而往上，每枝每杈又横生出许多枝节，盘节交错，枝曲叶繁，一眼竟然望不到天。还有不安分的几枝越过铁轨伸到了中间站台的上空，阴凉了半个车站。

樟树林里间或夹杂着几棵桉树，单看其形也不能不说是高大繁茂，只可惜它们长错了地方，站在这些巨无霸的中间，显得是如此瘦小单薄。如果树也有自知之明，桉树们一定会为自己永无出头之日的命运悲叹。

“我们不会成为这些桉树吧！”李文林自己在内心里默想。

“怎么一个人在看桉树啊？”张山明出来跑步，一眼看见李文林一个人在抬头看香樟。

“出来溜达溜达，小童还在屋里睡觉。”李文林并不想说小童太累，免得张山明笑话。

互相打完招呼，又各自行动。在上行道岔口，三五成群的人们在林间空地上拉开架式练将起来。有唱着民歌小调一手舞扇的大婶，有伸腰踢腿练太极的大爷。好一派祥和热闹的景象。

“怎么独自赏美景？也不叫醒我。”佟玲江从后面跟上来，有点小埋怨。

“想让你多睡一会，别不识好心！”话一出口，李文林觉得大清早的，语气有点不太友好，会让别人感觉他们在吵架，又连忙解释说：“这个地方空气好，你多睡一会更好。不是有人说，女人都是睡出来的！”

“什么乱七八糟的，你才离开我几天，就学会这些乌七八糟的东西！”佟玲江说着顺手就在李文林身上拧了一下。

“哎呀，轻点！”李文林叫出了声音。

“怎么，昨晚还没有消停够。”苏磊从后面笑着说道，夫妻俩赶紧回过头来。

“苏书记早！”

“这 36 棵香樟树，确实是盘溪的福树啊！”苏磊在赞叹。

“昨晚我们不是数了只有 26 棵嘛，怎么多出 10 棵！”佟玲江很是认真地对李文林说。

“你们没有全部数完，职工宿舍那里还有几棵，出站口那还有几棵，加起来总共 36 棵。不会错的。之前我到盘溪工务段出差时，他们告诉我准确的数。这几天闲暇时，我又专门数了数。放心吧！”苏磊很认真地说，佟玲江也就没有再纠结下去了。

“好了，回去吃早点吧，今天还有许多事，待会我们几个碰一下，再分头工作吧！”苏磊转身，三人往段机关方向走去。

岁月更迭，树无空枝，生生不息，年年如此。这些香樟树已在这里坚守了几十年依然如此繁茂，其生命力之强可见一斑。只要后来之人能够懂得珍惜，任由它们生长，不知它们还能坚守几个十年？而当初种树的先辈也许不会想到他们给后人留下的是一笔无价的财富。

佟玲江跟着李文林和苏磊走路，不禁生发出许多的愁绪。

大风起兮“云”飞扬

这年头，各有各的愁。张志刚的愁，是一种无奈的愁。路局又要阿迷分局在10月召开党代会，可现在还是一锅粥。尽管党代会报告不需要组织部写，但这段时间机构的撤并、人员的变动比较多，甚至还有一些单位党代会都没有召开过，党代表也就没有选出来。眼看着离召开党代会的时间越来越近，许多事情还有没有敲定。有时张志刚甚至感慨，要是王诚如在身边就好了，但根据党的原则这是不可能的事情。看你有没有工作能力，就是要在现有条件下，能不能把工作做好，而且还要比之前做得更好。

“难，真的有点难！”张志刚不止一次在郝卿明面前流露这样的为难情绪，但比自己小得多的郝卿明丝毫没有给予安慰”，“那么好干，轮得着你?!”听到这样的说法，张志刚也就不再抱怨了，老老实实地做好自己的工作。

“张书记，不对，张部长，我们蒙自电务段出席阿迷分局党代会的党代表在之前倒是选举出来了，我们是以一个段的名义还是两个段的名义组团，需要请您帮我们定夺！”王诚如在电话里向张志刚报告。

“你们现在包括工资、奖金和生产组织情况是如何操作的?”

“目前还是由蒙自电务段代支和代管，准备在年底全部分开。”

“那这样吧，以电务代表团的名义组团，你是第二召集人，第一召集人是苏磊，回头我和苏磊通报一下，但具体的相关工作由你负责，苏磊他们目前重点是组建机关、理顺工作关系，你就多操点心吧！”

“好的，听张书记安排！”如果王诚如不刻意记着，脱口而出的仍是“张书记”。放下电话，王诚如自己自嘲：“还是叫张书记顺口。”

电务的事情基本解决，张志刚所在的老车务段又是个棘手的问题。这个问题与他本人有关，当时张志刚在想，迷拉地车务段要消失，我选举出的党代表岂不是强行要让新的单位接受，还不如放一放，等到改革后再由新的单位和新的书记来定。结果一拖，成了最后一家还未开党代会的单位。

蒙自车务段党委书记张华也比较着急，但两个单位合并后，当时迷拉地车务段和鸡街车务段对选举党代表的操作不一样。迷拉地在支部还有候选人，而鸡街车务段指定候选人，虽说没有多少问题，但基本操作方式都不统一，张华感觉不太好办。若办好了，老书记张志刚不会说什么；若办不好的话，他以组织部部长的身份来纠正，我就麻烦了。思来想去，张华硬着头皮还是以电话方式向张志刚报告。

张志刚也在等张华的电话，作为老书记，他不想主动问张华，免得干涉太多。

"张书记，情况我都清楚了，看看如何处理这件事?"张志刚以征求意见的口吻，请张华先说意见。

"张部长，你看这样行不行，蒙自车务段是一个新组建的单位，如果仓促召开党代会也不是不可以，但现在这么多副职，选谁进委员会，还真是不好办，弄不好会影响干部队伍的稳定。能不能召开一次蒙自党员代表会议专门选举出席阿迷分局党代会的代表，但又不是严格意义上的党代会。这种方式不知道行不行?"

张志刚等的就是这样的结果，因为，一开始就抛出这个方案，也不知道张华他们怎么想，适得其反的话，变成阿迷分局非要求他们这样做。从职责上来说，要求蒙自车务段这样处理也没有任何问题，但和他们自己提出来效果不一样。

"张书记，我看这个方式可行，你们充分酝酿后，在党员代表大会上提出候选人供代表们选举。宜早不宜迟，最好下周就把出席阿迷分局党代会的代表选举出来，因为阿迷分局还有一个审查代表资格的过程。"张志刚算是妥善解决了这一问题，也对张华的工作能力有了新的认识。

"张部长，开会时如果忙得过来，还望你老书记亲临会场指导。"张华很客气地邀请张志刚莅临会议。

"好吧，到时候再看，如果没有大的冲突，我也去看看。"张志刚并没有一口应承，而是留有余地。

赵向南如愿走上总工程师的岗位，成为一名段领导班子成员。按照他的岗位职责，主要负责全段的规划、规章和技术方案的审查。这个岗位，上有段长，下有技术室的工程师，只要大家都尽到职责，应该说没有太大的问题。

刚一上任，赵向南就带着技术室的工程师杨云庆到各个领工区调研，检查各个领工区的技术管理和施工的技术方案。

迷拉地线路领工区就在段的眼皮底下，许多时候检查和调研的人基本都不会来，都认为就在段机关旁边，随叫随到。这次，听说赵向南要来调研和检查，领工员周广成很是诧异。

“赵总要来调研和检查什么？杨工你透露一点消息吧！”周广成平时与段技术室的人打得火热，有什么事一般都会由杨庆云给他提前打掩护。

“周领工，这次我真的不知道赵总要检查什么，要不相机行事吧！”杨云庆实话实说，暗示周广成看看再说。

“也只能这样了，以后有什么样情况要及时给我透露点。”

“那是自然！”

赵向南一进领工区，丝毫没有要听取汇报的意思，叫周广成把台账资料抱出来，说是要看看。

周广成愣在那里，不知道赵向南说的台账是哪方面的，示意领工区的小刘把所有的台账抱来。

“周领工，你拿些政治学习台账过来干什么，我又不是党委书记！”

“对不起，小刘怎么搞的，其他台账呢？”小刘挺委屈地说：“就这些台账啊，其他没有嘛！”

“再找一找吧！”周广成有点绝望。因为有多少台账他自己也不清楚，或者就根本没有，这个时候让小刘去哪里找。

“先找着吧，周领工，我们领工区本月有几项大的维修和施工？”赵向南觉得他们找不出多少台账来，也就直接过问工作上的事。

“好像是五项吧！”

“只有五项？”赵向南顺手将贴在墙上的月度工作计划表拿了过来，一看有十多项。

“一般哪些维修或者施工，周领工会参加？”

“都参加！”

“都参加，5 个工区都有施工时你参加得过来吗？”赵向南一直耐着性子没有发火，都到了这个份上，周广成还在胡诌，赵向南不得不加重了语气。

周广成一看比自己小许多的总工程师有些不太友好了，连忙赔不是。

“赵总，按照规定都要参加，但我也实在抽不出身来，只能有选择地参加一些施工和维修，这是我的疏忽。”

赵向南一听有个软梯子递来也就赶忙刹车，不再往火头上添火，主动示好。

“周领工，阿迷分局马上就要召开党代会了，这段时间能不施工的就按照段上的要求都停下来吧，把精力腾出来保证行车安全。我这次来调研实际也是向你们这些老师傅们学习的。有些问题我们可以探讨和交流。比如，领工区的技术资料薄，要掌握哪些算是最好的；技术台账应该记录哪些内容；技术规章制度何时要组织学习等等，我心里也没有底，还是想来听听大家的意见，综合归纳后再形成全段的技术管理规范。”赵向南带有征求意见的口气，让周广成准备对抗的心里一下放松下来。

“是啊，这么多年来段上对技术方面的要求不是很多，也没有具体的说法。如果能像赵总说的那样，我们在下面也就好干多了。”周广成算是轻轻地拍了一下赵向南的马屁。

“这样吧，周领工，你们也想一想，看看哪些方面需要改进，回头给我一个书面的资料，让我也学习各个领工区的做法，最后再进行整理。”赵向南很会把握时机，知道再交谈下去也没有实质内容，临走时抛下一个问题，让他们自己去解决。

转眼到了 10 月中旬，阿迷分局的党代会如期召开。按理应该是召开第三次代表大会，可现在召开的是第二次代表大会。也就是说，从成立以来十五六年里，这是第二次召开阿迷分局党代会，中间未开过任何党代会或者党员代表会议。

10 月 15 日下午四点许，各个站段的代表都到了。住宿只安排了阿迷分局之外的站段代表，阿迷州的站段代表，要求在 10 月 15 日晚上九点在阿迷分局大礼堂准时参加预备会。

晚上八点左右，张志刚陪着郝卿明来到阿迷分局招待所，看望来自基层的各个代表。阿迷分局招待所共有四层，每层十个房间，每间安排两个人。郝卿明和张志刚匆匆而来，又匆匆而去，但基本每个房间都去了。

晚上九点，按照流程，预备会将通过一系列重要决议，包括选举主席团成员、各个代表团团长、主要会议议程等等。大约晚上十点，预备会结束。

一切都准备就绪，静待明天会议准时召开。

王诚如、李文林、赵向南和马公安均是与会代表，但分在不同的代表团。由于第二天要参加会议，四个人打了个照面，各自回到自己的房间休息去了。

第二天早上九点，会议正式开始，郝卿明主持会议，全体起立唱国际歌。之后是少先队员献花，接下来是路局党委副书记、政治部主任致辞。最后，阿迷分局党委书记罗家松代表委员会作报告。

整个报告共分三个部分，即1978年以来的工作回顾、目前的形势和任务、今后一段时期的主要工作。整个报告用了2小时10分，在接近中午的十一点三十五分结束。下午和第二天全天安排各个代表团讨论。

第三天上午九点大会集中进行，主要是通过选举规则和提出党委委员和纪委委员候选人名单，下午交由各个代表团充分讨论。

“两委”名单基本都是阿迷分局领导，尤其是党委委员17人选举15人。正式开会时，大家没有对名单提出意见。晚上，吃完晚饭后，王诚如、李文林和赵向南他们走出招待所顺着铁路散步，谈论的话题就是“两委”候选人。

“有点奇怪，罗家松不在候选人之中，意味着他不再是下届委员会的书记了。”赵向南率先说出自己想说的话。

“对了，好像党委候选人中有两名阿迷分局领导也不在名单之中，估计阿迷分局在党代会后，对领导班子会有大的调整。”李文林也提醒大家阿迷分局领导可能会变动。

“这是正常的，未在名单之中的阿迷分局领导，主要是因为工龄问题，按照五年任期，达不到半届，也就是不到两年半的领导都不在候选人之列。不过，7人常委比较受人关注！”王诚如毕竟是党委副书记，对党务工作还是比较了解。经他这么一说，李文林和赵向南频频点头。

“我们不说党代会的事情了，文林，你和小童是如何考虑的，是分开在不同单位，还是回到你身边？”王诚如把问题交给李文林。

“我一时半会也没有想好，小童也在犹豫，但两口子在一个段，有许多不方便。”李文林把话说得很直接，是他不想让小童到盘溪。

“说得有些道理，但分居不是办法。到盘溪的话，要出任段领导班子成员已经不可能了，不可能开成夫妻店！”王诚如从小童的前途着想，也不想让她到盘溪。

“我对这个问题也没啥意见和建议，我想说的是不如找找你们的老书记张志刚商量一下，能把李文林调到阿迷分局可能会更好一些。”赵向南提出了第三个方案。

“我觉得更好，要不等党代会结束后我陪你去找找张书记?”王诚如直接安排好时间，也打消了李文林的念头。

三个人在散步中又在继续说党代会的事情，只是聊一聊而已，目前从他们自身来说，离阿迷分局这个层次还有很远的距离。

第四天早上九点到十一点是选举委员会。由于各项准备工作做得充分，“两委”选举波澜不惊，如期完成！

郝卿明代表“两委”当选人发言，发言中，郝卿明表达了三层意思：一是感谢各位代表对 15 名党委会员和 7 名常委委员的信任；二是“两委”委员在全体党员和职工的支持下，会履行好职责，带领大家在改革开放的道路上奋勇前进；三是“两委”委员请党员和职工群众监督，保证在党纪国法的范围内活动，勤政廉洁！

郝卿明的这三点表态赢得了长时间的掌声。

之后二届一次“两委”全委会选举了党委书记、副书记和纪委书记，待路局党委批准后正式任命。

五天后，经路局党委批准郝卿明任阿迷分局党委书记、政治部主任，陈世忠任党委副书记、阿迷分局长，魏学之任党委副书记，黄兴亮任党委副书记、纪委书记，同时批准了阿迷分局党委常委会组成人员，除四位党委主要领导外，工会主席和两位副阿迷分局长任常委，共有七位党委委员组成常委会，成为决定了阿迷分局重大事项的主要力量。

阿迷分局党代会后，各个单位忙于贯彻此次会议精神和调研明年工作的活动，无暇顾及已经悄悄来临的大事情。

实际上早在 6 月份，处于战区前沿的昆明军区撤销并入成都军区，许多干部职工都在议论时说昆明铁路局肯定留不下来，即将步军区的后尘会被并入成都局。只是阿迷分局及以下的单位处于基层，对上级的撤并不是不关心，而是关心不了。许多职工认为，换一种管理模式难说不好，因此对路局的撤并没有过多地关注。加之，6 月份以来，各个站段和阿迷分局都在准备党代会，没有多少心思关注与自己不是太密切的事情。

随着党代会的结束，新的领导班子的上任以及改革后各个单位的基本完善、理顺，大家想得更多的是在 1986 年如何把工作做得更好。

张志刚以新晋党委委员和组织部部长的身份第一次到蒙自电务段调研和检查工作。由于是党务方面的工作，段长邢明棠象征性地出席了一下开场，就忙自己的行政事务去了。正式汇报结束后，王诚如引领张志刚到了自己的办公室。

“诚如，怎么样？这段时间工作还算顺利吧！”

“张书记，我在这一段时间，更多的是熟悉电务段和党务工作情况，也还没有开展具体工作，算是正常运行吧！”王诚如在老书记面前并没有多少客套话，如实说了自己的感受。

“你很年轻，许多同志都对你充满了期待，当然，也有不少同志等着看你笑话。按照他们的理解你一个乳臭未干的，能担起这个重任吗？郝书记和我都顶着巨大的压力。”张志刚推心置腹地与王诚如交底，其实是想让他有压力，不要干出出格之事，只有顺着既有轨道走，一年试用期后再图新作为，不要一开始就树敌太多。

“张书记，我知道您和郝书记的用心良苦，无论从哪方面讲，我在班子成员中都是年龄最小的，理应向他们好好学习！”王诚如说道。

“没事，今天我会找班子成员了解一下，听听他们对你的评价，以便让你在今后更好地开展工作！”说完，张志刚示意王诚如把门关上，要聊一些重要的话题。

接下来，张志刚和王诚如谈起了下一步路局的改革。有消息称，年底要撤销昆明局并入成都局，这是铁道部机构改革中的一件大事。这在路局内部议论较多。一直拖到年底而没有随昆明军区一起行动，主要是云南省政府领导一再要求，保留昆明局对云南的铁路建设和发展有积极的作用。铁道部再三表示，撤并机构只是管理上的措施，并不会影响云南的发展，相反还会更加促进云南铁路的发展。这样争论着，时间一拖再拖。尽管铁路的“高大半”中半军事化明显，但毕竟不同于军队一声令下无条件执行，所以时间过去了半年，估计到12月底昆明局肯定要划归成都局管理。

如果昆明局归成都局管理，在管理方式上肯定会有大的变化。因为成都局管理跨度更大，横跨云贵川三省数千公里近二十万人，不可能管得过多过细，放手的可能大于收手。因此，我们要做好自己独立作战和单兵突进的思想准备，即便你能事事去汇报，他们也不可能事事都给你回应。

另外，随着机构的撤并，成都局在上半年来检查指导的人相对会多一些，当然也不排除基本不来，让“无为而治”运行半年以后再说。这两种可能性都存在。

两人在办公室谈论了将近一上午，更多时候都是张志刚在说话，王诚如毕竟年轻，对机构改革的事不太熟悉。听张志刚这么一分析，王诚如感觉自己开始进入一个动荡不安的时期。

“咚，咚。”急促的敲门声打断了他们俩的谈话，打开门后，办公室主任龙海滨慌忙说道：“王书记，你媳妇好像要生了，现在在医院，你赶紧过去！”

王诚如简单和龙海滨交代了几句要安排好张部长他们的食宿，向张志刚说了声：“对不起。”就离开了办公室直奔医院。

医院里小黄在母亲的陪同下，进入待产室准备分娩。王诚如一见岳母，了解了基本情况，又和主治医师进行了交谈。

主治医师比较年轻，告诉王诚如做好准备，目前在待产室只是即将分娩的第一步，何时分娩还要看情况，但时间应该不会太长。

“只要羊水一破，我们就要做好接生的准备！”主治医生说了一句半专业的话，王诚如也不知所以然。

一看还有时间，又到中午了，王诚如到医院食堂打了三份饭，给岳母一份，自己和小黄各一份。小黄表示痛，不想吃。

“吃吧，你不吃，哪有力气生孩子！”在王诚如的劝说下，小黄总算吃了一半。

“现在疼吗？”

“没有早上疼。”

“要不睡一会，中午我陪着你。”

下午两点半，小黄说不怎么疼了，让他先回单位，等快要生时再叫他来。王诚如也觉得可以，反正，医院离单位不到十分钟的路程，一会就过来了。临走时告诉岳母，他去一下办公室就来。

到了单位，调研组还在检查台账和资料。张志刚在段长办公室与邢明棠谈话。原本王诚如想和张志刚说一声，没有其他事情，他就回医院去。可等了一个小时，张志刚还没有从段长办公室出来，于是王诚如给段办公室主任龙海滨、组织干事刘书学交代了下午的接待等事宜后，又赶往医院。

王诚如满心期待地到了医院，只见待产室大门紧闭，岳母坐在两边，焦急地看着大门，连王诚如的到来也没有看见。

"妈，怎么样了？"

"说是快生了，已经进产房快两个小时了。"

"应该差不多了，不着急！"王诚如像是安慰岳母，也像是安慰自己。

又过了一个小时，待产室大门打开，护士抱着婴儿出来。

"是个姑娘，恭喜你们，母女都平安！"说完，就将婴儿递给了王诚如，正要接自己的女儿，被岳母抢了过去。

"我来，他粗手粗脚的！"岳母笑着说，王诚如打开小抱被，看了一眼眯着眼的女儿。

"怎么不睁眼呢？"

"刚出生，怎么会睁开眼！"护士算是回答了王诚如的问题。

大约过了五分钟，护士也推着车出来，小黄头上裹着一块围巾。尽管很累，小黄还是给了大家一个笑脸。

"辛苦了，老婆！"王诚如把话说完，岳母就打趣地说："怎么像官话一样！"

"妈，你就不要挑剔了！"小黄忙帮着王诚如开脱。

"好，好，母女平安就很好！"岳母同声说道，跟着推车进入房间。

"妈，我去打饭！"王诚如并不知道产妇不能吃炒菜和食堂里的饭，说话间就要出去。

"打什么饭，快去家里把我中午炖好的鸡和鸡汤端来，饭在电饭煲里。"岳母心疼自己的姑娘，中午抽空回去炖了一只鸡。

王诚如应声着，朝小黄笑了笑。

走在回家的路上，王诚如感慨："这一年里，妻子一个人忙里忙外，从没有埋怨，尤其在后期还挺着个大肚子，上街买菜做饭，还要上班，下班了还要准备孩子的衣服等用品，小黄真不容易。"尽管他也想陪陪小黄，但这几个月的变化实在太大太多，作为一个年轻个领导干部他更不敢懈怠，也至于妻子做好饭还要等她回来才吃。他也说过，饭好了就先吃，毕竟是两个人，但小黄依然在等他回家才吃饭。

“真不称职！”在路上王诚如给当丈夫的自己打了个不及格。

晚饭后，有岳母在医院陪着，王诚如还是放心不下工作，要回一趟办公室处理一下。说好晚上十点过来陪小黄和女儿，让岳母回家休息。

在办公室里，王诚如看了一下文件，感觉还是去招待所看看张志刚，不然明天不好与张志刚交换意见，生怕表态时犯错。

到了招待所，张志刚与随行人员正在打扑克，见王诚如来，随行人员主动离开。房间里留下了张志刚和王诚如。

“你不去陪媳妇，你过来干什么？”

“我晚一点去陪她们，您在，我不能不过来啊！”

“有什么要说的吗？”

“没有，主要是来听您的指示。”

张志刚比较了解王诚如，他今晚来这的主要目的是探探口风，明天好表态。张志刚也不跟他绕弯子，直接说班子里的问题。

蒙自电务段的领导班子，总体上是比较团结和统一的。尤其是邢明棠，东北汉子，比较直爽，没有多少弯弯绕，但缺点是喜欢骂人，动不动就开口骂，即便班子成员也被他骂过。

“耶，这就怪了，我来到电务段后，还没有被他骂过，这是不是不属实？”王诚如觉得邢明棠并不像大家说的那样，遇事还是好商量的。

“那说明你处理问题到位，或者他觉得你太年轻，不想跟你计较。”张志刚把这话说完，便详细与王诚如交流工作了。三个副职和几位中层干部都反映，邢明棠工作不注意方式和方法，动辄就训人，有时候话说得非常难听。邢明棠到领工区、工区去检查，基本不听下属人员的解释，弄不好就是被臭骂一顿。有些职工反映，不敢与邢明棠讲话，既不解决问题，还怕被他骂。这个问题，我准备在交换意见前，先与邢明棠沟通，代表检查调研组指出职工反映的问题，请他注意工作的方式方法，进一步改进工作作风。但在段领导班子参加的会上，我也就原则性地提提要求，请大家注意工作的方式方法，保持与职工群众的密切联系，团结和带领全段职工努力奋斗，为阿迷分局运输生产、安全和经营做出积极贡献。

在会上，你先表态，毕竟你还是副职，最后，我请邢明棠表态，给他留足面子，这对你下一步工作的开展比较有利。你表态时，尽量从班子的整体大局出发，从团结的愿望出发，不要出现有指责的话。记住了，你的资历还不能对这些相当于你父辈的人指手画脚。

“谢谢张书记，我明天会按照您的要求做。”

“明天在表态时，不要再叫张书记，而是叫张部长，不要让邢明棠他们从语气上就觉得我来为你撑腰打气！这是党的工作，也是组织的要求！”

“是，是，我知道了，只是在私下叫顺口了，还请张部长指正！”

“行了，赶紧去医院陪媳妇和女儿吧，否则以后我见了小黄，她会怪罪我的。”王诚如听张志刚这么说，但没有要走的意思。张志刚感觉他有话要讲。

“有什么就说嘛，有点不像你王诚如的风格。”

“是，有一点事情。你看，李文林到了盘溪，佟玲江在蒙自，这样两口子分居不是个事。张部长，在你的权限内看能不能帮忙解决一下。他们小两口的问题解决了，等于解决两个电务段的分居问题！”

“他们有什么要求吗？”

“要求倒是没有具体地说。刚刚才成立盘溪电务段，李文林作为副段长，佟玲江是我们的团委书记，好像都不太好开口。”

“这样，有空时你问问他们有什么打算，我能做的就是让小童到组织部当干事，或者到阿迷分局团委工作，有其他的想法就只能看时机了。行了，这事就这样，让他俩想好了告诉我一声，赶快回去准备明天的讲话吧！”张志刚下逐客令，王诚如心满意足地赶往医院。

到了医院，女儿已经睡着了，小黄还没有睡。

“你给女儿取个名字吧，你来之前我妈说让你赶快取名，人家医院也要登记在册啊！”

“取什么好呢？你觉得取什么名字？”

“你读了这么多书，这会没有墨水了！”

“叫王倩倩怎么样？”

“我们家女儿没有欠谁的啊！不好，再说也叫不到老。”

“算了，我先讲个故事，给你听听再说吧！”

我在成都读书时,和食堂拉菜的师傅比较熟。有一天,我坐着他的三轮车去逛街,他在车上给我说,你们这些读了点书的人,给自己的孩子取个名字都是文绉绉的,什么婷啊、玉啊、芳啊,反正都很好听。我问他,你怎么给自己的子女取名字,他说很简单啊,从大狗开始,二狗、三狗都顺着叫,好区分,也很好养。我问他怎么好养,他说子女嘛,用动物来叫的可以驱邪避鬼。我问他,你这也不能叫到读书上学的时候嘛,他说好办,去学校报到时告诉老师小名叫二狗,大名老师帮取一个,老师一般都愿意做这事。

"我们家姑娘不想让人家乱叫,还是要取一个叫着好听的名字。"小黄听了上述故事,还是要取一个期待的名字。

"那就叫王晓燕吧,也满足你的好听、好记和可以期待。"

"差不多,小名还可以叫燕燕,大小合适,可以叫到老了。"

商量着,小黄就睡着了。王诚如把一件军大衣披在自己身上,在过道的长条椅子上也慢慢入了梦乡。

一大早,王诚如从食堂里买了一碗鸡肉卷粉,摆在小黄床边的柜子上。正要让小黄去吃,岳母提着红糖、鸡蛋进入病房。

"等着,吃什么卷粉!一点都不懂!"王诚如不知道做错了什么,愣在那里不敢说话。

"坐月子的人,哪个吃那些东西。早点要吃鸡蛋补一补身体。"岳母说的话语中带有指责。

"妈,他又不懂,我不吃就是了!来,诚如你把卷粉吃了去上班吧!"小黄把筷子递给了王诚如。

王诚如也不敢再说什么,端起卷粉稀里哗啦吃了起来,一会连汤带水都吃完了。

"妈,小黄,我去上班了!"王诚如告别一声,马上就逃离了病房。

"人"啊,就是这个命

进入12月中旬并入成都局的消息已经传遍了各个单位,处于基层单位的干部职工对即将到来的管理变化没有多少猜想，更别说是期待了。因为长期在一个体制下工作，也感受不到变化。这次并入成都局管理，阿迷分局的层次相对感受要深一些。

由于具体文件还没有下达，作为基层站段管理还是延续着以前的做法。该向路局汇报的，依然汇报着，只是昆明局的各个处室不再发号施令，责任心强一点的干部，则是把手头上的其他工作放一放，先保证安全要紧，尤其是改革初期，不能让安全阻碍改革的推进。说白了，运气不好的话，在这个当口很有可能让你丢“乌纱帽”。

赵向南今天早早地结束了当天的工作。在夕阳下，来到水库边散步，谈不上心情好还是不好。以前王诚如还在迷拉地车务段，有什么话可以找他聊一聊，如今，只有他自己一人留在了这个“穷山沟”里。赵向南当上了总工程师，是段领导了，但这个年龄，许多中层干部对自己表面服气，心里是不服，从他们对自己的态度就能感觉出来。你安排他们的工作，基本没有二话，但推进工作的速度很慢，有点像水里的老乌龟，你夺一下它就动一下，很少有积极主动的人。因此，每遇到这种情况，赵向南就会到水库边上走一走，散散心。工作这么多，他不可能一个人自己去干，更多地要靠大家齐心协力做。

昆明局并入成都局的消息，赵向南从王诚如那里得到了证实。这个消息对他而言，既不是好消息，也不是坏消息。说实话，他一点都不担心工作上的事情，现在已经熟悉和习惯了这种方式。自己担心的是自己的另一半在哪里，每次到家里都在问，情况怎么样了？要不回老家找一个？等等，每想到这事，自己都不能答复自己。前两天，听说王诚如喜添千金，他也替王诚如高兴，说找机会去看看侄女。王诚如满口答应，说是满月后一定请他去喝酒。

“赵总，一个人出来散步啊！”往前走着，从后面传来声音，转身一看是段技术室的工程师杨云庆。

“啊，你也出来走走?!”

杨云庆年龄与赵向南相差不多，也是二十五六岁的样子，尽管干的是工程系列的活，但为人很活跃，私下里更像一个大男孩。

“赵总，走，我们到水边去打水漂。”杨云庆带着赵向南顺着台阶下到了水库边，捡起片石就往水面上奋力推送出去。

“连续击水五个，相当不容易！”赵向南小时候也玩过，对这并不陌生，自己也捡起一块片石，身体蹲下去，甩开膀子奋力推送。

“好样的，赵总，你看，你也是击水五个！”杨云庆比赵向南还要高兴。

两人在水边大约玩了半小时的打水漂，都感觉到手腕和肩膀有点酸痛，便往上走，离开了水岸边。

“杨工，最近在忙什么呢？”

“赵总，最近到工区多一些，主要是复核领工区提报的明年中修和大修计划，另外检查工区的技术台账等方面的内容。”杨云庆顺口回答，赵向南也就没有更多地再问工作方面的事情。两个人聊了一会，快走到段机关大门口时，杨云庆说：“明天还去打水漂的话，我来叫你。”赵向南点点头，算是答应。

佟玲江从盘溪支援回到蒙自后，就匆匆忙忙赶来向王诚如道喜，祝贺王诚如喜得千金。

“我和我们家李文林恭喜王书记，我们一听说，李文林就交代我回到蒙自第一时间要向你祝福。另外，我到了一次昆明，专门买了一件女孩的衣服，也算是给侄女的礼物，务必请你代收！”佟玲江噼噼啪啪就说了一通，王诚如也不好再拒绝。

“好，好，谢谢！你先坐下，我有话对你说。”王诚如把话题一转，不再谈论自己女儿之事。

“是这样，前几天张志刚部长来调研和检查工作，他比较关心你和文林的事，我一时也说不清，正好你回来了，你先不要急着答复和表态，回去找机会问问文林再定。”王诚如把与张志刚谈话的内容复原了一遍，惊得佟玲江一脸喜悦，但又无从回答，只是流露出对王诚如的感激之情。

“小童，你和文林都是我的好朋友，感谢的话留着给张部长去说，我给你分析分析，你们再做决定，但说好了，决定还得你们拿，仅供参考！”

王诚如分析道：“目前在电务系统要把你提拔起来，不是没有可能，但是比较难。你想啊，两口子虽在不同的电务段，先后进入领导班子的话，也不是不可以，但职工会如何看；如果都在一个段的话，那不是夫妻店吗？还有，作为女同志，可能相对要吃亏一些，这是客观存在的，这无关有没有工作能力。”

王诚如如大哥一样继续分析道:“因此,我建议你到阿迷分局会更好一些,我丝毫没有赶你走的意思。你在电务段的工作成绩大家有目共睹,我认为你并不比我做得差,只是我比你要幸运一些,机会比你好一点而已。到阿迷分局团委,还能继续发挥你的长处,估计你也很喜欢。到组织部是一项全新的工作,一切都要从头开始,优点就是不用再考虑二次转岗的问题。说句不好听的话,在组织部只要阿迷分局不撤销,你可以干到退休。运气好一点的话,你弄个组织部长当当,也不是没有可能的。

“总之,权衡利弊,还得你自己决定,如果考虑成熟了,就尽快决定。有些事情,时机一错过,还得再等!”王诚如最后将问题交给了佟玲江,希望她能尽快决定。

“谢谢王书记,我和文林马上商量,有结果了就告诉你,还得让你费心操劳!”佟玲江真心感谢王诚如,放下了自己那点小小的自尊心。

晚上,佟玲江拨通了李文林办公室的电话,听到响了几次回铃音,就是没有人接。等了半个小时,干脆拨通盘溪电务调度的电话,调度人员告诉她:“李文林他们还在开会,他会负责转告李文林,等会议一结束就让他给你打电话。”

大约晚上十点,佟玲江办公室的电话铃声响起,佟玲江一把抓过电话。

“有什么急事吗?”本来想说两句气话的佟玲江,听到李文林的声音,口气马上转变。

“晚上都在开会啊,要注意点身体。”

“没事,挺得住的。你们有什么新的情况吗?”

“没有,是王诚如说了个事,还得和你商量商量。”佟玲江把王诚如说话的要点向李文林复述了一遍。一时间,电话里同时都沉默了。

“喂,文林,你在吗?”

“在,我在听。”

“你的意见是?”

“我怕误了你的前程。真的,很难下决心啊!”

“小童,你倾向于去哪个部门?”

“去组织部吧,机会也好。多少人都想去而去不了。”

“好的,我支持你,但我们也再想想,明天下午再通电话决定。”

“那就挂了，你早点休息吧！”佟玲江挂电话的时候，有点想哭。她不知道怎么就来了这样的情绪。电话还没有摆好，眼泪就出来了。她不知道今天的决定对她来讲是好还是不好，因为，前方的路根本无法预测。

第二天下午三点左右，佟玲江和李文林又通了一次电话，商定佟玲江到组织部，最后由佟玲江和王诚如去说。

王诚如一听很高兴，当着佟玲江的面立马拨通了张志刚的电话。

“张书记，向你汇报个事。就是前几天你关心的李文林和佟玲江的事，他们恳请你接收佟玲江，让她到组织部跟着你学习学习……”

佟玲江觉得听领导谈话，有点不妥当，轻手轻脚地离开了王诚如的办公室。回到团委办公室，佟玲江感慨，这就是差距，人家把话都说到这个份上，这种功夫怕是我和文林都学不来的。

“人啊，就是这个命。”佟玲江背对着办公室的门，自言自语地说了这样一句。

“什么命啊，这不是很好啊！”王诚如走到佟玲江的办公室门口，接了这样一句。

“也不要想什么了，整理一下思绪，把要交代的工作列一个清单，估计在年底前，调令就会下来。另外，给你个任务，帮我推荐一到两个能够接你工作的人，下周给我回复。”王诚如交代了一下工作。

“好的，王书记，我会尽快把工作清单列出来，同时推荐能接我工作的人。”佟玲江没有再次感谢，因为她觉得王诚如不喜欢被感谢。

12 月 21 日，撤销昆明局并入成都局的消息基本传递到了各个站段和车间、班组。昆明局以党政工团的名义发了一个文件，要求各个单位传达给每一位干部职工，让职工以安全生产的优异成绩支持铁路改革，相信铁路的明天会更美好，等等。

刚好佟玲江来组织部报到，张志刚称这个时期召开部务会议，要求每一位工作人员近期不要请假，坚守工作岗位。

“从明年 1 月 1 日起，阿迷分局正式归属成都局管理。运输调度指挥从 12 月 31 日下午六点就提前进入成都局的运输指挥体系。这一变化的意义，之前我讲过多次，今天不再赘述。我要求，每一位工作人员把自己分管的工作，全部清晰完整地罗列出来，能够用表格反映的尽量用表格，这样比较直观。涉及的数据再核实一遍，不要有任何差错。”张志刚提出要求后，部务会也就散会了。

“小童，你留一下！”

张志刚等大家离开会议室后，面对面地与佟玲江交流。

“小童，你的到来为我们组织部增添了新鲜力量。你也不用谦虚，我知道你和李文林、王诚如他们一起来到铁路，说起来，是我们亏待了你，但也还请你理解。在铁路上，大男子主义之风一时半会可能难以改变，但我相信，随着你们大批的女大中专毕业生的不断进入铁路，这种状况和局面会得到逐步改变。”张志刚把大道理说得如此接地气和通俗，让佟玲江本来已没有期待的心情再次被调动起来了。

“张部长，感谢你对我的信任，我和文林都谢谢您对我们的关心和照顾！我一定会认真学习，尽快熟悉组织部的工作，在新的岗位上更加努力！”佟玲江既是表态又是拍马屁，使张志刚很激动。

“你有这样的态度，我很高兴！这样，你重点关注支部管理，发挥你的特长为党支部建设多出好主意，尤其是要借鉴共青团活动的方式，使党支部活动活跃起来，打破目前死气沉沉的氛围，让职工更多地感受到党就在身边、党员就在身边！”

此时，佟玲江感受到了工作的压力，这才是今天谈话的重点，无形中增加了对张志刚的敬重，也感觉到王诚如在张志刚手下所学到的经验以及成长的路径，暗暗佩服李文林所交的朋友王诚如的分量。

看见佟玲江走神的样子，张志刚说：“不要急，慢慢来，这段时间就多学习学习文件和资料，熟悉组织部的工作，一切都会好起来的！”

离开会议室，佟玲江来到了自己的办公室。佟玲江边看资料边想，张志刚是个领导，更像是个长者。他和原电务段领导梁立风完全是两种风格。梁立风没有什么要求，也不会跟谁真正的谈心，在他手下干了这么多年，也不知道他在想什么。当然，跟着梁立风干工作不会有压力，全凭自己的能力和觉悟去做事。你要想请他帮忙，一点门都没有。所以，一个人跟对了领导就能够不断地进步，不断地去迎接挑战。尽管佟玲江刚刚来，但张志刚给她的压力是空前的，要像以前那样混，估计是很难！

晚上，佟玲江在办公室拨通李文林办公室的电话。

“文林，现在忙吗？”

“也不怎么忙，反正每天事情都不少。怎么样，你到组织部的感觉如何？”

“还谈不上，只是觉得这几年好像自己荒废了，一切都得从头学起。”

“没事，我们都还年轻，时间对我们来说比较富裕。我们现在什么都没有，不就是有时间吗？”

“耶，你才当了几天领导就学会做思想工作了！”

“做思想工作是你的强项嘛，怎么说起我了？”

“好吧，不说这个了，你们也接到通知了吧，从 12 月 31 日起昆明局被并入成都局了，不会有什么问题吧？”

“哎，那是你们阿迷分局的事情，我们所有的汇报、请示基本没有变化，还是要向阿迷分局汇报啊。我们不可能直接向局里汇报汇报啊！对站段来说，昆明局和成都局没有多少区别，反正我们的材料只是提到路局和阿迷分局，所以对我们单位来说没有什么变化。”

“张部长要求每个人要把所有资料内容搞清楚，不能等成都局的领导来视察了，我们自己都说不清，那就出洋相了。”

“这个就很正常了，一个新的管理机构到来，如果我们什么都说不清，人家会说原来昆明局是怎么管的！对于站段来说，只要说得清自己的事情，不给阿迷分局丢脸也就阿弥陀佛了。”

“也是，路局又不可能直接管辖站段！没事了，你忙吧，我就是想听听你的声音。我先挂了啊。”

佟玲江并不是只想听听他的声音，实际上她现在真想依偎在李文林的身旁，哪怕李文林一句话也不说。

“要你在身边，你却在外边！”一声叹息，佟玲江把电开关闭了，拉上门，默默地离开办公室去临时的青工宿舍。

十天后，所有冠有“昆明铁路局”字样的牌匾、文件头、信笺、信封、公章等等统统换成“成都铁路局”。在阿迷分局大门口更换牌子时，一批批工作人员跑去照相，他们想留下与昆明铁路局共同奋斗的记忆，以致办公室等到下午六点多才将牌换掉，将换下来的牌直接交给史志办保管。

铁路改革进入新的轨道。

“过了桥”就都成

并入成都局管理体系后，并没有像人们猜测的那样，上面会派人来阿迷分局考察、指导工作，各个处室仍是按部就班地工作，许多资料和文件都是用车递的方式进行。这段时间，阿迷分局的人都觉得奇怪，怎么好像没有人管的“孤儿”一样，大有“无为而治”之感。许多部门负责人基本上只是“听其声”不见人。有人甚至开玩笑，处长来到身边都不知道。

这样的日子持续了一两个月，等春节一过，各个部门的负责人陆续来到阿迷分局，算是认识和指导工作。大家普遍的感受是，成都局宏观指导的要多一些，比较具体的事基本不管，或者说是由阿迷分局自己决定。

张志刚接到路局组织部的电话，说是杨副部长要来调研。放下电话，张志刚便赶紧向郝卿明汇报。

“你们准备好汇报材料，汇报和调研你全权负责，当天晚上以我的名义在招待所宴请他们。”郝卿明的安排正合张志刚之意，但张志刚并没有多说话，接受任务后回到办公室召开会议。

“这次是杨敏副部长带队，整个调研我和小童全程参与，小童和杨副部长都是女同胞，相对来讲方便一些，至于材料，我这几天再看看，修改好以后再打印装袋。另外，你们好好整理一下办公室，给人家一个好印象。”交代好之后，张志刚亲自打电话到被调研的单位，其中包括迷拉地工务段和蒙自电务段等五家。

“张部长，路局杨副部长来调研，我们是由邢段长汇报还是我汇报？”

“你来汇报，这是党务工作嘛！”

“好的，还想请示我们汇报的重点，请张部长点拨点拨！”

“这样，你们侧重点讲党支部作用的发挥，顺便讲一讲培养年轻干部的问题。但这个问题不是你们的重点，这个问题我已经交给迷拉地工务段，因为他们有推荐干部和培养年轻干部方面的优势。”

“我们先准备材料，等准备得差不多了，我再来向张部长请教。”

“真是个鬼机灵！”张志刚放下电话，调侃了一句。电话那端，王诚如从电话里听得真真切切，伸出舌头做了个鬼脸。

周末的时候，张志刚又和杨副部长对接了一下。杨副部长告知张志刚让周三下午两点左右到昆明站去接她们。张志刚一算时间，估计要到晚上七点半左右才能到阿迷分局招待所。这么晚，还用等她们吃饭吗？他自己不敢做主，赶紧向郝书记作汇报。

“等啊，这怎么不等！人家大老远地从成都第一次过来，这个礼节还是要有的。”郝书记肯定地告诉张志刚。

张志刚把整个杨副部长来调研的行程表和准备的资料又看了一遍，逐一与可能被调研的单位通电话，交代一些相关的工作细节后，才放心地回家休息。

就在阿迷分局组织部准备迎接路局组织部杨副部长的时候，路局工务处的一行两人，在阿迷分局工务分处处长张德华的陪同下，来到了迷拉地工务段。

他们的调研，基本不去工区，只是要求坐轨道车在全线走走看看，想直观地了解米轨铁路的基本情况。

段长朱文忠、总工程师赵向南和办公室主任、技术室主任陪同参加调研。朱文忠和张德华碰头后向工务处副处长刘为民、工程师马工作了汇报。刘为民也好说话，口口声声说：“听朱段长安排！”

从迷拉地上轨道车后，进入米轨比较惊险的地段。

“朱段长，你这个管区并不比成昆线的乌斯河地段好管啊。”刘为民正在比划的当口，一个急转弯将他甩在地上，爬起来后继续说：“有点头晕哦！”

“刘处长，我们的线路曲线半径比较小，最小的点只有 100 米，因此坐在车上摇摆不定，有人总结说它：蛇形的铁路、船型的车厢、英雄的司机、不怕死的旅客。”赵向南在旁边连忙解说。

“说得很形象。马工，你看到没有，你伸出头去看，连道砟都看不到。这要是在准轨上不可能发生的！”刘为民指示马工多看看。

“是啊，刘处，不来米轨，我们真想象不出这里的工作环境这么艰险。不要说走道了，连坐车都受不了。受教育了。”马工的感慨，加上摇摆的车厢，刘为民算是领教了米轨线路的特殊情况。

到“人字桥”工区简短地停留了一下，查看“人字桥”后，刘为民更加感动。

“这是怎样的一座桥啊！你们怎么去维修？”

“刘处，这座桥从修建到现在已经快80年了，主要杆件基本不用维修，我们只是做一些查缺补漏的工作。当然，我们会定时的对杆件上油漆。”赵向南在旁边大概将整个桥梁的基本情况做了个介绍。

“了不起，下次一定把处长叫来，让他看看我们是如何维护这座桥梁的！”

“刘处，现在是局里管辖了，随时都可以来！”朱文忠算是邀请，又不算是邀请，因为这是工务处管辖的范围。

“刘处，你这样行不行，将轨道车停在前方不到1千米的354乘降所去，刚好有两道，顺便走一走，看看我们的线路，也算是走区间？”朱文忠征求刘为民的意见。

大约二十分钟后，走到了乘降所。轨道车开出几分钟后，停在线路中间。

“刘处、马工，你们看，从这个角度看‘人字桥’更壮观！”朱文忠提醒了一下昏昏欲睡的刘为民。

刘为民睁眼一看：“啊，真是壮观，有点巧夺天工的味道。哎，马工，下次我们要带一部相机来。”

“刘处，是我的疏忽，没有提前准备好相机。不过，这点遗憾可以让刘处多来指导指导我们工作，顺便也来看看设备，‘人字桥’！”朱文忠把失误都说得如此美好，也是没得说的了。赵向南站在旁边，感到自己要学的东西有很多。

感叹中，轨道车晃晃悠悠开了起来，不一会儿，车上的人除轨道车司机之外，全部都进入了梦乡。

张志刚从昆明站接到杨敏副部长就直接赶往了阿迷分局。好在路不算难走，他们按照原定的时间在晚上七点准时到达。

食堂就在招待所二楼上，杨敏和随行的小张稍事休息后来到二楼走廊。郝卿明也刚好到达，张志刚连忙介绍。

“郝书记，这位是组织部的杨敏副部长，旁边的这位是小张。”

一一握手后，郝卿明引导大家一同步入餐厅小包房。

“杨部长，我们食堂比较简陋，请你将就将就！”

“张部长，您客气了。”

第二天，杨敏的行程就被安排在阿迷分局附近，基本的流程是先听取汇报，然后到各个支部看一看，顺便听听党员的意见。

说是听意见，其实，该说什么不该说什么，各个单位在杨敏来调研之前已经演练了好几遍了。

杨敏的整个调研过程，张志刚全程陪同。之前他也不赞成先安排的“节目”，他觉得有点假，但经不住大家的劝说：“路局组织部第一次到阿迷分局，也不知道什么路数。但不可能与昆明局一样的管理要求，只能采取试探性的办法来接待。这样做的好处是不会犯错误，不会被路局批评。”

一天下来，杨敏对这种安排不是很满意，但由于是第一次代表路局党委组织部来这里调研，尽可能不提要求，尽量听从他们的安排。

晚上休息时，杨敏问随行的小张：“你感觉这次调研怎么样?”

“工作还行吧，你说有多少创新倒是看不出来，但组织部要求的基本内容都有。我用一个词来形容，就是工作基本正常!”

“有进步嘛，评价不偏不倚!”杨敏从小张的评价中还是能够感觉工作一般化，没有多少特色。

“好吧，看下一家的单位吧。明天要起早赶往蒙自，早睡早起!”杨敏说完，挥手示意小张去休息吧。

一大早，王诚如就按照张志刚的要求在蒙自有名的过桥米线店“过桥缘”等候，办公室主任龙海滨、组织干事刘书学已经坐在凳子上了。

半小时后，汽车直接开到了过桥米线店门口，看到张志刚，王诚如连忙迎上去。

“张部长，早!”

“杨部长，我来介绍一下，这是我们最年轻的主持党委工作的副书记王诚如。”

“王书记，早，真是年轻，我还以为你是团委书记呢!”杨敏一看这么年轻的同志，也跟着精神起来。

边吃边说，时间一会就过去了。吃完饭，张志刚与杨敏耳语了几句，指示王诚如直接在前带路到党支部，先到一线去看看党员们。

“我们先到党支部看看，回头在到段上听汇报情况。”杨敏对着张志刚和王诚如说道。

到了蒙自电务领工区党支部，只见会议桌上已经摆好了有关支部建设的台账、资料和党员学习记录。墙面上张贴着职责、入党誓词，在风格上比较突出党支部的特点。杨敏一看这些就喜欢，觉得蒙自电务段与其他单位还是不一样。再看看旁边的王诚如，明显觉得党在这个单位是有活力和朝气的。

“王书记，你任书记有多久了?”杨敏看着王诚如稚嫩的脸，有点不相信眼前这位年轻干部任这个单位书记。

“杨部长，我任副书记还未满一年。”王诚如如实报告。

“是这样，杨部长，王诚如同志是去年十月从车务段团委书记调到蒙自电务段，任党委副书记的。当时，我们郝书记觉得用年轻干部就是要给年轻人提供舞台，一次用到位。当时，本来撤销合并六七个单位，干部不是少了，而是多了，但真正能干的干部不是很多。”张志刚刻意回避了王诚如与自己是同一单位的背景，而是用阿迷分局书记的口吻来讲的，这样把郝卿明大胆使用年轻干部的想法升华了。

“在这么短的时间，工作就干得这么出色，确实不易啊!”

“杨部长，我来这之前，这里的工作基础已经打好了。再说了，电务系统在全阿迷分局，也是职工文化水平相对较高，工作好开展的单位。”

杨敏又仔细地审视了一下王诚如，感到后生可畏。这个年轻人并没有一般年轻人身上的轻狂，对工作成绩实事求是，没有贪天之功的习性。仔细打量王诚如之后，杨敏很满意他做得这些党建基础工作，希望在阿迷分局管内的其他单位都能像蒙自电务段一样把基础工作抓实抓细，真正抓出成效。

到了电务段会议室，王诚如按照事先打印好的材料向杨敏汇报:第一部分为电务段的基本情况，第二部分为党组织开展活动的情况，第三部分为存在的问题及今后的努力方向。整个材料比较全面和翔实。正当王诚如准备汇报第二部分时，杨敏打断了汇报。

“王书记，材料是写得比较好了，我们会带回去仔细研究。今天，我们换一种方式来交流交流怎么样?”

杨敏这样一说，张志刚和王诚如以及参会人员都懵了，不知道杨敏要交流什么，就连张志刚也不清楚。杨敏看到大家迷茫的样子，感觉自己说得有些唐突，有必要再进一步的说明，否则会引起大家误会。

“大家别误会，我是这样想的，蒙自电务段党的建设和组织工作与其他单位不同，或者说是有些特点吧。我们来基层站段，并不仅仅是来检查和指导工作，还有一个重要的使命就是来向基层学习，将基层好的经验深入解剖，以提高全局的组织工作水平。张部长、王书记，我觉得我把这样做的目的说清楚了。”

“杨部长这么一说，当然更清楚了。王诚如你就按照杨部长的要求，逐一回答吧。这种方式也是我们阿迷分局组织部要好好学习的！”张志刚在答问之前，抢先表了个态，算是支持和回应路局杨部长的要求。

“王书记，你觉得目前党组织的活动丰富多彩吗？”

“杨部长，恕我直言，目前党组织的活动既不丰富，也不多彩。‘三会一课’是各个支部的必修内容，但仅限于学习党的文件和党的知识，显得比较单调；在活动方面，大部分是集中在室内念一念文件，读一读领导的讲话，整个活动比较有限；改革开放方面的话题有要求，但对如何发挥党组织的作用研究得不够，做法就更少了。”

“杨部长，目前我们段上处于新老交替的关键时期，老党员对新的设备适应不了，新党员又对整天的学习有些厌倦，这种矛盾对我们来说比较困惑。”

“王书记，那你认为，如何来展开党组织活动？”

“对这个问题，我也没有想透，只是一些粗浅的认识。我想说的是，党组织在基层，尤其是党的支部，在领工区这一级就是组织和动员，没有多少内容可以让支部书记去决定和选择。从这个意义上来说，根据电务段高度分散的特点，以小党支部为支点，让党员和支部在关键时候、重要阶段突显出来，让职工时时感受到党组织的存在。”

“你有什么具体的想法？”

“比如说，在对设备大修时，人员相对较多、技术相对复杂，这个时候我就组织临时党支部，有点像战时党支部的感觉，凝聚起主要骨干，突击攻关，叫响党支部的品牌；正常工作时间，三到五个人就可以组建领工区党支部，目的是把党员团结起来，依此来影响职工群众。”

“很有想法，期望能够做出一些实际的工作。不过，我们此行已经收到了积极的效果。看样子，基层丰富多彩的工作本身就是我们学习的榜样。今天，我要向张部长和王书记表示衷心的感谢。相信不远的将来，我们能够到你们这里开一个现场交流会，使全局的组织工作更上一个台阶！”

“感谢杨部长的鼓励，我们会尽力做好工作，不辜负路局组织部对我们的期望！”

这种一唱一和，客气中有要求，要求中有激励的座谈让张志刚很有面子。杨敏在说笑中结束了在蒙自电务段的调研和检查。

蒙自车务段是一个新组建的单位，各个方面的工作还在理顺之中。好在书记、段长都是原单位的领导，都熟悉各自原来负责的工作。原本张志刚不想安排组织部杨敏副部长去调研，但杨敏说好不容易来一趟，既然来了，那就顺便去看看。

段党委书记张华、段长白家喜早早地在门口等候了。车务段机关处在车站里的一个旧四合院，与其说像个机关，还不如说像个大户人家的宅院。

张志刚带着杨敏等人来到蒙自车站，张华和白家喜赶忙迎上去，张志刚向杨敏一一作了介绍。

杨敏处在中间位置，在张华、白家喜的引导下向宅院走去。走到门口，杨敏愣了一下，张志刚立马就感到杨敏的不高兴。

“张书记，怎么挂的牌子还是昆明局的！几个月了都还没换，你们在想什么?”张志刚指着门口的“昆明铁路局蒙自车务段”竖牌，做出很生气的样子并大声吼道。

“是，是，这是我们的失误。李应安，赶快去换!”张华大声叫道。

李应安从后面出来，立马将牌子摘下。

“怎么人劳主任来干这事?”张志刚不理解，因为李应安的职务是人劳室主任。

“张书记，还没有来得及向你报告，李应安现在是办公室主任。”白家喜连忙出来打圆场。

“李主任，你是干什么吃的，这么大的事你都居然顶着不办!”张志刚余怒未消，再次发火给杨敏看。

“行了，只要改了就行。我也是提醒你们一下，不要等路局领导来了再换，那就难看了。这个事就到此为止吧！也不要再追究谁的责任了。”杨敏一看效果已经出来了，也就顺着杆往下滑。毕竟这个事不归她管，能饶人处且饶人。

一进门就闹了这么一出，刚进会议室里，张志刚简单介绍了杨部长此行的目的后，就让张华汇报蒙自车务段的工作。

杨敏专心地听张华的汇报，中途也没有打岔。汇报结束，张志刚和张华陪着杨敏到了机关旁边的蒙自车站党支部调研。

支部书记简单地给杨敏介绍了一下车站的情况，当支部书记说到有职工吸毒的问题时，杨敏便开始了发问：“职工有吸毒的，党员有吗？”

“目前还没有发现！”

“没有发现，不等于没有。张书记、张部长，这是一个新问题，我觉得阿迷分局应该对这个问题要高度重视。”

“好的，我们抓紧调查，如果有党员吸毒的话，我们还是先挽救，实在不行的话就开除党籍！”张志刚态度坚决地说道。

“这是一个新问题，开除了党籍是可以，但我们还不能开除他的路籍啊。这样，阿迷分局组织部尽快形成一个调研报告，先以阿迷分局组织部的名义上报给我们，看样子我们对改革开放以来的问题估计不足啊，工作过程中也出现了新的情况，党组织应该有所作为！”杨敏并没有说要如何处理，只是希望阿迷分局对此尽快提出意见。

对吸毒问题的探讨，使调研主题发生了改变。相反，组织工作及党支部工作没有成为重点。对此，张华既高兴又不高兴。高兴的是一个新问题掩盖了车务段党建的不足，如果要严格查下来，他的党支部工作和组织工作经不住检查的。不高兴的是，怎么捅出这样一个敏感问题，虽说受大气候的影响，但也不要从我们车务段暴露出来嘛，这不是丢脸吗？

从车站出来，李应安向张华报告，牌子明天就换成新的了，然后在张华耳边嘀咕了几句，张华也做不了主，又悄悄向张志刚耳语。

“杨部长，车务段准备把晚餐安排在附近的村子里，不知杨部长对农村伙食是否习惯？”张志刚知道车务段安排的是新安所的小馆子，却故意说成是农村里的伙食，让身边的张华佩服“姜还是老的辣”的张志刚。

“啊，去农村吃饭，很好，不要到大馆子去。”杨敏严肃的脸上终于露出了笑意。

“张书记，前边带路！”张志刚一看大家都没有刚才的严肃，也就很客气地对张华说。

新安所的晚餐，让杨敏很满意，也让她想起农村的生活。至于是什么样的农村生活，她没有具体地描述。

在蒙自住了一晚，杨敏就从蒙自乘车直接到昆明，再乘昆明到成都的火车，回到了成都。

毒害的不仅仅是人

杨敏她们一离开阿迷分局，张志刚立即向郝卿明做了有关党员及职工吸毒问题的汇报。郝卿明看完汇报内容后立即指示组织部、宣传部和公安部开展相关工作，尽快提出处理办法和意见。

实际滇南地区的吸毒几乎与改革开放同步伴生，只是处于偏远地区，并没有引起各个部门的重视。随着改革开放的深入，其他措施的滞后，这个问题才慢慢显现出来。

马公安及所处的刑侦队，一直都在关注这个问题。铁路从“严打”以后，新冒出来的治安、抢劫、凶杀等案件，大部分都与吸毒有关。从 1985 年底开始，公安分处刑侦队一直在秘密调查铁路职工参与吸毒、贩毒的问题。经过将近半年的调查，刑侦队对此有了基本的了解。根据阿迷分局党委书记郝卿明的指示，马公安他们又进行了深入的调查和摸底，期望尽快给阿迷分局一个更加详细的报告。

围绕着吸毒、贩毒问题，各个单位抽调保卫股、党办人员组成联合调查组专门调查职工的吸毒情况。

就在各个单位调查的时候，开远机务段上报了一则信息：一名司机在值乘中犯困，差点让机车失控，好在副司机处置果断，避免了车毁人亡的重大事故发生。

郝卿明一看这信息，立即批示：请公安调查清楚原因，机务段要防止类似事故再次发生。

接到批示文件后，马公安不敢怠慢，驱车前往机务段。一看司机本人面色，马公安断定这是由吸毒引起的。为了杜绝后患，马公安将其带到铁路医院化验室，进行抽血化验。

一天后，结论出来：血液中含有海洛因。

根据医院化验，马公安对其进行了询问。

“叫什么名字？”

“李正东。”

“吸毒多长时间了？”

“才一个月。”

“不止一个月吧。老实说，到底吸了多长时间了？”

“好像两个月。”

“到底多长时间？”

“三个月！”

“伸出手来。”

“还没有用针，你还有救！”

马公安看了李正东的手后，给出了结论，转身告诉民警：“转看守所。”

“我没有犯法，为什么把我带到看守所？”

“吸毒就是犯法，看守所帮你戒毒！带走！”

一直跟着马公安的民警周荣亮，在他耳边耳语：“看守所装不下这么多人，吸毒的又要单独关押，看守所有意见。”

“也倒是，如果不断地关押吸毒人员，那真正的犯罪嫌疑人怎么办？看样子这需要向处长汇报。”马公安也觉得这是个问题，准备好材料后便向处长汇报。

蒙自车务段党委书记张华，自从路局组织部副部长杨敏走后，对全段党员和干部职工进行拉网式排查，将近一个月的时间，基本摸清了全段职工的吸毒情况。全段职工853人，吸毒人员23人，尚有潜在人员15人，总数达到38人，占比将近5%。这些人中党员有5人，占党员人数的2%，整体情况不太好。

有关党员吸毒的情况陆续上报给了张志刚，汇总后大约全阿迷分局有吸毒党员35人，分布在15个站段，情况不容乐观。王诚如所在的蒙自电务段不仅没有党员，连职工也没有，让张志刚觉得不可能。

“诚如，你们段没有一名吸毒人员？”

“张部长，我反复核实过，到目前为止，我只能说还没有发现！”

“算你聪明，用没有发现的这个词语。”

“张部长，从电务段来说，不能说我们工作做得到位，它有一些客观情况。

首先,电务段高度分散,在城市这一块的人不多;其次,电务段素质相对要高一些,自己对外面的诱惑有自己的判断;第三,这些年来,电务段开展的人生观、价值观、世界观教育还是起到一定的作用,让大家能够明辨是非,正确看待并抵制社会上出现的不良风气。”

“有道理,但你不可沾沾自喜啊!”

“张部长,我哪敢啊!根据这些情况我们将继续做好‘三观’教育,尤其在党内要好好开展这项活动,不能让党员去吸毒。”

“这样,尽管许多工作不是你做的。但你要这样看问题,这是党组织在发挥作用,是党员在起带头作用,是‘三观’教育活动在起作用。我想你要围绕着这三个方面的作用,全面总结一下,让全阿迷分局的党员学习!”

“张部长,我弄总结没问题,交流学习就免了吧,我还是觉得心里不踏实!”

“有什么不踏实?你怕人家说你啊。我的同志,你不能这样狭隘啊,这说明我们的党组织还在发挥作用,并没有全部沦陷。你一定要站在这个高度,否则你就想不通。行了,好好体会吧!”

王诚如被张志刚这样一说,也就没有再推辞,只好答应了。

下午,王诚如召集党办人员和部分支部书记座谈讨论。他实际上也没有底,会议有点像神仙会一样,大家想到什么就说什么,纷纷表达自己的观点。

继续开下去也没什么意思了,王诚如就直接宣布散会。大家走后,王诚如在思索:“到底蒙自电务段的职工是如何抵制这种诱惑的,这个问题解决了,实际也就好总结了。”

“(刘)书学,你先弄着吧!当然,我们的客观条件也要讲一讲,为自己留条后路。否则出现吸毒的职工后,我们自己都下不了台。”

“王书记,这个材料有点不好整。不过,前提是我们没有发现吸毒人员。如果这样说,估计全阿迷分局都会盯着我们。”

“说得对,全阿迷分局的人都盯着我们,也算是监督我们,这何尝不是一件好事呢?省得我们盯不住自己!”

刘书学是想提醒王诚如,这样去交流会成为众矢之的,没想到,这个年轻的书记思维是如此的反向。

民警周荣亮向马公安反馈的信息,逐步得到了验证。看守所所长牛杰克一见到马公安就嚷嚷。

“老马,你和我一起去处里反映一下情况吧,再这样下去,看守所早晚会人满为患。再说了,把吸毒、贩毒以及其他罪犯都关在一起,不仅不好管理,也不安全啊。”牛杰克的苦衷,马公安是知道的。

“杰克,你叫我如何反映?从目前来看,仅靠处里,甚至阿迷分局都无法解决,你就忍忍吧!”马公安说的是实情。

被成都局管辖才半年,就向上汇报说许多铁路职工染上了毒品,无论是阿迷分局领导还是公安分处领导都觉得脸上无光。但如此严重的问题,一直这样拖下去,最终会从公安系统里暴露出来。

“老马,现在戒毒人员还没有出现异常情况,案犯和吸毒者相安无事,但不能隔离管理始终是个隐患。你倒是只管抓人来,我又不能拒绝。还有,最近你们又抓来些女吸毒犯。这些女吸毒贩,更加难以管理,我们只有两名女民警,根本管不过来。”

“女吸毒犯有什么不好管理的,还不是一样管理吗?”

“你真是不知道,这些女的毒瘾犯了以后,六亲不认,衣不蔽体,在看守所里肆无忌惮,她衣服都不穿,你叫男警察如何去管理?况且,我的民警中有许多男青年都是未婚,哪里见过这阵状。”说话间,一个民警跑来向牛杰克报告:“一名女吸毒犯毒瘾发作,正在闹事呢。”

“哦,正好,老马你跟着我去看看!”牛杰克拉着马公安就往监室二楼走去。

站在看守所二楼的走廊里,可以俯视一楼监室里的状况。牛杰克和马公安向关押吸毒者的监室方向看去:一名女吸毒犯正在监室里大喊大叫,一丝不挂,浑身上下没有一处是完好的皮肤,手还不停地在身上乱抓,有些地方被抓的已经出血了。嘴里吐着白沫,眼神呈呆滞神态。

“这时候,你们就放任不管了?”

“没办法管,一旦你靠近她,很有可能伤害你。等她发泄完,整个人就很虚弱,这个时候就可以进去管她了。”

“看到这种情况,才知道毒瘾发作时毫无廉耻、毫无人性。毒品真是害人啊!”

“不要感叹了,刑侦队长马公安同志,你倒是想想办法,追查一下毒品是从何处来的,打击力度大一些,她不就没有毒品可以吸了吗?”

“你说得轻巧，这么容易的话，你的看守所早就关门大吉了。”

“算了，我们不在这里瞎扯了。要不我们一起去找处长汇报汇报？”

“你先去汇报吧，我算哪一根葱啊！”马公安心里有股怨气，这种事情公安分处也无法解决，最起码要到阿迷分局政法委书记那里反映。

原先顾世清任政法委书记，随着他的离任，该职位一直空缺着。路局领导刚要准备考虑此事时，又遇到路局体制改革。昆明局归成都局管辖后，政法委书记一职由党委副书记魏学之兼任，需要配备一名政法委副书记来协调他的工作。阿迷分局党委书记郝卿明一直在考虑这事，因为最近一段时间以来，阿迷分局党委副书记魏学之来向他报告的事情明显增多，而且很多政策都落实不下去。

“张志刚兼任政法委副书记怎么样？”郝卿明有点像征求魏学之的意见。

“肯定好嘛。只是他能顾得过来吗？”魏学之有点滑头，他怕又是一个兼职的，最终又是没有人干活。

“需要做工作嘛，让他多兼顾政法委的工作。如果你没有意见的话，我再征求一下陈世忠（阿迷分局长）的意见，如果你们都没有意见的话，就上常委会讨论吧！”郝卿明自有一套工作方法，魏学之没有再说什么。

张志刚兼任政法委副书记后的第一件事，就是解决看守所里的吸毒人员人满为患的问题。

他要了个车就直奔看守所。牛杰克一看是张志刚来了，不敢怠慢，便带着张志刚看了一下看守所。

“牛所长，你有什么好的建议吗？”

“张书记，如果能够分开管理会好一些。”

“说具体一些，什么叫分开管理？”

“张书记，吸毒只是违法未犯法，将他们与犯罪嫌疑人关在一起，管理上不好区分。另外，吸毒的人一多起来，根本容纳不下，把吸毒人员与戒毒人员分开，对戒毒人员也会好一些。”

“我知道了。在没有分开以前，你们看守所要加强值班和管控，不能出现吸毒人员伤亡和关押人员事故。再难也要坚持住，其他问题，阿迷分局会尽快想办法给予解决。”张志刚交代以后，到附近的党校、职校以及下属单位转了一圈，没有发表任何言论。

张志刚回到阿迷分局，立即向党委副书记魏学之汇报相关情况。之后，他俩一起直接又向郝卿明书记汇报。

张志刚将看守所以及附近的情况汇报后，提出了具体的解决方案。

“我建议采取两步走的办法来解决当前吸毒人员的问题：第一步，让职校腾出一栋房子，大概300平方米，将走廊全部加装栏杆并加以封闭，改造好后用来作为戒毒人员的过渡临时房屋，以缓解目前看守所的人多的压力；第二步，向路局申请新建戒毒所，面积可大可小，考虑形势的发展，建议建成可容纳1000名吸毒人员的戒毒所，同时配备警务、医务、康复等配套设施。”张志刚没有看郝卿明的表情，直接说出了这个大胆的建议。

“魏书记，依你之见呢？”

“郝书记，我认为张书记的建议是一个大胆的想法，如能成行当然最好。”魏学之附和着张志刚的话说道。

“志刚的建议很好，第一步可以直接实施了，请魏书记牵头协调。关于第二步，我认为也很好，只是不知道路局怎么看和怎么想这个问题。从目前发展态势来说，吸毒问题可能在全国其他地方也存在，只是成都局管内也不是净土。如果路局同意，等于变相承认吸毒的事实。如果不同意，又如何来挽救这些职工。要不，第二个问题，你们再进一步研究研究，包括选址、费用、警力和医疗人员配备等问题，尽量详细一些，下周给我一个报告。我想以专题报告的形式到成都局去汇报。”

郝卿明的步骤相对稳妥一些。对铁路系统而言，动不动就伸手向上级要钱是比较犯忌的事情。一般来说，需要先口头向上级报告，等到上级指示后再形成专题报告。如果冷不丁的向上级打一个书面报告，基本上没有回音。等来的多是一顿狠批，甚至是臭骂。加之成都局管辖时间不长，许多处长对阿迷分局都不了解，高层领导就更不清楚了。郝卿明对此拿捏的还是比较到位的。

张志刚按照郝卿明的要求，很快就形成了一个报告。郝卿明一看：“太详细了，不能搞这么细。另外，再斟酌一下，用报告还是用请示？”

张志刚答应马上去修改，但也对用“报告还是请示”比较犹豫。犹豫的是对成都局的管理方式拿不准。

“郝书记，要不就采用报告的方式吧。我在其中尽量将我们现在的情况说清楚，结尾部分采用建议方式，这样的好处：一是我们已经将情况报告了，局里需要理解的话可以下来调研；二是报告的方式也可以让领导有个缓冲，可批也可不批。”

“那就用报告的形式吧！不过，后面部分措辞要平和一些，尽量用恳请的语气！”

“对了，最近公安分处已经向我反映，处里一直空缺着一位主管刑侦的副分处长，他们推荐马公安出任，但我一直没有答应。没有答应的原因是马公安的学历低了点，最起码应该是个中专嘛！你最近抽空看看，如果合适的话，由干部分处按照程序进行考核和选拔。”郝卿明说的确实有道理，张志刚也感觉到有些同志能力很强，但学历是个问题。现在提倡“年轻化、知识化”，但一出校门就进机关，现场对这个问题议论和诟病比较多。

离开郝卿明的办公室，张志刚知道马公安和王诚如他们交往不浅，相互之间也比较了解。于是，张志刚拨通了王诚如的电话。

“张部长，有什么指示吗？”

“哪有这么多指示。我想向你打听一些马公安的情况。”

“张部长，马公安没什么问题吧！”

“怎么往这方面想，就不会想点好事？”

“马公安一直在公安基层干活，从民警、副所长、所长到刑侦队长，每一步都不落下，功底应该是扎实的。只是学历一直困扰着他，不过最近晚上他都在补习文化课，应该把高中文化补得差不多了。”

“有个高中学历当然好了，不过，有机会还是要多深造深造啊！”

“是啊，张部长，我也想去深造，但苦于没有时间。家里的小孩还不会走路，单位的事情又多，哎，也难啊！”

“行了，不说你的事了。你和马公安不是经常聚餐吗？其他人，尤其他们公安系统的人对他的评价如何？”

“现在我们也不经常联系，半年能够碰在一起已经不错了。至于他们公安系统的人，还真没有听见谁对他有意见。要不，您亲自找他谈谈话？”

“这可不行，算了。今天权当聊天吧，你不要告诉他！”

电话挂断，王诚如立马就想到上级领导可能要提拔马公安了，刚准备拨通马公安电话的手，又放了回来。王诚如自言自语地说道：“算了，见面再说吧。”

此时，马公安并不在办公室，而是在迷拉地派出所开展例行的队所沟通会，正在商讨工务段材料房轨枕被盗的案子。

说来也是蹊跷，迷拉地材料房白天有人上班，晚上也有人值班，结果是成吨的轨枕（钢枕）不见了。问上班的工人，结果谁也说不清轨枕是什么时候不见的。派出所已经询问过许多人，得到的结果都是“不知道”。无奈之下，派出所才惊动刑侦队。

马公安到了现场查看，发现堆放轨枕的地方是比较靠近围墙边。材料房大门正对着派出所的大门，尽管有100多米的距离，但再胆大的毛贼也不致于从大门进出。唯一的可能就是在围墙之外有人接应。马公安围着围墙转悠了一圈，轨枕围墙外倒是有一条便道，但从痕迹上来看，很少有人会从此路走。

“内鬼！”马公安有了初步判断。

回到派出所，马公安对此有了初步的想法，和所长赵强交代一番就前往工务段。

说来奇怪，工务段领导基本都外出，办公室的人员说到楼上看看哪个领导在。大约一刻钟后，赵向南出现在马公安的面前。

“赵总，可真难得见到你。”

“马队长，那股风把你吹来了。最近忙吧！”

“你们的毛贼把我招来的啊！”

“哎呀，这么说你是来帮忙的。走吧，先到办公室坐一坐？”

“算了，就到会议室吧。到你办公室，我有压力。”

赵向南将马公安引到会议室，忙着给马公安端茶倒水。段办的人员一看，说了句：“我来吧！”他就坐在了马公安的旁边。

“赵总，你可能不太熟悉，你们材料房里的轨枕被盗，我也是到派出所才知道的，事情本身不大。但我碰上了，也就顺水推舟吧！”马公安说得轻描淡写，希望工务段给予配合。

“马队长，你说吧，我们按照你的要求办就行了。”

所长赵强看了一眼马公安，说出了派出所的意见：“赵总，你看这样行不行，从加强材料管理的角度出发，我们两家都加强值班和管理。我们早晚各派一名民警到材料房与职工一起上班，如果一周以后还没有动静的话，我们就撤。这周让职工按照自己的作息时间上下班，我们配合就行了。马队长，是这个意思吧?!”

“赵所长说得比较清楚了，我也就不再补充了。如赵总没有意见，就这么办。怎么样，我到你的办公室去看看?”马公安向所长赵强使了个眼神，赵强心领神会，说是还有点事，就下楼了。

“赵所长，等会去喝酒啊!”

“好啊”，赵强应声就走了。赵向南从会议室出来，引领着马公安顺着楼梯到了四楼。

整个办公楼共有五层楼高。党委系统在五楼，行政领导在四楼。赵向南靠近楼梯旁的 405 号房间。

“你先坐一会，我把刚才的事布置一下就回来。”赵向南重新倒了杯茶后，离开了办公室。

马公安站起来环视一下办公室，陈设很简单，一张藤条沙发配一个茶几，茶几上一个搪瓷圆盘内有六个杯子。办公桌上堆放着一些文件，比较凌乱，像是在处理的样子，一部黑色拨号电话机在文件的旁边。

“叮铃”，电话铃声响起，马公安本能地准备接电话，一愣神手又收了回去。响了三声以后，电话铃就断了。

“好了，已经安排好了，今天晚上你们就可以跟着值班了。”赵向南从门外一边说着话一边走了进来。

“好的，待会我知会赵所长。”马公安应声的同时，电话铃声又响起。

“喂，哪里啊?”

“喂什么喂，待会到‘平民小吃店’喝酒去!”

“你等会，你怎么来迷拉地了。你猜，谁在我旁边?”

“女朋友吧。”

“哪有啊，到底是谁在你那里? 不会是马公安吧!”

“就是，你真是神了。”

“啊，真是，你告诉他一会过去，我有事找他。”王诚如正在迷拉地电务段工区检查。

下午五点半左右，王诚如简单地给刘书学他们交代了一下工作，自己便来到了“平民小吃店”。刚点好菜，赵向南和马公安以及赵强随之而来了。

“马队长，你的嗅觉不错嘛。”

“去你的，我可不是畜生，而是人！”

“这位是？”

“这是我们迷拉地派出所的所长赵强。”

“幸会。向南，你先把酒倒满，我和马公安有点小事出去说一下。”王诚如示意马公安跟着自己出去一下。

“王书记，到底有什么事？这么神神秘秘的。”

“好事，你就等着请我们喝酒吧！”王诚如在离小吃店十米外的地方停了下来，将张志刚与他谈话的内容给马公安复述了一遍。

“王书记，谢谢你的推荐，还是咱哥们的情意深啊。”马公安双手握住王诚如的手，再三表示感谢。

“走吧，喝酒去！”王诚如双手一摊，右手一个请的动作。两个人一前一后进入了小吃店。

“到底什么事？还背着我们说。”赵向南有点不高兴的样子。

“没什么。我请马公安帮个小忙。”王诚如不想现在就把话说明了，毕竟这是张志刚与他的谈话，知道的人越少越好，对马公安更有利。

马公安听王诚如倒过来说的话，感觉这小子当领导真的成熟了。

两天后，派出所所长赵强向马公安报告了轨枕被盗案告破的消息。原来，材料房看护工，在民警的监视下，无法吸食毒品。最后他跪地求饶，让民警给他吸一口，他就交代了盗窃轨枕的事情。

“都是毒品给害的。你问出他的毒品从哪里来的吗？”马公安早有预感，只是他更关心的是，这么偏僻的地方也有人吸毒，看样子这毒品无孔不入啊。

“没有，他只是说是镇上的一个小混混给的，也不知道这个小混混叫什么，是哪里人。再说，这种人的记忆力时好时坏，哪句话是真的哪句话是假的还真不好判断。”所长赵强感到无从下手。

“跟段上打招呼，先收他去戒毒吧。”

“他可是有盗窃行为啊，已经违法犯罪了。”

“先别管这个，把一个吸毒犯和其他犯人关在一起，谁能保证他的生命安全。还有，以派出所的名义给工务段一个建议，要加强对职工的教育和看好自己的大门，他们自己本身也是疏于管理。”马公安考虑的是内部职工的问题，不能把问题全部都归因为社会,还是要立足于自身的防范。

由于赵向南是分管技术和规章制度的总工程师,马公安也就没有和赵向南再说盗窃的问题。这种事情,即便赵向南知道也不好插手,此事也就这样按照正常程序走着。

“包”字进铁路

铁路大包干的全称是铁路实行投入产出、以路建路的经济承包责任制,内容包括包运营、包新线建设、包旧线改造、包机车购置等。这是铁道部部长上任以来,在全国率先实行的承包制。

所谓“包”是指在岗位责任制的基础上实行上下左右纵横联锁安全、效益责任制,由铁路局、阿迷分局直到站段、车间、班组,落实到人,形成一个责、权、利统一,包、保、核兑现的完整体系。

根据上述精神,1986 年 3 月,铁道部在全路实行大包干,一包五年不变。

1986 年 6 月,成都局结合自身实际下达《铁路阿迷分局经济承包责任制实施方案》。方案中明确规定阿迷分局对路局承包货运量、换算周转量、日均装车数、货车净载重、运输收入进款五个大项。路局对阿迷分局执行“清算单价、超产加价、超收提成、定额上交”的政策。根据路局这个政策,阿迷分局对所属站段实行“分类承包、包死基数、定额上交、鼓励超产、多超多留、包中有调”的办法。

阿迷分局党委书记郝卿明和阿迷分局长陈世忠商量,采取步步为营的办法来贯彻铁道部、路局大包干的要求。对此,郝卿明建议分三步走:第一步,阿迷分局党委在吃透精神的前提下,举办站段领导干部学习班,以此统一全阿迷分局领导干部的思想认识;第二步,相关部门起草贯彻意见和措施,经过阿迷分局党委会讨论后发布实施;第三步,选定包括机务、车务、工务或者电务段在内的基层站段,进行先期试点,明年正式在全局推开。

阿迷分局长陈世忠对郝卿明的建议没有异议,由于没有涉及人、财、物等方面的具体要求,郝卿明直接利用每周的交班会部署这项工作。

刚布置好任务，阿迷分局党校常务副校长郑祯国就跑来向郝卿明报告：“能否推迟两个月再举办培训班？”

“郑校长，有什么困难吗？”

“学校正在放暑假。”

“学校放假，跟您有什么关系？”

“郝书记，我们党校也是跟着中小学一起放假的啊！”

“啊，你们也跟着中小学放假？我怎么不知道。”郑祯国看见郝卿明不高兴，本想解释一下又把话咽回去了。

郝卿明拨通电话魏学之的电话：“魏书记，你来一下我的办公室。”魏学之是党委副书记、党校校长，郝卿明请他过来解释老师放假的问题。

“党校放假的事，您知道吧！”郝卿明见魏学之进来就问话。

“知道，怎么了？郝书记！”

“现在要举办大包干领导干部培训班，你说怎么办吧！”郝卿明瞅了一眼郑祯国，将问题踢给了魏学之。

“郝书记，要不缓一缓，等假期归来后再办吧。”魏学之想做个好人，不想被老师臭骂。

“我们已经晚了阿迷分局半年，还要继续晚下去吗？这是铁道部下来的政治任务，你们也不掂量掂量。通知下去，十天后全体党校老师回归学校。今后，是否比照中小学放假再说，先把这次的领导干部培训班办了再说。”郝卿明不想再和他们商量，以不容置疑的口气告诉校长和副校长。

两个人离开郝卿明的办公室，到郑祯国的办公室继续商量这事。

“魏书记，这样下去我怕老师们有意见呀！”

“现在是郝书记对我们有意见，你还是想想如何把老师请回来吧。原来我就提醒过你，不要让那帮老师得寸进尺，现在可倒好，郝书记一声令下，如果培训班办不成，那可是要丢‘乌纱帽’的。”魏学之像是在威胁，不是在做工作。

郑祯国心里是有谱的，老师放假不放假都是魏学之说了算，现在倒打一耙。也罢，人家是阿迷分局党委副书记、党校校长，他说什么就是什么吧。

“我尽量去做工作，必要时要请魏书记出马才行。”

“你先去告诉他们，谁不来后果自负！”

郑祯国离开魏学之的办公室，觉得真不是个滋味，可又说不出，只好自己摇摇头，自言自语说道："我去请他们回来。"

党校的教职员工尽管不情愿，但还是在郑祯国的动员下全部返校。大包干领导干部培训班如期举行。

第一期大包干培训班，参加人员系各个站段的党政主要领导和阿迷分局机关的负责人。李文林是副职被排在后面，但在段上干活并不轻松，有关党政的事情几乎让他脱不开身，更别说到领工区和工区检查和调研。

自从调任盘溪电务段副段长后，他和佟玲江聚少离多。加之，佟玲江在阿迷分局组织部，也是经常在外出差，两人在一块的时间半年中不超过十天。这几天由于党政主要领导不在段上，李文林就更加忙了，经常忘记和佟玲江约好的每天通一次电话的事，以致佟玲江直接将电话打给调度，问李文林现在何处。

"李段长现在在调度，我把电话转给他。"调度一听找李文林，立马就把电话递过去。

"怎么把电话打到这里来了？十分钟后打我办公室电话。"李文林有点不高兴。夫妻间没有公事，李文林不想占着调度电话，让下面无法向他汇报工作。

处理完一天的工作，李文林急急忙忙到了自己的办公室。刚进门，电话就响起来了。

"你那么凶干什么！我不是找不到你吗？"

"知道了，是我态度不好，不过调度电话最好不要打，有紧急情况时下面的职工打不进来。"

"知道了。你被排在第几期培训班？"

"好像是第二期，过几天我就可以回家了！"

"最近我也很忙，不知道你来了我会不会又去出差。真希望不要出差。这样的话，你每天培训回来，也可以给我讲讲大包干的内容。我听张部长说，我们也要随着大包干的形势，研究党组织的活动方式和设置问题。听着都有点晕，如何去适应啊。"

"都一样，行政工作现在也不轻松。像我们段，本来就没有既定的管理模式，现在倒好，一步跨入大包干。"

"对了，最近你联系过王诚如吗？好像他们家的小燕子都半岁多了。有空我们一起去看看?”

“哦,是啊,时间过得真快。你是不是也想要个小孩?”

“想啊,可哪有时间。要真有个小孩,我还真没有时间带。”

“有小孩也就有时间了。要不,我们计划计划,明年就生个男孩!”

“大男子主义,你就知道要男孩。我偏要女孩!”

“男女都一样,全听你的还不行吗?”

“这还差不多。”

两人在电话里聊了一会,佟玲江感觉李文林困了,就劝李文林早点休息,不要每天工作太晚,对身体不好。李文林答应着放下电话,又去处理手中的文件。不经意间抬手一看表,已经快零点,打着哈欠往宿舍里走去。

“叮铃……”一阵急促的电话铃声响起,李文林伸手抓起电话,眼睛半闭着,嘴对着话筒:“喂,哪里?”

“李段长,我是调度老万。刚才,宜良信号工区汇报,信号不能正常开放,78765 次货物列车机外停车。”

“什么,机外停车? 赶紧通知领工区前去处理。”

“我已经通知领工区,目前,工区和领工区的值班人员已经赶到现场,正在抓紧处理故障。”

李文林被调度吵醒,也没有了睡意,立即起床穿好衣服,来到了调度室。

调度室里,老万披着衣服来回走,显然,他也在等待故障处理结果,见李文林进来,打了声招呼,眼睛确还在盯着电话。

“宜良这几天的天气怎么样?”

“李段,宜良的这几天都有小到中雨,我估计是下雨太多,电路短路造成红光带,进站信号无法送达,背板信号无法落下,导致径路无法开放。但这种情况不能持续时间太长,否则,阿迷分局调度就会干预,弄不好会记我们一次事故!”老万向李文林汇报了自己的臆想。

等了三十分钟后,调度室的电话响起。

“李段,是宜良工区的工长的电话。”听了两句,老万转过脸来告诉李文林。

“打开扩音器!”李文林要求老万将电话置于扬声位置。

“什么情况?”

“报告调度,我们已经将背板信号恢复到正常,机车已经被成功引导进站!”

“为什么信号开放不了?”

“雨水太多,导致电路产生了红光带。”

“没有电,你们怎么将背板落下?”

“人工拉下!”

李文林坐不住了,大声叫起来:“你们这是违章蛮干! 下一趟列车来了怎么办?”

“你是谁啊?”工区的人不熟悉李文林的声音,便问道。

“我是副段长李文林!”

“报告李段长,我们也是权宜之计,离下一趟车到来还有两个小时,我们正在排除故障,争取尽快恢复信号。”

“赶快抓紧时间处理,再出现人工拉下的情况,我处分你们!”

电话挂断后,李文林余怒未消,告诉调度老万:“处理故障从申报到处理以及报告整个流程要规范,不能乱来,更不能不作为。”

“李段,你先回去休息吧,现在不到凌晨四点呢。”老万劝李文林,生怕把火引向自己。李文林觉得待在调度室也不会有什么好消息,悻悻地回到自己的宿舍。

第二天,在调度的小交班会上,老万通报了昨晚发生的故障。

“好在工区笨人用笨办法,处理好了故障。车务、机务与我们比较配合,并未向阿迷分局报告,应该说我们躲过了事故。”老万并没有说李文林亲自指挥故障抢修,而是将第一责任推给了工区,这样即便上面追查起来,可以有个缓冲。

“昨天的事情,暴露出许多问题。我重点讲一下我们内部的管理需要完善的地方:第一,出现故障后,工区在第一时间是要向调度和领工区汇报;第二,工区向段调度汇报的内容要包含时间、地点、故障主要特征、处理责任人和处理的程序、结果等要素。技术室要根据这些要求整理出一份规范的制度办法;第三,处理故障尽量按照阿迷分局、路局的要求进行,不要留下把柄,否则长此以往,我们会很被动。”李文林实际上想借这个故障传递自己的管理思想和理念,让大家在工作时不要心存侥幸。

邢明棠参加第一批培训班,王诚如只好坐镇段上,基本都是在段上处理一些小事情,并没有离开蒙自。王诚如难得的正常上下班,回家逗一逗自己的女儿小燕子。

小黄休完产假之后，又请了三个月的哺乳假。王诚如回到家里，饭菜已经做好了。

“小黄，你看小燕子像是要说话了。”小黄正在走廊里洗碗，扭过脸来看了一眼。

“两个活宝！”

“你说什么？”

“没有说什么，一岁都不到，怎么会说话。老人说说过：‘说话太早，嘴上不得了！’”

“你的意思是说我小时候说话太早？”

“差不多吧。你看我们家，我们周围的人，谁说得过你啊！”

小黄洗好碗，过来打开自己的山茶牌电视机，顺势坐在沙发上。

“我说，书记大人，你不要抱着小燕子在我面前晃来晃去的，影响我看电视！”

“过两天我要去阿迷分局党校培训，你一个人忙不过来。要不，我把我妈叫来？”

“算了，她也有自己的事。你以前也不是经常出差，我一个人带孩子还不是扛过来了。”

王诚如觉得小黄说得这么肯定，也就不再说带孩子的事。两个人东一句西一句地聊着，最后聊起佟玲江来了。小黄觉得佟玲江是个事业型的女性，不会像她一样过早的要孩子。

“再说了，两地分居，像我原来那样，挺着个大肚子还要去上班。估计她不会像我一样，为了孩子可以什么都不顾！”

“你这种说法不对，女人生儿育女是天经地义的事情，我们这么努力还不是为了下一代嘛！”

“你看你，一说就那么高大，会不会好好聊天？”

王诚如立马打住，他不想让小黄不高兴。“是啊，都是我不对。咱们倒是可以关心一下赵向南，最近也没有听到他的任何消息。这次估计他和我都会被排在第二期，等遇到他时，我再问问他，要找个什么样的对象。你也留意一下你们生活段的姑娘，合适的就给他介绍介绍。”

“我都差不多有一年时间不去上班了，原先去迷哈地接我工作的小黄，不知道是否有主了。”

“看看蒙自地区食堂有没有合适的吧，他在迷拉地，小黄在迷哈地，谈个恋爱也没有时间嘛。”

“好吧，我们不要咸吃萝卜淡操心，难说赵向南已经有自己的意中人了。”

“也是，不过，这次我见到他再问问，如果有了对象，我们也就不操心了。”

聊着聊着，小燕子就进入了梦乡。安顿好小燕子后，小黄又忙着去洗尿布。王诚如坐在写字桌上也去准备自己的材料。

日子就这样平平淡淡地从日历上划去。转眼间，王诚如该到党校参加培训了。

到党校报到后，王诚如发现，他与李文林、赵向南、马公安被分在同期同班培训。对他们来说，从迷哈地出来后，很少有在一起超过三天的时间。这一次，阿迷分局的培训班共有五天，连晚上都被安排了讨论学习内容，不允许外出。

党校的培训内容排得非常满，大家几乎没有时间聚在一起，只是在小范围讨论时，可以聊一会其他话题。只有在中午休息时，相互交流一些对大包干的看法和想法。

“我们电务系统，基本就是成本单位，上面给多少就花多少，要承包也只能承包成本了。”李文林在行政序列，对成本花钱比较敏感。

“我理解，工务、电务都是花钱的单位，通过大包干就是要拧紧成本的弦，在有限的成本范围内保证安全，应该是这次培训给我的收获。”王诚如毕竟在车务系统呆过，对于工务、电务维修单位的理解是比较到位的。

“我们公安还不是花钱嘛，大包干更多的是一些要求，案件具有突发性和不可预见性，对我们来说，控制成本更加难以做到。”马公安说的不是没有道理，但要求总是要有的。

“按照你的说法，我们工务部门的防洪抢险也基本不可预测，知道它可能塌方，但塌方多少不知道啊！”赵向南的话让小型讨论会充满了火药味。

“也不能这么说，无论塌方、破案，不都有历史账目吗？最近五年的资料和历史数据一出来，不就有参考了嘛。大包干是个新生事物，但也不是横空出世，如果没有历史依据,谁能说得清楚。我觉得,大包干,对于成本单位来说就是成本限制。但对于车务站段来说,不能是简单的装、卸、排,你得算账,哪种货物可以多拉快跑,哪些货物需要赶快卸掉,这里面有学问!"王诚如的学习能力还真不是吹的,说出来让大家都频频点头。

由于在小组讨论时,王诚如的发言都能引起大家的共鸣,于是,小组就推荐王诚如代表工电段作培训交流发言。

王诚如也不敢怠慢,这种机会比较难得,而且阿迷分局党委书记郝卿明要来听大家的发言。因此,凡是被点名发言的必须认真对待。

第二批交流发言安排在周六上午九点开始。阿迷分局党委书记郝卿明、副书记兼党校校长魏学之等领导在前排就座。主席台上只有一个发言席,主持人是副校长郑祯国。每到一个人发言结束,郑祯国就上去点名下一个发言人。王诚如被排在第三个发言。

王诚如的发言前半段言简意赅,没有多少拖泥带水,在下半段谈体会和建议时,郝卿明则是静静地听他说。

"第一,作为维修部门在大包干中要树立成本意识,做到把钱用在安全这个刀刃上,一切围绕着安全来用钱,围绕安全来调剂生产力,围绕安全来组织维修。

第二,要科学测定维修部门的成本。远的不说,至少要把近五年来维修部门的历史旧账盘清,盘清不是算历史旧账,而是使大包干更加科学和合理。

第三,要科学确定维修部门的重点工作。事关安全、事关运输的维修就是我们的工作重点,没有这个划定,像撒胡椒面一样面面俱到,肯定不是大包干的选项。

第四,仅有节流不行,也要开源。维修部门不是只会花钱,同样有一些闲置资产可以拿出来面向社会服务,在服务之中可以收取一定的费用来贴补我们的不足。我注意到,阿迷分局已经开始往多种经营方向在走,我们可以学习借鉴。"

王诚如发言完毕,掌声四起,郝卿明也是频频点头表示由衷赞许。

"他尽管年轻,但考虑问题还是比较成熟和老道。看样子,党校的培训还是蛮有成效的嘛!"郝卿明向旁边的魏学之说。魏学之连说:"是,是。"

第二期培训结束后,魏学之专门召集党校室主任以上的人员参加会议,传达了郝卿明的指示，要求再接再厉办好三、四期培训，不辜负阿迷分局党委的期望。

多了一根“经”

大包干带给各个站段的最大变化是，都会算账对比，都知道自己的口袋里有多少钱，哪些钱是必须花的，哪些钱是可以省的，甚至有些干部总结了“两个确保”：职工的工资必须确保、安全生产上的投入必须确保。可以说，通过大包干，职工的当家意识开始觉醒，不再只管干活，不问成本和收入。

花的有些钱并不在上级认可或者同意的范畴，但让一个站段运转正常，必须得花，如同一个家庭一样，过日子总得有“油盐酱醋茶”的开销。上级对花的有些钱默认，有些却也不反对，只要不违反法律法规，不再进行更多地管制。

王诚如从培训班回来后，与段长邢明棠交换了意见。邢明棠从行政的角度，强调要确保安全生产，其他并没有更多地考虑。但当王诚如说起将一部分通信资源拿出来面向市场、面向社会时，邢明棠对此坚决反对。

“我们电务部门要搞多种经营，没有资源，如果将用于主业的通信拿来面向市场，很有可能会波及运输通信，弄不好会危及行车安全。如果非要搞的话，我建议将临街的房子腾出来，搞点出租或者开小卖铺，这样可以解决一部分人员的工资，同时也响应了阿迷分局的要求，关键是不会影响行车安全。”邢明棠说的不是没有道理，而且也还可行。

“邢段长说的我非常赞同，我说的拿出部分通信资源来开发，也不是说立马就要执行，我们可以研究研究，待时机成熟后再实施。目前，先进的通信方式日新月异，我想我们的研究不仅仅局限于搞多种经营，也可以着眼未来的运输主业通信，如果我们现在不抓紧时间，很有可能会落人于后。”王诚如并没有与邢明棠就事论事的讨论，而是向前迈了一大步，让邢明棠不好再说什么。

两人比较一致的意见是同意富有经验的李有生任多种经营办公室（简称多经办）主任，并抽调三名职工来组建多经办。

刚开始邢明棠和王诚如并没有给他们压担子和交任务，而是让他们尽快熟悉业务并把适合电务段的多种经营搞起来。王诚如找李有生谈话时，说得最多的是通信发展，尤其是私人电话的发展，希望他们多在这方面下功夫。

李有生按照邢明棠的要求，用了一个月的时间将电务段沿街的房子全部腾空，并全部面向街面开放。经过改造，六间十二三平方米的房子变成了六家商铺，而且是不同的经营铺面，这样一来，四个人的奖金就有了着落。尝到甜头后，李有生又到电务段管内的其他点查看是否有符合开店的房子，一共有五间符合开店的房子，向邢明棠汇报后，各个领工区基本都配合，如法炮制后，第一轮的房屋租赁算告一个段落。

在此期间，王诚如并没有向李有生提出要求，而是看着他一步一步地往前走。这天，李有生专门来向王诚如汇报这一阶段的经营状况。对此，王诚如给予了极高的评价，表示开局良好须再接再厉。同时，向李有生指出，随着改革开放的深入，人们的收入会增加，对通信的需求会突飞猛进，我们现在需要关注这方面的发展。至于在其他方面如何突破，可以到外面，尤其是到深圳等沿海地区看看，学习学习。

王诚如的要求并不具体，落实起来比较难，但愿景确实诱人。简单交代后，李有生踏上东南沿海的旅程，开始走向新的征途。

经过分工调整，赵向南也分管他段上的多种经营工作。多经办主任马里红也是刚上任，基本没有这方面的经验，仅有的知识是对工务段使用的路材路料有些了解。

马里红还是比较清楚谁是主管领导，被任命后立即前来向赵向南汇报。

“赵总，多经办有五个人的定员，您有什么指示，我尽量按照的您的要求先把人配齐。”

“不一定马上配齐，你留有一定的空间，尽快物色两三个人来。没有人，你怎么开展工作啊?”

“赵总，我从来没有搞过什么经营，也不知道从何处下手，您给我多指示指示。”

“老马，我们边学边干吧！多种经营在全路都是个新鲜事物，我们一起努力吧！”赵向南毕竟是段领导，他不能向马里红那样，也说什么都不知道，那显得自己多没有领导能力。

过了几天，马里红拟调了三个人的计划，报给赵向南。赵向南没有过多地去问有关情况，而是大笔一挥："拟同意，请段长审批。"

人员有了，还得有活干啊。马里红来找赵向南汇报，打起了部分工务路料的主意，也就是将目前工务段使用的大量的水泥、河沙和道砟盘活。赵向南本想让他们从专用线入手，但一想，盘活工务路料，来钱快、风险小，几乎就是从左边口袋的钱换到右边口袋里，也就没有向马里红提更多的要求。

经过操作，多经办有了成绩，但不好走账，直接用工务段的账号，钱都会打在主业账户上，这个钱不好取。一时半会他们也想不出一个更好的办法。

赵向南想到的是和王诚如联系一下，从电话交谈中得知，电务段是在蒙自县里注册了一个经营部，经营范围涉及房屋租赁、小商品销售等。财务人员由段财务室代管，分账管理。赵向南一听，觉得这是个好办法，可以解决进账资金不好被使用的问题。

放下电话，赵向南找来马里红商量，让他去镇上工商所了解，比照电务段注册一个经营部。马里红没有停留，直奔镇工商所咨询能否办理营业执照的事宜。得到的答复是镇上办不了，需要到县工商局办理。

没有办法，马里红赶快回来向赵向南汇报："需要去县里办理。"

"你们先去准备相关资料，过两天我要到县里去，我们一块过去。"赵向南想到县里，当面向王诚如请教，学习一下电务段的经验。

想好以后，赵向南打电话告诉王诚如自己要到县里，希望能够见一面。王诚如答应下午在办公室等他，不见不散。

马里红去工商局办事，吉普车直接将赵向南拉到电务段门口。赵向南以前来过，对电务段比较熟悉，而今天他一看，大门两边的房子全部用来搞经营，人来人往，看得出生意蛮不错。

"王书记，你们搞的还是蛮好的嘛！"赵向南还在王诚如门口就大声说道。

"我们也是小打小闹，比不了你们工务段的财大气粗啊！"王诚如很客气，也很低调，他不想在老朋友面前摆谱唱高调。

茶水倒好后，王诚如和赵向南并排坐在沙发上，开始神聊起来。

"都是你在培训班上说的多种经营，现在好了，我们大家都按照你的要求在搞多种经营！"

"啊呀，你可不能乱扣帽子，搞多种经营是铁道部下达的要求，怎么变成是我说的。我可担待不起。"

"好了,逗你玩呢!"

斗嘴后,王诚如和赵向南探讨起各自的多种经营项目。王诚如谈起电务段的多种经营,总是有自己的想法,而且想得较远。

"电务段的多种经营,并不是像某些人说的没有前途,而是大有前途。今后,铁路的发展、国家的振兴,都离不开通信事业的发展,我对此蛮有信心。"

"我对你说的都有信心,但眼下我们刚起步,我们连走都不会,哪能跑步呢?"

"向南,你们工务段的多种经营的方式相对来说,比我们电务段的好搞啊!你想啊,石渣你们可以自己采、河沙可以自己筛,甚至可以向铁路水泥厂搞石头,水泥再返销回来,形成二次利润。还有这些众多的厂家,他们有些有专用线,没有的可以帮他们修,修好以后帮助他们维修,可以说你们遍地都可以找到钱啊!"

"诚如,你说得如此简单,好像堆起来的钱就在我们身边。我现在都愁死了,一个总工程师,不去搞技术,而是来找钱,你说这个世界是不是都往钱眼里钻了?"

"不要羞于谈钱,搞技术不要钱吗?吃饭不要钱吗?我的同志哥,现在是大包干。我们不想办法去赚钱,这么多职工跟着我们,难道叫大家像原来一样受穷吗?"

一番争论之后归于平静。赵向南也在想:"我今天是来学习的,不是来和他理论的。说实在的,我也争不赢他。"喝了口茶水后,赵向南算是回过神来,继续探讨多种经营的管理。

"诚如,你们在多种经营的管理上,是比照主业的管理,还是重新用另外一套办法?"

"应该来说是有所不同,毕竟主业是以运输生产安全为主,多种经营是以利润和赚钱为主。这两个不同的目的,决定了在管理上还是有区别的。你比如说,在同地段租赁一间房子,别人租的1000元,而你需要600元即可,这就要问问原因了;还有,做生意在外面总会有应酬,吃过饭送个红包什么的,你又不能事事都跟着,你也无法判定是他自己吃了、拿了,还是请别人吃了。你只要考核他的结果就行,不要过多去干涉,否则没有人会为你干活!"

赵向南其实并没有想这么多和这么深，像这样的考核和管理，对他来说，上面还有段长和书记，他只要执行好，督促他们完成任务就行了。至于说请客送礼这些乱七八糟的事情，他压根就没有想过，更不要说去管了。

“还有这么多诀窍啊！不过，我只是个副职，我还是给领导建议换另外一个人来管吧，我对这些东西一窍不通！”

“是啊，你是可以建议，你也可以不用管，只是现在你在管，你就要把规矩立好，否则以后确实不好办。算了，不再谈这个事了。今天晚上我请你去家里，看看我们家的小燕子。”王诚如一看时间差不多该吃饭了，便向赵向南发出了邀请。

“诚如，家里就不去了。改天我单独来的时候再去吧。我今天还带着多经办的人来了，要不我们在外面去吃一点，我们就赶回去。”赵向南感觉有点抱歉，但也是没有办法。

“哦，那就各回各家吧。你还要回迷拉地，也不宜太晚。你们在路边吃点就回去吧。我也就回家吃了，这次不管你了，算我欠你的。”

说话间，两个人离开了王诚如的办公室。离开电务段大门后，赵向南向王诚如说了声：“再见。”之后，就到他们约定的蒙自火车站去了。

蒙自车务段的多经办主任由李应安兼任。这天，李应安来到王诚如的办公室讨教。

“王书记，你给我们支支招，车务营如何搞好多种经营？”

“李主任，你是摸错了庙门，怎么跑到电务段来？”王诚如哭笑不得，毕竟是在一起共过事，而且李应安待自己不薄。王诚如给李应安倒了杯茶水后，还是与李应安探讨起车务段的多种经营的问题了。

车务段的多种经营，显然比其他系统的多种经营更有优势。首先，车站就在县城和乡镇所在地，人流、物流比较集中。有人流就会有机会，就会有生意。这一点比其他系统更加明显。其次，车务系统手中握有车票和货票，这两票就可以变成钞票。最后，车务段天然地与市场接轨，对市场的反映比较敏感，正所谓“春江水暖鸭先知”，说的就是你们车务段。

“王书记，你说的这些让我很受启发，可是车务段也有许多规定啊，好像能做的事情比较少。”李应安苦笑着说道，因为他还是不得要领。

“你啊，做都还没有去做，就把自己限定起来，如果是这样的话，哪还能去搞多种经营！”

“王书记，你要是我们领导就好了。”

“打住，以后可别这样说，否则你们张华书记会忌恨我的！”

“好，我也就是在你这里说说而已。不过，王书记你是搞车务出身的，给我们再指点指点吧。”

“你这样，我只是建议，可别说是我说的。你们可以把部分闲置的货场拿出来出租，一来可以收点租金，二来可以吸引货主长期使用货场，不仅租金有了保证，主业的货物运输也有了保障。还有，可以为货主代办运输，相当于二道贩子，收取代理费用。这种代理可以包括车皮代理、装卸代理、短途运输、货物代取等等，这种服务目前谁都没有做，我们要做需要有当地政府的批文，这应该是可以探索的。还有，也可以找宾馆、酒店，让他们反过来代理我们的火车票，可以谈，他们收取三成代理费、车务段要七成，手续及各种证件由他们去办理。总之，可以做的事情太多，而且基本不用投入，收到的钱就是利润了。”

“太好了，你真是我们车务段的财神，我回去以后立马做这方面的工作，弄的差不多的时候再向你讨教。”

李应安回到段上，分别向张华书记和白家喜段长做了汇报。不过，他在汇报时省去了王诚如的“指点”，只是说经过这一段时间的思考，自己有一些不成熟的想法，供领导参考。

张华书记表示支持李应安的想法，让他多向段长汇报，形成一个具体的方案，之后在党委会上通过，其他人没有不同意见。白家喜段长对李因安说的每一件事都记在本上，不时插话询问一些具体细节。

“李主任，你的这些想法，很有远见，也很有操作性。我想，有关场地出租的事情，你可以马上安排人去做，宾馆、酒店代理火车票的事情可以作准备，待我向运输分处汇报后再上马，有关代办运输的事情，我们还得向当地政府汇报。这事涉及面比较广，我们车务段涉及四五个县，是每个县都去汇报，还是只去州里汇报，我们还得思考一下。”

“白段长，还有点小事，你看我两边兼着，也不是个办法，段上人才又多，还是让我专门负责一项工作吧。”李应安感觉两个主任兼着有点吃力，希望明确一些也好解脱。

“可能一下子解决不了，你还得两边兼顾一下。不过，你也帮我们物色着人选，像你这样能干就行。”白家喜没有明确说，至少让他开始物色人选。

没有等到段党委会召开，李应安就急着将蒙自货场靠近街边的一排房子腾空，将面向街边的窗户全部改造成门，把在货场里开的门全部封死，只留窗户对着货场。

李应安的着急不是没有条件的，本身他就是办公室主任，一些小打小闹的费用可从办公室经费里挪出一部分。李应安吆喝一声，说干就开干了。

一周后，面向街面的五间房子粉刷一新。李应安安排手下的人，立了一块招租牌子，上面言明每间只准做一个行当，不能重样，房租面议等等。

张华和白家喜听说后，叫上李应安一同前去查看。

到了现场，白家喜觉得李应安很会办事，没几天的工夫就把工作做得有声有色。因此，白家喜一个劲地夸李应安：“都应该向李主任学习，就是要有说干就干的精神头。”张华打心里也是高兴的，但始终有个弯转不过来。

“李主任，我不是说让党委会通过一下嘛，你就直接把活给干了！”张华语气中还是有些生气。

“张书记批评的是，只不过租房的追得紧，我就忘了这茬。”李应安在领导面前还是给他们以足够的尊重，免得引起不必要的麻烦。

“下不为例，不过，这件事还是要在党委会上补一下，否则不符合规定！”张华书记不依不饶，白家喜段长在旁边暗示李应安不要说话。

“是的，我们做事还是要符合党的规定，大家都要引起重视。”白家喜算是和稀泥，不想在木已成舟的时候发生不愉快的争执。

在各个单位都在积极贯彻阿迷分局关于发展多种经营之际，阿迷分局也在着手召开第一次多种经营大会，目的是督促一下。这天上午，王诚如接到通知，让他下午到阿迷分局党委第一会议室参会，具体内容是筹备召开第一次多种经营会议。

放下电话，王诚如在纳闷，筹备多种经营会议，那是阿迷分局有关部门的事啊，怎么会通知他去。打来电话的人，王诚如也不熟悉，也来不及问。管他的，参加会议就行了。

下午两点半，会议准时开始，党委书记郝卿明清了一下嗓子，开始说明召开此次会议的主要目的。

“今天请阿迷分局有关部门和有关站段的领导到会，主要是就如何开展多种经营。目前在大家手上的这个方案只是一个初步的方案，请大家用五分钟的时间快速地阅读一下，看看妥否或者还有没有补充？现在开始看方案。”

王诚如快速地浏览手中的方案，其中有一项内容为交流发言。在这项中，排在第二位发言的就是蒙自电务段党委副书记王诚如。看着方案，他搞不清交流发言是什么意思，用笔在自己的名字下面画了一个着重符号和问号。

“大家都看清楚了吧，依此顺序发言吧！”郝卿明没有点名，就用手指了靠近大门的人，就算从那里开始发言。

大部分人的发言，都认为这个方案比较可行，免不了表扬一下提出方案的部门和人。轮到王诚如发言，郝卿明微笑着示意王诚如讲话。

“郝书记，对方案中其他部分我没有意见，对交流发言这个部分有几个小建议：第一，我不清楚交流的含义，交流应该是实践方面的内容，可我们还没有开始，哪来的交流。当然，理论上的交流体会也不是不可以，可我们这个会议不是务虚的会议；第二，让我发言没有意见，但是从资源和特色上来说，我们电务段目前不具备优势，恐怕会辜负阿迷分局领导的期望；第三，这次会议结束后，阿迷分局应该出台一个大力发展多种经营的文件，从各个方面鼓励和支持多种经营。我的发言完了。”王诚如讲完话，大家都停下来，看着郝卿明。

“等一下，我想再问问王诚如书记，你不发言，谁更合适一些？你不要紧张，今天不是决定的会议，可以畅所欲言。”郝卿明想把会开得更好一些，想让还未发言的人继续。

“郝书记，我也没有完全想好。不过，我觉得这几个系统的领导发言对我的启发很大：第一，车务段是面向社会、面向市场、面向旅客货主的单位，他们应该是铁路多种经营的主要力量，让他们发言至少可以鼓舞铁路职工的信心；第二，房建、生活系统的单位，他们是服务铁路职工的重要力量，把自己的铁路职工服务好了，凭着铁路职工家属及三姑六婆的口碑，不愁没有生意；第三，组建一部分专业队伍和力量，立足于铁路和社会两大市场，在商品经济的海洋里去拼搏，相信也会创造一番新天地；第四，维修保障单位利用闲置的资源和资产，开展适合社会大众需要的各种服务。当然，这其中也可以服务好专用线的业主，收取适当的费用。可能有不对的地方，请各位领导批评指正！”

郝卿明带头鼓掌，大家也跟着热烈鼓掌。王诚如赶紧站起来，向郝卿明致意。

“王书记的发言就很精彩，我建议第一个交流发言的人就是王诚如书记。这些想法足以让大家开阔思路，鼓舞干劲。下面，继续刚才的发言。”郝卿明这样的话一出，未发言的还有两三个，他们均表示没有话要讲了，一起等待郝卿明作最后的指示。

“刚才听了大家的发言，很受启发。围绕这个方案，我说四点：一是交流发言就不要变了，务虚务实都可以，只是顺序上请蒙自电务段王诚如书记首先发言；二是车务段的发言安排三家单位，你们多经办回头再研究；三是生活段和一家工务段发言；四是多经办最后发言。这样七家单位的发言控制在 2 个小时以内，请多经办相关人员对文字做最后的把关。

“我还要说的是关于大力发展多种经营的文件，多经办在会议上提出一个可以供大家讨论的文稿，不作为正式文件。这个文稿要吸收本次会议的精神后经党委会讨论后下发。这项工作，多经办要负起责任来，不能开一个轰轰烈烈的会议却没有具体的干货给大家。

“另外，既然是筹备多种经营会议，能不能开得与其他会议不一样。时间不是问题，给你们一个月的准备时间。我说的不一样，比如说能否有些宣传或者广告的形式，让大家耳目一新。至于开成什么样子，多经办提出更具体的方案报两办把关。

“大家如果没有其他意见，就散会吧！”

郝卿明起身，大家也就跟着离开了会议室。

子女顶替接班

阿迷分局多种经营会议按照郝卿明的意图如期召开。王诚如在会上风光了一把，许多书记、段长对他投来了赞许的目光。当然，真正掌声雷鸣的是郝卿明的讲话，他不仅从理论上给予阐述，从操作上也给了明确的指向。与会者都感慨，这样的会对指导工作有很多好处，只要按照郝卿明的要求做就行了，没有必要再去想其他的办法。

多种经营会议之后，各个站段开始筹划自己的工作，都把多种经营作为一项重要工作。当大家齐心协力准备大干一场的时候，一场牵动职工切身利益的大事如洪水般呼啸而来，让阿迷分局、站段和职工措手不及。

事情的起因是路局一个文件下达到阿迷分局劳资分处，明确今年阿迷分局补充的人员数量，控制在1000人以内。按照原来昆明局的管理模式，这个文件是以路局、路局党委的名义下发，而成都局则直接下达给劳资分处。劳资分处的处长伍兆生根据该文件拟定了一个今年退休人员的计划，满打满算也就是350人，要达到路局1000人的指标，还是比较困难的。拿着文件和计划，伍兆生找到阿迷分局长陈世忠汇报。

“陈局长，我也不知道路局是如何算出来的，我们没有这么多人员退休，文件上也没有说让我们到社会上招工，你看如何办?”

“兆生，你向郝书记汇报了没有? 你向路局劳资处打听打听嘛!”陈世忠没有给出明确的指示。

“还没有向郝书记汇报。不过，之前我从侧面向劳资处了解了一下，劳资处的答复是由我们按照文件要求看着办。成都局刚刚分管我们不久，许多人也不熟，不好再打听更具体的问题了。”伍兆生说的是实话，没有其他办法，只能按照文件要求操作，出现偏差再汇报。这也是基层单位多年办事的准则。

“我知道了，你还是请示郝书记后我们再说具体的办法!”陈世忠的态度是明确的，他必须等书记有说法后再说自己的办法。这一点，伍兆生这些年来比较了解。他一开始只是觉得这是一个很具体的工作，不用找郝书记汇报。

从陈世忠办公室出来后，伍兆生就来到了对面郝卿明的办公室。郝卿明正在打电话，示意伍兆生先坐下。

“兆生，今天又有什么事?”挂好电话，郝卿明问了起来。

“郝书记，有个事向您汇报，看看如何来处理?”伍兆生把文件精神和阿迷分局的现状及实际大概情况做了汇报。郝卿明一听，这是个大事，涉及职工的切身利益，如果办不好，对不起路局党委的苦心，更对不起职工群众的期盼。

“走，到陈局长那里去，这个事要快!”郝卿明不由分说，拉着伍兆生就来到了陈世忠的办公室。

坐在陈世忠办公室的其他人一看郝书记进来了，连忙起身往外走。

“世忠,刚才兆生汇报的事,我们两个统一一下意见,我认为应该执行路局的文件,尽量补充人员。现在,想听听您的意见。”郝卿明率先表明态度,是不想再耽误时间。

“我没有意见,要不开个会再听听大家的意见?”

“我的想法是,这是路局的决定,我们没必要再讨论了,而且这种事少说多做,只要我们两个意见统一就支持劳资分处去做。”郝卿明不想让大家非议路局的决定,更多的是想减少阻力以加快工作步伐。

“好吧,伍处长,你们尽快落实。出现问题及时向书记和我汇报!”陈世忠亮明了态度之后,郝卿明和伍兆生离开陈局长办公室,一起又回到郝书记办公室。

“兆生,你这个文件复印两份给我和陈局长,站段就不用下发复印文件了,口头传达一下即可。还有,我有一种预感,这个文件执行中会有许多意想不到的问题,你们要本着对路局负责、对阿迷分局负责、对职工群众负责的精神妥善应对,确保完成指标。”郝卿明原则性地提出要求,伍兆生立即回到劳资分处召开会议,传达阿迷分局主要领导的要求,部署这项事关全阿迷分局的大事。

阿迷分局劳资分处长伍兆生按照郝卿明的要求,稳步推进子女顶替工作。他采取的是先把今年 9 月份以前退休的人员补充到位的办法,稳扎稳打地推进。这样一来,没有退休或者还在等待退休的职工,就只好眼睁睁地看着,没有其他办法。

伍兆生甚至有点怀疑郝卿明,是不是官当大了,有些神经兮兮了,不是没有问题吗?伍兆生正在怡然自得的时候,电话响起。

“伍处长,我们之前的统计可能出了点问题,估计退休人员达到 100 人,远远超过了 30 人的统计计划。我向你报告,增多的人数该如何办?”迷拉地工务段党委书记钱向东在电话里反映。

“你等一会,我看看你们的计划表。不对啊,你们拟报的人数是 30 人,怎么会多出 70 人?你们也再好好核实一下,这种事情容易弄错。”伍兆生没有松口,他不知道会有多少家单位也会出错。

伍兆生放下电话,并没有直接将这一情况向郝卿明报告。因为,他认为仅有一两家出现问题,并不具有代表性和倾向性。

正在伍兆生等待的时候,迷哈地车站几乎都炸开了。以杨老六和白小七为代表的四十多岁的职工，家中的子女都是十七八岁，要说来车站上工作也是完全有可能的。可杨老六他们的岁数还不到退休的年龄，那可怎么办。

晚上，杨老六和白小七在杨老六的家里喝着闷酒，两人的唉声叹气被杨老六的妻子数落了一顿。

“有点事就知道喝酒，酒能给你们出主意、想办法？像你们这样，喝到明天这个时候也不会有什么主意的！”

“那你有什么办法？”

“你们不会问问领导啊，难说他们会有办法呢！”

杨老六妻子的几句话倒是提醒了他们。

“是啊，明天一早你可以问问王诚如，我问问赵向南，他们应该知道的比较多，办法也多，你说是不是？”白小七酒喝得不多，他这个时候能够想起曾经在迷哈地工作过的人，确实是没有办法的办法。

想到这里，两个人好像有了主心骨似的端起酒杯一干而净。

“好嘞，明天问问领导！”白小七把酒杯一放，从杨老六家出来回到宿舍。

第二天一早，白小七打电话给赵向南。当白小七说，想让自己的儿子来顶职时，赵向南就问：“白师傅，你还不到退休年龄啊，怎么可能让你的儿子来顶替呢？”

“我听说，我们段已经有许多像我这样的人都在办理退休手续，我向你打听一下，不知道是真还是假？”

“真有此事？那我问问再告诉你！”赵向南毕竟只是一个管技术的总工程师，对段上最近发生的事情不是很清楚。

能够得到赵向南的一个说法，白小七已经心满意足。他想等问到结果之后再向杨老六通报和商量。

杨老六对车务段的领导不熟，他就直接打电话问王诚如。正好，王诚如也在办公室。

“诚如，职工都在议论退休的事情，不知道是真还是假？”

“杨师傅，事情是真的，你有什么想法？”

“我想让我们家的杨民海来顶替，不知道行不行？”

“这是个好事，只是你岁数还不大嘛，这样退下来，是不是有点可惜了。”

“不可惜，为儿穷为儿怂，他高中毕业考不上大学，到哪儿去找工作啊？！”

“也是。杨师傅，不过时间比较紧急，你得到段上来办理有关手续。还有，你到退休年龄时，还得到户口所在地去办理相关手续啊。”

“诚如，到派出所办理哪些手续？我人生地不熟啊。”

“你先不要急，你看看你的户口在哪个派出所，等再来时带上。你到蒙自来找我，我告诉你怎么办。”

挂了电话，白小七已经来到运转室。两人将各自的情况一碰，合计着明天一早坐小运转去找王诚如。

而王诚如所在的电务段，这几天也都是忙于职工退休子女顶替的事情。尽管他们段涉及的人不算太多。但一位实际只有 36 岁的话务员将退休申请表及其 18 岁女儿顶替表摆在王诚如面前时，王诚如深深地叹了一口气：“可怜天下父母心啊！”

王诚如将人劳室的统计表收好后，要了一辆车直奔阿迷分局，他要向郝卿明汇报此种情况。

伍兆生用了五天的时间，暂时把全阿迷分局二十二个站段的统计数字核实、核准，赶紧向郝卿明去汇报。正好，伍兆生在郝卿明办公室门口碰到了王诚如。两人像是约好一样，一起进入郝卿明办公室。

进门一瞧，有三个站段的书记也在郝卿明的办公室，都是向郝卿明反映职工退休以及子女顶替的事。郝卿明一见伍兆生也来了，连忙说道：“你来得正好。”

“兆生，你过来，我们商量一下，你们几位书记先到会议室喝茶去。等我们商量的有结果了，一并答复你们，怎么样？”郝卿明抬手示意包括王诚如在内的书记们出去。大家一看，不能赖在这里嘛，也就纷纷出门了。

“兆生，说说看，这是个怎样的情况？”

“郝书记料事如神，幸亏您提醒，我们早早地作了安排。日前，全阿迷分局 22 个站段加上机关共有 1090 人提出退休申请，也就意味着有 1090 人要来顶替他们。”

“那就不要再推来推去了，我说你记着，回头向陈局长报告一下：第一，派出所出具的证明要加盖公章，以显示它的合法性；第二，职工子女严格控制在十八岁及以上，不能低于这个年龄；第三，农村户口的职工子女只要有合格的学校证明，适当放低一点；第四，双职工都退休，只要子女愿意都可以进入铁路工作，但不能分在一个单位；第五，时间上，退休职工的年龄控制在今年12月31日前，其子女的计算年龄也推后到今年12月31日。办理退休及子女顶替工作的时间要在10月30日前结束，不能再延长。这五点都记住了吧。”

“记住了。”

“那就好，向陈局长报告后就执行，提醒你一下，口头传达，不允许以文件的形式下发。”

“好的，坚决按照郝书记的指示办！”

“你先去向陈局长报告，没有意见后，你和我去见一见这些书记们吧！”郝卿明没有忘记对站段书记的承诺。

五分钟后，伍兆生又来到郝卿明的办公室。

“郝书记，陈局长没有意见，他建议召开阿迷分局会议来贯彻执行你的指示。”

“回头我和他讲，开什么大会！你辛苦一下将劳资主任召集起来安排执行就行了。走吧，到会议室去，会会这些书记们去。”郝卿明带着自己的笔记本，走向会议室。

“让各位书记们久等了，下面由伍处长传达阿迷分局对这个问题的具体要求。”郝卿明说完，伍兆生按照记录内容原原本本地向各位书记作了传达。

“大家还有什么意见。没有意见的话，我再强调一下：第一，各负其责，谁的孩子谁抱，不要闹出乱子来，否则我拿在座的党委书记问责；第二，好事就要办好，少问为什么，多想怎么做；第三，对无理取闹的要严肃处理，不能一颗老鼠屎坏了全阿迷分局职工的好事。你们都回去吧，我不再单独见你们，有什么问题就向兆生报告。散会！”

说完，郝卿明径自离开了会议室，留下几位书记在发愣。王诚如一看这势头，率先离开会议室返回段上。

第二天下午，杨老六和白小七来到电务段找王诚如。门卫看见他们拎着大包小包，死活不让他们进去。正在吵闹中，宣传干事刘书学从大门外进来，看这阵势，问他们找谁？“王诚如！”他们异口同声回答道。

“哦，找王书记，走，我带你们去。”刘书学领着他们前后进了王诚如的办公室。

“耶，王书记不在，你们先坐一会，我去找找。”刘书学不敢怠慢，倒好水以后，请杨老六他们先喝水，自己急急忙忙去找王诚如。

十多分钟后，刘书学没有来，但王诚如却回来了。王诚如一看杨老六和白小七一起来了，心里高兴，连忙给他们添茶水。

“诚如，哦，不，王书记，我们向你求助来了。”杨老六结结巴巴，喊错了又赶紧改口。

“杨师傅、白师傅，以后你们还是叫我诚如吧，听着亲切！”

杨老六、白小七点头答应。王诚如感觉他们还是有点紧张，就主动询问杨老六：“杨师傅，你的情况怎么样啊？”

“诚如，是这样的。我今年 48 岁，离退休还有 12 年，原来填报户口时报大了 2 岁，就算是 50 岁，可也还得需要 10 年。儿子杨民海今年高中毕业了，年龄正好已经 18 岁，应该符合阿迷分局的要求。”

“杨师傅，那你想好了没有，是让儿子来顶替你，还是你继续干下去？”

“我是想让儿子来顶替我，他不要说考大学，连中专也考不上。但户口问题，我确实不知道怎么办？”杨老六流露出畏难情绪，眼巴巴地看着王诚如。

“杨师傅，你的户口在哪里？”

“好像在迷拉地镇上吧。我也吃不准。”

“啊，你也不清楚户口在哪里？”

“我一直在小站上工作，原先迷拉地车务段就把我的户口办在了镇上，说是调来变去的也不方便。”

“杨师傅的事情稍等一下，我问问白师傅，你的情况是？”

听见王诚如问自己，白小七答道：“我的户口就在迷拉地镇上，儿子今年 20 岁，是农村户口。但我也只有 45 岁，不知道怎么才能够达到退休标准。”

“你们工务段的男职工应该是线路工 55 岁可以退休，你距离正常退休年龄还有 10 年。问题是你儿子愿意来顶替你吗？”

“没有问题，之前我给老家发去电报，没有回话就说明没有问题。”

“好了，杨师傅、白师傅，我已经知道你们的要求和情况了，这还得回到你们自己的站段去办，我只能给你们出出主意，帮点小忙。”

杨老六、白小七连说谢谢，把提来的东西放下就要准备离开。王诚如一看这架势，明显感觉自己是不是官样太大了，让自己的师傅们不舒服。

“杨师傅、白师傅，你们不要着急走，晚上到我家吃饭。不过，你们现在在办公室先坐一会，下班时我们一起走。”安抚好杨老六和白小七，王诚如又到了段会议室，交代了一下有关本段职工退休与子女顶替的问题。

把杨老六、白小七退休及其子女顶替的问题办理妥当之后，王诚如在调度室打电话给公安分处副处长马公安，一起到他家里去吃顿饭。

1000 人的职工子女顶替的问题就这样迅速而公开地办完了。接下来的工作就是按照正常的流程，开展职工子女入职教育和培训。

不许有卖马贼

一个月后，这批职工子女全部充实到各个站段的生产班组。有些班组老职工只有两三个人，一下子就有三四名职工子女来上班，带徒的师傅不够，只好一带二，甚至一带三。许多老职工之前都或多或少知道他们的父母，现在来带他们的子女，多少还是有些不习惯，多是碍于面子，也不好向这些职工子女提更多的要求。

这些情况，站段领导，甚至阿迷分局领导都知道，一时间也没有一个良策来解决，只好默认这种状态发展。

接近年底，各项任务指标离完成还有一段时间。郝卿明和陈世忠心里非常清楚，要靠这些刚刚参加工作的人来完成任务，无异于痴人说梦。现在他们已经不再指望能按时完成任务，只要守住安全底线就行了。

有时候，越不想出现的事情偏偏就会到来，甚至有点来势汹汹。

11 月 25 日，货物列车在 K400 处被山上滚下来的石头从中部砸断，后四个车厢脱轨，机车无法行走。迷拉地工务段组织 35 人前去救援。5 个小时过后，线路依然没有开通，路局非常震怒，要求在 7 个小时以内抢通线路。

抢险现场只有工务段、车务段和机务的人在场，没有抢通的主要原因是脱轨的车厢要复原，不能损失。这段时间主要是车务在协调救援机车的到来，机车从迷拉地出发 3 个小时也到不了，工务段又只有等待车厢挪开才能恢复线路。一来二去，仅讨论方案的时间就用了 1 个多小时。坐镇指挥的陈世忠根本不知道现场的基本情况，也提不出具体的抢险方案，任由他们在电话里说来说去。

郝卿明在得知路局的要求后，也到了调度指挥台，在与陈世忠简单交换意见后就直接拨通了现场电话。拨通电话后，赶到现场的工务段段长朱文忠向郝卿明报告整个现场状况。

“脱线的车厢里拉的是什么东西？”郝卿明质问道。

“郝书记，有两个车厢拉的是路料，另外的车厢一个拉的是化肥、一个拉的是煤炭。”蒙自车务段段长白家喜接过电话报告道。

“现在，我命令你们将四节车厢全部推倒，全力恢复线路，务必在 2 个小时内恢复行车，否则我拿你们是问。”

“郝书记，推倒意味着要把车厢推到南溪河里，这个损失有点大啊。”白家喜如实回答了现场的情况。

“推到河里之后，你们再不抢通线路，遇到军运，你们就吃不了兜着走吧！不要再犹豫了，你马上传达我的要求，以抢通线路为主。”

白家喜放下电话，连忙召集在现场的各个单位的负责人，下达了郝书记的指令。

现场人员按照指令，迅速地将车厢全部推到河中，简单清理后，线路恢复了通车。这样简单的办法好是好，就是后续问题处理比较麻烦。车辆段找车务段要车厢，货主也找车务段要货物，把白家喜弄得焦头烂额。因为在紧急情况下的处置，他也不会告诉货主，让货主去找郝书记要。

车务段办主任兼多经办主任李应安已经写好这次事故抢险救援报告，等候白家喜签发。

“这样就上报给阿迷分局，合适吗？”白家喜问李应安。

“合适，原来就是这么处理的。阿迷分局好像有一笔防洪抢险的事故损失费用补贴，以前我们都是这样处理的。”

对此，白家喜感觉有些不妥，但考虑自己段上曾经也有这样的开支，而且数目不大，也就同意先形成报告。李应安转身离开后，白家喜想对这个事情要当面向郝书记汇报。

“李主任，你打印好报告后拿两份给我，明天早上我们俩一起去阿迷分局。”

李应安答应着，觉得有点不对，但毕竟白家喜是段长，他也就不好意思再多问什么了。

第二天，白家喜找到郝卿明，将此行的目的大概说了一下，郝卿明听明白了意思。

“白段长，还有其他事吗？”

“郝书记，没有其他事了，不知道您还有什么指示？”

“哦，你把报告放在我这里吧。”白家喜之前没有到过郝卿明的办公室，听到郝书记这么一说，也就推门走出了办公室。他叫上李应安离开了阿迷分局。

三天后，财务室主任告诉白家喜车辆及货物损失费已经到账，等待指示怎么办。白家喜心头一惊，这么快就下来了，连忙把李应安叫来。

“李主任，费用已经下达了，你和车辆段、货主联系一下，尽管我们是过手财主，但也要把事情处理好，否则郝书记问起来不好交代。”

“白段长，按照惯例，货物损失费只是象征性地给一部分，不用给全额的。”李应安在旁边提醒。

“李主任，尽量满足货主的要求吧，这是郝书记盯着办的，不能有闪失！”

李应安答应着离开白家喜的办公室。“算了，留下来我们也不能发奖金，全部给他们吧”李应安尽管不情愿，但也不敢在这个问题上造次。

一场抢险下来，大家都高高兴兴，好像谁也没有损失什么，又好像都得到了什么。

事故抢险过了半个月，一个批示文件将车务、电务、工务牵扯在了一起。

蒙自电务段副书记王诚如看见郝卿明的批示：“严肃查处隐瞒不报的坏习气，确保安全生产的正常秩序。”

一看内容，是机务部门的一封举报信。信中内容大致是：一周前，机务段调车司机挤掉了迷拉地的 1 号道岔，原因是车务段报道员没有按照运转室值班员的命令扳动道岔，错误地指示回库机车通过道岔。值班员当时告诉司机不要向上报告了，我们自己处理就行。司机听信值班员的话，也就配合工务、电务恢复了道岔。事后，几家单位的当事人还一起吃了顿饭，算是将此事摆平。

事后，司机被机务段调度询问，为什么机车这么长时间在站内不入库。这一问，司机就慌了，不假思索和盘托出。

调度将此情况整理后上报安全监察室，最终上报到了阿迷分局领导。

这边，王诚如安排段安全监察室的工程师直接到迷拉地电务工区，那边车务段的白家喜也同样有这样的安排，工务段则责成赵向南调查此事。

事情都是明摆着的。三家调查的情况与举报的内容八九不离十，但三家的处理结果却各不相同。

电务段的王诚如认为，这种隐瞒不报如同作弊的行为一样应该受到严肃处理，不能让职工养成坏习惯。在段党委会上，最终发展成王诚如与邢明棠的对峙。

“如果处理了职工，今后我们安全上的大小事都上报到段上，我们如何面对其他段上的人。还有，今后电务段的职工都当恶人，我们连个帮忙的人都没有，全都公事公办的话，我们的安全天数是很难有保障的！”邢明棠说的是实话。

“问题是，如果我们不处理，养成这样的坏习惯，不仅误导职工，最终也不能保障我们的安全，这对铁路运输安全是十分有害的！”王诚如不想让步。

邢明棠一看王诚如的态度，内心里很不赞同，但也不能公开的支持这种行为，尤其是在有阿迷分局领导批示的情况下。

“这样行不行，我想把工长降为副工长，扣发三个月奖金，并写出书面检查。”邢明棠像是征求王诚如的意见。

王诚如看见有台阶下，也不想继续与邢明棠较劲，毕竟大家都是为了电务段的利益，没必要为这件事撕破脸，也就顺水推舟同意了邢明棠的意见。

“对了，他是党员，我提议给予党内警告处分。”王诚如这么一说，大家也就纷纷点头同意。

实际上，工务段的情形和电务段差不多。赵向南提出的处理意见很快就在段上获得通过，即扣发迷拉地工区一个月的奖金，共计 100 元。而车务段的处理看似与电务段相同，但还有实质性的区别。

站长降为副站长主持迷拉地车站的工作，扣发站长和报道员三个月的奖金，但这仅限于站长与报道员两个人，不牵扯其余人员。

当这个处理结果传到了王诚如的耳朵时，王诚如对此没有更多地评论。但他想去迷拉地工区开个会，想把职工的情绪理一理。想好以后，叫上刘书学驱车到了迷拉地工区。

工长叫贺明璋，年龄大约 40 岁，有 6 年的党龄。开会之前，王诚如专门找贺明璋谈心，了解他的心思。

“贺工长，我知道这次给你的处分，你有点委屈。今天找你，想听听你对此的真实想法。”

“王书记，对我的处分，我没有意见，我服从上级的决定，这点组织纪律性我还是有的。”

“很好，你的态度让我敬佩！我来找你是想知道你们现场最真实的感受，你可以不用顾忌什么，想怎么说就怎么说！”

“那我就直接说了。”贺明璋抬头看了王诚如一眼，就把这事说开了。

“其实，这种事情也不是第一次，比这样大的事故都被我们隐瞒了。说白了，大家伙在现场混，哪有不出事的。工人之间有着天然的联系和同情，大部分情况都是靠得住的，只有个别的情况会有‘买马贼’，权当运气不好罢了。

“说真的，王书记，一开始这样做的时候心里是虚的，生怕会出事。经历得多了，也就麻木了。还有就是，人家其他单位的人也帮我们的忙，实际上说白了，针过得去线过得来，联合起来就能过关，对，应该就叫‘通同作弊’。”

王诚如听贺明璋说的这些话，心里在打鼓，从全阿迷分局的角度来说，这是安全生产的大敌，而且后患无穷。这再一次证明在段党委会上的判断是正确的。只是，毕竟只是一段之行为，无法扭转多年的积弊。

王诚如在点头的时候，他想到的是自己的判断，哪知贺明璋以为是赞同他的说法，一个劲地继续说几家联合隐瞒事故的案例。

“贺工长，我问你，你们这样帮他们隐瞒，问题是我们电务的材料从何而来，总不至于用旧的充好的吧！”

“王书记，每年编表会的时候，一般情况下，材料准备都要多备一份，几年下来，备的材料很充足。当然了，我们也没有那样背时，一年也就碰上一到两个故障、事故，总体是可以应付过去的。”

“难道材料室就不来检查吗？”

“检查，每年都有。一般是只看台账、查库房。只要台账和库房能对起来，也就不具体的再翻库了。”

“贺工长，这次其他单位的处理情况你知道吗？”

“知道，相互之间都通报呢，就数我们的处理最重！”

“哦，那还是起到一定的积极作用嘛。”

“啊，王书记，我好像不太理解。”

王诚如笑着说道：“你啊，怎么就不想这其实是段上在帮你们。你想啊，这是告诉他们，这次帮你们，我们电务职工吃了大亏，下次他们找你们是不是要掂量掂量？实际上，让你们在下面有托词吗？”

经王诚如这么一说，贺明璋心里亮敞多了。王诚如也觉得收获颇多，至少贺明璋的工作做通了，其他的问题在今后的工作中见机行事吧。

“好了，贺工长，好好工作，带领大家保障安全。”说完，与刘书学一起往外走。贺明璋跟在后面，悄悄与刘书学说请王诚如吃饭，刘书学摇摇头不敢答应。贺明璋硬着头皮，走到王诚如跟前，小声说请王诚如吃晚饭。

“不用了，下次来，我请你们。待会我到工务段去一下，你就忙你的去吧！”王诚如婉拒了贺明璋的约请，向着工务段大门走去。

王诚如进入工务段大门，门卫追上他来问要找谁。王诚如说找钱向东，门卫说钱向东不在，出差去了。王诚如随口说道，那就找赵向南。门卫没有再拦他们，而且还告诉他在几楼。

到了赵向南的办公室门口，王诚如习惯地敲了两下门框。

“请进！”赵向南以为是职工找他，并没有抬头。

“这么专注啊！”王诚如一开口，赵向南立马起身。

“哎呀，我的诚如书记，那股风把你吹来了，也不提前说一声，我出差了怎么办？”

“你可不要抬高自己了，我不是专门来看你的，是顺便过来的。”

“是专门顺便过来的行了吧。来，来，我倒好茶给你喝！”

“书学，你倒茶吧！”王诚如示意刘书学找杯子和茶叶。

“我今天来，说点正事吧。进门的时候，门卫告诉我，钱向东书记不在，正好与你一起探讨一下，权当闲聊。”

“什么事？这么严肃。我们之间还有友谊吗？”

“就是为了加深工电的友谊才来的嘛。先说好，你请客，不能辜负了我们电务的一番好意。”

“让我请客没问题，待会就去水边，大鱼伺候！”

“好了，不要贫嘴了。这次隐瞒事故的事情，三个单位的处理结果都已经公布，就数我们两家重。本来我们是设备维修单位，他们是使用单位，结果板子打在我们的屁股上，你说这到底是怎么了。”

“诚如书记，我已听说了，你在你们单位的会上坚持严肃处理。这是好的，我也看不惯，但已经养成了这样不好的习惯，我们叫积重难返。你的无奈我们很懂，你的苦衷自有公论。我就不相信，铁路的安全就一直这么隐藏着！”

“向南，言重了！我只是觉得，大家都知道的事情好像都习以为常，我们就是揭穿皇帝没有穿衣服的小孩。我们都已经是站段一级的领导干部了，都是党培养和教育多年的基层管理者，如果这种事情再这样发展下去，估计哪天就会出大事。”王诚如牢骚发完，开始转入正题，毕竟一个领导干部是要解决问题的，不是当评论家的。

“我是这样想的，先从我们工电做起，只要出现故障和事故，先不管责任和性质，要求自己的职工第一时间向段上报告，这是最起码的要求，如果连这点都做不到，如何带好队伍、如何保证安全？你说呢。”

“我同意，我会将你的意见转告段长和书记，这个共识我相信是会有的。没有这个作为基础，下面的其他事情根本就无法进行。我想，你来的目的应该就是这个问题。如果把这个报告形成一项制度，主管副职就可以相互通气，无论是否形成一致的意见，都不影响向阿迷分局报告。”

“说得好，看来就是一要报告、二要协商。行，就这样吧。走吧，你不是要大爷伺候吗？”

“是水里的大鱼伺候！”

说笑中，三个人走出办公室，从后门直接走到水库大坝上。

这个地方，王诚如太熟悉了，大坝上的每一块石头他都踩过无数次。看着一泓清水，王诚如陷入沉思，静静地跟着赵向南往前走。

“赵哥，三位？”门口一位姑娘的问话打断了王诚如的思索。

“三位。”

“等一下，四位，书学，你去把司机叫来。”王诚如看了一眼姑娘，小声问赵向南：“向南，什么情况？”

“没情况啊。这是人家的服务员。”

“服务员就能喊你赵哥，她为什么不叫我王哥？”

“可以啊，我现在就告诉她！”

“打住吧，我不夺人所爱。”

“赵哥，你们包房在 201，给你们四位安排 5 斤的鱼够了吧。”服务员从旁边对着赵向南说道。

“六斤，另外帮我配几个小菜，炸盘花生米和土豆片，酒要 2 斤。”赵向南回答道。

服务员答应着，向厨房下了菜单。

十分钟后，刘书学与司机到了餐厅，菜也就差不多上齐了。

“诚如书记，还是老规矩，喝一大口吧。”赵向南端起酒杯，张大嘴巴深深地喝了一大口。王诚如立马跟上，酒席也就正式开场了。

刘书学和司机在旁边看着他们喝酒，自己夹菜吃饭。不一会工夫，俩人都说吃饱了，要到大坝上去走走，包房里就只剩赵向南和王诚如两个人了。

“我说向南，你媳妇也不找，就这么耗着，好像也不是个事吧。”

“我想找啊，但也没有合适的啊！”

“你是不是挑花了眼，这么多姑娘你一个也看不上？”

“哎，说来惭愧，哪有时间去挑啊。”

“好吧，咱们不说这个话题了，最近有什么打算？”

“我想明年去读在职研究生，想继续深造一下。”

“向南，还是你有追求啊。我一个中专生都没有想过弄个大学文凭，你倒好，想着读研究生。我支持你！”

“你也认为我去读研究生合适，可真难得。我还以为，你要开导我，叫我做好本职工作。就为这个，我干了杯中酒，你看着办！”赵向南没有想到，自己的老朋友会这么支持自己去读研究生，心中的高兴劲全通过酒来表现了。酒不够，又要了一斤，服务员赶快进来帮他们斟满。

“向南，你听我说，要读研究生就选一个在铁路上比较领先的专业，学成归来带领我们进入高科技时代。”

“我联系了大学已读研究生毕业的同学，他们建议我去读大型养路机械专业。尽管现在我们段上还没有使用大型养路机械，但将来肯定会用的。诚如，你觉得怎么样？”

“我看行，这个行当我也不太懂，不过，你这样有实践经验的人去读，一定能解决许多问题，将来一定用得上。哦，对了，不要光去死读书吧，看看研究生姑娘合适的，你就下手吧。当然，找个大学生回来也行啊！”

说着话，酒也就喝完了。赵向南还想继续要酒，被王诚如制止了。王诚如说是要到坝上走走，拽着赵向南就离开了餐厅。

大约走了三十分钟，王诚如说明天段上还有个会，自己要回蒙自。听见王诚如和赵向南的谈话，刘书学和司机赶忙迎上来，告诉王诚如，汽车已经停在工务段，我们从工务段上车。

没有更多的告别，也没有更多的话语，赵向南和王诚如晃晃悠悠到了汽车边上，刘书学已经打开车门，恭候王诚如。

“向南，后会有期，等你的好消息。”

“诚如，你也多保重，回头向夫人和小燕子问好！”

两人从此一别，许多年后才相见。这是后话。

酒可以乱喝，床不能乱上

王诚如回到家，小燕子蹒跚着扑向他，嘴里不停地叫着“爸爸”，确实招人喜爱。小黄在收拾家务，看到王诚如回来，知会一声又继续忙活了。

尽管他们都在一起，但许多时候聚少离多。王诚如不是到阿迷分局开会就是到现场出差，实际在一起说话的机会也不太多。正如小黄所言，反正都习惯了。也许吧，爱着爱着也就成了习惯。习惯经常不在一起吃饭，习惯早出晚归，习惯一个人干活一个人看着。

“我说，你能不能停一下，聊聊天啊！”王诚如看着小黄的背影，也许是心疼，也许是自己无聊。

“说吧，就这么大的家，我听得见呢！”

“你忙着我心慌！”

“你心慌什么？又没有做亏心事！”

“我去哪里做亏心事！”

“说吧，说吧，我也闲一会。小燕子来我这里，爸爸忙了一天挺累的。”

王诚如见小黄坐下来，好像嘴里的话又没有了，不知道从何说起。

“说啊，你这人真是怪，不过来你又叫，过来了你又没有话。是不是对我没有话可讲了。”小黄见王诚如不说话，又开始数落。

“也没有什么要讲，今天我见到赵向南，他好像要去深造读研究生。有时候，我在想，我们这样忙忙碌碌为哪样？”

“难不成你也要去读书？”

“赵向南是个副职，阿迷分局巴不得多有这样的人去深造，回来好服务阿迷分局。”

“你也不是个副职吗？你可不要瞧不起人家赵向南。”

“是啊，我也是个副职，可我跟他不一样。一来我在主持工作，二来我是个中专生，要去深造也只能去读大专或者大学，三年回来遍地都是大学生，哪里还有我的位置啊。”

“我说，你就安心工作吧。深造的事以后再说吧！再说了，现在小燕子又小，我一个人在家多难带啊。”

“也就是和你说说而已，我可不敢去阿迷分局说。”

“行吧，也不早了，洗洗睡吧！”

夫妻俩忙着把小燕子哄睡着，似乎又没有睡意了。小黄说起了李文林和佟玲江他们。

“他们两口子和我们一起结婚，你看人家多潇洒啊，两人现在各奔事业。”

“你啊，他们现在是分居，而且短期内很难在一起，我倒是不羡慕。”

“说真的，结婚两三年都不要孩子，我觉得他们的关系有点悬！”

“你听说什么了，不会是佟玲江有问题吧？”

“你怎么一说就是女的有问题，我觉得你脑子有问题。在单位上这样的话，人家会说你这个书记有重男轻女的思想。”

“好吧，我重视你，咱们今晚就交流一下。”说着，王诚如就脱掉了内裤，想往小黄身上爬。

“你等一下，你不考虑一下防范，再怀孕怎么办？”

经小黄这么一说，王诚如兴趣全无，扭头作睡觉的样子。小黄知道他的脾气，用手慢慢又将王诚如挑逗起来了。

完事后，王诚如真的睡着了，还打起了不小的呼噜。

王诚如他们在谈起李文林和佟玲江的时候，佟玲江倒是没有事，可李文林确实是没有闲着。

李文林带着劳资、财务人员在昆明北领工区检查，晚饭大家难得聚在一起，五女三男喝酒，男的太少根本抵不住这帮女将的劝酒，几个轮回下来，只有李文林还能挡一下，其他两人已经趴在桌子上了。

“李段，酒量可以啊，我俩换大杯慢慢喝。”财务会计马丽不由分说，把两只钢化杯倒满酒。

“李段，来，我们一人一口，您可别干了啊？”马丽真会劝酒，这个时候还会心疼人。李文林对她倒是有些印象，只是叫什么名字不知道，如果不是这次一起出来检查，还真没有多少印象。

见他们两人喝上了，其他的女同事以招呼两个喝醉的男人为借口，纷纷撤离。

“没事，招待所就在旁边，一会我们就过去。来，李段，我们继续喝。”马丽的热情，让李文林不好意思拒绝，喝吧，谁怕谁啊，也难得放松一下。李文林可真是小瞧了这个马丽。

“李段，你媳妇可真漂亮。来，为你媳妇喝一口。”

“这是什么理由，来，为你的能说喝一口。”

“李段，上次你媳妇来帮助我们的时候，我们大家都在议论，这么漂亮的女人我们段上可没有啊，李段真是有眼光、有手段。”

李文林感觉眼前这个女人真不简单，按照常理来说，女人一般只会在客气的情况下与男人谈论几句，不会喋喋不休地赞美男人的媳妇。难道这个小女人真的不一般？

“小马，我们把杯中酒喝完就撤吧，你看只有我们两人在餐厅了，多让人误会。”

“误会什么？一男一女就那样吧？！”

“好，没有什么，我们不说这个了。喝吧！”李文林酒确实喝得不少，好在酒量不错，还能抵得住马丽的劝酒。

“李段，我们喝完这杯再来半杯怎么样？”

“可以了，不能再喝了。”

“两个人半杯总可以吧！”

话说到这个份上，李文林也就不好再拒绝。点头示意。马丽开心的样子让李文林怦然心动。酒和权力都是好东西啊，结合得好如虎添翼，结合得不好可真能伤人。

“马丽，你在家也这么喝酒吗？”

“李段，我还没有成家呢！”

“哦，不管怎么说，女孩子最好不要这么喝酒。”

“是，谢谢领导提醒，不过，今天已经这样了。来，干了！”

“慢点，三口喝完吧！”还没有等李文林说完，马丽已经杯见底了。

“老板，再来半杯！”马丽一看李文林酒杯里还有，大声喊道。一会，半杯酒到了马丽面前。

“李段，你就不怜香惜玉？分一半吧！”

“只此一次，不能再要酒了！”

李文林接过马丽的半杯酒，分了一半。

“你可不要自己先干了。慢慢陪着我睡。”李文林开始舌头不听使唤，把“喝”说成了“睡”。

“知道了，我陪你睡！”马丽顺着李文林的话说着，李文林已经分不清在说哪样。

“马丽，喝完这杯酒，我们就回去睡觉了。”两人一碰杯，起身摇摇晃晃离开餐厅往招待所走去。

北站招待所就在车站上，离餐厅不到两百米。吃饭之前他们就已经安排好房间。李文林是段领导，被安排在三楼的单间。马丽是单身，也被安排在三楼，其他人员都住五楼的标间。马丽搀扶着李文林进了房间。

李文林到了房间倒头便不省人事，马丽一摸李文林的头有点发烫，赶紧帮李文林脱去外衣，用热毛巾敷在李文林的脸上。马丽一摸其脉搏，觉得正常。准备离开时，李文林嘴里嘟囔着：“小童，你别走！”。

马丽没有完全听清李文林在喊谁，但听明白了“你别走”，往床边一靠，刚想拿开李文林脸上的毛巾，结果李文林一把抱住马丽。马丽一惊，准备挣脱，可李文林抱得更紧，嘴里还在喊着“你别走”。

被李文林抱着，醉意和情意交织在一起，马丽已经顾不得什么了。两个醉人把自己的心完全交给了这个昆北的夜晚。

折腾殆尽，马丽在李文林沉睡后回到自己的房间。

第二天早上吃早点时，大家问他们喝到什么时候时，李文林和马丽异口同声地说："喝得差不多，我们就回来了。"

李文林看了马丽一眼，低头吃米线不再言语。

检查工作结束后，李文林抽空回到阿迷州看看佟玲江。佟玲江毕竟是个知性女人，没有一见面就黏着的感觉。晚饭后，照例顺着阿迷分局机关所在的路散步到泸江河边。

进入深秋的泸江河水量不大，河两边坑洼不平，但他们两个就喜欢来河边，也不知道是谁的提议，走着走着也就习惯了。每次，李文林回来，他们都来河边。

"小童，你知道这条河的水是从哪里来的吗?"

"异龙湖啊，你都问过我无数遍了。"

"哎，看样子年纪不大，但记忆不好了。"

"不是记忆不好，你是提醒我，你从异龙湖来的，没有这个湖也就没有这条河。"

"也不能这么说，这条河最终汇入珠江，没有它也会有珠江，也会有其他的河汇入的。"

"泸江河边的公园，在市里团员青年的义务劳动下，很快就要成为可能了。当然，我们铁路上的年轻人也不甘示弱，利用休息时间大家都在建设家园，也许明年就真的建成了。到时候，我们的孩子可以来这里玩耍了。"佟玲江憧憬着未来。

"你说什么，我们的孩子?"

"是啊，这有什么奇怪的!"

"这么说，我要当爸爸了。"

"是的。"

"你怎么不早告诉我?"

"没有来例假，我才去检查，前两天我也才知道嘛！在电话里又不太好说。"

李文林像个孩子，高兴得抱起佟玲江，一个劲地往她脸上亲。

"放我下来，让人家看见多不好!"

“有什么不好的，我抱的是自己的媳妇！”

“好了，小心点，医生说这两个月要格外注意。”

“那，要不跟张部长说说，你就请假在家休息吧！”

“人家怀孕七八个月都在上班，我才一两个月就请假，我没有这么娇惯。再说了，上班还可以多运动，这对胎儿是有利的。”

“我得好好想想，不管是女儿还是儿子，就叫李彤，反正都适合，你说呢！”

“是挺好的，就这么叫吧。”

李文林和佟玲江手牵着手，回到住地，准备迎接新的生活。

快要到年底，大家都在忙着年终检查、总结和评比。看上去每个人都在忙，其实每年单位年终都差不多，只是个人的心情有所不同，对年终的理解和感受也就大不相同。

李文林表现就很不同。佟玲江的怀孕确实让他非常高兴，结婚两年终于修成正果，哪有不高兴的。一个人高兴起来，连风都会来蹭，好像春风得意说的就是这样的事。

“文林，什么事这么高兴啊？”张山明还是主持工作的副段长，曾经的师徒变成了现在的班子成员、同事，看到李文林的高兴劲，分享一下理所当然。

“张段，我要当爸爸了！”

“是吗?！那我们应该庆祝一下！”

“好的，时间地点你定，我来买单！”

“那还选什么日子，择日不如撞日，就今天吧。待会我看看苏书记在不在，在的话我们一起为你庆祝！”

“张段，就我们几个吧，弄得太张扬我怕小童知道了不高兴。”

“也是，就我们几个吧。我说，镇上最近开了一家牛菜馆，味道不错，等会我叫办公室的人去订一桌。另外，还要叫谁你定吧。”张山明把最后要约的人的权力给了李文林。

“好的，我再想想！”

下午两点半，党办通知说是组织部部长张志刚下来调研，让领导班子成员和两办主任都参加，议题是段长负责制。

张山明和李文林到了会议室，党委书记苏磊和组织部长张志刚已经在会议室里坐下了，赶紧打声招呼，接下来苏磊简单交代了几句，就将发言棒交给了张志刚。

“来得有点突然，但问题有点急，党委书记郝卿明希望多听听基层的意见，”张志刚一句话就将来意和受命都说了出来，足见阿迷分局领导对此次调研的重视程度。

张志刚接着说，段长负责制已经不是什么新鲜的话题了。广州局已经从去年就在全局铺开，当然了，人家处于改革开放前沿，各种政策和优势都比较明显。按照铁道部、路局的部署，此项工作从明年将在全路实行。说是明年，也就是几天的时间了。因此，我们就事论事，就谈论一个话题：段长、阿迷分局长负责制。

“至于必要性和重要意义，我看我们就不用谈了。就围绕如何在站段实行段长负责制，估计会存在哪样问题？我们将如何克服？”张志刚说完，先看了一下苏磊，示意苏书记带个头。

“好吧。张部长点将，我就带头发个言，不妥之处，请张部长批评指正！”苏磊毕竟是个组织部长，起码的客气和尊重还是有的。

苏磊谈到，这是一次领导体制的重大变革，目的是进一步与国际接轨，释放企业活力。我们党一直都在变革之中，尤其是党的十一届三中全会后，各个方面的改革“从农村包围城市”到逐步进行城市经济体制改革。铁路从整党、整顿以来，各个方面的条件基本具备实行新的领导体制。我认为，第一，要处理好民主集中制与段长负责制的关系，这个问题不清晰，会动摇党的领导地位；第二，强化行政指挥与发挥个人阶级的民主、主人翁地位，要妥善解决，否则会淡化工人阶级的领导基础；第三，具体形式上要有一定的制衡和监督机制，一个好的制度也需要好的人来执行。

“当然，这些只是作为一些大的问题由上级来执行。至于说到我段，至少现在还没有名正言顺的段长，山明还是副段长。另外，我们的班子成员不够，恳请张部长考虑能否在我段产生一到两名领导，再外派一到两名，这样才能为下步实行段长负责制创造条件。”苏磊说的是实情，盘溪电务段成立快两年，还是只有他们三人在唱戏。

“苏书记说的这些情况很重要，尤其是三点建议，我会在报告中提请阿迷分局党委注意。另外，人选的事情不归我管，但鉴于你们的实际情况，我认为可以提出你们的建议方案，必要时我从旁建议。怎么样，山明的想法呢？”张志刚一贯说到做到，两年的部长履历大家都看得见。

“张部长，说到段长负责制，我的理解如苏书记那样确实是领导体制的重大变化，我个人认为有三点变化，需要我们高度重视。第一，从集体负责到个人负责，明确了责任主体，段长和书记的责任从不同的方面都得到了量化和加强；第二，从书记到段长，更加明确书记抓大事的责任和段长抓安全生产经营的责任，体现了分工负责的精神；第三，段长的素质和能力决定着段长负责制的成败，相对来说，对段长的要求确实高了。当然，体制上的设计不会仅考虑个人能力的问题。”

“很好，你对段上的建议呢？”张志刚部长也想听听张山明对盘溪段的一些想法。

“个人有些想法，不一定成熟。如苏书记所言，我们领导班子一直缺员。我建议外派和本段各产生两名，不仅具有新鲜血液，也能调动本段干部的积极性。外派干部以党务干部为主、自己产生的以业务干部为主，这样互为补充，有利于开展工作。”

“山明的想法，符合阿迷分局党委的要求，这是一个积极的建议，相信会对今后阿迷分局的各个站段领导配备产生深远影响。”

“文林，你有什么需要补充的吗？”张志刚对李文林的情况相对较熟，因此，说话也就直来直去。

“张部长，没有其他新的说法。我就表个态吧：第一，坚决拥护和支持阿迷分局的决定；第二，认真做好自己的本职工作；第三，当好书记、段长的助手，不辜负阿迷分局的期望。”处于李文林这个位置，确实也不好谈什么书记和段长负责制的问题，弄不好还会得罪两个主要领导，有点得不偿失。

根据他们三人的谈话，张志刚做了个小结。他表示，这只是个调研，希望大家做好本职工作，有什么新的想法，可与他随时沟通，尽量不要在段上和下面议论，以免影响阿迷分局的工作大局。

苏磊感谢张部长的到来，期望一起共进晚餐再听张部长指示。

“饭桌上没有指示，只有佳肴！走吧，我们一起吃个便饭！”张志刚比较高兴，收获大于期待。

从小馆子出来，汽车已经在等候。但张志刚说是要走一走，大家也就跟着张志刚，顺着回车站的路慢慢悠悠地聊着走着。

这种场合，其实说什么已经不重要，也没有人刻意说什么，重要的是在这样的场合下还能走在一起，这确实是比什么都重要。

负责意味着“权力”与“责任”

张志刚从盘溪电务段回来，休整几天后又开始了到各个段的调研。按照日程安排，蒙自地区的调研是在一月中旬。这时离春节还有一个月左右。本来大家都在忙于春节前后的慰问、准备春运等工作，根本没有时间再考虑其他事情。可是，实行阿迷分局长、段长负责制的工作要在 1988 年 7 月完成，许多的准备工作都还没有雏形，所以，各个专题调研组也不得不在这段时间抓紧完成。

说是贯彻上级的要求实行阿迷分局长、站段长负责制，但这么多年下来，党的工作越来越科学和程序化，路局或者说是上级给你一个指导性的意见，由下级单位结合实际情况提出贯彻落实的具体措施报告给上级，再由上级批复下来。因此，自己的实际情况只有自己知道，如果没有这样的调研，强行地贯彻上级的要求，也是不符合上级的指示的。

这一点，作为长期在基层工作的张志刚非常有体会，他把此次调研看作自己完成一个重要转折的开始，期望通过自己的亲身经历，来为这个伟大的时代做点伟大的事情，尽管这个伟大在许多人看来，不过是跟着上级走的形式而已。他毕竟在军队里呆过，长期从事政治工作。一开始，他都没有扭过这个弯来，搞什么阿迷分局长负责制嘛，都是在党的领导下工作，只不过分工不同而已。但上级的要求和《工业企业法》中的措辞，就是要求要实行这样的一种体制，让更加专业的人来领导企业和管理企业，支持阿迷分局长负责制和全心全意依靠工人阶级，也就是上级经常说的贯彻“三个条例”。

张志刚也是边调研边学习，慢慢感觉党的要求没有错。当然，党委领导下的阿迷分局长负责制也没有错，大事由党委会决策，具体抓生产经营和安全由阿迷分局长来负责，这种体制已经为大家所熟悉，现在要特别强调阿迷分局长负责制，到底党组织的政治领导如何体现，保证作用如何发挥，既要贯彻上级的要求，也要符合我们阿迷分局的实际，这确实是给当下的人出的一个大课题。

按照张志刚的习惯，他把到蒙自车务段的时间安排在早上九点，蒙自电务段安排在下午两点。他心中是有数的，车务段领导班子在张华和白家喜的带领下循规蹈矩，不能说没有新鲜的东西，但贯彻上级指示没有任何问题。电务段就可能不一样，这种老少配的班子本身就悬殊，加之年龄差异，不仅会有惊喜，也会有新的思想。

作为阿迷分局党委组织部长，张志刚掌握的情况是比较有深度的，他更多地在思考，在蒙自电务段调研的提纲和提问的内容。也许，王诚如这小子还是有新的想法呢。

如同每次调研一样，张志刚只是将意图告诉与会者，并没有太多的提醒和引导。蒙自电务段段长邢明棠从事行政工作时间比较长，一开始他的发言直接点到问题。

邢明棠说，搞负责制的目的，其实就是要让人负责，那就存在一个问题，谁让他负责啊。不能这边说负责，那边又不给权力。说白了，就是要向给权力的人负责。原来是一个集体，现在是一个具体的人，也就是说，站段长要向阿迷分局长负责，阿迷分局长向局长负责。这是第一个问题。

第二个问题，对哪些问题负责？我觉得要对运输生产、安全和经营负责。当然，对职工的福利和待遇要有决定权。至于说，这些权力有多大，就是阿迷分局来决定的事了。我们也就是有点建议权。

第三个问题，大家都是阿迷分局任命的，作为站段长也没有权力说，哪个不行可以换掉，最多是建议而已。

从上面三个问题来看，我认为，当务之急就是明确权限和程序，其他我觉得还是只能走一步看一步。

张志刚对邢明棠的说法没有过多的辩论或者说不同意，因为，这只是一个调研会，谁都可以发表自己的观点。

接下来是王诚如发言。王诚如一开始还是比较循规蹈矩，从必要性和重要意义方面说得比较多一些，张志刚也没有插话，任由王诚如在“上课”，因为，他相信，王诚如会有他自己独到的见解，果不其然，王诚如在说到建议方面提出了自己的一些理解。

“实行什么制度和体制，是上级党组织的决定，我们无条件执行。这是我们一个基本的态度。但铁路上各个单位的情况千差万别，所以上级来调研也只能是尽量找准阿迷分局的共性问题，做一个通用的规则，至于各个站段可以结合实际情况贯彻。比如说，我们电务段在实际工作中已经在执行段长负责制了。"王诚如停顿了一下，他在观察张志刚和邢明棠的表情，两人都露出了"惊讶"的状态。王诚如一看效果明显，就继续往下说。

"为什么这样说呢？我们其实是段长、书记为一人，党委会的决定就是段上的最高决定，任何人都无权更改。从我到任这段时间来说，快三年的时间，实际上从大的方面来说，没有多少冲突，要说有矛盾那都是个人理解上的问题，对做好工作没有形成过多的干扰。因此，我认为，要实行段长负责制，可以从我们开始，选择这样几个方案：

"第一个方案，书记、段长为一人，配备专职党委副书记，专司党组织和政治工作，权力更加集中，便于统一指挥和号令。

"第二个方案，书记、段长分设，严格民主集中制的议题范围和内容以及程序，划定党委会和段长办公会的议事范围，有点类似于决策会和执行层的感觉。

"第三个方案，不能实行段长负责制的有点像公检法、教育等系统，这个好像文件里也有明确。

"以上三个方案情况，对于我们阿迷分局来说都有。"

王诚如喝了口水，借机观察一下张志刚、邢明棠他们的表情，想从他们的脸上读出一些信息。

确实他们也流露出一些狡黠的内容。张志刚表情凝重，像是在思考。邢明棠有一丝不容易察觉的冷笑，那意思是你小子在定调啊。

"张部长，我以为贯彻'三个条例'的实施办法尽管重要，但操作层面的界定可能对实施段长负责制更管用。"

"诚如，你有什么意见就直接说，不要有什么顾忌。"

"也只是一时的一些想法，不妥的地方还望张部长批评指正！"

"没关系，你说吧！"在张志刚的鼓励下，王诚如也豁出去了，将自己的一些个人想法和一些顾忌一股脑地和盘托出。

"张部长，要实行段长负责制，对于基层来说，就是个执行的问题。目前，无论思想上、组织上、干部队伍上差距较大，但不实行的话，更会拉大我们与内地的距离。目前，有三个问题需要引起我们高度重视。

“第一个问题，我们的一部分人在思想层面多有顾虑，怕到头来被别人扣帽子，这倒是可以通过做工作来化解，问题的关键是，新设备不断更新，我们没有多少可以选择的高层次人才。

“第二个问题，经历了大包干已经打破了干多干少一个样的毛病，但要实现干多干少不一样，拉大收入分配，我们还有很长的路要走，必须对这个问题引起足够的重视，否则，再好的制度也会被大锅饭给吃垮。

“第三个问题，经历了对党的作风和组织全面整顿，整个党员队伍朝着好的方向发展，但这些党员大部分文化水平低，有对党的热情和忠诚，但靠他们来实现‘四化’显得后劲不足，需要花大力气才行。”

王诚如说完，长长地吁了一口气。张志刚没有对此进行评论，抬腕看了看表，笑着说：“肚子在闹革命了，我们先吃饭吧！”

张志刚这么一说，大家起身离开会场。邢明棠赶忙站起来说：“张部长，食堂已经准备好了，我们就到食堂用餐吧。”

“好吧，就到食堂吃饭吧！”张志刚说笑着，与大家一起到了食堂。

大家都没有喝酒，吃饭就很快。刚吃完饭，张志刚接到一个电话，与邢明棠、王诚如简单说了几句，带着随员离开了蒙自电务段返回阿迷分局。

就在张志刚离开蒙自电务段后十多分钟，马公安找到了王诚如。

“神出鬼没的马处长，这个时候不会没有吃饭吧?!”王诚如有点像开玩笑。

“王书记，找你讨饭来了。”

“真还没有吃饭?!”王诚如故作惊讶。

“饭倒是吃了，想找你喝口酒。”

“我已经吃过了，怕不仅仅是喝酒吧?!”

“就是喝酒、聊天，哪有这么多事！”

“那好吧，不过，我们今天改为茶叙，不喝酒！”

马公安带着王诚如上车，司机小刘开车围着南湖绕了一圈，在周家大院附近的“南湖茶苑”门口停下了车。

小刘引领他们径直到茶苑靠近窗子附近的桌子旁坐下，点好茶后又张罗着点心、花生、瓜子。

“小刘勤快啊。”

"那是。"

就这样东一句西一句地聊着,茶和茶点也就陆续上桌了。这个时间段,基本没有人来光顾,烧烤要等到晚上九点左右,现在才是晚上八点多,因此,显得格外清静。

小刘给他们两人每人倒了一杯茶,告诉马公安已经差不多了都齐了,就退出去了。

"来吧,王书记,感谢你在百忙之中接见我们,表示诚意,我就一口喝到山腰!"

"马处长,你还是这么客气,什么接见,这是茶!"

王诚如也端起茶杯喝了一半。凭他们多年的交往,马公安不会没事。出任副处长后,更加忙得连影子都见不到,哪会有什么闲工夫来专门喝茶。

"马处长,茶已经开始喝了,你这壶里到底有什么呀,这可不像你一贯的作风啊!"

"王书记,咱们弟兄之间就没有交情,难道只有利益?"

"是啊,我也觉得纳闷,咱们就没有纯洁的革命友谊?也许是我想多了!"

"好吧,先把第一杯茶干了,这是纯粹的友谊吧!"马公安提议,自然是他先干为敬。

"说吧,马处长,你们小刘都知道你有事,借故走开了。"

"你说有多少大事,也没有。你看啊,这马上就要过年了,咱们兄弟之间是不是应该要聚一聚?"

"你继续说,到底有哪样想法?"

"你别急嘛。来,先喝一口润润嗓子。"喝了这口茶后,马公安开始提出自己的想法。

"你看,张志刚部长对我们几个这么多年的关照,我们一点感激之情都没有表示过。当然,他是你的老领导。可我们几个都是托你的福,才被张部长举荐的,如果没有他的推荐,我们现在还不知道在哪里呢。

"我是这样想,正好春节来临,我们请张部长吃顿饭,一来表示感谢,二来表示祝福,希望他老人家身体健康。当然,在他退休之前能够有机会的话,多关心一下我们几个,将来发达了也不忘这份情谊。"

王诚如看着马公安,经常不见的马公安,只会破案的马公安,居然说出这样的话，并且表达得这么清晰，连王诚如都对他刮目相看。看样子，当到一定的领导位置，是会锻炼人的，也会让人的办事能力提高的。

“马处长，咱们这么长时间不见面，你可真的长进了。看样子，我也要多向你学习学习啊。”

“行了，王书记，我那点墨水你一下子就能看见底的。你就说我的想法行不行？”

“行啊，非常行！”

“你认为可行的话，请人的事你来办，地点和吃什么我来定！”

“等一下，咱们可把话说清楚，这次聚会就只能是我们弟兄几个，说白了，就是李文林、赵向南和我们俩，张部长他要请谁由他定。”

“好，都依你！”

“还有，主要议题就是叙旧和喝酒，其他议题尽量不说，你能做到吗？”

“怎么这么啰唆，我答应你，还不行吗？！”

时机就是这样刚刚好，小刘在他们需要的时候就出现了。这让王诚如佩服，我们办公室的人员怎么就达不到这样的能耐呢。

“小刘，你再去溜达一下，我还有事找王书记。”马公安使了个眼神让小刘出去，小刘立马就离开了小吃店。

“又有什么事啊，你不会一次说完？”

“这个事，还真得请你帮忙才成。”

“说吧，这么神神秘秘的，不会是有什么见不得人的事吧？”

“你想多了。”马公安开始述说他要王诚如帮忙的事。

马公安喝了一口茶，开始讲述。

“我打听到，你们单位有个叫栗莉的女报务员，在到铁路之前曾经参加过对越自卫反击战，而且还是当年我们通信连的战士，也就是说，她和我们当年的那几个“花”应该相识相知。我曾叫我们派出所的女民警跟她联系过，可是一提到当年的战争，她就基本不说话，估计是受过很大的刺激，所以她基本不说那件事情。”

“你想让我怎么做？”

“你是她的领导，看看能不能通过你，让她说出当年与她一同去战场的人的去向。”

“你这个活有点不好干啊。”王诚如自己端起茶杯喝茶，马公安也迅速跟上。

“既然已经找到了当年的战友，你为什么不自己去找她呢？”

“我也想过主动去找找她，可说真的，第一，我们并不认识，没法进入下一个环节；第二，既然她与谁都不说，估计我也不例外。因此，这几天我思来想去，只有来找你，你不是办法比较多嘛！”马公安的理由，也不能说站不住脚，至少他认为，他一开始去找栗莉肯定不合适。

“真像你说的那样，我倒是可以去试一试，说不一定能让她开口。”

“好，好，只要你能去找她，我就很满足了。”

“你不会有其他的心思吧？”

“天地良心，我向你保证，我找她主要是想打听几个‘花’的状况，无论她们是死是活，我都要对自己有个交代，对‘三花’有个交代。”

“我虽然没有参加过那场战争，但还是非常敬重你们的这种战友情、兄弟情！”王诚如说话间抬起茶杯，饱含深情地对马公安说道：“我们干了这杯茶，愿你能够找到失散的战友！”

马公安眼里充满着泪水，站起来用一个标准的军礼向王诚如致敬，随后干了杯中的茶。小刘在门外见状，立即上前搀扶着马公安，马公安嫌弃地挣脱小刘的手，拉着王诚如就往门外走。小刘立即跟上，跑到车前将车门打开，把他们两人扶上车。先把王诚如送到车站，又赶往阿迷州。

张志刚离开蒙自后，赶往阿迷分局三楼会议室。刚好坐定，郝卿明、陈世忠和魏学之就进入会议室。

郝卿明开门见山地说：“今天这个会议开得有点急，耽误大家晚上的休息时间。主要是从明天开始，我和世忠、学之都将分头到各个站区慰问，慰问期间还得到路局开会，这样算下来，估计只有等到春节后才能开这个会了。我和世忠商量，事关‘三个条例’的贯彻马虎不得，先请大家起草好我们阿迷分局的贯彻意见，然后按照程序逐步审查和通过，这样从时间上也就不会耽搁。好了，现在开始正式开会，先请各个调研组简要汇报一下上一阶段的情况，回头请陈局长提出要求。”

按照会议要求，各个组重点汇报了上一阶段的调研以及主要成果。由于会议比较仓促，基本上都没有更多、更新的成果展示。张志刚主要负责的是党委会等民主集中制的贯彻调研，会议上，张志刚提出了区分不同情况实施站段长负责制的意见。郝卿明觉得议题重大，就插话说，详细整理报阿迷分局党委后再定。

各个组从这个情况看，觉得不宜在这里过多地讨论“三个条例”贯彻中的具体意见，也就从面上反映一下情况，没有更多的观点出现。郝卿明一看这种光景，也就没有更多地再说“三个条例”的事。大家的汇报差不多也就结束了，郝卿明请阿迷分局长陈世忠提要求。

陈世忠从刚才大家的汇报中明显感觉贯彻“三个条例”还有许多的工作要做，考虑到只是起草贯彻意见，他也就在文本层面提出要求。

他说：“第一，这个贯彻意见要很好地吸收基层站段合理的要求，不能调研完了就结束了。要很好地梳理他们的意见，把它变成可操作性的办法。

“第二，阿迷分局的贯彻意见还是要区别于站段单位，阿迷分局这个层面相对要宏观一些，站段相对要具体一些。我们起草的意见，主要是围绕着阿迷分局长负责制来展开，对站段不要过多地涉及，今后，站段长负责制的文件由各个单位比照阿迷分局的文件来起草。

“第三，无论哪个部门要认真界定一下权责，不要把部门的职责纳入到文件之中，该分处长负责的事就由部门来承担，阿迷分局长只对一些事关全局的大事、要事进行负责，不能眉毛胡子一把抓。”

说完这三点，陈世忠将话题交给郝卿明，希望郝书记做指示。

郝卿明接过话题，作了总结性发言。他说：“刚才陈局长已经提出了很具体的要求，希望大家认真领会并反映在意见之中。根据今天会议的情况，我想讲以下几点意见，供大家在工作中参考。

“一是将调研组的职责转变为‘三个条例’文件起草组。各个调研组要认真总结和梳理前一阶段的调研成果，还需要补充调研的组尽快于月底前完成，进入二月份所有的工作都要围绕着春运进行，不准再到站段调研了。

“二是‘三个条例’参照的标准就是路局的文件。请各个组认真学习路局的文件，所有重大的精神、原则，都不能偏离路局的文件要求。

“三是调研成果尽量吸收到文件中来。我们费这么大的力气组织这么多场调研，不能仅是到现场转一圈就完事，要把基层的建设性意见补充到文件中来，形成我们自己可执行的具体办法。

“四是文件最后时间节点。初稿成型的时间在3月30日前，不能再往后拖了。至于调研组与文件起草组的人员问题，请各个组长自己确定后报学之审定。”

提出四点要求后，郝卿明宣布散会。张志刚尾随着郝卿明进了办公室。

“你有事吗?”郝卿明坐下后问张志刚。

“也没有多大的事。”

“志刚，有事你就说嘛。”

“郝书记，我有个建议，不知道是否妥当?”

“你不说，我怎么知道妥当呀。”

“是这样，我离退休不到两年，要不我退下来让年轻人上来?”

“年轻人上来与你退休没有冲突啊！再说了，最近贯彻‘三个条例’的事情那么多，怎么可能让你退下来。”

“你怕不是想退休的事吧？志刚，有什么事直接说吧，我们之间没有任何的障碍啊！”

“那我就说说王诚如、张山明他们的事。这些年轻人有魄力、有担当，尽快启用他们可以更好地调动他们的积极性，同时也能产生重要影响。”

“他们最近积极性不高吗?”

“我调研时到过这些单位，群众比较看好他们，他们自己目前的工作积极性也很高，乘着‘三个条例’的东风，将他们提拔到正职岗位上，我认为产生的作用将比现在还要大。”张志刚豁出去了，一口气将自己想说的话一股脑地说了出来。

郝卿明看着张志刚，停顿了一会说道：“志刚，我知道你对人才的爱惜和对他们的感情，我不否认，他们都是优秀的，应该来说，提拔他们的条件已经成熟，但时机不合。”

张志刚惊讶问道：“时机不合?”他重复着郝书记的话语，但很不理解。

“志刚，在这个问题上我们的观点是一致的。但不见得常委会上常委们的意见是一致的，我还是有些担心，如果被常委会否决了，再说这事就需要时间了。另外，马上就要贯彻‘三个条例’，许多人的理解并不都如文件所说，这就是我说的时机，需要我们一起来做工作，减少其他人对他们的成见或者说是偏见。”

“郝书记，可能是我急了点，总是觉得这样的好苗子要好好培养。我心里有数了，我会按照您的指示努力开展工作。”

“这我就放心了。没事的，志刚，我心里有数，好钢要用在刀刃上。”郝卿明这么一说，张志刚也就不好再说什么，拎着自己的笔记本离开了郝卿明的办公室。

再进迷哈地

王诚如记着对马公安的承诺，带着刘书学先到草坝，转往迷哈地的 681 次旅客列车。

车上王诚如询问刘书学，栗莉是如何调到迷哈地的。刘书学向王诚如说起，这是栗莉主动要求下到迷哈地，之前她在草坝干得好好的，好像听人家说，栗莉主动请缨的理由是迷哈地离前线较近，而且她是当过兵的。

“这个理由也充分，但她家人同意吗？”

“这倒是没有听说，也不知道她的丈夫在哪个单位，好像填写的职工信息表上也没有记载。”

“她不可能是未婚吧，她和马处长他们一起去参战，年纪都差不多啊，至少也快 30 岁了啊。”

“如果与马处长他们一样，确实应该是这个年纪了。”刘书学跟着说道。

正在交谈中，列车员过来查车票。

“这是电务段的王书记！”刘书学想不用麻烦，直接告诉列车员。可今天的列车员不买账，非要查票。

“来，我的免票！”王诚如主动递过去，列车员看了一眼王诚如，又翻看工作证及免票。

“有什么问题吗？”刘书学觉得奇怪，怎么老是盯着王诚如看。

“啊，没什么问题，这么年轻就当书记！”

“那要多大才能当书记？”

“反正比我们客运段的书记年轻多了！”列车员说完，也不查看刘书学的免票了，直接到其他座位上查票了。

到了迷拉地车站，刘书学下车跑到镇上的小馆子打饭，出站拐弯处撞见赵向南，之前他和王诚如来迷拉地，在一起吃过饭，所以他们之间还是比较熟悉。

“哎呀，赵总啊，你要去哪里？”

“额，在这都能碰见，你和你们王书记要去下面？”

“是啊，要去迷哈地，我这不去打饭吗？”

“打什么饭。我也要去迷哈地。走，你跟着我，我们去买点烧鸭和猪脚，再买些啤酒在车上就可以喝酒了。”

“这能行吗？我们书记会说我的！”

“有我在，他不会说你什么的！”说着，拉着刘书学就往镇上的小街子上钻。

列车在迷拉地停车三十分钟，就是让大家好上下车。赵向南、刘书学大包小包提着就来到王诚如的座位面前。

“耶，向南，我们的赵总，你来送餐？”

“送什么餐，我们一起用餐到迷哈地。”

“那感情好，你怎么知道我们要下去？”

“刘干事不是去买饭吗？被我给撞见，你说巧不巧！不过，王书记，我可要批评你了，到了迷拉地，你要说一声嘛。即便我下去了，我会派人来给你送饭的嘛，搞得这么生分。”

“我不是怕你忙吗？再说了，赵总工送饭，传出去好说不好听。”

“行了，不说这些没用的了，咱们开喝吧！”

刘书学麻利地将烤鸭、猪脚摆好，同时也撬开了三瓶啤酒，请赵向南坐在王诚如的对面。

“刘干事，再开一瓶啤酒，小张也和我们一起下到迷哈地。”刘书学在忙着，没有注意身边还站着一个人。

“对不起，小张！”

“刘干事，不客气！”

“来吧，王书记，我们碰一下，中午就这样凑合吃吧。”赵向南一副地主模样。

四个啤酒瓶一碰，“咣当”声响起。

“向南，难得你这么有心，还是我们在迷哈地的样子，我喜欢！”王诚如没有更多地客气，两人碰一碰酒瓶，喝一口，互相顺手拿起鸭腿分别给小张和刘书学。小张和刘书学张着嘴，都想说又没有说出来，闷着头吃鸭腿。

“诚如，春节有什么打算？”

“正好，前两天马公安到蒙自找我，他提议春节前咱们几个聚一下，人员和时间我来定，地点和吃什么由他定。你时间上没有问题吧？”

“没有问题，你只要定下来，我一定参加这个聚会。说起来，我们几个从迷哈地离开后就没有聚过。你看，这么几年一晃就过了，时间可真快啊！”

“是啊，很快！向南，你进修的事目前进展如何？”

“快了，我估计春节后就可以成行了。我问过干部分处，他们说是让我做好交接工作，不出意外的话，春节后大学开学就可以去了。”

“向南，最后定的是哪所大学？”

“西南交通大学工程机械专业！”

“蛮好。不过，有点超前了吧。我们这里连简易机械都没有，你去学这个，是不是不想回来了？”

“看你说的，我是阿迷分局派去的，不回米轨去哪里啊！”

赵向南和王诚如就这样边喝边聊天，还边吃着烤鸭和猪脚，不知不觉就吃饱了。刘书学和小张只顾吃和喝酒，听他们说吃饱了，他们也跟着说吃饱了。

“不错，战斗力还行，我们基本把烤鸭和猪脚都消灭了。要不收一下，我们打小二翻身？”赵向南提议，可是谁也没有扑克牌。

“算了，吹吹牛吧，我们也难得这样坐在一起。”王诚如不想打牌，干脆就这样解围。

车上，王诚如和赵向南东一句西一句地聊着，不知不觉列车经过了“人字桥”。想起当年所作的诗，王诚如感慨时间过得飞快，也觉得当时比较年轻和幼稚。看到“人字桥”，没有了诗意，倒是多了一些回味，似乎自己也变老了。

其实，无论和周围的同龄人比，还是与单位的大多数职工相比，他们都还年轻。只是这些年的磨炼使他们变得不得不成熟。要不是他们身上有职务，实际大多数时候都会被师傅喊成小王、小赵。

想到这里，王诚如也为自己打气，年轻就是优势，我们唯一的优点和缺点都是太年轻，可以有大把的时光打发。

“还是向南有追求，不像我成天就和大家一块混，等你学成归来，难说你都会觉得我太土太落后了。”王诚如冒出这样的说法，赵向南不知道如何回答，只好顺着他的思路言不由衷地说道："诚如，你可不能这样说，社会和单位才是一所大学校，也许这几年，你的变化比谁都会大，到时候你可别不认我啊！"

"算了，我们谁都不要打击谁了。希望大家都好好的。"赵向南实际上是有苦衷的，当总工程师绰绰有余，但与单位的同事始终不能相容，甚至有些时候还有点看不惯他们的做法和说法。他自视清高，与大老粗的领导班子成员不是一条道上的人，他自己这样认为，其他的成员也认为他们"尿不到一起"。久而久之，他有些特立独行，有些格格不入。这也就是为什么他要选择去深造的主要原因。还有，就是自己的个人问题，一直没有个合适的人进入他的视野，从内心来讲也是想换换环境，期待在学校能够找到自己的意中人。这一切都促成了赵向南离开这个地方。

赵向南默不作声的这段时间，王诚如也学着他一样闭着眼睛养神，但内心相互都在读对方，猜对方的鬼心思。

大家不作声，列车广播可没有停着。此时，喇叭声响起："旅客朋友们，前方到站迷哈地车站，有需要下车的旅客请做好下车准备！"

王诚如和赵向南都睁开眼，王诚如先说了一声："我们下车后各回各的单位，待会我们再联系。"

等列车停稳后，旅客们鱼贯下了车。他们下车正准备分开走时，窦春红迎了上来。

"今天是什么好天气，电务段、工务段的领导双双到站，怎么样，晚上一起在车务段喝口酒？"窦春红已经是迷哈地车站的站长了，他想尽地主之谊，同时也是欢迎原来的老同事。

"看王书记的，要不我们待会联系？！"赵向南把皮球推给王诚如，但也没有拒绝的意思。

王诚如和刘书学直奔通信站。这个通信站是在王诚如他们离开迷哈地三年之后才盖好的。盖好后，凡是与通信有关的设施设备统统放进通信隧道内。说是通信隧道，实际上是将整座山南北向打通，里面建有通信机械室、话务所、电报所、战备指挥所等，除战备指挥所没有启用外，其他均在"洞里"（迷哈地职工把隧道叫洞）。整个工作环境完全可以用"暗无天日"来形容。

“两山”战役吃紧的时候，要求在洞里上班的职工24小时值守，不允许出来溜达。放风时，里面必须有人值班，听到警报响起时必须进洞，搞得大家都很紧张。这段时间，前线风声不紧，职工们也就进进出出，没有一开始的时候那么紧张。尤其是电报所的职工，只要过了联系时间，他们基本都在洞外的职工宿舍休息。

王诚如他们直接绕道进入河口方向的出入口，这里有一个出入口从铁路线上即可到职工宿舍，向职工们打听了一下，很快就找到了栗莉的宿舍。宿舍里保持得很干净，但人却不在。正想转身，有个声音从走廊里传来。

“谁找我呀?”

王诚如听见声音，赶忙出来。刘书学在旁边介绍道：“段党委王书记找你!”

“那里面坐吧!”

王诚如仔细端详，栗莉眉清目秀，举止中带有一种军人的气质，说漂亮谈不上，但也不能说不好看。也许是多年的磨砺，在她脸上丝毫看不见笑意，让人感觉冷冷的。

坐下来后，栗莉也没有张罗倒水，不经意间扒拉一下刘书学，轻轻地问道：“王书记找我，有什么事?”

“也没有多少事，下来看看你。论年龄我们都是同龄人。我到电务段已经快三年了，一直也没有来看看你。尽管之前来过几次迷哈地，但都没有过来与你聊聊天，说起来有些惭愧!”王诚如说得比较真诚，但他又想这样谈话难免会让栗莉误会。栗莉只管听王诚如在说话，从脸上丝毫看不出有什么不妥的迹象，这让王诚如很是吃惊。

“栗姐，我不知道这样称呼你是否合适?”王诚如尽量放低身段，想在栗莉面前尽量尊重一些。

“王书记，你过谦了。当然，论年龄我可能比你大一些，但你是领导，大可不必这样，我一个小工人可消受不起啊!”栗莉不卑不亢，有礼有节。

“栗姐，今天我们就算见过面，待会你要吃饭我就不打搅了，明天早上九点我再来找你聊聊。”

“九点不行，我要和阿迷分局电报所联系，十点吧!”王诚如一听栗莉说的时间，感觉有戏，连忙起身告辞。

从通信站出来，王诚如和刘书学在分析，栗莉主动请缨调到迷哈地是想逃避、还是躲婚，还是另有隐情。边讨论边走路，他们一会就到了运转室。

窦春红还在忙碌之中，一趟货车从前方站过来需要在迷哈地编组，他在下达指令。看见窦春红还在忙，王诚如想跨过股道去通信、信号工区看看。窦春红连忙放下电话，与王诚如打招呼。

“王书记，你不用过去了，两个工长已经在宿舍那边做饭恭候你，另外，工务工区牛二现在已经是工长，他们几个都在做饭，我现在就陪你过去。对了，我还是通知一下派出所所长，请他也来。”

“你叫派出所所长过来？”

“是啊。我忘了告诉你，这个派出所所长周荣亮是一直跟着马公安的，有几次我们吃饭他都提起你，说是你下来时一定要通知他，正好今天他也在。”窦春红曾经当过王诚如的几天师傅，尽管现在不是一个单位，但他基本承袭了杨老六的作风，扮演的是地区召集人的角色。

窦春红打完电话，招呼着王诚如往当年他们住宿的地方走。顺着台阶往上走，当年的房屋清晰可见。实际不用见，这几年基本没有太大的变化。

“书学，通信、信号工区的工长叫什么名字？”

“王书记，通信工区工长是杨德旺，信号工区工长是刘凯，他们都是这几年从内江铁路机械学校毕业的中专生。”刘书学郑重的推荐。

王诚如任电务段副书记，来过几次迷哈地，但都是一班人跟着，所以对这些工长印象不深。

还未上到最上面的台阶，从原来杨老六家的房屋里走出几个人，嘴里叫着王书记就过来了。牛二伸出手来又缩了回去，自嘲“我手上沾满油腻”，杨德旺、刘凯连忙迎上来，叫声“王书记”，伸出手摆一摆，算是打招呼了。

“王叔叔！”一个年轻人的声音从他们几个后面叫出来，王诚如上前一看，有点面生但又好像见过。

“他是？”王诚如指着年轻人。

“他是杨老六的儿子杨民海啊！”窦春红拉着杨民海来到王诚如身边。

“啊，长成大小伙子了。不叫叔叔，叫哥哥吧！”王诚如见到杨老六的儿子，感觉非常亲切，“哥哥”一下就拉近了与周围大家伙的距离。

窦春红连忙招呼大家，问还需要帮忙什么的。王诚如拉着杨民海，仔细端详，并问起杨老六的情况。

“你爸爸身体怎么样？还喝酒吗？”杨民海一一做了回答。

“王书记，哦，哥，我赶紧去盛菜，我的任务是把菜从锅里舀出。等会再跟你聊！”说完，就进去了。

“来，王书记，我们就往屋里坐吧，在外面还是有点凉意。”窦春红引着王诚如进入房间。刚落座，外面就大声叫着“王书记”，人还没有进来，声音就先进来了。

王诚如一看，这就是周荣亮，马公安的部下。

“周所长，好久不见，没想到我们在迷哈地见面了。来，来，坐这里。”王诚如更像个地主。

“小杨，上酒！”窦春红大声叫唤。

“师傅，倒在碗里吗？”

“对，大碗喝酒！”

“杨工长、刘工长，赶快上菜，你们书记来了，还不端菜出来！”窦春红俨然一副主人的样子，叫着、说着，酒和菜就上齐了。

“牛二，你赶紧去催一下赵向南，就说我们要喝酒了。”窦春红一看没有赵向南，催促牛二去找。

“不用找了，我来了。”赵向南走上台阶，大声地报道。

“王书记、赵总，迷哈地好久没有这么热闹了，今天借你们的大驾，要不第一口酒你们发号施令?!”窦春红故意用“们”来打掩护，让他们自己定谁来发号施令。车务段的人就是鬼机灵！

“王书记来开席吧！”赵向南不是客气，而是尊重，毕竟王诚如任职时间比他长，而且又是党委领导。

“好吧，恭敬不如从命。今天到迷哈地，我的师傅窦春红、我单位的杨工长、刘工长，工务的牛二工长和我们的朋友，派出所所长周荣亮，杨老六的儿子杨民海，我段的刘干事，总共八人，凑在一起很不容易，另外离春节很近了，我提议，为了铁路安全、为了大家的未来，同时也祝愿大家新春快乐！向大家拜个早年！”说完，王诚如大大地喝下一口酒，诚心诚意地祝福大家。

王诚如难得放松，今天这样的氛围，他也多喝了几口。迷哈地这几年难得有这样的轻松时刻。酒桌上已经分不清谁是主人，谁是客人，大家无拘无束的，你敬过来我敬过去，四五公斤的一壶酒眼看就要见底了。窦春红知道王诚如的酒量，最后一轮倒酒也就是象征性地倒了一口，等待坐杯收杯。

杨德旺和刘凯第一次与自己的书记喝酒，开始有点拘束，看大家都是一样的年轻人，也就彻底放开了。现在俩人已经喝得不知东西了。

窦春红觉得今天的酒喝得差不多了，就提议还是由王诚如收杯。理由非常简单，“有始有终”。王诚如也没有推辞，将碗端起来，招呼大家一起喝。

“来吧，弟兄们，干了！”大家也跟着齐声道：“干了！”

王诚如站起身，大家也跟着送到台阶口。窦春红说：“我送王书记去公寓，你们收拾一下。”

王诚如缓缓走下台阶，转身向还在台阶口上的大伙挥挥手，欲言又止。大家一直盯着，直到看不见王诚如的身影才去收拾家什。

刘书学走在前面，提前去办好住宿的手续。王诚如到了公寓的 213 房间，倒头便睡。刘书学赶忙帮他脱去鞋子和袜子，从他的包里拿出毛巾，到卫生间里洗了两把，简单地在王诚如脸上擦洗。王诚如转过身去，刘书学将被子拉开盖上，同时，将暖水瓶的水倒了一杯，摆在床头柜上，以便王诚如夜间能够喝到水。

迷哈地的一夜，王诚如就这样在醉梦中过去了。

第二天一大早，王诚如感觉肚子有点饿，草草洗漱后就离开公寓去食堂。食堂依然未变，与小黄在的时候没有两样，两个师傅正在生火准备做早餐。王诚如走近一看不认识，说了句：“生火呐。”就往站台方向走。

王诚如起得早了，才早上六点半，整个车站静悄悄的。环顾四周，感觉很是生疏，觉得不像自己在这里待过。时间并没有停留，而是在迅速地走远。王诚如本来就感觉昏昏沉沉的，倒不是酒不好，而是喝得太多，以致他是怎么到公寓的都想不起来了。

跨过股道，不自觉地到了信号工区门口，准备敲门，刘凯开门出来了。

“王书记，你早啊！”

“刘工长，你值班吗？”

“是的。来坐一会吧！”

王诚如一进去，感觉整个屋子里都有一股还未散去的酒味。

“哎呀，还是在屋外好些。”王诚如说着走了出来，刘凯赶紧搬出一把椅子在大树菠萝树下，请王诚如坐下。刘凯转身又返回屋子里，将自己用过的口缸在屋外的水池边狠狠地搓洗了几下，之后，又进屋子里倒了一杯茶水端给王诚如。

“王书记，喝点茶水解解酒！”

“谢谢！”

“刘工长，到这里几年了？”

“王书记，三年了！”

“看样子，我有点官僚了，你在这都待了三年了，我好像没有到过这里一样，没有记住你啊！”

“王书记，全段这么多人，你哪能个个记住啊！再说了，你考虑的都是全段的大事，工区的事情该是我们考虑的啊！”

“你还为我打掩护啊！”王诚如喝了一口茶水，感觉清醒多了。

“王书记，你坐一会看看南溪河的风景，我去食堂看看，一会打早点过来。”刘凯说着就离开工区前往食堂。

王诚如看着南溪河发呆，五六年的工夫，对一条河来说根本没有什么变化，水还是那些水，准确地说，水早已不是那些水了，人呢，也不是那些人了。我们是前浪呢，还是后浪，还真说不准。

正想过去那些事的时候，刘凯和杨民海端着早点过来了。

“王书记，吃早点了。酸菜面！”刘凯将盛有面条的土巴碗递过来，王诚如赶忙伸手接住。杨民海用一个小碗端了些调料来。

“王书记，你看看味道合适与否，不够的话，这里有调料。”

王诚如挑了一筷子面条，放进嘴里。“耶，味道还不错，你们也赶紧吃吧！”

见王诚如开吃了，刘凯和杨民海微笑着又转去食堂。快到食堂门口时，刘书学问他们俩，王书记在哪里？刘凯告诉他，王书记已经在吃早点了，也希望他赶紧去吃早点，免得一会王书记找你。

刘凯和杨民海草草吃了早点，就叫着刘书学一起到信号工区收碗。等他们过来，王诚如已经将碗洗干净，摆在工区的桌子上，调料基本没有动过。可人没有在工区里，也不在大树菠萝树下。准备找的当口，王诚如却出现了。

“刘工长，你们把碗和调料送回食堂去。另外，通知杨德旺到信号工区，我们一起碰个头。”刘凯答应着，将碗和调料交给了杨民海，用工区的值班电话通知杨德旺。

八点一刻，王诚如、刘书学和刘凯、杨德旺到信号工区开会。会上，王诚如简单说明了节前来迷哈地检查慰问的事，希望工区在节前、节中、节后做好相关工作，确保运输生产安全，尤其是春运安全。王诚如说道：第一，要安排好值班，回家的就好好过节，值班的人员就要坚守岗位；第二，要搞好文体活动，节前大家可以开展一些活动，有关节前的活动经费工会已经按照人头下拨，尽量搞得热热闹闹，欢欢喜喜；第三，要做好应急材料准备，如果不够，还有一些时间，请大家多清理一下库房，不要节日期间材料跟不上，误了行车。

"我就不听你们的汇报了，一会我和你们一起到站上检查设备和库房。抓紧一点时间，十点我还要到通信站去！"王诚如将整个行程告诉两个工长，并没有想搞突然袭击。王诚如的心思是想看到最真实的东西。当然，如果他们机灵一点，实际昨晚上完全有时间来应付。

到站场上检查了一遍通信、信号设备，基本没有大的问题。王诚如对运转室后面机械室里的信号配线感兴趣，一大帮男人把进出组合架的引线编织得比女人的辫子还光溜和漂亮。

"刘凯，这是你们弄的吗？"

"是的，王书记，有问题吗？"

"没有，挺漂亮的，你们肯定下了不少功夫。"

"这样的好处不是为了好看，而是为了查找故障方便，同时也理顺设备之间的关系。"刘凯这样的回答深得王诚如的赞许。

"对了，井井有条的工作更能够提高工作效率，确保安全！"杨德旺站在旁边有些不自然，但也没有更多地往心里去。

"走吧，看看你们的材料房。"王诚如叫他们在前面带路。

通信、信号工区的材料房紧挨着。杨德旺先打开通信材料房，房子本身面积不大，十四五平方米左右，电话机、线单、瓷瓶、电线等堆得无法插足，尽管还是有一定的分类，但确实很难把需要的东西一会就找齐。

"刘工长，我看看你的材料房。"王诚如不好批评杨德旺，本身客观条件没有提供给他们。

进入信号工区材料房，各种信号器材和配件整齐地堆码在货架上，即便不能上架的，在地上也是堆放整齐，并标有材料标签，可以在最短的时间里把需要的材料找齐，而且每一堆物质都放在黄线内，定位管理的方式非常明显。

“杨工长，一墙之隔，你们要向信号工区学习学习！”王诚如说话，杨德旺真的想找个地缝钻进去，低着头回答：“是”。

看完材料房，王诚如他们就站在门口交流。王诚如有感而发。

“我谈谈个人体会，你们都比我在行，不对的地方你们批评。”王诚如开头很客气，没有领导提要求的意思。

他说：“我从通信、信号两大职业上来看，通信专业比较灵活，要打通一个电话可以有多种选择，反正只要接通就行；而信号就是要不开放径路，要不就是敌对径路，处于非此即彼的状态，没有半点余地。这种行业思维习惯反映到我们的工作当中，就是通信比较活跃，跳跃性比较大，信号就比较严谨，逻辑性比较强。恰恰你们这两大工种就在电务段，这客观上为我们相互学习借鉴、取长补短创造了条件。因此，我要说的专业上相互要学习精益求精、灵活应变的精神，综合管理上今后要加强统一管理，不能各行其是，尤其是综合管理要下功夫总结通信、信号的优点，把它结合成一个管理，更加便于管理。

“书学，有关综合管理的内容，春节后我们要作为专题进行调研，督促党办、办公室、人劳、财务尽快形成电务段的管理制度，使各项管理再上一个新台阶！”刘书学赶紧记录好，并点头表示同意。

“该说的我也说了，待会我去通信站看看，下午我们就坐小运转上去了，这里就交给你们了！”王诚如转身就往股道上走。

“王书记，离十点还有半小时，你看？”刘书学提醒王诚如，不要去得太早。但王诚如没有理会，继续往通信站走。

到了大门口，刘书学通报了王书记要来检查，大门自动就打开了。王诚如顺着不算太亮的光线进入洞里，电话所有人在值班，30 根线的接线台孔洞太多，说明要电话接线的人不多，话务员显得很悠闲，见到王诚如点点头，算是打招呼。进入载波室里，接续载波机只有三列，也就是对昆明方向一列、河口方向一列，还有一列备用。载波室里径路闪烁灯三三两两，基本与话务所的状况相同，所使用的径路不多。值班室里没有人，估计是在洞外。从维规上来说，这个时候也不是计表的时间。尽管载波室人员可以监听通话质量，但这个时间段基本没有多少电话，因此，监听的意义也就不大。

通信站里的载波室、话务所管理上直接听命于段机关，不隶属于领工区，电报所就连段机关都指挥不了，直接听命于阿迷分局，甚至路局电报所。

路过电报所时，听到有节奏的电键的敲击声“嘀、嘀、哒”，王诚如示意刘书学不要出声，顺着洞继续往河口方向走。

十五分钟后，王诚如他们走出了洞外，也就是职工们住宿的地方。出来后，感觉舒服多了，在里面有一种被压抑得透不过气来的感觉。

“哎，你说他们成年累月的在里面，如何受得了啊？”王诚如像是问刘书学，又像是没有问，他理解了没事时职工不在里面的感觉。

“是的，我来过几次，每次都时间不长。也不知道还要使用多长时间。”刘书学答非所问。

“用多长时间就不是我们能定的了。”王诚如对刘书学的回答有点不满意。这是个军事秘密，哪能是我们铁路部门决定得了。就这样在栗莉的门口聊着、等着。王诚如告诉刘书学，正式聊起来后，他就出来在大门口等着，不要太靠近，以免栗莉不愿讲话。刘书学感觉他们要聊的事情有些神秘，但毕竟是领导找职工谈话，他也不好说什么，点头算是表示同意。

大约上午十点半左右，栗莉从洞里出来，一眼就能看见王诚如他们已经在自己门口等着。连她自己都觉得有点不好意思，三步并作两步快步来到自己门口。

“王书记，今天加了昆明联系，因此时间耽搁了，让您久等了！”栗莉说明了原因，开门让他们进屋。

简单闲聊后，刘书学说是在外面等王书记，就离开了栗莉的房间。

“王书记，我还是不明白您大老远的来找我，究竟是为了哪样？昨天晚上我想了一宿，确实想不出书记找我干哪样？”

“栗姐，你误会了，准确地讲我确实没有公事找你，但也不能说是找你谈私事。”王诚如干脆拉开地讲，省得栗莉再次误会。但说完这句话，栗莉却懵了，睁大眼睛看着王诚如。

王诚如觉得时机合适了，就开始讲大围山和通信连四姐妹的故事，其中讲到“三花”牺牲后，一个人每年都要去大青山烈士陵园扫墓的事。

“我每年都去大青山啊，我怎么没有见过你说的战友？”

“你不一定知道这个战友，况且当时他们连队与通信连还是有一段距离嘛。”

“世间还有这样痴情的人，这年代能够看看自己父母的人都已经不错了！”

“栗姐，还真有这样的人。他一直在打听其他姐妹的下落，每次都念念不忘，今生一定要看到她们，还‘三花’的愿。”

“王书记，战前我确实在您说的那个连队，而且我也听说过旁边连队的一个男的经常来

找我们连队的女战友，当时一百多人，也只是听听而已，没有更多的信息。战争打响，都只忙着自己的任务和战友，快结束撤退时，我们误入敌人的地雷阵，那个惨啊……”栗莉讲到这里已泣不成声，她似乎又回到了那种场景之中，深深地不能自已。

王诚如顺手将挂在铁丝上的毛巾递给栗莉，栗莉摇摇头，但还是接住毛巾双手紧紧地握住，没有抹眼泪。

此刻此景，说话就显得苍白无力。王诚如静静地坐着，就这样呆呆地看着栗莉。不知道过了多少时间。事后，听刘书学在外面估计，从讲话到哭声以及都没有讲话，大约二十多分钟。没有任何亲密关系的年轻男女，二十多分钟静静地待着，确实少见。

等栗莉回过神来，王诚如轻轻地说了句：“我能理解你的悲伤和痛苦，只有当过兵的人才会把战友的交情看成生死情！”这句话说得很轻，但对栗莉来讲震动很大，抬眼看王诚如时连肩膀都在抖动。

“谢谢王书记对我们这些军人的理解！”栗莉开始恢复状态。

“栗姐，不管别人怎么议论，我作为领导对从军队转来的职工都是敬重有加的，没有军人哪来的安宁啊！”王诚如眼看午饭时间快到，从窗户里往外大声叫唤：“刘干事，你去食堂打饭过来，记住三份！”

刘书学在外面赶紧跑过来，听明白后从铁路线旁的大门走出，大步跑向食堂。

吩咐好刘书学，王诚如此时并不想说这个打听“三花”的战友，因为他知道，此时还不到火候，需要再等等。

“回国后，我们基本也就解散了。那次死的死，伤的伤，我算幸运的了，没有受伤。大约七八月份，该转业的转业，留在部队的又遇到了整编。退伍之前，我到昆明军区总医院去看过部分还在治疗的战友，她们告诉我四川来的战友，伤残的都回到原籍的荣军医院去康复。你说到的‘三花’的其他姐妹估计是回到

了四川了。要找到她们的话，不能说没有希望，至少会非常难。”栗莉后面说的话，让王诚如看到了希望。

“你们这些战友经常通信吗？”

“还是有的。一般都是比较好才会联系，我所处的地理位置会让她们很敏感。我与战友们的联系地址，都是留的蒙自电务段。有人上下他们都会帮我带下来。”

“我有个不情之请，希望你帮忙打听打听‘三花’的其他姐妹现在在何处以及她们目前的状况。”

“可以，只是难度太大，你们男人叫的花，在我们女人中并不一定认可，也没有这样的叫法，要是有个具体的名字会好一些。”

“栗姐，确实是为难你了，我问过，但我的朋友当时也是年轻，估计时间不长就情窦开了。好在，我们可以从大青山烈士陵园的‘三花’找起，看看是否你也熟悉。这个问题我回去就能找到。”

“王书记，找到什么了？”说话太投入，刘书学端着三碗饭已经到了栗莉门口。

“你是嘴快，哪里找到了。哦，栗姐，我们吃饭吧！”王诚如把饭端给栗莉。

“呀，我哪能吃得了这么多？”栗莉看到满满的堆尖起来的一大碗，不敢来接。

“没事，你用你的口缸分出一部分来，书学能吃的话就都吃了。”

刘书学也摇摇头，“我就吃这碗，这碗就够了。”

“没关系，剩下的部分我晚上热一下，就不去打饭了。”栗莉算是打了个圆场。

吃饭时间，三人进入闲聊阶段。更多是王诚如和刘书学在聊天，一口饭一句话得凑着，权当下饭的话。当然，栗莉在旁边，他们也没有聊得太出格。

“对了，书学，交给你个任务，以后见到栗莉的信件第一时间把它变成车递信件，传递到迷哈地电报所。”王诚如事先没有征求栗莉的意见，直接命令刘书学来做这件事。

“王书记，算了，我的私事就不麻烦刘干事了。”

“呃，这也不完全是私事，你也是从保密的角度出发的，我们应该支持！”

“王书记，你也不用这么麻烦，干脆把栗莉调蒙自，就没有这些事了。”刘书学根本不知道王诚如和栗莉之间谈话的内容，他以为王诚如时受了谁的指令，专门来了解栗莉的事情，也便好下调令。

刘书学这么一说，王诚如和栗莉先是一愣，后来都不出声。王诚如不出声，主要是没有想过，突然被这么一说，好像也有道理。栗莉不出声，感觉王诚如并没有这样想，她也没有这样想过，觉得比较唐突。因此，最好的回答就是不回答。

“从长计议吧！书学，栗姐的精神确实值得我们这些大老爷们好好学习。”这么一句话，把今天的私事变成了光明正大的公事，这才是王诚如该做的事情。

“栗姐，我们之间的约定，你一有消息就告诉我，可以直接打电话给我。”王诚如要离开通信站时，伸出手向栗莉告别。栗莉也很大方地握着王诚如的手说道：“我会的，王书记。”

离开通信站，王诚如又转到运转室。

运转室里没有人。“这家伙去哪里了？大上班时间的。”

走出运转室，见窦春红拎着两个竹筒过来。王诚如一看，知道是一种叫着“哆咯”的动物。这种动物有点像壁虎，声音叫起来就是哆咯，所以，当地的人就把它叫哆咯。据说是不错的补品，尤其适合小孩食用。

“你整些哆咯来怎样？”

“给你带回去，炖给侄女吃啊。”

“我看着就害怕，不敢弄！”

“你就放心吧，小黄她会弄。”

话说到这个份上，王诚如不好再说什么，交给刘书学带着。

“书学，你去打个电话给车班，让他们来迷拉地接我们回蒙自。”刘书学要通电话，直接和车班长提出了要求。

“春红，杨民海呢，你把他叫过来，我要当着你的面把这个小子交给你，让他跟着你好好学习。”王诚如不是放心不下，而是他觉得有一份责任在里面。他清楚地记得，杨老六在退休之前在蒙自时，似乎向王诚如说过，有可能的话，不要让杨民海到迷哈地，没想到越不愿发生的事它就发生了。当时，王诚如也和段长白家喜说过，白家喜也答应过，可偏偏就来了。算了吧，来都来了，多说无益。

“哥，你找我？”杨民海在王诚如的背后叫唤。

“哦，民海来了。春红，你也过来一下。”王诚如扶着他们两人的肩膀，往运转室里的椅子上坐。

王诚如问了一些车站工作的基本常识，杨民海也基本能答上来。

“春红，他们的学徒期是几年？”

“三年，之前他在其他车站学了一年，现在还有一年多的时间。”

“春红，你要根据民海的长处，在一年多的时间里，尽快安排他今后的工作去向，不要再泛泛地学了，调车、扳道还是运转室值班员，你们商量一下，我建议就学车站值班员吧，这样以后在工作上好安排。”窦春红本来想说什么，听到王诚如这么一说，也就问杨民海的意思。

杨民海也说不清楚，到底是哪样好，说让自己再想想。王诚如也没有再逼他，他说的再想想，肯定是回头问问杨老六。

“也行，春红，你可要好好教他，我也不是你教出来的吗？”王诚如踮了一下窦春红。窦春红赶紧说：“不敢，不敢。”

小运转大约是下午四点从迷哈地发车，七点左右到迷拉地。还有十五分钟左右，赵向南、杨德旺、刘凯、牛二和周荣亮都来到运转室。

“你们全部都来了，我只是电务段的领导啊！”

“我们希望你是阿迷分局的领导！”赵向南跟着起哄。

“向南，你也尽快回段吧，我回去以后就向张部长报告，看他的时间怎么安排，你不要老在下面赶不过来。”

“王书记，你放心吧，一两天我就回去了，误不了事！”

“王书记，你们要安排什么活动？”周荣亮好奇地问道。

“执行马处长的指示啊，不信你问问他就行了。”王诚如不想回答这个问题，将问题踢给马公安，相信周荣亮不会去问。

远远地听到机车鸣笛，在运转室里的人都已出来站在站台上，那阵势真是像送别哪个大领导。

司机从窗户里瞭望，一排人站在站台上，不敢怠慢，将行李车稳稳停在运转室门口。王诚如向大家挥挥手，直接上车。

“回去吧，各忙各的！”不管王诚如怎么说，就是没有一个人要走。

列车启动，缓缓离开迷哈地，一直站到已经看不到列车的踪影，赵向南、窦春红、牛二、周荣亮他们才依依不舍地离开站台，回到各自的住所。

春节喝杯酒

王诚如回到蒙自，一夜无话。第二天到了办公室，发现桌子上的电话机换成了红色的西门子按键式电话机，原先的拨号电话机不见了。

“怎么回事？书学，你去把多种经营办主任李有生叫来。”王诚如在办公室里大声喊叫刘书学。刘书学一听，不敢怠慢，以为出什么事了，赶快跑去一楼叫李有生。

“王书记，有何指示？”李有生气喘吁吁地跑到王诚如的办公室。

“李主任，这个电话机是什么情况？”

“报告王书记，我们多种经营办公室最近从深圳搞来一批电话机，面向市场销售。这不，货一到我就想让段领导帮我们试试，也帮我们宣传宣传。”李有生搞了几年的多种经营，从很少说话到很会说话，让年轻的书记听着很舒服。

“段领导都装了？阿迷分局领导呢？”王诚如盯着李有生。李有生有点发懵，阿迷分局领导不是我能考虑的呀。

“王书记，阿迷分局领导的电话，我哪敢做主，还不得你们领导决定。”听李有生这么一说，王诚如心里有谱了。

“好样的。这两年我关心你们多种经营不够，先向你检讨！”

“王书记，您可不要这么说，我还需要努力。等您有空，我来专门向您汇报，电务段经营电话机和通信市场很有潜力。”

“等过完春节再说吧。您找两台这样的电话机来，下午我去一趟阿迷分局，如果领导都喜欢，我再通知你们去安装。”王诚如一交代，李有生马上照办。

一会工夫，李有生就把电话机拿来了。

“李主任，这个电话机安装容易吗？算了，你还是把刘书学叫过来，你们一起交代一下。”

李有生和刘书学在王诚如办公室里现学现装。其实也很简单，就是接线口用螺丝刀进行即可，原先的是拨开外层使铜丝缠绕，现在专门有个卡口，只要拧紧螺丝即可。

一切准备就绪，王诚如拨通了张志刚的电话。

“张部长，你下午在办公室吗？在的话，我去汇报一下工作！”

“两点有个短会，你三点半到吧！”

“谢谢张部长，我三点半准时到。”

打完电话，王诚如又把刘书学叫过来吩咐下午到阿迷分局的事情，要求他准备好电话机以及安装工具。

“这是跟谁安装？”

“别打听，你下午到了不就知道了。”

被呛了两句的刘书学悻悻地离开王诚如办公室，继续去准备相关工作。

下午三点半，王诚如准时出现在张志刚的门口，门是开着的，人却不在。佟玲江眼尖，从张志刚对面的办公室里看见了王诚如，挺着大肚子过来和王诚如打招呼。

“王书记，你来找张部长吗？”

“哎呀，小童，你都要当妈妈了。恭喜你们！”

“谢谢王书记，你先坐会儿，张部长估计到领导那里汇报工作去了，一会就过来。”佟玲江招呼王诚如坐下，就要忙着去倒水。

“小童，你别忙了，让刘干事去倒吧！”刘书学与佟玲江原先都是电务段的，彼此也都熟悉。

“是的，小童，你不方便，还是我来吧！”刘书学接过杯子，拧开暖水瓶塞子，倒了两杯水。

“诚如，到了一会了。”王诚如端起水正准备喝时，张志刚进门了。

“张部长，刚到一会。”王诚如答话的过程，佟玲江悄悄退出了张志刚的办公室。

“说吧，有什么事？”

“先说第一件事，我们从深圳弄来一批新的电话机，想让您和书记先试试，也帮我们宣传宣传。”说着向刘书学使了个眼神，刘书学赶忙打开袋子，从里面拿出一个盒子。

“打开啊！”王诚如见刘书学拿出电话机的包装盒就待在那不动了，要求他打开盒子看电话机。刘书学一打开，红色的电话机就显露出来。张志刚一看，满心喜欢。王诚如很有自信，立即示意刘书学准备装机。

“装上试试!”王诚如并没有征求张志刚的意见,像是直接和刘书学对话。

五分钟时间,电话就装上了。红色按键式电话机摆在办公桌上,尤其与原先的拨号盘一比较,身份明显不一样。

“张部长,您打一个电话试试效果。”张志刚按下21009,就开始通话。

“郝书记,向您报告一下,我新换了一个电话机,我想推荐给您也试试,声音还好吧!”张志刚直接和郝书记通电话试机,说明他们关系非同一般,要不,谁敢向大领导这样。

放下话筒,张志刚问王诚如:“你带来了几台?”

“三台啊!”

“你现在就拿着电话机跟我走,到郝书记那里去。”张志刚说着就往门外走,一转身又问起来。

“诚如,你会装电话机吗?”

“会啊!”

“刘干事,你就在这里等着吧。”张志刚心真的很细,每一个细节都考虑得严丝合缝。

张志刚领着王诚如先到了郝卿明书记的办公室,王诚如叫了一声“郝书记”,就听着张志刚讲话。

郝卿明听说换一下电话机,开始说这个好好的,不用换。经不住张志刚的嘴,便将新的电话机换上。换上后张志刚亲自教郝卿明使用,顺势也拨通了组织部小童她们的电话。

“小童,你听电话好不好?你回拨一下21009,你和郝书记试一下。”放下电话后,一会电话铃响了。声音很大,但不那么刺耳。郝卿明接起电话,“小童,你好!”“郝书记,您好!”

“可以!不过,你们去把陈局长的也换了。其他的以后再说!”郝卿明考虑的基本与张志刚的吻合。

张志刚和王诚如从书记办公室出来,直接到陈世忠的办公室。张志刚将郝书记的指示一说,陈世忠没有反对,起身让给王诚如去装机。

一会简单的通话结束后,张志刚和王诚如就退出了阿迷分局长的办公室。

回到张志刚的办公室,王诚如告诉刘书学,他单独有点事向张部长汇报。等刘书学离开办公室,王诚如将他们策划的请张志刚吃顿饭的事完整地做了汇报。张志刚沉思了一会，神情有些凝重。

“诚如，现在有些闲言碎语，当然，我表明我的态度，你们这几个我非常看好，我也有责任将你们带好，从大的方面这是对党有益的事，从小的方面对你们对我都有好处。但我担心的是，有人作文章，说我拉帮结派。这个话，于我没有多少意义了，我都快退休了，关键是不能让别人作你们的文章，这样的话我觉得最好不要有口实给别人！”

“张部长，别人怎么说，我觉得我们控制不了，嘴在他们身上。再说了，如果别人有心这样，即便我们什么都不做，也会被他们编些出来。你说我们又如何澄清呢，还不是越描越黑！”

“是啊，共产党人也是人啊，正常的交往被别人越说就有可能越说不清。但我们如果都是一些无情无义的人，又如何面对职工群众，又如何领导职工进行改革开放。算了，你容我再想想。”

“张部长，马上就要过春节了，靠近春节时你的时间就更紧了，如果可以就后天，也就是星期天吧！”

“说真的，我也想和你们几位聚一聚，这样我也跟着年轻啊！”

“是啊，我们也有许多话想和您谈谈！”

“这样吧，明天下午我答复你，行不行？”

“好的，明天下午我等您的通知！”

说好后，王诚如带着刘书学离开了阿迷分局机关，赶往蒙自。

第二天下午快下班时，张志刚告诉王诚如就在本周日，也就是 1 月 31 日下午大家聚一聚。

“诚如，我告诉你，范围要控制住，也不要到太高档的酒店去，花钱不说，味道还不好吃！”

“张部长，等地址确定后我再向您报告！”

“不用再向我说，让小童来告诉我就行了。”

王诚如马上就领会了张部长的意图，实际上是有家属的都带着去。得到张志刚的答复，王诚如立即就和马公安在电话里商量聚会地点。

“王书记，我有两个方案：第一个方案，就在滇南大酒店。有点档次，基本说得过去，菜的味道也马马虎虎。不好的地方，是阿迷分局领导和各个部门领导光顾比较多，容易被发现。第二个方案，在靠近东联村的紫苑餐厅，环境比滇南大酒店差一些，但味道不错，而且基本上是在瓜果园里一样，相信张部长会喜欢。我目前能够考虑的就是这两个地方，不知道你有何高见?”

“我有什么高见，叫我说在蒙自哪里我说得出来，要我说阿迷州的酒店，我还真说不出来。但听你这么说，我比较倾向于东联村的紫苑餐厅。你明天再去看看，可以的话就敲定了。我还要通知李文林和赵向南他们。”王诚如挂了马公安的电话，赶紧电话通知李文林，巧的是电话一拨就通。

“文林，之前我们曾商量过请张部长在春节前吃顿饭，现在张部长已经同意，地点我叫马公安去看看东联村的紫苑餐厅，初步定的是这个地点。另外，我还要告诉你，张部长希望你们两口子参加，回头我把具体的地点敲定后你告诉小童，由小童告诉张部长。”

“没有问题，回头我会向小童说的。这次聚会我真的很期待!”

“文林，我还是想与你商量，张山明能否参加我们的聚会，我是想咱们难得聚在一起，张山明一直待你不薄，但我又拿不定主意，只好先和你说，你觉得可以的话，就去请张山明，这个人情还是你来做要好一些。”

“诚如，难得你考虑这么周到，我想他应该会参加的。等我与他说了以后再告诉你。”

搞定李文林，基本就算可以了。拨通赵向南的电话却没有人接。自己在嘀咕，这小子难道在迷哈地还没有回来。不经意间抬起手腕一看表，已经是下午六点半了，自嘲到“已经都下班了。”

准备关灯下班，刘书学过来告诉王诚如，今天已经转了栗莉的信件。

“你是怎么转的?”

“我把人家寄来的信，用我们的公用信封装好，写上迷哈地电报所，就到办公室办理车递挂号信件，估计明天或者后天就能到迷哈地。”

“不错，这样处理起来就没有任何问题了。对了，这个事你可千万不要到处去张扬。”

“王书记，我知道的。我也不会去跟谁说的。”

俩人说着一起走出段机关大门。等王诚如回到家里，饭菜已经做好，小燕子已经可以自己顺着沙发到处乱走了。

“愁生不愁长，我们的小燕子差不多就会去打酒了。”王诚如伸手想去抱，小燕子却挣脱了,跑向小黄。

“你啊,好的不想,就想让她去打酒。”

“哦,先跟你说一下,星期天李文林、马公安、赵向南,我们几家人去阿迷分局向张部长拜个早年,你别再安排其他的事情啊!”

“拜年,我们带着小燕子去?”

“怎么了?有什么问题吗?”

“你脑子转不过来。你想啊,几家人一起去,只有我们家小燕子是小孩,明摆着去收压岁钱嘛。”

“哎呀,我可没有想到这一点,那你说怎么办嘛?整个活动都是我在张罗,你不去,怎么说得过去。”

“那你想个辙吧,你那么聪明。”

“先吃饭吧!慢慢想。”王诚如不想再纠缠这个事,端起碗来就去盛饭。

“妈妈,饭!”小燕子嘴里说的是自己要米饭,还是叫王诚如帮妈妈盛饭。

“你看你,整天不着家,连小燕子都知道要给妈妈吃饭。你呀!”小黄用手指头指了指王诚如,没有再继续说话。王诚如草草吃完饭,就去写他的文件和资料去了,留下小黄和小燕子在慢慢吃饭。

29日这天,事情比较多,王诚如一忙起来就忘了给赵向南打电话。到了下午,马公安打电话过来说就定在东联村的紫苑餐厅,需要确定多少人,好定桌子。王诚如算着需要出席的人,才想起没有通知赵向南。

又是没有人接电话,他看看表,才四点多一点,怎么就没有人呢。正在想怎么通知他时,电话铃声响起。

“喂,王书记”王诚如一听是张山明。

“张段长,文林和你说了没有,我们周末聚一聚的事。”

“说了,谢谢你还想着我。我一定会到。我打电话给你,是想向你讨要一些有关段长负责制的资料,如方便的话,聚会时你带过来。”

“可以,张段长已经开始进入角色了!”

“让你笑话了,不瞒你说,一个副段长却在张罗段长负责制的事。”

“别这么说,迟早都是你的嘛!不过,你先做一些准备也好,省得到时候抓瞎。”

“就是,不管谁来当,在没有到来之前,我和文林还是要担起来的。”

“那，张段长，我们周末再见！”挂了电话，王诚如才想起没有告诉他们具体的地点。连忙拨通李文林的电话。

“文林，刚刚张山明在电话里告诉我，他能够参加聚会。我现在正式告诉你就定在东联村紫苑餐厅，麻烦你告诉你家小童并转告张部长，我们下午 16:30 在紫苑等着张部长。”放下电话，王诚如试着拨了几次赵向南的电话，就是没有人接，让王诚如干着急。

“书学，你过来一下。”

“王书记，刘书学现在不在办公室，您有什么事吗？”组织干事高令发小声地问道。

“你和迷拉地工务段党办的人熟吗？”

“还可以吧，需要找人？”

“对，你打个电话问问，他们的总工程师赵向南现在在哪里？在机关的话，让他给我来电话，就说我找他有点事。”高令发应承着回到办公室。

快要下班时，王诚如办公室电话响起。

“王书记吗？我是向南啊！”

“你跑哪里去了，找你两天都找不到！”

“我这几天都在开会，刚刚党办的同志说你找我，这不就打过来了吗！”

“时间和地点都已经确定了。星期天，也就是 1 月 31 日下午 16:30 在阿迷州东联村紫苑餐厅，你不要误了时间啊！”

“放心吧，王书记，我一定准时参加！”

放下电话，王诚如松了口气。他心里念叨着：“一个都不能落下！”

1 月 31 日，聚会如期进行。马公安先期到达，将包间内外环境又检查了一遍，确认没有问题后，叫服务员倒了杯茶水，慢慢地喝着，等待大家伙的到来。

第二个到的是王诚如，毕竟要从蒙自赶过来，生怕路上出问题，叫电务段的司机早点送过来。到达紫苑后，王诚如交代司机晚上八点半左右过来接他们回家。司机答应着开动车就离开了紫苑餐厅。

“马处长，怎么你一人过来？”

“你嫂子是个粗人，她就不参加了。哎呀，小燕子来了，叫声叔叔！”马公安迎上来，招呼着王诚如、小黄和小燕子坐下。

“嫂子可不是粗人，我才是粗人！”

“小黄，你可不能这样说，你至少也是读过书的人！不能和我们一般见识！”马公安尽量放低身段，大过年他可不想让小黄不高兴。

“马处长，我跟你说说上次你交代的事。”王诚如这么说，小黄很是理解他们工作上的事，牵着小燕子往院子里走去。

王诚如告诉马公安，有关四姐妹的事情正在进展之中。我亲自找到栗莉，听她讲了有关通信连的遭遇。可能也是你粗心，没有打听四姐妹具体的名字。100多人的连队，而且都是女兵，你说最漂亮的，可她们也有自己的漂亮标准，估计与你的标准不一致。既然你找到“三花”在烈士陵园里，那她的名字你应该记得。

“‘三花’叫李桂仙！”

“当时我应该问清楚‘三花’的名字，这样的话，栗莉找起来也就容易多了。不过，栗莉也透露了一个信息，她估计大花、二花和四花，随着昆明军区的撤销，估计她们也回到自己家乡附近的荣军医院去了，至于说在哪里，现在也不清楚。但现在已经有了一个开始，找到她们只是个时间问题，我会随时和栗莉联系，并提供一切可能的帮助。”

“谢谢你了，王书记，我也相信会找到她们的！”

“马处长，你在谢王书记什么呢？”冷不丁的赵向南出现在他们两人的背后。

“吓我一跳，以后不要在后面，这样偷听不好！”王诚如摆出不高兴的样子，赵向南有点委屈。

“我已经到了，看见你们说得比较投入，不忍心打搅你们，我真没有听到什么！”

“好了，好了，我和王书记也没有密谋哪样。”马公安打个圆场，看了一下表，快五点半了。

“五点半了，怎么李文林他们还没有到。”马公安不断地向门口张望，就是不见他们的影子。

服务员过来问马公安具体的人数，马公安没有直接回答，倒是王诚如接过话，说道：“你们就按照10个人来摆碗筷吧！”说话间，一辆桑塔纳停在了紫苑餐厅大门口。从副驾位上下来的是佟玲江，紧接着从后排走出张志刚、李文林和张山明。

大伙一看，都走向大门口去迎接。彼此招呼以后，马公安引领着张志刚走向03号包间。请坐好后，马公安向王诚如耳语了一下，就出去告诉服务员上菜。

“诚如，小黄和小燕子呢？”

“张部长，刚刚他们娘俩在外面转悠，估计快回来了。”话刚说完，小黄牵着小燕子也进来了。

“叫张爷爷。”小黄叮嘱小燕子叫人。

“张爷爷！”小燕子怯生生地走到张志刚面前，这一声叫唤，可把张志刚乐坏了。

“来，让爷爷抱抱，真乖！”

张志刚在逗小燕子的时候，服务员陆续上菜了。菜没有多特殊，大部分是家常菜，唯一稀奇的就是龙凤汤（蛇炖土鸡），马公安吩咐服务员每人先盛一碗汤，自己却在摆弄88款式的茅台酒，倒半天也没有倒满一杯。

“马处长，茅台酒要顺着方向转一转，酒才会出来。”张志刚不仅喝过，也知道怎么把酒倒出来。按照张志刚的说法，马公安很顺利地倒满了六杯酒。

“张部长，您来开席？”

“哦，不，我是你们请来的客人，诚如开席吧！”张志刚把这个面子留给王诚如，实际也是等于自己在开席。

“恭敬不如从命！按照张部长的要求，我就斗胆来开席。说实在的，我们几个这么多年来受张部长的恩惠不少，可就是没有真正请过一次张部长。当然，请吃饭只是这个意思的一个陪衬，而且，张部长对我们的提携也不是一两次饭的事情，纯粹是借酒表达我们的感激之情。我提议，在新春到来之际，我们几个年轻人一来向张部长拜年，二来祝张部长合家安康！干了！”王诚如率先干了杯中酒，其他几位也纷纷干了酒。

“我也要和爷爷干一杯！”小燕子奶声奶气地说道，逗得大家大笑。

酒过三巡，菜过五味，马公安率先来到张志刚的旁边。

“报告张部长，新兵马公安祝您一切顺利，身体健康！”说完向张志刚敬了一个标准的军礼。张志刚没有想到，马公安会向他这样行礼，赶紧站起来，也还了一个军礼，并伸手握住马公安的手。

“感谢你的军礼，许多年了。来，我们俩再喝一杯！”张志刚动情地接过马公安斟满的酒，一碰杯干了。

“向爷爷敬礼！”小燕子凑过来，一只小手摆在耳朵旁边更让张志刚饱含泪花。在张志刚内心里，今天真的是最高兴的一天。这么多年，今天，这几个年轻人与自己可真是对路。他们不仅仅是下级，更像忘年的故交一样，全然没有了防备和假心假意。这样的活动以后可以多参加参加。

想想都美好，但自己也觉得不可能。正因为不可能，张志刚才觉得要争取参加。

小燕子的凑热闹，正好让王诚如和小黄一起站起来，来到张部长身边。

“张部长，我们全家感谢你的大恩大德，能有今天，全靠张部长！”王诚如主动把杯子放得低低的，向张部长表示谢意！

这样一来，整个场面看上去有些乱，相互之间都在敬酒。不过，主要还是围绕着张志刚进行。半小时内，两瓶茅台酒就喝完了。

原先马公安让小刘拉来一箱茅台，他的想法是两瓶两瓶的上，最后留下两瓶给张志刚带回去喝。一看这架势，放开的喝还真不好说。马公安觉得还是按照原计划执行，叫服务员再开两瓶。

“马处长，我看总量就控制在这两瓶吧！”王诚如告诉马公安，酒就上这两瓶了，不能再多上了。

小燕子跟着大人闹了一会，就叫着要出去玩，小黄带着她往外走。佟玲江也腆着肚子跟着她娘俩出去透透风。

“小童，外面温度低，你要当心点！”小黄毕竟是过来人，提醒佟玲江。

“没事，我衣服穿得多，不怕！”

见她们出去了，马公安掏出红塔山香烟，每人点燃一根，包间里酒气熏天、烟雾缭绕，可是辜负了桌上的佳肴。

眼看各自敬酒已经进行了好几轮，王诚如叫大家都停顿一下，请张部长给我们说说话。张志刚带着酒气，也没有想好怎么说，既然王诚如说到，他也想和大家说说心里话。

“今天机会难得，说真的，没有多少要求，就说几点建议，或者说是几点忠告，供你们参考！

第一个意思，现在你们都在段领导岗位上，也有二三年的时间，我请你们沉住气，不要着急，更加重要的岗位在向你们召唤，可别误了前程！

第二个意思，多学习一些管理知识，尤其是一些现代管理手段和方式，毕竟如向南一样去大学深造只有他一个，你们要自己把握机会，今后，像你们一样从学校出来的只会越来越多，尽量不要成为前浪。

第三个意思，多团结身边和周围的人一起共事。人都有弱点，不可能十全十美。作为领导干部其中一个重要的本事，就是要善于发现并培养人才。今后，不可能单打独斗，党也不允许这样。

就说这些吧，这是一个私人性质的聚会，不要把它搞成单位开会。今后就看你们的了！”

张志刚在铁路工作十年有余，最得意的还是这几年这帮年轻人带给他的荣耀。他为能够遇见他们而自豪，当然，这些年轻人有他的提携就显得更加自信。

“我来敬你们大家一杯，祝你们心想事成！万事如意！”张志刚端起杯子，每个人都碰了一下之后才一干而净。

“张部长，今天难得你这么看重我们，我们也向您表表决心：我们一定会按照您的要求尽心尽力做好工作，以实际行动报答您的关心和关爱！”王诚如的话恰到好处，这话让马公安来说，就有点过了，而且拍马屁和拉帮结派的嫌疑都有。

“张部长，再好的宴席都有散的时候，我们就用杯中酒敬张部长，春节愉快！万事如意！”王诚如带头喝完酒，大家也就跟着干了杯中酒，簇拥着张志刚走出包间。

来接他们的汽车已经等候在停车场里，李文林和张山明在张志刚的左右两边搀扶着，缓缓到他们的汽车边上。

“文林，你去扶你的媳妇！”张志刚感觉喝得不多。

李文林经张志刚一说，连忙将佟玲江搀扶到副驾驶位置并关好门。小黄抱着小燕子来到张志刚的面前，叫醒小燕子和张志刚再见。

“爷爷，再见！”说着还打着哈欠。张志刚见状也不忍，叫司机赶快开车，这样大家也好回家。

王诚如、赵向南以及小黄他们站在汽车旁，马公安叫住李文林，告诉他车后备厢里有两瓶酒，下车时别忘了送给张志刚。

“文林，你们在嘀咕什么。快上车啊！”张志刚催促李文林上车。来的时候是李文林在中间，回去时是张山明坐在中间。不过，好在他们三人都不胖，三人在后排也不觉得太拥挤。

“再见!”张志刚伸出手来跟他们打招呼,大家也跟着说再见了。

“等一会,我给张段长的资料差点给忘了。”王诚如又回到餐厅,拿着一个文件袋递给张山明。

“什么资料啊!”张志刚问道。

“我找诚如要一些关于段长负责制的资料,以便学习学习!”张山明说的是真话,张志刚也没有过多地问。

张志刚走后,马公安掏出100元钱给小燕子,小黄坚决不收,小燕子已经迷迷糊糊,不知道大人们的事。

“马处长,压岁钱不兴在节前给,我也不能替小燕子收。”小黄的话暂时起到了拒绝的作用,让马公安很难为情。

“向南,你是在阿迷州,还是跟我到蒙自去?”王诚如的问话,避免了马公安的难看。

“我跟着马公安去吧,你们快回去吧。再见小黄、小燕子!”赵向南来之前已经请好假,周一说是到分局有点事,也就不回迷拉地去了。

“马处长,那我们走了,栗莉那边有消息,我马上告诉你!”王诚如上了电务段的车,吩咐司机开车,消逝在夜色中。

“走吧,马处长,就只有我们俩了。”赵向南拉着马公安,上了小刘的警车。

警车“嘟”的一声,也离开了紫苑。

讲好三句话

春节在祥和欢乐的气氛中渐渐过去,一切又归于正常。忙忙碌碌之中,3月份如期而至,起草“三个条例”实施意见的文稿也在紧锣密鼓地进行中。

从东联村紫苑聚会后,张山明一直在研究王诚如提供给他的资料。尽管现在还是副段长,考虑这些有点名不正言不顺,但他想提早准备,万一任命下来会让他措手不及。

与张山明搭档的是原来的组织部部长苏磊,有关党务这块可以说不用他去操心，苏磊每每谈起这个问题，都是能够说出个子丑寅卯来。但苏磊的不足是既不懂电务，对行政管理知道的也不多，因此，再往深入的谈，就完全只能听张山明的了。

这天，张山明就雨季防洪前期的预抢工程开会讨论，苏磊说是你定就行了，没有必要讨论。

“苏书记，只有你是正职，而且这些问题事关今年的防洪效果，都让我定了，我怕承担不了这个责任啊！”张山明偏软，这是职工对他普遍的看法，但这次他实在是不想再忍了，就表明了自己的立场。

李文林在旁边也不好插话，更不想把火引到自己头上，因此，选择不说话。苏磊看见李文林不说话，以为他也有不同的想法，转过来盯着李文林。

“文林，也说说吧。有什么意见？”

“苏书记，我没有意见，我们敲定了才好报给分局，5 月份进入防洪期，预抢工程要在之前完成，否则发挥不了作用。”李文林并不想直接冲突，只是再次把张山明没有细说的话，进行了延伸和进一步的解释。

最后，三人坐了下来与技术、调度、安全等部门一起讨论了今年的防洪预抢工程数量、资金和负责人，形成会议决议上报分局。

离开会议室后，张山明把李文林叫到自己的办公室。

“文林，马上就要实行段长负责制了，各个方面的准备一点都没有，我感觉他好像不太积极。”

“张段，你也不要太着急，现在局势不明朗，你说这样的话，会给人留下把柄的。当然，你是为盘溪电务段着想，但苏书记怎么想的，我们都不知道。难说，他还想一肩挑呢！”

“从态势和舆论上来说，是有这个可能的。不过，今天我这样逼他一下，即便是他一肩挑，他也要做个姿态啊。难不成，活都是我们干，其他功劳都是他的！”

“在分局机关混过的人，经历是要丰富一些的，说是滑头也不过分。”

“对了，春节前张部长对我们也没有透露半点信息，难道他真的也不知道我们下一步的走向？”张山明回想起聚会，李文林也觉得没有任何情况。

“要不，你向王诚如打听打听？”张山明兵没有多少主意，能想到的就是通过王诚如去找张志刚，也许能寻到蛛丝马迹。

“我到分局开会时，专门找个时间单独去见一下王诚如，通过他摸摸情况。”李文林经常去分局开会，有时一个星期都会去两三次。

正在说着去分局开会的事，分局防洪办的通知就来了，要求主管负责人明天到分局开会，研究各个单位今年预抢工程项目。

“文林，你去吧，会议结束后专门去一趟蒙自，找找王诚如，摸一下情况，回来我们再寻思对策。”张山明对李文林此去分局充满期待！

分局开完会，还有半天的时间，他与佟玲江说了声要去找王诚如，坐上班车就去往蒙自。

到王诚如办公室时，已经是下午五点，离下班还有半个多小时。王诚如也刚从现场回来，正准备批阅文件。

“文林，你从大老远地跑来，事先也不打声招呼。”

“我来分局开会，会议结束后我专门来找你了解了解‘三个条例’的有关情况。”

“哎，用不着专门来，电话里说就行了嘛。”

“电话里说不清，再说了，来看看你不行啊！”

“要看的是你家小童，估计差不多也要生了吧！”

“还有一段时间，你就别打听了，我们老家的人说，不要说具体的时间，否则对小孩和妈妈都不太好。”

“好，不打听了。关心一下也不行？”

李文林把此次的目的说了一下，也把最近和苏磊的冲突向王诚如讲了。王诚如一听，觉得不对劲啊。春节聚会时，张部长不是叫我们要沉住气，不要太急，可你们俩有点急不可耐啊，这样下去是要坏事的。王诚如跟李文林分析了一下分局的大势。

分局一直都是党委领导下的分工负责制，即便现在强调分局长负责制，这谁都不能有二话，可真正起作用的是谁，是党委书记。顺着这个思路来分析盘溪电务段，你们不要小看苏磊不懂业务，对行政工作不在行，但他对你们在行就行。如果你们再继续发生冲突，你们两个谁可以到分局来告状，谁都不行嘛。而他苏磊，要到分局来反映情况，他找谁都可以，毕竟他是在分局机关有一段时间的老江湖，你两个到头来死在谁的手里都不知道。

“文林，有些事糊涂一点对你只有好处，不要去和谁斗，现在我们的翅膀上连毛都没有，稍有风吹草动就会伤及筋骨！”王诚如说的话有点重，但他想好好敲打一下李文林，不要因为看得见摸不着的事去过多的伤脑筋。

王诚如拨通家里的电话，告诉小黄一声，他和李文林在外面吃，不回家吃饭了。

“走吧，我们找个小馆子，喝口酒再继续聊聊。”李文林有点过意不去，但又觉得还没有聊透。

车站附近的小馆子不少，王诚如也经常跟段上的人时不时去，也分不清哪家好吃还是不好吃，反正都差不多。顺路就进了一家小川菜馆，点了盘回锅肉、鱼香肉丝，炸了盘花生和小鱼儿，就开始喝酒。

两人喝了一斤酒之后，李文林的话就明显多了起来。王诚如静静地听他说着，不时纠正一下他的一些说法。

“诚如，我有个想法，看看你能不能转正就到我们盘溪电务段任党委书记，这样的话，我们哥们一起把这个单位搞得好好的，在全分局，不，在全局都造成影响。我相信你能有这个实力！”

王诚如用手摸摸李文林的头，说道：“你没有发烧吧？”

“没有，酒也不多，我很正常！我说的是真话！”

“文林，你醒醒吧，我相信你对我说的都是真话，但这种真话很伤人，知道吗？”王诚如本想喝酒就不再多说了，可李文林的话借酒越说越离谱，这种话说出去不仅害了他，也会害了王诚如的。

在办公室里，我就告诉你，我们没有多少可以依赖的对象，张部长没有多长时间就要退休了。你知道吗？他连来和我们聚会喝口酒都考虑了又考虑，以他现在的状况和资历，他要说哪样，谁也不能把他如何，可他都是如履薄冰一般，你认为他就是只为了他自己，你错了，他不想因为他的不是而影响了我们，更不愿让人说他就是我们的后台，这样的话一旦他退休了，就会有人来整我们，甚至看好我们的人也踏上一只脚。你怎么就不明白张部长的苦心啊！

劈头盖脸的一段话，让李文林瞠目结舌，没有想到这个中专生想的比我远、比我深。李文林彻底没有话了。静静地看着王诚如，谁都没有开腔。足足十分钟没有言语，连旁边的人都侧目观看，他们不是一直滔滔不绝地说吗？

“文林，我理解你的心情，本来你是想找我想辙的，结果我没有给你想办法，还有点埋怨你，我的哥，这个世界目前不是我们的，即便是我们的，我们也不能为所欲为啊!”王诚如的这句话,让李文林彻底崩溃。

来找王诚如只是想讨个说法,回去与张山明商量对策。可哪知王诚如的话彻底触及李文林最敏感和隐秘的神经。他和马丽的一夜,相互之间的守口如瓶,谁也不碰。但从那次以后,相互都能坚守,再也没有在一起。可李文林心里一直在挣扎,觉得既对不起佟玲江,也对不住马丽。每当看见小童挺起的肚子,内疚感日趋严重。

“文林,你慢慢说,到底怎么了?”

“诚如,我现在不知道怎么办?”

“说说看,我们一起想想办法。”

李文林在王诚如的追问下,一五一十地说了他和马丽的事,他没有过多地说自己的问题,而是说马丽有意勾引他。

“谁有多少错,都要不再说了。我问你,你们从此以后还在一起吗?”

“没有,再也没有在过一起!”

“那马丽就再也没有再来找你?”

“没有,见面和一般的同事一样。而且我也不管财务,几乎没有单独在一起说话的可能。”

“你有些留念,还是有其他想法?”

“我没有其他想法,何况小童现在的样子。”

“你呀,就不懂得珍惜!”说完,王诚如故意不理李文林,端起酒杯狠狠地喝了一大口。

“事已至此,后悔已经没有用。看样子马丽也是一个不这么渣精的女人,如果她要有所图的话,早就向你摊牌了。也许,你们两个都是耐不住寂寞啊!”

“诚如,你帮我出出主意吧,我现在也不知道如何处理此事。”

“文林,看在咱们是朋友的份上,我给你三点忠告:第一,千万不能再去碰她,也包括其他的女人;第二,尽快离开盘溪,不要继续在那里了,否则时间一长可能还会旧情复燃,到时候一点余地都没有了;第三,你要把所有心思放在小童身上,确保她们母子的平安。尤其是第三点你要特别地在心,否则你一生都无法原谅自己。”

“我就按照你的三点做,但诚如,你想啊,我尽快离开盘溪难度比较大啊,你看如何离开比较好。”

“你要下定决心，即便没有职务你要离开，要做好这个思想准备!”王诚如说得比较坚决，李文林也没有办法，错是自己酿成的，要怪就只能怪自己。

“行，就按照你说的办!”李文林一咬牙，把杯中的酒干了。李文林还想要酒，王诚如没有再去拿酒。结账后，拖着他到招待所登记住宿，把李文林送到房间里之后，王诚如也趺趺撞撞地回家了。

第二天，王诚如到招待所陪着李文林吃完早点就送他到汽车站，让他回盘溪。回到办公室后，王诚如拨通了张志刚的电话，简单说了两句，约好明天早上九点到张志刚的办公室见面。

见到张志刚，王诚如把他办公室的门关了起来，因为，小童就在张志刚的对面，王诚如生怕一不小心传到小童的耳朵里，那可是两条人命啊。

“怎么回事？至于搞成这样!”

王诚如拣重要的细节的向张志刚讲述，张志刚越听脸色越难看。王诚如小心地说出自己的建议，重点是将李文林调出。

“你说得轻巧，这才几天的时间，居然就干出这样的事，而且小童还在身孕之中，他简直不可理喻!”

“张部长，你批评得对，那天我也狠狠地数落了他，我都有点懒得理他，这么好的条件，这么好的媳妇，居然做出这样的事来。”王诚如在旁边不断浇油，好让张志刚消消气。

“这个不争气的家伙！要给他点教训，他才知道锅是铁做的，不是泥巴做的!”张志刚还在气头上，这个时候不能出任何主意，否则还真就这样决定。

“张部长，你是恨铁不成钢，我们离你的要求还有很大的距离。这件事，尽管是李文林自己一人的事，但也说明我们平常修为不够，意志力有点薄弱，念在我们多年的情分、念在你多年的关心、念在即将做爸爸的分上，我觉得还是给文林一个机会，否则，他这一生就毁了，他们这个家庭也就散了。”

王诚如说着，不停地观察张志刚的表情变化，经他这么一说，张志刚绷紧的脸开始出现缓和的迹象，他认为应该乘势而上，进一步说服张志刚不要处理这件事。

“说下去!”

“张部长，我以为这件事最好冷处理，让当事双方都摆一段时间，最好是不要去触碰。我已经警告李文林，坚决不能再出现第二次，否则将无法收场。从文林和我说的情况来看，这个女人也不想再继续发展，两人心照不宣，让他们彼此忘掉，这可能是最好的处理方式。”

“怎样能让他们彼此都忘掉？”

“张部长，忘掉彼此最好的方式就是时间和距离，不在一个时空，即使想也是白搭。”

“诚如啊，你说的有道理，可是在这节骨眼上，盘溪电务段领导班子成员就缺乏，把他弄出来不是那么容易的事。”

“我倒是有个建议，在两个段尽快物色人选，或者将他调蒙自，我段盘溪段也自产一名段领导，这样的话大家的注意力不在文林身上，做起来可能要顺畅一些。”

“我去找找郝书记说说看吧，如能走到这步棋，那当然是最好的了。”张志刚最后接受了王诚如的这个方案，答应去找郝卿明。

“不过，诚如，你要随时提醒李文林，这段时间可千万不能再出什么幺蛾子了，否则我们没有办法帮他了。”

王诚如满口答应，张志刚倒有些不满意。

“诚如，又不是你有问题，你答应他能做到吗？你们就没有一个是我省心的！”张志刚开开门，准备送王诚如。

“我还有个会，时间马上就要到了，你走吧！还有，这段时间你往我这跑得有点频繁了，以后要注意点，这对你不好。有什么事，尽量打电话！”临出门，张志刚扶着王诚如的肩膀小声地叮嘱。

“我记住了，张部长，我走了。”王诚如轻手轻脚离开组织部，没有在分局机关大院停留，出门坐上电务段的车回蒙自。

李文林回到盘溪，已经是下午的事了。可能是心情不好，原来看着站上的香樟树觉得非常漂亮，每次回来它们都在那里列队欢迎他回来，感觉非常亲切，今天感觉它们是窃窃私语，在笑话自己，随着风儿一个个地往下传他的笑话。

人啊，走背运连植物都会看不起人。李文林忧郁的心情写在脸上，快进大门时刚好碰到苏磊。

“文林，最近怎么了？看你脸色不太好，要注意身体啊！”

“可能是累的吧，放心，苏书记，我挺得住的！”听到楼下说话的声音，张山明在楼道里迎接李文林。

“文林，事情不是很顺利吗？”

“不顺利。一会我去找你吧。”李文林一副无精打采的样子，慢慢腾腾地掏出钥匙打开自己的办公室门，随即又关上。

李文林确实是要整理一下自己的情绪，按照目前的状态很难与张山明沟通和交流。十多分钟后，李文林打开门，来到张山明的办公室。

“张段长，我专门去找王诚如，得到的信息不容乐观，像我段这样的单位在分局是特例，一直没有配齐班子成员的原因比较复杂，一时半会也难以成行。他还告诉我们，不要小瞧了苏书记的能量，弄不好他在里面发挥了负面作用。”李文林把王诚如的话加上自己的理解也揉了进去，张山明一听感到问题严重，如果照这样发展下去，难说是“猫帮甑子给狗帮忙。”

张山明继续在听李文林讲话，但基本上李文林说什么，他并没有完全听进去，而是在办公室里走来走去。

“怎么会这样，难道张部长也说不上话吗？”张山明的发问，让李文林着实不好回答。实际在蒙自时，王诚如已经告诉李文林，张志刚毕竟不是分局领导，更不能左右分局领导，只是这个话李文林不能讲，他还留有一手，万一有什么事情的话，还可以帮着张山明一起去面对。

利益面前无兄弟！李文林目前面临的问题比张山明的还严重，如果这个沟坎迈过不去，张山明他们未必认他。现在他一门心思是要紧紧地将自己与张山明捆在一起，一起共同面对即将到来的风浪。

张山明看李文林的状态不太好，安慰了几句后，叫他先回宿舍休息，等以后再聊。

李文林的事，在即将实施“三个条例”的过程之中并没有引起太多的关注。正因为有了这个事，促使张志刚加速考虑两个电务段班子的配备。

正常来说，张志刚不能大张旗鼓地张罗电务段领导班子的事情。但从党委组织部的角度，可以提出成员配备的意见和建议，至于谁更适合出任什么职务，那是干部分处的职责。张志刚从起草“三个条例”中党组织的作用的方向，逮住机会就向郝卿明建言献策。

在起草贯彻意见中，张志刚一直强调，无论怎么实行，站段长必须是党员，而且是不低于三年党龄的同志来担任，非党人员即便能力再强，都不应该列为后备人选。他的这一观点，深得郝卿明的赞许，并明确指示写进条例中。

在路局给定的意见中，并没有这样一条，只是说党员领导干部应该成为委员，对非党干部并未排斥。因此，个别分局领导提出了异议，但也没有特定所指。分局长陈世忠明确表态赞成郝书记的意见，使这个问题的争议不攻自破。

张志刚很会找时机，在郝卿明难得清闲的时候，抱着一堆草案向他汇报。郝卿明看到张志刚这么认真，也就停下其他工作，专门抽时间听他这一个组的汇报。说是一个组，其实就只有他一人向郝卿明汇报。

“郝书记，我觉得刚开始实行站段长负责制，宜粗不宜细，可以在实践中不断完善和细化，一开始就写的很细，执行起来也很难。”

“我同意你的这个观点，但有些能够细的一定要细，你比如说干部的任命，哪一级的干部行政可以决定，哪一级必须在分局党委常委会上通过。当然，这个一直都有干部管理权限，再怎么写我们也不能突破。还有，行政干部经常委会上决定后，由行政一把手任命，确保行政一把手的负责制。等等，这些问题估计会随着分局长负责制的执行，逐步得到完善。”

“郝书记，听你这么一说，我们考虑的面还是窄了一些，视野明显没有您宽广。回头按照您的要求重新梳理和修改，争取达到您的要求。”

“志刚，‘三个条例’的事还可以再放一放，多听听大家的意见。我想听听基层有什么新的说法或者想法？”郝卿明喜欢听到基层的不同意见，也许，张志刚反映的也只是其中的一个方面。这一点，张志刚已经多次得到验证。因此，他并没有捡郝书记爱听的说。

“郝书记，这一段时间总体来说，职工队伍，尤其是党员队伍比较稳定，大家对目前分局实行的各项措施持肯定态度。一部分职工认为，分局从成立到现在快二十年时间，都是在党委领导下进行的，也没有什么大的问题，现在要实行行政一把手负责制，生怕党的民主集中制形同虚设，流露出一定程度上的担心，估计是我们的宣传和教育没有完全到位。”郝卿明听得很认真，也不时在笔记本上作记录。

“继续说，还有哪些意见？”

“这几年，党的干部队伍逐步走向年轻化，使分局出现前所未有的朝气，事实证明，使用知识分子，尤其是年轻的知识分子这个路子是对的。他产生了积极的示范和带头作用，对调动干部积极性有好处。但是也出现使用过程中轻培养、重提拔，轻关照、重学历轻能力的倾向，系统之间的禁锢依然突出。”

“志刚，你说的这个问题很重要。我一直在思考，铁路系统之间就一定要形成铁路警察的格局吗？”

“郝书记，估计要打破这些格局还的需要时间，至少目前的状况短期内不会有大的改观。您想改革，我估计阻力会相当大！”

“也是。上次你提到的盘溪、蒙自电务段领导班子的事，还是要在实行段长负责制前配齐领导班子，如果都残缺不全，班子的战斗力很难体现出来。不知道你有何好的建议。”

“郝书记，我们组织部的小童，他的爱人就在盘溪，眼看就要分娩了，身边没有人不太好，我建议将李文林回调蒙自，离分局比较近，也好照顾家。考虑到这个因素，张山明和王诚如转正，从本段产生一到两名副职，充实段领导班子。当然，也可以从电务分处或者有电务资历的干部中选拔。另外，盘溪电务段长期缺工会主席和纪委书记，可以从分局党群部门中选调。这样一来，电务系统的干部也就解决了，也为下一步实行站段长负责制创造了有利条件。至于其他系统，目前没有电务系统这么迫切，待实行站段长负责制后再调整也不迟。”

“志刚，谢谢你给我的意见！我们今天就谈到这里吧，有机会我们可以像今天这样知无不言。”张志刚抱起资料起身，向郝书记告别。

张志刚何等聪明，在不经意间就将自己的建议掺杂其中，对自己想要关照的人，直接说出建议，对需要提拔和选配的职务则只说部门，不涉及具体的人，让郝卿明在这个圈内考虑，这样既不得罪人，也没有过多的干涉干部的事。表面上他说了几个人的名字，但于情于理都说得过去，而且像盘溪电务段不只是他组织部反映，其他部门也反映尽快配齐领导班子成员，只是他说的角度站得更高：从实行站段长负责制的高度来看问题和解决问题，没有就事论事。这就是张志刚的高明之处。

张志刚离开郝卿明的办公室后，干部分处长李传勇找郝卿明为配合实行站段长负责制，汇报并准备调整一批干部的初步方案。汇报中，郝卿明只是听着和随意翻看调整表。

“郝书记，这只是我们干部分处的初步方案，先向您报告，如无不妥，我们将征求陈局长和各个系统分管副局长的意见。”李传勇特别强调，先给您汇报，也就是说这个方案还没有第二个领导知道。

“具体每一个人，尤其是副职的调整我就不一一发表意见。这次调整的意义我想大家都很清楚，就是要有一个明确的导向：为实施分局长负责制创造有利条件，推动各项工作跃上一个新的台阶。有几点意见，你们在调整中要注意把握：

一是党政正职必须是党员，这一条千万不要忽视。不管有多大能耐，你们一定要坚持！

二是行政正职原则上以陈局长的意见为主，兼顾主管副职的意见。

三是党群领导尽量从分局党群部门中挑选，个别站段可以选拔成熟的党群干部。对党群领导的选拔，尽量配备接近单位的专业人员，尽量避免外行领导内行！

四是各系统之间的干部可以跨单位、跨地区选拔，使干部交流真正流动起来，补充新鲜力量。尤其要注意电务系统干部的配备，一些重要岗位领导干部不能长期空缺，要在实行段长负责制前全部配备到位。

李处长，基本就是这样几条，你下去再仔细琢磨琢磨。”

郝卿明这次对干部的调整意图比较明显，李传勇感到操作上有了方向。起身告辞准备回自己的办公室。但在谈话中，李传勇突然一想，前三条郝书记都比较宏观，或者说是比较原则，唯独第四条特别提到电务系统，不如再请示具体一些，少走些弯路。

“郝书记，电务系统文化层次一直都很高，现在来了一批年轻的大中专学生，势头也比较好，都用年轻干部的话，会不会镇不住那帮四五十岁的人。”

“实践证明，大胆起用年轻干部是分局的当务之急，这些年来，干部分处在这个方面做到比较到位，使分局干部队伍年轻化迈出了可喜步伐，但还远远不够。我们不能等到他们成熟起来了再用，那会误了分局的大事和党的大事。你们可以多听听组织部门和电务段的意见，看看他们有没有具体的方案，如果可行，你们就直接采用报分局党委常委会决定！”

李传勇本来想从郝卿明的嘴里说出要调整的人员，但郝卿明并没有这样做，而是循循善诱，让李传勇自己体会。

从郝卿明办公室出来，李传勇就直接到了张志刚的办公室，想听听组织部长对电务系统调整的说法。按照常理，干部分处只对分局党委书记和分局长负责，没有必要到部门来征求意见。这次情况不一样，郝书记既然说到，肯定他们之前有过交流，郝书记不是说让他们把工作做得更细，一旦从郝书记嘴里说出，干部分处也不好再更改。

“李处长，今天哪股风把你吹到我这里来了？”大家都在一个机关工作，而且接触程度密切，张志刚有点调侃，但也不失为一种亲密的玩笑。

“听说，张部长对电务系统的干部比较理解，郝书记专门叫我来找你张部长了解了解！”

“李处长，对分局干部的了解谁赶得上你啊，你不是拿我开玩笑吧。再说了，组织部只是对党员了解多一些，谈不上对干部有更深的了解！”

“张部长，不瞒你讲，我刚从郝书记那里来，咱们就不要绕弯子了。你确实对电务系统了解更深。我想听听你的意见，修正我们的方案。”

“那我就说说看，权当建议仅供参考。”张志刚并不忌讳，王诚如是自己举荐的，李文林是组织部小童的丈夫，他先从他们两个说起，于情于理都没有问题。让李传勇觉得他张志刚直言敢说，不听他的建议直接交给分局领导很难获得通过。

张志刚说，两个电务段的领导干部要统筹考虑，这样使用干部的视野就会开阔一些。张山明和王诚如三年的历练，他们已经能够担当重任，提拔为一把手是顺理成章的事。李文林经过这一段时间的锻炼，工作和领导艺术都有长进，从工作和解决夫妻分居考虑，而且他是我们组织部的家属，小童很快就要生孩子，把李文林调到蒙自，可以照顾小童。这样一来，就要从蒙自电务段推荐一名中层干部到盘溪，盘溪也要自己产生一名行政干部。至于盘溪空缺的纪委书记和工会主席，我觉得应该从分局党群系统，尤其是纪委和工会系统中产生，当然，也可以从组织部、干部分处、宣传部中产生，这样的话，一个电务系统的棋就可以把整个分局的干部激活，这对调动上下各个方面的积极性是有好处的。

李传勇觉得张志刚说得有理，而且视野比干部分处开阔。原本他只是来听听，这样郝卿明问起来，他好说话。哪知一听，确实有理。回到干部分处后，李传勇召集分管领导干部的两名干事重新做方案。这一稿出来，对两个电务段的副职调整空着，直接带着任务到两个电务段搞民主推荐和考核，并没有再听电务段的意见了。

李传勇先到盘溪，先向苏磊和张山明说明意图，在考核张山明的基础上，明确表示盘溪段推荐两名行政专业技术干部。李文林也不在段上，在宜良出差，所以也就不用征求他的意见。

张山明的考核没有悬念。推荐人选也比较顺利，技术室主任和安全室主任得票最高，李传勇安排进行考核。考核结果也没有太多问题。要离开盘溪之前，党委书记苏磊专门找到李传勇，希望再由他们自己产生一名党群领导，也让党群干部有奔头。

"苏书记，我理解你的想法。但这次你们本身就产生了两名领导班子成员，再要产生一名党群领导，有点说不过去。你也再做做工作，争取下次吧！"

"李处长，如果再从蒙自产生党群干部，我怕盘溪的干部不服，这个情况请分局给予考虑。"

"苏书记，分局领导有要求，从哪里产生干部不是我们能左右的。但请你放心，党群干部不会从蒙自调来！"

苏磊听到这句话，悬着的心总算落了下来。

李传勇他们到蒙自电务段搞推荐和考核，事先和王诚如和邢明棠交换意见，在考核王诚如的基础上，希望推荐和交流一名干部到盘溪，大会上并没有具体说到哪里，但干部们基本都心知肚明。

王诚如的考核，全票优秀。在谈话环节，许多干部表示，这样的干部早就应该转正了，一直让他只是个副职，有点说不过去。在找邢明棠谈话时，邢明棠一改看不下去年轻干部的态度，正面而积极地肯定王诚如在电务段的工作。这多少有点意外，让李传勇都觉得"后生可畏啊！"居然没有人说缺点。

李传勇觉得一点缺点都没有，报给郝书记肯定说不过去，他就一直追问邢明棠。

"难道一点问题都没有？"

"也不能说没有问题，要是他再多学习一点电务知识，处理问题就更加完美了。"李传勇感觉邢明棠说这话应该是可信的。反正已经有一条了，也就不再继续追问。

推荐干部环节也是比较顺利，技术室主任是一名中专生，工作四年，年轻有为。大家一致推荐，考核时一路绿灯，没有问题。

这些年来，站段推荐干部比较顺畅，大家也从推荐中尝到了甜头。尽管不一定推荐到自己，但提拔一名干部就使许多人员有机会走到新的岗位上，皆大欢喜。有点如“花花轿，人抬人”，大家一起分享成长的快乐。

从王诚如到电务段以后，大家从他的言谈举止中感受，干部就是要交流，而且要跨专业的交流。交流能够带来活力，带来希望。从一开始大家不信任，甚至有些瞧不起到全票通过，不仅仅是王诚如一个人的胜利，而是一帮人的胜利。

李传勇在与王诚如的交谈中，确实有一种年轻的气息也感染了他。

“王书记，我们闲聊，你对我们干部分处有什么建议，或者说对我们有什么期待?”

“李处长，目前我能守好我的一亩三分地就不错了，不敢对上妄加评论。你就饶了我吧!”

王诚如与干部分处，尤其是李传勇交道不多，自觉李传勇比较保守和古板，也许是职业和岗位习惯，他不可能有什么创新，只能唯书记、局长马首是瞻，如履薄冰。

李传勇一看不可能有什么深谈，也就打道回府，去深化细化自己的干部调整方案。

王诚如考核过后，在任命来之前还有一段时间，他抽空深入研究“三个条例”在站段如何实施的问题，并着手蒙自电务段的具体方案。之前，他并没有过多地上心，从私心上来讲，他只是一个副职，老是积极研究这些事，有些不合适，给人的感觉是急于上位。现在，尽管还没有下令，但已经是“和尚头上的虱子，明摆着的”，应该有所作为。

原来他一直把段上的贯彻草案交给刘书学，刘书学已经三稿了，但王诚如都叫他再修改修改，其实他一稿都没有细看。他把刘书学的第三稿拿来一看，基本没有达到他的要求。

“书学，这个贯彻草案明显与分局要求不符，你赶紧收集一下最近分局领导有关‘三个条例’的讲话和资料，整理好后全部拿来给我，我在你的基础上再改出一稿来。”

刘书学不敢怠慢，立即翻箱倒柜整理相关资料给王诚如。王诚如实际可以不用那些资料，但他得有个背书，不能给别人留口实，好像整个意见就是倒腾出来，没有依据的话还真不好说。

王诚如正在研究“三个条例”资料，电话突然响起。

“王书记，你好，我是栗莉！”

“栗姐啊，有什么事吗？”

“是这样，你给我说的四姐妹的事情，现在我想知道在大青山烈士陵园的‘三花’具体名字叫什么？我好完成你交给我的任务！”

“哦，好像叫李桂仙，对，就是叫李桂仙！”

“找到‘三花’的名字，总算可以开始了。”

“那你就费心了，我可得好好谢谢你。”

“先别谢！毕竟已经过去了快十年，我尽量写信给我的那些战友们，让他们也帮着一起找找。”

“栗姐，你如果上来蒙自，就来我这里一趟。”

“会的，没有其他事，我就挂了。再见！”

挂了栗莉的电话，王诚如陷入沉思，多好的战友啊，连是谁叫找的，她都没有问一声，真是如他们说的，天下战友是一家人。我们这些同学能有这样的关系该有多好啊！

这样思来想去，也就静不下心来研究有关“三个条例”的事情。起身在办公室里走来走去，此时刘书学进来汇报有关文明单位建设的情况。

“王书记，过两天县文明办要来检查验收我们的文明单位创建情况，这是汇报材料，您先看看，还有哪些地方需要修改和补充。”

“好，你放在桌上。对了，地方上来我们这里检查，从礼节上要格外重视。你和高令发一起去机关看看，要求他们桌上不要乱摆放物品，要能体现我们铁路上的精神风貌。会议桌上多摆一些糖果、水果以及香烟。”

“王书记，烟就不要摆了，与文明单位有点不相符。”

“也行，你和他们联系一下，建议他们下午来吧。安排在蒙自饭店晚餐。”

“他们通知是早上来，估计难改时间！”

“试试看吧，你就告诉他们，上午分局有个检查组在我们单位，撞在一起的话，怕我们怠慢文明办的领导。”

刘书学退出后，直接与县文明办联系。文明办人员说是之前就安排好的了，要更改的话得请示文明办的刘兴胜主任后再定。快下班时，文明办通知刘书学已经同意改在后天下午来电务段。

一切准备就绪，县文明办刘兴胜主任带着县里五人来到电务段。按照程序，刘兴胜简单介绍了一行五人及此行的主要目的。刘兴胜说得比较客气。

“王书记，铁路是工人老大哥，我们说是来检查验收，其实是来向老大哥学习的，希望王书记不吝赐教，多给我们传递铁路的好做法、好经验！”

“刘主任，你们是我们的父母官，理所当然要向你们好好汇报。另外，也请你们多给我们提出批评意见，我们一定虚心接受，认认真真加以整改！”

“王书记，你就不要客气了，你这样说我们可担待不起啊！言归正传，先请王书记给我们介绍一下电务段的情况。”

“刘主任，你看这样行不行，材料已经打印好给各位领导，主要是一些数据和做法，你们可以参考。我呢，从三个方面重点向刘主任和各位汇报一下。”

王诚如脱稿即席汇报：第一，铁路是服务行业，文明服务是我们一贯倡导和执行的理念。为了践行这一理念，从抓思想素质入手，通过职工班前、班中、班后灌输，不断讲、反复讲，让职工明确这是一种习惯。

第二，服务需要有一定的技能，光靠热情是不够的。我们通过职工培训，不断提高职工的服务技能，尤其我们在铁路系统处于高技能单位，每年每个职工接受培训的时间不低于二十天，用自己的出色业绩来服务人民群众。

第三，检查考核机制的建立，推动文明服务机制化、常态化。每个月的月度考核，直接和职工经济利益挂钩，让职工明白不好好服务是要付出代价的。这是一方面。但从另外一方面来讲，文明养成不是仅靠经济处罚就能达到的，而是通过一系列的激励措施和手段，让职工自觉养成。

刘兴胜听完王诚如的讲话，感觉铁路在这一块的工作明显高人一筹。

“王书记，听你一席话胜过十次检查啊！我说嘛，铁路老大哥就是比我们地方各个单位要超前一些，看样子，可以组织地方的单位来铁路参观学习！”

王诚如一听，坏了，不是经不住检查，而是没有那么多时间跟他们玩啊。但又不能直说，还得讲究策略和方法。

“刘主任，你过奖了。我觉得我们要多到地方上学习学习，我们一天看到的只是两根钢轨之间的事，还得刘主任多帮忙让我们多去取经啊！”

“王书记真是过谦了。不过，既然王书记发话了，我们积极安排。”王诚如终于把悬着的心放回肚子里。

“刘主任，我带你们去检查检查？”

“好啊。给王书记添麻烦了。”

王诚如带着他们从机关出来，先到电话所参观。

“刘主任，这是我们的电话所，目前铁路大部分电话还是通过接线员来办理，也可以说是我们文明服务的窗口。”

“与邮电局的性质差不多。”

“性质相同，只是服务的面没有他们的广，接触的人没有他们的多。”

走过电话所，就是电报所和载波室。刘兴胜看见的是窗明几净，工作间一尘不染，给人以神秘和干净的印象。

“王书记，你们的工作场景非常好啊！”

“刘主任，这些地方确实干净。不过，这不是我们的全部，我带你去看看工作环境非常不好的一些地方，你就会对此有完整的了解。”

王诚如带着刘兴胜他们跨过股道，到货场边上的一组道岔旁。

“刘主任，这是我们信号工负责的道岔。”

“这道岔是做什么用的？”

“这么说吧，铁路上的火车要从旁边的这一股道到另外一股道上，只有经过扳动道岔才能实现。我们经常会说，两股道交叉火车才能走得更远，有点像路地双方不碰撞、不交流，也就不能相互理解。”

“那这个道岔还是比较关键的！”

“是的，他们的工作环境就是这么差，但你看道岔铮亮、线盒里不能有灰尘。”王诚如叫陪同来的工人打开线盒，里面确实没有一丝灰尘。

“受教育，我能理解你说的服务技能的问题了。”

回到站台上，刘兴胜想和王诚如握手告别，他觉得他要看的都看到了，没有必要再继续检查下去了。

文明验收就以这样的一种方式通过了。

马公安到了盘溪派出所。检查工作结束后，找到了李文林和张山明。司机小刘开着吉普车拉着他们三人到来镇上。选择一家牛菜馆子坐下来。小刘照例把菜点好，要了一公斤包谷酒，每人先倒一满杯酒，就开始了他们海阔天空式的聊天。

“听说最近在118团部拍摄电影，片名叫什么来着？”

“听说叫《战争让女人走开》。”张山明答了一句。

“怎么会叫这个名字，1979年的对越反击战不仅没有让女人走开，而且还牺牲了不少的女兵。”马公安有点不平，但张山明和李文林并不知道他与通信连女兵的故事，也就没有接他的话，只是端起酒杯邀约喝酒。

“马处长，今天怎么就来盘溪？该不是来看拍电影吧。”李文林想调节一下气氛，三个男人喝闷酒，一不小心就会喝醉酒的。

“文林呐，我是上个战场的，哪会去看假的。”马公安苦笑，但也不能太打击他们没有上过战场的人，本身他自己就对那场战争刻骨铭心，不想再伤害朋友。不能和没有当过兵的人计较军人的事情。

“来，来，马公安，我们不提过去的事了，好好喝酒吧！”李文林赶紧劝道。

“好吧，我们三个干一杯吧！”豪爽的马公安调整好心情，提议一起干杯。

照例是小刘，帮他们倒满第二杯后，说了声吃好了，出去走走便离开饭桌往外走。

“说说你们的事吧，张段，你们段长负责制准备得怎么样了？”

“这好像不该我们站段准备啊，一切听从分局的安排就行了嘛。不对，你是不是听说什么了？”张山明似乎有所感悟。

“我哪能听说什么，我一个破案的，整天不是下线路，就是到站场，基本没有闲工夫听人家讲什么。我就是随口问问，以示关心！”

“真的，没有听说什么？”张山明有点不相信。

“你啊，我要听说什么话，还不直接告诉你们，何必这样呢。”

“反正时间也差不多了，到时候不是都清楚了！”李文林插了句话。张山明和马公安相视一笑。

“有道理，今天我们就叙兄弟情谊，其他的事不管！”马公安明显感觉，没有王诚如在场，谈论点事情好像都接不上趟。

第二杯酒喝完，各自都觉得差不多了，再喝的话意义也不大。三个人起身争相去买单，小刘见状，赶忙进来说：“单，我已经买了。”三个人才说笑着往门外走。

回家，比什么都好

进入 5 月防洪季节，铁路各个部门的干部就进入频繁的值班状态。这并不是说有值班干部下雨也不怕，而是说有值班干部和领导，遇到突发情况可以迅速地采取措施，将各种损失降到最低点，确保铁路的安全运输。

李文林在这个刚刚开始的雨季，心里老是七上八下。对他来说，值不值班都得待在盘溪。看着时不时下起的雨，惦记着小童，会不会有哪样？如果有点事，自己又不在身边。还有，从上次与王诚如彻底坦白后，尽管好受了许多，但也还是担心王诚如会不会出卖了自己，分局领导知道了又会如何处理自己。

总之，从 5 月 10 日左右进入防洪阶段，到即将召开的分局大会，实际只有几天的时间，可对李文林来说，有点度日如年，期盼尽快有结果。

偏偏在这个月的 4 日，全国开始实行夏时制，感觉是早上九点，一看表已是十点了。这虽是提前的时间，但对李文林来说还是慢了，期望时间再走快一些。

就在李文林的期盼之中，分局“三个条例”的实施意见已经进入审核把关阶段，只待分局同意实施了。

干部分处长李传勇经过反反复复的斟酌，终于向各个分管副职征求意见。实际上各个分管副职心里也非常清楚，这是“和尚头上的虱子，明摆着的。”他们没有理由不同意，即便不同意，也只能服从于正职的决定，大可不必为下属的任命与主要领导争个面红耳赤，争论的结果依然还是方案上的人选。因此，到了这个阶段也就八九不离十了。

分局党委常委会几乎以一致通过的方式，决定了“三个条例”的实施意见。为配合这个意见的实施，自然是各个单位的人事变动。这次常委会共讨论了全分局 20 个站段中的 15 个站段的领导变动情况，这是分局成立以来近 20 年变动最多的一次。

“改革嘛，哪有不变动的。”这句话成了共识，说明这种变动有积极的干部基础，大家都认为应该变。

这次盘溪电务段和蒙自电务段的领导干部变动较大。张山明如愿成为段长,王诚如也成为党委书记。李文林调离盘溪到蒙自,仍然任副段长。

尽管这种任命是预料之中的事,可王诚如的任命还是引起一些议论。他出任党委副书记是全分局乃至全局最年轻的。三年过去出任党委书记,仍然是全局、全分局最年轻的。许多人议论二十七八岁就是段党委书记,这样的任命史无前例。

许多事情就是这样,议论归议论,时间一过似乎又回归正常。因为,这种议论也改变不了事实。

5 月 18 日,分局召开大会,宣布全分局进入分局长负责制和站段长负责制。郝卿明一开始就说,实行分局长负责制,是经成都局党委研究决定的,是我们分局政治生活中的一件大事,要求各个单位要以分局长负责制为起点,进一步激发活力,更好地服务于经济建设大局,更好地担当起铁路经济大动脉的重任。

郝卿明的讲话共分三个部分。第一,充分认识实行分局长负责制的重要意义,将全分局干部职工的思想统一到分局长负责制上来;第二,正确理解三句话,准确把握"三个条例"的基本内涵;第三,加强组织领导,确保"三个条例"在全分局得以实施。

在第三个部分,郝卿明排定了一个时间表,即主要运输站段必须于 7 月 20 日前完成站段长负责制,其他非运输站段必须于 9 月 30 日前完成。

郝卿明的讲话一结束,许多站段的领导纷纷表示,这是一个高水平的讲话,充分体现了党对各项工作的领导、把关和定向,大家相信有了分局党委的领导,分局的各项工作还会更上一个新的台阶。

为了传达会议精神,王诚如和邢明棠碰了个头,先期召开党委中心学习组会议,同时也在会上分分工。

刘书学按照段主要领导的要求,将所有分局实行负责制的材料收集好,交由王诚如。

"书学,你记一下,这次党委中心学习组内容比较多。我来主持,由段长来传达会议的主要精神,郝书记的讲话我来组织大家学习。另外,由段办理一个段领导的分工,由我和段长同意后,在会上宣布一下。今天,你按照这个意思先去理一个流程。"王诚如大体有个交代,刘书学就回去准备。

李文林在刘书学离开后一会就进了王诚如的办公室。

"王书记,谢谢你的关照!"李文林经历这次变动,心里对王诚如有了新的敬重。本来朋友之间不必这样官腔十足，但李文林真是发自内心的尊重。

“文林，其他也就不用过多的交代了，反正电务段你比我还熟，工作上我十二分的支持你。到了蒙自，你要多和邢段长沟通和汇报，有什么想法我们可以随时沟通。”王诚如并没有和他客气，也算是一个党委书记对一个副段长的要求。

“王书记，我会的！再次谢谢你对我和我们家的关心！”

“文林，一切都过去了，好好对小童吧，应该差不多要分娩了吧。小童有什么不懂的事可以直接和小黄交流交流。”

越这样说，李文林越觉得发虚，他在王诚如面前变得一点尊严都没有。好在王诚如低头在翻文件，并没有顾及李文林的脸色，否则，李文林真的无法面对。

“王书记，那我过去了，你忙吧！”李文林说着话就离开王诚如的办公室。王诚如实际在心里和以前没有两样，因此，也没有更多地在意，答应一声算是回应。

党委中心学习组如期举行。段领导班子已经就座，会议室中间的两个位置还空着。这两个位置就是书记和段长的。座位上方有一副长城油画。画上没有署名，但也看不出来是印刷品。

王诚如和邢明棠前后就座。王诚如先介绍了一下李文林。

“想必大家都不陌生，李文林原本就是我们段的干部，成立盘溪段就任副段长，这次分局从各个方面考虑，将李文林同志调回我段，我代表党委欢迎李文林同志回家，希望大家支持文林的工作，共同把电务段的工作做得更好！下面，我们进行第一个议程，先请邢段长传达学习分局实行分局长负责制的会议精神。”

邢明棠照本宣科，逐一宣读文件内容。与会者低头在笔记本上写着、划着。一个小时后，终于将文件念完。

王诚如在会上谈了自己的感想。

他说道：“实行分局长负责制，是铁路企业迈出的至关重要的一步，也是国有企业在铁路实施改革的重要步骤。”

“要有国有企业的观念。根据《企业法》的规定，我们是全民所有制企业，其核心的内容是发挥党组织的政治保证作用、实行厂长（分局长）负责制、全心全意依靠工人阶级，目前我们实行的‘三个条例’，就是核心内容的具体表述和要坚持的基本原则。这是其一。

其二，要有规矩和制度。我们不是乡镇企业，更不是私人企业，党的民主集中制原则要在企业中体现出来。当然，行政领导必要的权利必须赋予，党委不可能像原来那样事无巨细，也就是要有分工。

其三，要充分发挥工人阶级的主人翁作用。我们是全民所有制企业，工人阶级的地位在改革中只能加强而不能削弱。工会要主动承担责任，不能只是吹拉弹唱和打球照相，要围绕着党的中心工作和行政的重点，动员职工群众努力工作。

上述三点，在即将实行的站段长负责制中要及时体现。回头我和邢段长再议一议，等所有文件都准备得差不多，我们就报请分局批准我段实施。”

王诚如准备散会时，邢明棠说，我再补充几点。

“刚才王书记说的三点，我认为非常重要，行政办公室要认真领会，把它作为我们实施文件的重要内容。另外，关于行政负责的权限问题，我还没有和书记商量，但我建议，凡是重要的计划最好经过党委会讨论，我们再负责具体落实。”邢明棠的这番话，使多年跟着他的下属都大吃一惊，凭他的资历和能力，不应该向王诚如这个年轻人举手投降啊。

“我也表明过态度，刚才邢段长的建议，我个人认为非常重要，我想我们下来后，要认真吃透分局的文件精神，既不超越也不能滞后，不折不扣地执行分局的要求。”王诚如何等聪明，他不想再这样的场合将矛盾表面化，更不想让明显不符合分局要求的事在电务段发生。

会后，李文林找到王诚如。

“王书记，你完全可以听他嘛，将大权揽过来!”

“文林，权力是个好东西啊。可是我们也要符合上级的要求，既然有‘三个条例’，就应该按照规定办。另外，你真以为他会把权力让出来?”

“也倒是，我对他不太了解。看样子，以后表态我还是要慎重!”

“没有这么复杂，你该表达就表达，没有必要遮遮掩掩。”

王诚如的态度，着实让李文林猜不透。

李文林星期六下午回到阿迷。在回家的途中，李文林在铁路菜市街上买了只鸡，让店主宰杀好后，自己又顺便买了几样小菜。一到家，李文林也就忙开了。把鸡砍小放在锅里先炖煮，然后开始捡菜洗菜，他想让佟玲江回家后有个惊喜。

听见钥匙开门的声响，李文林赶紧过来开门。

“吓我一跳，我以为家里进毛贼了。”李文林连忙接过佟玲江手中的菜。

“你也买了只鸡，其他小菜也基本一样嘛！”李文林一看佟玲江买的基本和自己买的一样，不由得心头一热，还真是夫妻啊！

“怎么回来这么早？下午没有上班咯。”

“我刚好到鸡街去检查，顺道也就叫司机把我送回来。”

“你这个顺道也顺的太远了吧。”

“周末也就没有多少事。怎么样，儿子在肚里没有叫吧？”

“叫，你也听不见嘛。不过好像现在有动静，怕是知道你回家了。宝宝，你爸爸今天回来了，好久都没有陪我们一起吃饭了。”佟玲江轻轻拍打着鼓起的肚子，既像是和李文林说话，又像是和肚里的孩子说话。

“你最近去保健站做产检了吗？情况都正常吧？！”

“前两天才去检查的，放心吧，一切正常！”佟玲江腆着肚子在本来就狭小的厨房里转来转去，有时肚子都能碰着锅把。

“你啊，煮鸡你要先把鸡肉用水焯一下，焯好后再洗一洗，这样煮出来的鸡才香和干净，就不会像现在一样满锅都附着血沫子，黑乎乎的！”

“我还真不知道，下次一定按照你说的办，坚决干干净净！”

“算了，做饭还是我来吧，客厅里的灯泡已经坏了，好的灯泡在茶几上，你换一下。”佟玲江实在是看不惯李文林在厨房里笨手笨脚的样子，就安排他去干爬高撩低的活。

说是客厅，其实也就是在卧室与厨房之间不大的一间房。房子是分局机关分给佟玲江，凭她的职务和资历，连这种房子也分不到，还是组织部部长张志刚出面协调才勉强分到的。

灯泡换好，佟玲江就把做好的菜陆续端上来。

“小童，我来吧，你只管做，我来端。”李文林看着不方便的小童，确实也有些不忍心。自己到处去找碗筷，这个柜子打开找找，又去打开电视柜旁边的小柜子看看。

“你再找哪样？”

“我找碗筷,你放在哪里?”

“碗筷会在电视柜里? 在厨房里啊。你呀,真像个客人。自己家里的东西摆放在哪里都不知道,我真是服了你!”小童没好气地数落,李文林不敢接话。

“我有问题,下次一定注意!”

“你是有问题,我问你,人家都在提拔,而你是平调,你说你是不是有问题?”

佟玲江猛不经意地问,着实把李文林吓出了一身冷汗。盘溪的事如果被她知道,那还了得。但细听,她没有过多地问其他的事。

“估计是领导关心我,你想啊,你一个人马上就要分娩,身边没个人照顾还真的不放心,组织考虑的还算周全。王诚如、张山明他们可以明确的主持工作,我就是一个副职,没有括号在后面,哪能与人家比。”

“我没有让你去跟王诚如、张山明他们比,以后你也不要这样去比,否则会伤了你们朋友之间的情谊。”佟玲江在组织部觉悟还是与其他的女人不一样,说出话来,境界就是不一般。

李文林一边听佟玲江讲话,一边帮忙给她盛鸡汤。

“耶,这个鸡汤咋会是这个味,一点都不香。哦,你买的是洋鸡呐。”

“洋鸡怎么了?”

“说你是个书呆子,都还表扬你了。洋鸡是养鸡场里不超过一百天就出栏的鸡,土鸡一般都是在家里散养了在一年以上。在阿迷,洋鸡从外观上也能分辨,白毛、棕色毛,肉多、腿短并且胖的,就是洋鸡。如果这些你都分不清,钱能分清吧?”

“怎么讲?”

“贵的就是土鸡,便宜的就是洋鸡。这个你总会吧!”

“那,怎么办?”

“还能怎么办。将就着吃吧。不过,我还是要少吃点,否则对宝宝不好。”

“要不,小童你不要吃了,现在把你买来的煮了吧!”

“算了,明天再煮那只鸡吧。我再吃点蔬菜就可以了。”

李文林觉得自己做错了事,不在继续讲话,自己端起一碗鸡肉猛吃。佟玲江看着也有些不忍心,自己又盛了一小碗,跟着李文林一起吃。

“好了,我也只是说说而已,想让你知道,以后尽量不要去买这些鸡。我不说的话,你怎么会知道呢!”佟玲江的安慰总算给了李文林一丝慰藉。

两人吃完后，李文林起身打扫和洗碗。一幅忙碌的样子，使佟玲江感受到了一种久违的家的感觉，心里美滋滋的，脸上露出许久没有的笑容。

收拾停当，佟玲江就想到外面走走。李文林本来不想出去，但转念一想，多走走对孕妇和胎儿都有好处，也就站起身陪着佟玲江往楼下走。

他们住在三楼，整个楼层就五层。上下楼梯的人，都与小童打招呼，小童基本都认识，唯独李文林谁也不认识。

“人家会不会问你，那男的是谁啊？”

“你啊，真傻，谁会当面问。再说了，问又怕啥，你是我的男人啊！”

下楼后他们就往泸江河边走。沿途路不算好走，就是一条通往河边的土路，有些摩托车不时开过来，还得赶紧让开。

“一般情况下，你就在楼下或者去车站走走吧。你看，这多危险！”

“没事，他们骑摩托的人也会让。谁没事撞一个孕妇啊！”

“说是这样说，万一哪天哪个喝了酒的骑摩托，不是更危险吗？”

“好，好，你怕是管安全管多了，一提就是万一，哪有那么多万一。”

“我的姑奶奶，我不说了，听你的！”

一路上，李文林都在听佟玲江说话，大部分时间他就是“嗯”“啊”的应承着，目的是尽量听她说。因为，与妻子在一起的时间太少，听她说话的机会不多。

听是一种学问，听也是一种修养。说得真好，李文林为自己的行为找到了理论根据和实践支撑。

大约走了一个小时，佟玲江感觉累了。到了小卖部门口，说是要吃冰棒。李文林问要吃哪种冰棒。

“牛奶冰棒！”

李文林掏钱买了一根递给佟玲江。

“你也吃一根吧！”

“我不喜欢吃。你吃吧！”

佟玲江看着李文林，若有所思又好像想说什么。刚想讲话，话到嘴边又随着冰棒化到肚子里去了。

“走吧！”佟玲江挽起李文林的手往家走。

回家的路上，还是佟玲江在讲话，但明显没有出来的时候话多。许多时候，就是两个人相互搀扶着。佟玲江甚至在幻想，老的时候会不会是这样的样子，会不会走在一起，没有多少话说。但总体上，佟玲江还是幸福的。因为这一段时间以来，今天是他们在一起走得最长的一次。

“可真不容易！”

“你说什么？”

“没有说什么，我在想即便这样走走路，都要争取，工作、学习和生活，哪一样都不容易啊！”

“今后，只要不值班，我都会回来陪你，我回不来的时候，就让宝宝陪着你，这样你就不孤独不寂寞了。”李文林说得很动情。

“你这话说得有点像谈恋爱的时候说的话。其实呢，你说什么都不要紧，我需要的是你能在我身边，我就知足了！”

李文林对佟玲江的话很认可，点点头。“我希望再过些时间，能够在你身边，至于工作，咱们还可以再考虑考虑。”

“算了，我想想都害怕，你到盘溪就是两三年，谁能知道你会在蒙自待多少年。等宝宝出生后休假时，我倒是想去蒙自陪着你，这样也少让你分心。”佟玲江始终是个小女人，她不愿像原来那样聚少离多。

李文林深情地吻了吻佟玲江的额头，牵着她的手一同上楼回家。

当李文林回归家庭正常生活的时候，马公安却在沿线车站布置追逃犯。周六晚上他们与草坝派出所的民警一起到了碧色寨车站蹲点守候。据线报，说是逃犯很有可能从阿迷的某一个车站爬乘货车，准备乘货车到河口，然后再逃到国外。

草坝派出所所长蒋一斌一行三人一直跟着马公安，已经快到凌晨三点了，过了几趟货车，在车站的配合下，对每一辆货车都认真检查，结果还是一无所获。

“马处长，不是情报有错，可能是逃犯中途下车。我们这样守株待兔，估计兔子早已经跑了。”蒋一斌说的有道理。

“你去问一下值班员，到河口方向的货车还有几趟？”蒋一斌跑到运转室去找值班员。值班员告诉他，从现在到六点都没有货车过来，可以去休息一下。下一趟货车要到六点三十左右才能过来。

蒋一斌向马公安汇报，马公安命令全体休息。等到下一趟货车过来时，他们又去检查，还是没有任何踪影。留下蒋一斌他们在碧色寨继续守候，他回公安分处值班。

小刘开着他们的吉普车要经过蒙自县城。小刘建议马公安在蒙自吃完早点再走，反正都要吃早点。

远远地看到路边停着车，门口还有人在排队。小刘一个刹车，马公安打开车门下车。下车一看"龙树脚过桥米线"的木质招牌横挂在门头上，门口一个大龙树足足将房子的一半遮蔽。

"哦？这是什么样的米线。老板来两套！"

"您要几块钱的？"

"耶，还分几块钱的。"正在犹豫时，小刘上来赶紧告诉老板："三块钱的两套！"

"三块钱的两套！"老板吆喝着，一个大海碗连汤就上来了。

"马处长，你先找个地坐下，我端过来。"小刘生怕马公安被烫着，赶紧交代他找地方坐下。

小刘先端一碗过来，又端来两碗米线。

"马处长，你把两碗米线都放进去，待会放就不好吃了！"说完，小刘又去端自己的那一碗。

"小刘，这个米线肉太多了，你看里面除了鸡肉，还有鸡腿，怎么吃得完！"

"马处长，就多吃一点，吃饱了好睡觉，待会你在车上睡一会。到了阿迷，我叫你。"

小刘向马公安介绍，这个大龙树过桥米线，在蒙自非常出名，一些人专门从城里跑到这里吃碗米线，今天我们刚好路过，要不，还没有这个口福。马公安开始想不通，这么个鸡毛店，看上去也不是那么有档次，可是，米线吃到嘴里确实与城里的不一样。

"马处长，其实，他们的讲究就是那锅汤，你看那么大的一口锅，这么多土鸡在里面，而且还放一些筒子骨，骨香汤白，真的与其他地方的不一样。"小刘跟着领导跑，对哪里有什么好吃的都记在心里，一旦有机会就向领导推荐。要不，人家怎么会说，一个司机半个秘书，说的就是像小刘这样的人。

"记住这个大龙树，有空时，向他们在蒙自的人显摆显摆。"马公安很满意这个早点，上车前告诉小刘。

“放心吧！马处长，只要你们有空，我就拉你们过来。”小刘启动汽车，往阿迷方向换挡提速前进。

大约两小时后，小刘开着车进了公安分处机关。不管值班与否，马公安都有个习惯要到值班室和自己的办公室转一转。他一直告诫自己以及周围的同事，从事公安尤其是刑侦工作的人，眼睛随时都要睁着，其他人可以休息，甚至可以睡觉，但犯罪分子不会睡觉，也不会让我们睡好觉。

“老陶，今天有什么情况吗?”马公安问值班室里的老民警陶兴卫。

“报告马处长，今天一切正常，没有其他情况。”

“草坝没有什么反映吗?”

“蒋所长早上汇报追逃没有进展，现在他们全体已经回所休息了。马处长，您有什么指示?”

“老陶，下午六点蒋所长他们汇报时，你提醒他们今天夜间继续监视，严防逃犯从铁路逃脱。还有，你提醒一下迷哈地的周所长，让他们也留心，千万别从我们的眼皮底下溜走了。”

“是，我马上将您的指示传达下去!”老陶在马公安转身上楼时，就打通草坝派出所的电话，第一时间进行安排。

马公安到三楼自己的办公室，一是看看积压在办公室的文件有多少，尽快处理，二是想在办公室清净一下，在沙发上再睡一会。

看了几份文件并签署了自己的意见，感觉睡意袭来，有些迷迷糊糊，马公安倒在沙发上就睡着了，一会就打起了鼾声。

人，都是会变的

按照分局党委书记在5月实行分局长负责制大会上提出的要求，各个运输站段都在紧锣密鼓的准备站段长负责制的各种文件。张志刚照例负责蒙自地区的单位，实际重点就是蒙自车务段和蒙自电务段这两个运输单位，其他的非运输站段还有时间，因此，把更多的精力放在这两个单位。

6月中旬，张志刚带着干事段玉宝专程来到蒙自。第一站到他的老窝蒙自车务段。段长白家喜和书记张华都在段上，两人从各自的角度汇报了准备情况。

张志刚听完汇报，查看了相关的准备文件，提出了自己对蒙自车务段的建议。

“我掌握的情况不多，对你们的工作只能说是建议，不妥之处你们就不用采纳。蒙自车务段是一个经历拆与并的单位，经过段党政的共同努力，目前是运输生产安全稳定、职工队伍稳定，这为我们下一步推进段长负责制创造了有利的条件。我建议：

第一，‘三个条例’的实施意见，尽快修改后报分局党委审批。我说的尽快最好能在一周后，党政主要领导专门到分局找分局长、党委书记汇报一次，再听听分局领导的意见后，即可着手进入段的决策程序。

第二，党委会和段长办公会还是要有原则上的区分。党委会是一个决策性的会议制度，只对一些大的、重要的、关键性的问题进行方向把关，对一些具体的执行措施和落实办法，应该在段长办公会上体现。从你们的准备文件上看，有些事一锅煮了。我建议分开行文，以体现党政不同的职责要求。

第三，实行站段长负责制，从精神和原则上来说，与分局长负责制是一致的，但在具体的操作和方式上还是有所区别。我们站段更多的是一个执行层，是一个具体的生产单位，主要的目的就是能够确保指令下达到第一线并得到执行。这个一点我希望你们在具体的方案中有所体现，没有必要完全照搬分局的模式。”

张志刚说完上述三点建议之后意犹未尽，动情地说：“家喜、张书记，蒙自车务段可以说是我到铁路的第一个家，从内心来讲，我一直都期望蒙自车务段越来越好。当然，在你们的领导下会越来越好，这点我没有怀疑过，而且深信不疑。也许，是了解太多的缘故，我许多时候建议的比较多，但真正让我批评的时候不多，甚至没有。我不知道我这么说是否表达了我的希望？”

“您说，老书记！”张华点头表示知道他的愿望。

“蒙自车务段这几年的进步我就不说了。但今天我要说的是，走进这个会议室，和三年前的面孔基本一样，也就是说干部队伍基本稳定。白段长、张书记，这不见得是个好兆头啊。我们的事业需要年轻人，需要大批的年轻人来挑重担。因此，我建议，尽快选拔一批年轻人进入中层干部队伍里来，为下一步进入段领导班子成员作准备。这个建议并不是针对实行段长负责制的,但攸关这个问题。”

“我是快退休的人了,看到今天这个场景有感而发。可能说多了点,不过,我的用心,你们大家应该理解。”

张志刚说完,大家给予热烈的掌声,表示完全赞同他的讲话。段长白家喜饱含热泪动情地说:“谢谢老书记给我们的提醒,我也表过态,一定会按照老书记的要求多培养和使用年轻干部。请您放心,这个问题原来我们只是觉察,但经您点拨,我们更加清晰了。”

“是的,张部长。白段长的表态也代表了我的心声。在今后的工作中,我们一定会按照您的要求,尽快培养和使用年轻干部,尽量多给他们舞台,让他们在车务段看到希望和未来!”张华作为党委书记把话接过来,让张志刚彻底放心。

中午在食堂简单吃了工作餐后,白家喜和张华还是陪着张志刚到了段招待所,让张志刚午休。

“你们都回去吧。下午我去电务段,你们就不要过来送我了,我自己会过去!”张志刚再三要求,白家喜和张华只好回到段上。

下午两点半,段玉宝敲了一下张志刚的房间门。张志刚在里面答应着“一会”。段玉宝和他们一起来的司机和车都在门口等候。张志刚上车后,司机问了声去哪里,段玉宝说了一声:“去电务段。”

在电务段大门口,王诚如和邢明棠已恭候多时。见到他们在门口,张志刚叫停车,他赶快下车快步走过去,与邢明棠和王诚如一一握手。

“我认得会议室的嘛,让你们大热天的在大门口迎接,真不好意思!”

“张部长,你是来指导我们工作的,在门口迎接您也是正常的嘛!”邢明棠低调而客气,这个时候王诚如只是在旁边看着。

有时候,你越熟悉的人在这种场合越不用套近乎,让不太熟悉的人多客气会,相反还显得有面子。王诚如故意这样,并不是不欢迎张志刚,而是给邢明棠以足够的面子,让他感觉在这个单位他是老大。

张志刚多敏感啊。这小子成熟了,懂得在什么时候表示情谊和尊重。王诚如这种不卑不亢的样子,张志刚从内心里感到满意。

邢明棠陪着张志刚说笑着在前面,王诚如和段玉宝跟在后面。不知情的人还以为他们两个是跟班的。

进入会议室，宾主双方坐定。王诚如示意邢明棠可以开始了。邢明棠开口说：“在我们积极准备实行段长负责制的关键时刻，张部长莅临我段检查指导，这将对我们下一步的工作有现实的意义。在王书记汇报之前，我先向张部长报告一下段行政近期的主要工作，让张部长多指导指导！”

邢明棠利用这个时机，实际上是汇报段行政的具体工作和一些打算。张志刚听得很认真，并不时作记录。按道理，邢明棠没有必要向张志刚专门汇报电务段的工作，毕竟组织部长更多的是关心党委方面的工作。当然，听听行政方面的工作更能全面的掌握电务段的工作，这对实行段长负责制是有好处的。

邢明棠汇报的时间不算长，大约二十分钟左右。之后，他就将话题转给了王诚如。

“下面，请王书记汇报我们实行段长负责制的基本情况。”

王诚如接过话题，首先对张部长到电务段指导工作表示热烈欢迎和衷心感谢，希望张部长多给我们以帮助，以便进一步落实分局的要求。

“张部长，我就将我段实行段长负责制的情况简要的汇报。”王诚如看着汇报材料，开始进入正题。

对王诚如此次照本宣科的汇报，张志刚并没有流露出不屑，而是比较耐心地听完。王诚如念完材料后，口头说了有几个问题需要张部长给予帮助：

1.“三个条例”是一个整体，这次段长负责制对段长的职权给予了明确，但对党委的职责并没有具体的明确，尤其是如何发挥党委的政治保证作用，只是作了原则上的规定，没有详细的说明，这个在具体的操作中难免会有越位的问题。如果在制度上不明确，靠个人素质的觉悟难免会出现偏差。另外，有关依靠工人阶级，只是在说法上给予重申，没有更多实质上的内容，我们在站段也不好延伸。

2.分工与负责有些矛盾，党的民主集中制实际就是强调个人分工与集体决策的关系问题。当然，从企业法的角度明确段长、分局长的职权，是从法律的方向给予的明确。两者之间是党章与法律的不同要求，我理解在目标上应该是一致的。也许，这个问题只能在实践中不断调整和完善。

3.干部的选拔、任命与负责制之间，要有一个适应的办法。党管干部与企业任命管理人员，要有通行的办法，否则会陷入形式主义，或者相互打架。无论提名程序、考核办法和任命方式，等等，都应该逐步完善。

张志刚并没有正面回应这些问题，因为这一段时间分局长负责制同样也面临这样的问题，一时半会也不会有什么结果。只是说，王诚如书记说的问题具有普遍性，需要从站段到分局，再到路局都做出积极的努力，而且这些问题也不是一下子能够解决的，需要在实践中不断丰富、完善和发展。

张志刚的这次检查和指导，没有对王诚如给予过多地支持。张志刚何等厉害，因为他知道对王诚如无论做什么，人们都会认为是在帮助他。与其这样，不如少说或者不说，也许无言的帮助才更加让人猜不透。

吃晚饭也没有离开食堂，而是在食堂简单地吃了个便餐，就和段玉宝离开了蒙自电务段。离开时，张志刚特意和邢明棠握手，祝愿电务段一切都好。邢明棠也给足张志刚面子，亲自给张志刚拉开汽车门，并用手挡住车顶，以防张志刚碰到头。这些细小的动作，让王诚如若有所思。

“人都是会变化的。”王诚如送走张志刚后，冷不丁的从脑海里冒出这样一句话，好在大家都已经散开，没有聚在一起，谁也听不见他的话。

王诚如在办公室里修改“三个条例”的实施意见，这次修改以后，他和邢明棠将到分局专门向书记、分局长进行汇报，只要没有大的意见，估计这是最后一次修改了。

电话铃声响起，电话里传来一个女的声音。

“王书记吗？我是栗莉！”

“栗姐啊，好久没有听到你的声音了。怎么样，最近还好吗？”

“谢谢王书记，我一切都好呢。我是想向你报告一个情况。”

“什么情况？”

“王书记，我的那些战友们陆续回信了，他们提供了两个情况，都是和李桂仙她们一起要好的战友的目前情况。”

“栗姐，你慢慢说，这些个情况估计对查找四姐妹她们很有帮助。”

“是的，第一个情况是，与李桂仙生前经常在一起的几个姐妹，现在听说有三个是在成都附近的一个荣军医院治疗和康复，详细地址和三个姐妹的名字正在打听之中，一有消息我随时向你报告。第二个情况是，他们说的与你给我的信息有些出入，但有两个姐妹在荣军医院，另外两个回老家养病去了，他们的去向只能委托我的战友们再去寻找。”

“谢谢栗姐，这已经很不容易了。”

“但愿吧！不过我会尽力的。”说完，栗莉就先挂了电话。

放下电话，王诚如陷入沉思。按道理，栗莉他们是祖国的功臣，在祖国需要他们的时候义无反顾地投身战场，不计生死。这些连死都不怕的人，面对艰苦的环境，同样毅然选择，而且从不叫苦。这样的人，对一个单位来讲是一笔无形的财富，我们不能守着这些财富而毫无反应，最起码在我们的权限范围内给他们一定的改善。

王诚如在心里说服自己后，他就想，上次去迷哈地，刘凯给他留下深刻印象，趁这次实行段长负责制的时机，何不将他调到身边，好好培养，估计会是一棵好苗子。栗莉在迷哈地已经三四年了，可以让更年轻的人去换她，一来在上面可以有条件找她们失散多年的战友，二来也可以帮她解决一下她的个人问题。三十多岁的女人要找到一个如意郎君不是件容易的事，更何况是在迷哈地。

正想着这些事，邢明棠过来找王诚如，提出了一个机关股室人员调整的初步方案。对技术、安全部门的人选，邢明棠倒是有了人选。王诚如一看，觉得也没有多大问题。王诚如一直坚持一个原则，只要群众反响不大，而且本人能力、素质都还可以的话，王诚如对行政干部，尤其是技术类干部基本都是绿灯，很少卡着或者提出其他人选。

“王书记，你看人劳室主任和办公室主任，我一时也想不出个具体的人来，有些又觉得不是那么合适。你看看，从你的角度挑选两个吧。当然，如果能从党支部书记中挑选，那是最好的。”

“邢段长，我同意你的观点，这两个主任不仅能力要强，政治上更要可靠，人品差了就可能误了电务段的大事。事关重大，你容我再想想。回头我们再讨论，怎么样？”王诚如还真有想法，但不想直接就告诉邢明棠。如果直接说了，显得是自己的心腹或者是草率行事，反而会留下把柄。

思考到第二天，王诚如拿出了一个原则方案，既能够说服邢明棠，也能避嫌，更重要的是让其他人无话可说。

他在提供人选时，划定了几条硬杠杠：首先，必须是中共党员。今后凡是任职重要岗位的人选，不能是非党员；其次，年龄上必须在35岁左右，特殊情况必须有特殊才能，否则一概不能越线；第三，原则上文化程度不低于中专水平，电务段本来在全局是文化水平最高的，不能与其他单位相比，必须有自己的标准；第四，要有适当的女同志，电务段在报话系统基本都是女同志，而且在载波室等工区都有一定的比例，因此，我们也要落实男女平等的原则。

邢明棠一看，无话可说，而且非常赞同王诚如的建议，对比一些人选，邢明棠表示他也要做出调整。原则达成共识，就是具体的人选问题。王诚如建议由他们两人各拿出一个人选方案，然后再从他们的两个方案中挑选。

邢明棠对王诚如刮目相看。他有点不相信，这是他一直视为副职的年轻的王诚如吗？怎么职务一变，水平和能力也就提高了，而且都是阳谋，让你无话可说。邢明棠确实这些年来并没有多看重王诚如，始终认为他是一个小毛孩，能懂什么呢。也许是这些成见和偏见影响了邢明棠对王诚如的正确判断。

"不可小觑！"邢明棠对王诚如有了戒备。不过这种戒备对党政领导之间搞好工作，并不全是坏事，相反在考虑问题时，也要多想一想对方会不会同意，做事时应该有所忌惮，而不是有恃无恐。

事关重大，邢明棠不敢单独行事。他摆出与副职一起讨论人事的态度，让李文林等副段长都有点不习惯。李文林一听那几条原则，就知道是王诚如提出的意见，也就顺着这个思路提出一些自己的想法和人选。

自从李文林来到蒙自后，他很少到王诚如的办公室，有事就直接打电话，晚上很少聚在一起喝酒、聊天。李文林也倒不是怕别人说闲话，而是心里有些忌讳，他觉得自己在王诚如面前就是一个"不穿衣服的透明人"，一点隐私都没有。时间一长，他也觉得王诚如在疏远他。但从内心的最隐秘处，他又觉得王诚如是自己的铁杆朋友，是可以交心的好哥们。这种矛盾的产生，一开始李文林不知道是从哪里生发出来的。每次见到王诚如后，这种情绪就会跳出来，撵也撵不走。

哦，应该是处在一起生出来的。有时候，回到家与佟玲江说说工作上的事，佟玲江总是告诉他，工作已经很累了，回到家就说说家里的事吧，不要把工作带到家里来，弄得李文林无处可说，久而久之，话也就少多了。

临近实行段长负责制的时间，佟玲江也快到分娩期了。李文林在单位这段时间有些心神不定，但又不好意思请假回家，只好硬着头皮在上班。不过邢明棠发现李文林最近有些心不在焉，于是就问他到底有什么事。

李文林终于鼓起勇气说，佟玲江的预产期估计就在这几天，因此有些担心。

邢明棠告诉他,你回去看看吧,这是个大事,你不在身边,媳妇就没有靠山。说了一声谢谢,李文林就回家了。

几天不见李文林,王诚如正在纳闷时,邢明棠抛出行政对此次人员调整的方案,同时告诉他李文林回家陪待产的老婆,估计一时半会回不来。

“哦,是这样啊,我还说他跑哪里去了,人影都见不着。”

“我已经告诉他,老婆一生,就赶紧回单位,要两头兼顾!”邢明棠为李文林打了个圆场。

“也是,等他回来我们开个党委会,把需要提交的文件和人选在会上过一遍。”王诚如淡淡地说道。

邢明棠留下方案就离开了王诚如的办公室。王诚如拿起方案看了看,确实与原来的方案相比,这一稿成熟多了。许多技术、安全以及领工区的人选基本都符合王诚如的硬条件,要想推翻有点不太可能。当然,原先人劳室、办公室主任还是空缺。王诚如觉得邢明棠还是故意把这两个人选留给自己来选。

实际上,王诚如上次在定出条条框框以后,也在琢磨这两个人选。反复权衡并经过这几天的思考,他提出了自己的人选。即刘凯任办公室副主任(主持工作),迷拉地领工区党支部书记崔捷任人劳室主任,党办干事高令发任迷拉地支部书记,栗莉任报话监察,团委书记雷敏杰兼任组织干事。

这个方案与邢明棠的方案一对接,基本也就是整个调整的方案了。在整个方案中,王诚如提出的人选仅占整个人员的20%,大头还是邢明棠的。

邢明棠一看这个名单,对他提出的人选基本没有否定,他也就不好再说什么,点头同意,这样一来为实行段长负责制的人员已经齐备,就等待相关文件向分局汇报了,如分局没有什么意见就可以这样执行。

在段党委会上,领导班子成员基本对这个人选方案没有异议。唯独李文林对选任一位当兵出身的人,而且还是女人,多少有点意见。但他的意见不能左右整个会议的决议。

王诚如没有必要给李文林在会上解释,他以会议主持者的身份提出举手表决。由于是对整个人选进行表决,李文林也只好举手表示同意。这样一来,整个会议结果是一致同意人员调整方案,没有不同意见。

会议一结束,还未等到分局同意电务段的段长负责制方案,就立即分头通知被调整的人员进行谈话。这次王诚如对谈话方式进行了调整,事先与邢明棠碰头过，凡是中层党政职务调整，均由党委书记、段长对他们进行谈话，不再分开谈。

这种党政一起谈话的形式，明确无误地告诉下属，党政是统一的，你们都要对我们负责。

三天时间，人员调整全部到位，没有听见不好的声音，也没有谁表示不服。一切都在按照段的要求有条不紊地进行。

贯彻“三个条例”的文件草案，经过段党委会讨论后，对局部作了小的修改。王诚如照例先打电话给张志刚。

“张部长，我们实行段长负责制的文件已经修改，想这两天过去向您和郝书记、陈局长作个汇报，不知道时间上如何安排？”

“我排一下时间，从目前这段时间来看比较集中，要不周六下午四点，在你们之前有两家，你们是下午的第三家。离你们来汇报还有二天，你们再逐字逐句的多顺几遍，没有大的变化，我就不另行通知了。”

挂了电话，王诚如就去找邢明棠，结果门关着，敲门也没有人，回到自己办公室就拨通段办主任的电话。

“刘凯，邢段长外出了吗？”

“是出去了，他要了辆车，说是要去迷拉地看看。”

“你打电话通知迷拉地工区，让邢段长打电话给我，我有要事与他商量。”刘凯放下电话，赶紧要通信号和通信工区，同时也告诉新任支部书记的高令发，请他们务必转达。

等电话的时间，多经办主任李有生来向王诚如汇报。王诚如对这个李有生还是有些了解。他一般来找王诚如，肯定是在工作上遇到问题了。

“李主任，又有何事啊？”

“王书记，有个事想向您汇报一下，我们也是拿不定主意，请您给我们把把关！”

“什么事啊，这么重要？”

“王书记，是关于我们段投资和开发程控电话机的事。”

“这是个大事啊，之前我听说过，怎么了，你们也想参与这个事情？”

“王书记，之前这个事情主要是技术室在做方案，目的是想让分局、路局来投资，毕竟这么大的投资，我们电务段没有这个实力嘛。”

“那怎么又停了呢？我也没有听他们说不做，没有往前推的原因是哪样？”

“我也不太清楚，但听说投资大，分局没有这么多钱，而我们这样的边远分局，在路局又挂不上号。”

“你有新的想法？说来听听！”

李有生开始从他们多种经营人员去深圳考察学习说起，一路走来，做通信行业大有奔头和赚头。远的不说，一部电话机就能赚个翻倍。可电话机不能两端连起来就能通话，必须经过电话交换机才能实现它的功能。最近，地方上电信的电话，一部都要几千块钱，并不是电话机赚钱，而是交换机帮他们在赚钱。我打听过，电信安装1000门的程控电话交换机，就意味着可以安装1000部电话机，每台5000元的话，就是500万元，而且每个月的电话费还得单独计费，这可是一本万利的事。

“李主任，我们都是计划收支，而且电务段就是一个支出大户，分局不可能给我们这么多钱的啊！”

“王书记，这我知道！”正在讨论着，电话铃声响起，王诚如抓起电话。

“王书记，你找我。”

“邢段长，我已经联系好，周六下午排到我们向分局领导汇报，我怕你继续往下走，所以提前告诉你。”

“好的，我知道了，明天我就回来！”挂上电话，李有生又继续说着他的想法。

“王书记，其实我们可以采取集资的办法来解决钱的问题，比如说，分局投资一半，我们在职工中和需要电话的铁路职工中集资，这样钱就可以解决了。当然，分局投资的那一部分纯粹用于运输生产安全，这对主业有好处的事情，分局应该是会支持的。”

“你回去好好测算一下，如果我们上马1000门的程控电话机，大约需要总的资金是多少，另外也可以在职工中摸摸底，大概会有多少职工想装电话机。这是我们内部的事，另外，你们也要和电信部门去谈谈，如果铁路电话接通电信，有什么代价没有，有的话需要多少。还有，电信装1000门程控交换机投资多少，给老百姓装机又是多少等等，这些问题你们不能只是口头讲，要形成文字材料，这样我们段上才好决策和拍板。”

李有生提供的这个思路很超前，这在铁路多种经营上是可以开辟新的市场的，比那些依赖车皮倒买倒卖强多了。王诚如脑子转得快，马上让李有生在后天早上形成一个材料。

“王书记，这个时间有点紧，按照您的那些要求，我怕做不出来。”

“抓紧时间，粗略一点也没有关系。我和段长讨论一下，如果可行，后天下午我们向分局主要领导报告，争取得到分局的支持！”

李有生本来只是打算向王诚如吹吹风，哪知王诚如一听就来劲，现在已经没有办法。李有生答应着到多种经营办赶紧安排人手收集材料，自己也托关系到电信部门了解和打听。

李有生在打听，王诚如也没有闲着。他拨通车务段多种经营办李应安主任的电话，想从另外一个方向也听听他们的声音。

“李主任，最近在忙哪样啊？”李应安听得出是王诚如。

“王书记，听说最近你们动作大啊，大量启用年轻人，我在你们单位可就惨了。”李应安不知道王诚如找他何事，先调侃一下。

“李主任，如果我们铁路上也帮职工安装电话机，你觉得可行吗？”

“可行啊。我首先报名！”

“你对电信安装电话机了解吗？”

“王书记，了解啊。前两天我们多经办到电信申请安装电话机，不仅手续繁杂，钱贵，而且还让我们排队等候，还不知道何时能够装上。”

“李主任，你们申请的电话安装一部多少钱？”

“5000 块钱一部！”

“这么贵啊！”

王诚如与李应安在电话里聊着，王诚如流露出资金可能有问题。李应安满口答应，说钱不是问题，他们车务段可以投资。再说了，职工要安装先把定金收上来，设备就有眉目了。

“李主任，就当我们两个熟人聊天吧，你先不要和你们白段长、张书记汇报。当然了，你们两个李主任可以先期进行探讨，看以哪种方式合作会更好一些。李主任，我们电务段可没有车务段有优势啊，你可得多帮帮我们！”王诚如与李应安的聊天既像是朋友之间的对话，又像是生意人之间的谈判，交流之间基本的意向也就达成了。

放下电话，有人在轻轻敲门。

“请进！”

“王书记，打搅你的工作了。”王诚如一看是栗莉，连忙起身叫刘书学倒水过来。

“怎么样，交接办完了吧。工作上有什么问题？”

“暂时没有碰到什么问题，姐妹们也都很给力，没有刁难我。今天过来是想向你说声谢谢，你这个忙帮的有点大，我都有点受宠若惊。”

“受宠若惊，这个词不能用在我们共产党员身上，大家都是为了工作，以后你可不能这样说，好像我专门照顾你似的。”

“我感觉就是你专门照顾我啊！”

“栗姐，我是这个段的书记，照顾你们每个人是我的职责所在，你是为祖国流过血的人，我就是想让大家知道，电务段不会亏待任何一个人，你就欣然接受吧！今后，对谁也不要再提这档子事，否则，好像我有什么私心一样的。”栗莉越来越觉得眼前这个小书记有些可爱，他有点像个当兵的样，没有那些斯斯文文的虚伪。

“王书记，我就不打搅你了，我就在你旁边，一有消息我会告诉你的。”栗莉轻手轻脚地退出，如同一个战士去见自己的上司一样尊敬。

看着栗莉离去的背影，王诚如更加坚定自己的决定是对的。他能感受到下面职工对此次人员调整的评价和期待。

有时候，人在一定的高位，不一定能够感受到下面的想法。本来一件很好地事情被一些人传得不像个样子。周六，王诚如和邢明棠去分局汇报实行段长负责制的工作，出乎王诚如和邢明棠的意料，不仅对整个方案表示赞同，也对王诚如临时加进去的程控电话机一事给予充分肯定，希望电务段抓紧研究，分局会全力支持他们做这件事。

汇报结束后，张志刚叫王诚如去办公室，邢明棠也借故去电务分处，两人约好一小时后在大门上车。

到了张志刚的办公室，正想坐下，张志刚说：“把门带上！”王诚如过去将门一关，张志刚就大声叫起来。

“王诚如，你怎么回事，给你这个书记的权利是让你为电务段负责，哪知你去搞什么儿女私情?!”

王诚如从来没有见张志刚发这么大的火，一时搞不清什么问题，什么情况。因此，也没有分辨。

张志刚并没有给他多少时间的考虑，接着就问："我问你，栗莉是怎么回事?"

王诚如一听，明白是怎么回事了。

"张部长，您听我慢慢说给您，有问题的话您就是把我撤了也不迟。"王诚如很有底气地对张志刚说。

王诚如把马公安托付给他的事从头到尾说了一遍。然后，把自己如何见栗莉，如何打开她的心结一一向张志刚做了汇报。张志刚半天不言语，想了一会才说，你也没有必要将她一步就提到干部的位置上来啊。

"张部长，栗莉和您一样是生死都不怕的人，而且她还是个女兵。从到电务段以来不仅没有给领导添麻烦，相反却主动要求下去，靠近战场最近的地方，说是可以听到枪声，可以和自己死去的战友有个对话。我对她只有敬重，没有非分之想，更不会有儿女私情。"

"如你所说，真的错怪你了?!"张志刚听到一个战友处在这样的环境中，却把人家当成与领导有乱搞嫌疑，着实让张志刚有些心痛。从王诚如的交谈之中，他相信栗莉是可以信赖的，王诚如是更加可以信赖的人。但这个世道真的不知道怎么了，污言秽语怎么就会安到他们的头上。

张志刚在想，既然他都知道了这事，难说一些人也会到处乱传，这对王诚如的家庭和栗莉这样坚强的人又会是怎么的打击，他都有点不敢想象。

"提拔栗莉，程序上有没有问题?"

"没有问题，全部按照程序操作，在考核时，迷哈地包括栗莉只有两名电报员，专门走访与她一起共事的人以及周围不是一个工区的同事，大家都反映很好。回到段上扩大到整个报话系统，几乎没有差票，全部都是优秀票。"

"这样的话，我知道风从哪里来了。你也不要更多地去管这事吧，否则，越描越黑，清者自清，浊者自浊!"

张志刚把门开开，用手拍拍王诚如的肩膀。

"我知道了，你今后要注意工作方法，提高领导技巧和艺术，尽量不要有负面的消息。现在，我可以如实地把对你的传闻向领导报告，今后我退休了，谁又会给你这个机会呢!"

“对了,佟玲江已经生了,是个儿子,你来之前李文林打电话告诉我的,我们应该为他们高兴。明天有空时,叫上小黄一起去看看他们,这是一个喜事啊!”张志刚对下属对朋友真的不能仅用言语来表达。此时此刻,王诚如也饱含热泪,对张志刚的关心深深地鞠了一躬。

王诚如离开张志刚的办公室并下了楼,正好邢明棠也从电务分处出来,一起走到汽车旁,赶回蒙自吃晚饭。

王诚如回家,小黄在厨房里做饭,小燕子在旁边看着妈妈。王诚如说了声我回来了,没有任何回音,小燕子也怯生生地看着王诚如,也没有叫“爸爸”。王诚如感觉气氛不对,一般不是这样的待遇啊。

“小燕子,怎么了? 你不听话,妈妈打你了?”

“不是她不听话,是你……”

“我怎么了,怪怪的,大老远从阿迷回来,一个个都不出声!”

“有人对你好,你去啊,你回家来干哪样? 你有权利就去乱搞,我看你是不想当这个书记了。”

“你说清楚,谁乱搞了!”

“你还跟我装,继续装,人家都在我们食堂说了,电务段的书记看上个大姐了,你当我是白痴!”小黄把锅铲一丢,呜呜地在哭。小燕子被吓着,大声地叫喊起来。小黄一把抱住小燕子。母女俩全都哭成泪人似的,眼泪鼻涕交在一起。王诚如心里全都明白了,怪不得离开张志刚的办公室时,张志刚叫他们明天去阿迷看看佟玲江他们,看来张部长用心良苦啊。

“小黄,你说的这个事,今天我也向张部长讲了。你呢,静下来,我一五一十地讲给你听,如果是我错了,你们母女怎么处罚我,我都认。你们为什么就不问问我,偏去听信那些不靠谱的小道消息。如果那是真的,我今天还会回到家里?”王诚如这样一说,小黄也静下来了,但还是眼泪巴沙的。

“我怎么不听你的了,你哪天能够正常的回家,都是晚上十点才回来,我又要哄小燕子睡觉,又要为你担心。”

“是,都是我的错,没有机会跟你们讲清楚,让别人钻了空子,给你们,也给人家也造成了伤害,今后我要特别注意了!”

王诚如看到小黄恢复了平静,也就慢慢地讲起这个故事。听完故事,小黄有些内疚,不该错怪自己的男人。

“诚如，是我不好，不该不问清楚就问罪你。今后我不再听信谣言了。”小黄说的真诚，也不能全怪小黄。

“小黄，小燕子，我们不说这个事了，赶快吃饭吧！”

“吃什么饭，还没有做好呢。”

“那就去外面吃碗米线算了！”

“都这个时候了，哪家也没有米线卖了。算了吧，将就着吃点咸菜煮个白菜吧。”

“也行。对了，明天带小燕子去阿迷看看李文林他们家的儿子吧！”

“小童生了，你怎么知道是儿子呢?”

“又来了，张部长下午告诉我的嘛。”小黄的好奇心差点又惹王诚如不高兴，赶紧伸了伸舌头，表示自己说错了话。

“小燕子，明天我们去看小弟弟，你高兴吗?”小燕子眨巴眨巴眼睛，实在不明白大人的世界，一会儿哭一会儿笑，点点头算是同意。

王诚如一家就这样度过了平常的一晚。

要想出去玩，钱自己去挣

各个站段也都在分局计划的时间内，按照要求全部实行了段长负责制。从表面上看，职工并未感受到多大的变化，似乎一切都和以前没有什么两样，但干部们却能直接地感受到。按照干部管理权限，以前干部任命都是盖的党委的公章，现在行政干部的任命是段长的签名。这个形式让许多人认为就是对段长负责，而不是对单位负责。当然，变化的还有职工的差旅费报销由段长签署意见后，财务人员才能记账、报销。

这些变化，随着时间的推移，大家也就都习惯了，议论的人也就没有市场了。

张山明尽管是段长，但这一段时间，他主要的工作集中在米轨上段的站车无线电话及机车信号设备的实验和安装上，根本没有多少精力顾及段长负责制的事情。好在党委书记苏磊把关，张山明也就按照要求“拉车上套”，顺利地完成段长负责制的各项要求。

从 8 月份开始，张山明正式在所辖区域内安装无线电话及机车信号设备。徐家渡到盘溪米轨线路依南盘江而蜿蜒，弯道和隧道比较多，建基站和车上车下调试比较复杂，十多天过去也没有什么效果。跟着他的通信主管副段长冯云祥、技术室主任江明一筹莫展，厂家代表说设备没有问题，是地理环境影响的。

“我们按照设计要求每 500 米建一个基站，但现在的地理环境就不具备这个条件，这么大的山和隧道，完全就是信号屏障。冯段长和江主任，你们再研究一下，在距离不变的情况下，发射功率不改变的话，根本接收不到任何信号，或者缩短基站之间的距离。”张山明是学信号专业出身，对通信专业不是那么内行，就把问题交给他们两人来研究。

“我们一天在这大山里转，也不会有什么结果，不如回到段上，把厂家的技术人员叫来，一起研究解决办法出来。到实验时出现问题再解决。”冯云祥对这样在现场耗时间不满意，但段长都在，他也没有办法，顺着张山明的思路提出了具体的措施。

“我同意，按照冯段长的想法抓紧时间研究，一定要按照分局提出的年底实现上段开通无线电话及机车信号的目标。”张山明提出具体的时间节点，就打道回段。

在段上停留一天处理完文件和一些具体事务，张山明专程到分局电务分处，汇报无线电及机车信号的落地情况。

电务分处长林秉坤系上海铁道学院毕业的老牌大学生，听完张山明的汇报，立即翻开资料阅读和研究。

“高度和距离都不是问题的话，就是我们的频率问题，频率越低传播就越短，我们在调试中要严格按照频率来进行。”林秉坤尽管有些武断，但张山明也觉得是他们自己的问题，一个产品不可能没有做极端环境试验就上市。

“林处长，还有就是时间上能不能再延后一些，我担心这段时间拖了一下，难以按期完成。”

“张段长，这个时间也是我在分局领导面前磨下来的，按照分局领导的意思在国庆节前开通，都被我强调说这是科学，不可能多干两天就能完成的事，你让我再去说延期，我真说不出来了。还有，电务就这样两个段，你们上段就是在无线电通信方面领先，下段是有线通信在扩容，你是新任段长，你要掂量掂量啊。这么重的担子都交给电务段，说明什么，说明分局领导比较看重科技发展，说明分局下决心在电务方面要迈出积极的步伐，用电务的发展来推动分局各个方面的工作。”林秉坤一口说出分局的战略意图和发展方向，张山明在这强大的压力之下，只好答应了，不答应也不行了。

“那我们只有试试看，争取完成。”

“不是争取，是一定要完成。有什么困难，我来解决。时间不能再往后拖延。”

林秉坤不容置疑的态度让张山明也不敢再强调自己的困难和问题，无可奈何地离开电务分处。

林秉坤说的一点没有错，作为下段的蒙自段，自从王诚如和邢明棠汇报要争取上马 1000 门程控电话交换机后，压力全部转移到电务段了。

李有生把自己调研的成果以及与电信和车务段的洽谈情况向王诚如、邢明棠进行汇报。李有生从三个方面详细展开：第一部分是铁路内部的市场需求。阿迷地区铁路职工家属共有万余人，大概 3000 户左右，有需求或者有意向的占三分之一，也就是 1000 户左右。刨除铁路公用用户 300 户外，还有 700 户的空间可以开发。我们测算过，就按照 500 户需求，每户 3000 元初装费，先期可以筹资 150 万元。

第二部分是程控电话交换机的投资情况。1000 门程控电话交换机，目前市场价在 200 万元左右，配套电缆 100 万元，总共大数 300 万元左右。按照这个价格，如果分局投资三分之一，并配套用去 300 门左右，还差 200 万元的缺口。

第三部分是车务段愿意投资 50 万元到 100 万元，我们自筹资金大数在 100 万元左右。现在多种经营办经过这几年的积累有 30 万元左右，我们还得筹集 70 万元的资金。还有，电信部门愿意和我们合作，实现路外、路内的互联互通，分成大约是我们四成，他们六成。

李有生汇报的是大约情况。邢明棠有些不满意，你都是“大约”，我们怎么决定啊。

“邢段长，我所说的‘大约’，是还没有签订协议，等协议签订了就可以说是定了。”李有生也不高兴邢段长的说法，那意思“定了”的事不是我能决定的，还不是等向你们汇报清楚后，根据你们的要求再去深谈和实施。

王诚如听完汇报，又问了几个问题，李有生一一作了回答。

“李主任，蒙自车务段投资 50 万元，他们的回报要求是多少？”

“他们希望分成利润的 30%，他们是按照投资 150 万元的三分之一来计算的，也就是出多少钱，分成相应的利润。”

“电信部门提出的四成给我们，他们占六成是什么意思？”

“就说总话费的 40% 给我们，60% 由他们拿走。理由是我们占用了他们的通道，必须从通道费用方面来清算。”

“他们的结算要求是什么时间？”

“他们结算是一月一结清。”

王诚如问完话，停顿了一会。他故意等待邢明棠，看看他是问话还是说意见，沉默了两分钟后，王诚如直接就安排部署。

“李主任，根据你的汇报，要推进此项工作，我以为要从以下几个方面来入手，当然，我说完后，邢段长还要提出要求，你要一并落实：

1. 先落实资金。我们就按照 150 万元的盘子来做事。车务段有意向可以签订一个合作协议，要求他们在多少日内将资金汇入。有意向的安装电话机的职工，我的意思是我们要与各个单位的多经办联系，让他们收定金，定金金额多少，你们确定。还有，既然与各个单位的多经办联系，可以考虑每部电话机的酬劳，这个你们下来研究。

2. 尽快与电信协商。与电信的费用方面，可以了解一下路内的情况，我认为电信偏高了，而且有霸王条款的感觉。能不能再与他们协商五五分成，或者六四分成，我们占六成。实在谈不成也不怕，接受他们的要价，但我们在通话费这一块，要向用户特别注明“市话费用”的比率，目的是让他们少打。我估计这块比例应该不会太高。

3. 结算和计费方面要跟上。这是比较关键的一个环节，不能一个月过去了，结算清单和费用还出不来，这会影响我们的成本支出。这个问题，你们要与厂家联系好，这么先进的设备不可能计费方式靠人工，而且人工也不一定统计得出来。

有关分局投资这一块，我和邢段长会直接向分局领导报告，你们则重点是关注市场开发这一块，只要市场开发起来了，我相信分局是会更加重视的。

王诚如说完，邢明棠段长开口说话。

“今年电务系统的亮点是北无南有，也就是分局在北段准备开通无线电通信及机车信号，在南边我们省有线通信程控电话，这两个项目实施将极大地改善分局的通信状况，朝着全路通信先进目标追赶。我想这个意义需要大家把握和理解。另外，我们这个项目得到了分局领导的高度认可。分局领导多次过问我们的进展，现在到了决定我们如何迈出步伐的时刻。刚才，王书记就一些具体的环节进行了交代，我完全赞成，请李主任你们抓紧工作，尽快落实王书记提出的要求，至于说分局投资这一块，我安排技术室尽快向电务分处作一次专题报告，希望将分局的资金落实到位。”

李有生表态，多经办将按照段领导的要求抓好落实，有具体情况再专门汇报。至此，有关千门程控电话的事进入了实质阶段。

王诚如脚才踏进办公室的门，电话铃声就响起来，连忙放好文件和资料并接起电话。

“王书记，听说你们要上程控电话，这是个什么玩意？是不是不用人工接线员了？我们这里能不能安装啊？”王诚如一时听不清楚这是哪路神仙。

“哎呀，不好意思，刚才有点吵，不知道您是哪位领导？”

“王大书记，你贵人多忘事，我是迷拉地工务段的钱向东啊！”

“钱书记啊，失敬失敬，忘了我自己也不能忘了你嘛！钱书记，你刚才说电话的事是指？”

“我是听说，你们要在阿迷上千门程控电话，你看，迷拉地山高皇帝远，又没有人关心，我们能不能搭上你们的程控。”

“钱书记真会说话，工务段财多，我哪里敢关心啊。不过说到电话的事，我向你汇报汇报。目前，分局确定在阿迷地区安装程控电话，是一个带有试点性质的举动，估计下一步会往蒙自、阿迷、宜良、昆明等地扩展，最终将全分局的电话连成网，那时我们之间的通话就真的不用接线员了。”

“王书记，你可真会忽悠啊，看样子我们要用上程控电话估计还得等上一段时间啊。”

“也不会太长，只要你们多关心，我们多努力，应该是会很快的！”

“行，能听到你王书记这样说，我们也很高兴。最近，你也不来迷拉地，赵向南去深造，并不影响我们之间的交情嘛，哪天过来的话言语一声，我陪你喝酒！”

“谢谢钱书记！”

挂上电话，王诚如想什么人这么嘴快，我们才正式决定上马，远在山沟沟里的钱向东都知道这个事情。转念一想，这是个好事啊，他们会帮我们去分局说话和反映，比我们自己去说更好。

“好事也出门，可以传千里啊！”王诚如在办公室里自言自语。雷敏杰敲门进入，以为王诚如在与自己说话。

“王书记，什么好事啊？”

“啊，敏杰，有什么事吗？”

“王书记，我们想在国庆节组织团员青年去秋游，想请您也参加，按照年龄你还是我们年轻人的队伍一员呐。”

“好啊，你们要到哪里秋游？”

“想到建水燕子洞，可是经费还差一点，希望你支持一下！”

“支持可以，不过要自食其力。”

“王书记，怎么自食其力？”

“最近要上马千门程控电话，你组织一下阿迷的团员青年去挖电缆沟，我让李有生给你们最优惠的条件，这样既解决了你们的经费紧缺，又能帮助段上解决一部分生产问题，这就叫寓教于乐。怎么样？有问题吗？”

“没有问题，本来是想向你伸手要的。听你这样一说，我们更加理直气壮了。”说完就想离开王诚如办公室。

“你再等一下，我让李有生上来，现在就布置！”王诚如要通多种经营办的电话，“李主任，你上来一下。”

李有生以为有什么重要安排，拎着个本子气喘吁吁地到了。

“王书记，有什么指示？”

“团委雷书记主动请战，将带领团员青年去阿迷帮你挖电缆沟，你安排一下将相对好挖的一段给他们。”

“没问题，谢谢雷书记！”

“先别忙着谢，9 月 25 日多种经营办必须把费用交到雷敏杰的手上，团委一方面要组织青年人参与重要活动，也要让他们能够娱乐娱乐！”王诚如这样说，都给足了双方面子，何乐而不为。

“李主任，你留下。敏杰，没什么事了吧。”雷敏杰离开书记办公室，赶快去通知团委委员召开会议，布置王书记的指示和要求。

“王书记，还有什么指示?”

“这个项目比较重大，资金运作一定要符合规定。有什么问题多请示报告，尤其是邢段长那里。慢慢你会明白我的用意的。另外，你们对外谈判、签合同尽量在办公室，万不得已的话，至少两人同行，要学会保护自己。不要项目做成了，人却倒下了，那就是这个项目的失败，希望要引起你们高度重视。”王诚如说话的口气并太严肃，但李有生觉得这是个严肃的事，赶紧记录在本上。

“行了，要更多地记在心上，落实到行动上。提醒你们一下是我的职责，不说是我的失职!”

“王书记说的对，你已经把话说在前面，就看我们的行动了。我向你保证，电话机要安装，项目要成功，人更要站直了!”李有生的表态让王诚如很欣慰，看样子提前预防总比临时看见哭鼻子好。

一切安排好，王诚如利用星期天休息时间，叫上李文林跟着雷敏杰他们到阿迷挖电缆沟。年轻人一看自己的党委书记都来挖沟，他们没有理由不卖力。

刚开始王诚如只是一种象征性的参与，目的是调动年轻人的积极性。五六十人顺着铁路边上呈长蛇阵摆开，每人挖 5 米，一下就拉出 300 多米远的距离，远远看上去甚是壮观。挖着挖着，好像也没有那么艰难，王诚如觉得还是把任务完成，一个是给他们立标打样，另外也锻炼一下自己的意志，因为许多年没有这样出力干活了。

看见自己的党委书记都在挖，团委书记雷敏杰也不好意思不挖，于是大家一起齐上阵。有些年轻人来自农村，体力比一般的城市小伙要好一些，不到 2 小时就挖完了 5 米，有两个想过来帮王诚如挖，都被他制止了。

叫上李文林来，王诚如是想让他回家去看看佟玲江母子，李文林才挖了大约 2 米左右，王诚如就叫李文林先回去了。

“这里有我呢，你先回去看看有需要做的家务就去料理一下，明天早上到办公室就行了。”王诚如都这么说，李文林回家了。

郝卿明就住在铁路边，本来是要到办公室去处理文件，看见这么多人在铁路边挖沟，他觉得好奇，也就过去看看。顺着这些人挖沟的方向，郝卿明大约走了二三十米，看见里面有个人像王诚如，就叫了一声“王诚如!”

王诚如从沟里抬起头来，顺着声音的方向一看，赶紧从沟里出来。

“郝书记，怎么把您给惊动了。”

“你们这是在干什么呀?”

“郝书记，不是要上程控电话吗? 我们利用星期天组织团员青年来搞义务劳动，既可以解决单位的问题，也可以为团员们筹集一些活动经费，一举两得!”

“我就说，一大早你们就干开了，好事。你这种方法挺好!”郝卿明对他们的这种做法给予积极肯定。

“现在这个项目进展情况如何?”

“报告郝书记，一切都在有序进行之中。与电信、车务的合作以及部分站段的多经办也在积极参与，估计势头会很好。”

“有什么问题需要协调吗?”

“大家的积极性都很高，就是缺乏资金，尤其是购买交换机的钱比较紧张。不过，我们正在积极想办法。”王诚如不想在这种情况下开口向郝卿明要钱。

“有什么困难你就来找我，我帮你们解决!”郝卿明向前走了一段就折回了。

“你们继续挖吧，我还有点事要处理!”说完，郝卿明就往分局机关方向去了。

王诚如为自己来参与团委的活动感觉值了。不仅得到郝书记的表扬，更重要的是郝书记让他有困难就去找他，鼓舞了他继续推进工作的信心和决心。

王诚如兑现了自己的承诺，一直把 5 米的电缆沟挖完才到别处检查。检查中王诚如叮嘱雷敏杰电缆沟的宽度、深度一定要保证，不能敷衍了事。同时，注意过往的车辆，要确保人身安全，千万不能出现人身伤亡事故。

雷敏杰向王诚如保证，一定会加强防护、保证安全，请他放心。

马公安的办公室就在铁路道口旁，尽管马公安值班，但一大早就出去了。大约十一点左右，马公安回来了，看见铁路边上有许多人在挖沟，就叫小刘去打听。

小刘出去转了一圈，远远看见王诚如领着一帮年轻人在挖沟，赶紧回来向马公安报告。

“马处长，我看见王书记带领他们电务段的年轻人在挖电缆沟，好像他自己也在挖，他们干劲不小啊。”

“王诚如在挖沟? 你没有看错吧。”

"没有，绝对没有看错。他自己还挖了一段呢！"

"真的，假的。走，我们一起去看看。"马公安不相信，拽着小刘就往挖电缆沟的方向走。

"马处长，你看，前面那个不是王书记吗?!"

马公安一看还真是，王诚如上身穿着一件背心，下身穿着一条大马裤，看装束还真像个民工，而且像个民工头。他指指点点的动作更像民工头在布置民工在干活。

"王书记，怎么亲自来挖电缆沟？来阿迷也不说一声，要不是小刘说你在挖沟，我真还不相信你也在这里。"

"这没有什么嘛，不就挖沟吗？你未必挖得过我，不信你来试试。"

"我可不上你的当。对了，正好你来了，我也有事找你，要不换个地方?"马公安想把王诚如拉走，让他少干一些这样的粗活。

"你等一下，我去交代交代。"王诚如说着就叫雷敏杰过来，简单地叮嘱后，王诚如跟着马公安离开现场。

到公安处，小刘开动汽车，马公安拉开车门请王诚如上车。

"你要去哪里？不在你办公室?"

"我的王书记，你看看你的手表，都快中午十二点了，已经是吃午饭的时间了，该吃饭了。"

"真该吃饭了，时间可真快啊。"

"到了。"小刘把汽车停稳，招呼马公安和王诚如下车。

"这是哪里?"

"我们就找个小馆子，离党校不远，这个地方属于乐白道。算了，跟你说，你也记不住这个地方。小刘，你去点菜，一斤包谷酒。"小刘答应着走向厨房。

"等一会，吃饭可以，盒饭就行。我们还是到你办公室吧！"王诚如不下车，马公安也没有办法。好在城不大，几分钟后又回到马公安的办公室。马公安让小刘开着车去买盒饭了。刚进入办公室，马公安迫不及待地说：

"王书记，说说栗莉的情况，我可有点等不及了。再不抓紧时间，今年就过了，明年就是"三花"牺牲十周年了，我如何面对我的战友们啊！"

"马处长，不要着急，我已经通过栗莉在找了，栗莉说是可能最近会有一些可靠的消息，但目前还不能确定，她需要再核实。"

“王书记，要不让我自己去找栗莉吧，也许我们的对话可能会更直接一些，找起来会更加方便一些！”

“我不反对你去找栗莉，可现在时机不成熟，她才刚刚上来，对许多人和事都有深深的戒备，我怕你一去会把事情弄得更糟糕，到时候谁都不好收场。你呀，这么多年都过来了，再忍一忍，也就是一两个月的时间，水到渠成的话对大家都好。”

大约二十分钟后，小刘提着两个塑料袋的餐盒就来了。

“马处长、王书记，饭、菜已经来了，过来吃饭吧！”小刘把它们摆在茶几上，将饭、菜分开。

“马处长，你可不能操之过急，否则可能得不偿失。”

“此话怎讲?”

“我去找栗莉的事情，都传到了张部长的耳朵里，而且还传得离谱。他把我狠狠地训了一顿。回到家，小黄也从其他地方听到传言，弄得我非常难堪。到现在我都不清楚，栗莉被哪些人盯着，不然，哪会到处乱传。”王诚如的话，让马公安也莫名其妙，怎么会出现这档子事。

“你不是说栗莉很少与单位上的人来往，可你去找过她几次，人家都知道。这不是怪事吗?”

“怪就怪在我提议把她调到机关当干部后，之前也没有人说哪样啊。我一直在怀疑电务段有一股力量在暗中排斥我，只是没有找到合适的借口。也许，调栗莉就是某些人整我的借口。”

“你这么说，还真不能掉以轻心，人心叵测啊！王书记，看样子这件事还得巧妙一些，尽量不要让他们知道我们的想法。”

“也许，栗莉不是他们的真实目的，把我搞臭或者把我弄走才是这帮人的真实目的。我本来在电务段没有多少根基，连李文林最近都离我远远的。哎，远香近臭，估计说的就是这么回事。”

“好了，我们不谈这个事了。你难得到阿迷来一趟，下午如果没有什么安排，我陪你到处走走?”

“算了，那帮年轻人还在那里挖沟呢，我却在这里享受，再到处走走被别人看见的话，又有文章可做了。我在你办公室休息一下就跟他们一起回去吧。”

“本来我想咱们出去钓钓鱼，散散心，出出晦气！”

“来日方长，以后再说吧！”

张山明到电务分处没有什么结果，回到段上召集副段长冯云祥、技术室主任江明商量对策。

江明抱来一堆资料，放在张山明办公室。张山明随手翻看，抽出几份边听江明报告边看。

“距离没有问题，功率也没有问题，那会是频率问题吗？”

“频率应该不会有问题吧？”

“我们在现场调整的频率是对的吗？我怀疑频率有问题。”张山明这么一说，冯云祥也感觉是频率出了问题。

“你们也看看，我们这个设备标的是在低频段150赫兹～1500赫兹，在这之间都是对的，但应该有一个具体的频率，如果发射的50赫兹，而接收的是150赫兹，这是不可能收得到的啊。我觉得这个有问题，你们要把它的频率统一起来，不能不搭调。”张山明在他们两个面前是外行，可这个问题即便不是专业人员也会注意的啊。

“张段，我们马上安排人员试验，明天一定会有结果！”冯云祥脸上有些红晕，他一个正牌的大学生居然被这样一个常识问题给套住了，确实有点丢人。他要尽快扭转这个局面，否则他这个副段长不会有多少威信。

“也不要忙，都已经耽搁了这么长时间了，我们再仔细研究一下，看看还有哪些问题还存在不确定性，这样可以一并解决。”张山明老道一些，更感觉是个一把手，关键时候能够稳得住。

三人又根据提示，在办公室里推演了一遍，尽量在推演过程中暴露问题，以便在实际工作中克服掉。接下来又进行了两遍，都没有任何问题。

“江主任，你一会就按照我们推演的进程写一份操作说明书，明天在现场就按照这个说明书开干。云祥，等江明写好后，你再把把关。”张山明安排好以后，立即到党委书记苏磊办公室通报工作情况。

“张段长，无线电通信的事准备得怎么样了？”张山明一坐下，苏磊关心地问道。

“苏书记，之前出现点状况，不过我们已经研究出办法来了，从明天开始进入新的流程，估计按照电务分处的要求，在规定的时间节点内是可以完成的。”

“那就好。怎么我还听说蒙自那边有个千门程控电话的项目，阿迷和蒙自地区已经很热闹了。”

“是的，有这样一个项目，是电务分处最近一段时间抓的北无南有通信项目，我们这个项目也是得到了分局、路局的重视的。如果北无南有都开通，对我们这样落后的边远分局来说，通信状况会发生巨大的改变，甚至可以说是开启了追赶路内先进通信的步伐。”张山明并不想只说蒙自的事情，而是把它放在一个通信系统里来讲。

苏磊对通信、电务都基本不太了解，他以前都是从事党务工作，来到电务段之后他才开始熟悉电务段的一些工作，也开始学说一些专业名词。两三年的时间过去了，对一些基本的技术应用多少了解一点。

“技术上的事，你多操点心，我呢，想操心也操不到点子上，弄不好还会被你们说成是瞎指挥。需要协调上面的，我倒是可以跑一跑，我这张老脸应该还是有点用的。”

“苏书记，您客气了。一般我们能协调的也就不惊动你了。有什么需要的，我再向您汇报。”张山明尽管现在已经是段长，而且目前实行的是段长负责制，但张山明在苏磊面前尽量保持低调，还是像以前一样，把苏磊放在前面。

张山明并不傻，他一个“工兵”出身，出任段长，可以说是遇到了好时光，遇上了党的好政策。如果是现在他这样的出身，再从主任、副段长干起的话，估计门都没有了。每年正规大专院校毕业的学生一波一波地来，他这个前辈不用“拍”，早就死在沙滩上，或者说是“淹死”在水里，哪还让你看见沙滩。

其实，张山明到苏磊的办公室，只是跟他说一说无线电的进展情况，不想让他知道的太多。如果不给他说一下，进展缓慢，上面怪罪下来，他这个党委书记什么都不知道，也说不过去。没准，他还能帮我们说说话。这就是张山明所要的效果。

第二天，冯云祥和江明他们一大早就到了现场。七点左右就要好轨道车的点，直接往徐家渡车站进发。七十多公里的线路，也就两个半小时的时间。十点左右就安排工人在车站预告信号机附近测试，将所给定的频率挑出来，约定时间把接收端打开。

“冯段，能听到我说话吗?”江明和冯云祥分开，江在发射端，冯在接收端。

“能听到，效果还可以。我们再拉开距离，往事先安排好的1000米处走。”

“好的，冯段，我们这边走，你保持原地不动。”过了半小时，接收器里传来了江明的声音。

“冯段，能听见吗?”

“可以，声音很清晰。江主任，你看这样，十分钟后我们两端都行走，边走边通话，我要听听在行走中的声音。”

“好的，冯段长!”

走起来以后，一开始没有反应，大约十分钟后，接收器里才传来声音。

“江主任，刚才是什么情况?”

“冯段，刚才我们走进一个急弯，估计信号发射不出来。现在在直线上，效果不错。”

“江主任，十分钟后你再次走进这个急弯，我们不要再往前走了，先试试这种情况。”冯云祥考虑的是急弯条件下的通话，如果不能实现的话，机车信号可能也会出现问题。在米轨全线这种急弯非常多，还得考虑这种情况下的信号接收问题。

十分钟后，无线电像静默一般，没有任何信号。短短的十分钟，对冯云祥来说比较漫长，不断地看接收器的开关开了没有。

过了段时间，接收器里传来江明的声音。

“冯段，可以听到了吧?”

“听到了，我们不再试验了，三十分钟后在徐家渡通信工区集中，我们碰头后再说。”

全部到了通信工区后，冯云祥首先发话。

“江主任，从目前的试验来看，在直线区段应该没有多少问题，但是在急弯、隧道里有问题，如何克服这个问题，能不能问问厂家。你等一会，我把话讲完。下面的问题是，我们要和工务段联系，这个区段的弯道、隧道有多少，先在图纸上标注，接下来的工作就是要做一个试验方案，等张段长批准后，我们从昆明拉通跑到阿迷，试验数据一出来，整个工程就可以进入安装阶段了。”

“冯段长，如果这样安排，时间上有些来不及啊!”

“不能按照常规思维，我们要同步推进。”冯云祥说完，江明睁大眼睛不知所终。冯云祥仔细向江明的工程师们讲解。

提报轨道车计划今天就可以出来，但是在什么地方停点你们做不出来。另外，何时在哪里试验，地面上要有人，这些都要考虑清楚。

“冯段，我们哪里有这么多人？”

“你不用管人的事情，我会向张段长申请，动用信号工区的人来帮忙。”

“可我们今天都还在工区，怎么向工务段要图纸啊？”

“你说什么，还在工区？对了，会后，你马上通知所有通信工区工长，让他们今晚就去找工务工区工长，让工务工长标注他们辖区内的弯道、隧道点，晚上十点回段后你就叫调度在图纸全部标注出来，你还说没有时间？”

“哎呀，还是冯段厉害，我们怎么想不到啊。”

“赶快收拾家什，马上要车回段上，专题向张段长汇报。”

“那我还要通知通信工区工长嘛。”

“你动动脑子，叫调度通知不就得了。”

江明在离开徐家渡之前，告诉调度通知各个工区工长，务必在今天晚上把这个问题搞定，明天他们好研究具体事宜。

多经是本难念的“经”

电务系统的“北无南有”项目如期开通，上段的无线电及机车信号主要用于行车安全方面，对改善米轨行车起到了积极的促进作用。毕竟只是在工作上运用，引起的触动没有下段干部程控电话的影响巨大。

蒙自车务段的多经办主任李应安自从与电务段合作开发程控电话以后，在车务系统可以自豪地说他们有实体项目，并不只是“一张收据、一张桌子”就坐地收钱的皮包公司。自豪归自豪，年底一结账，钱没有其他车务站段的多。投入给电务段的 50 万元，不可能立即就产生利润，段上要花钱的地方很多，一时半会也不可能收到几十万元。

段长白家喜这几天正在愁呢，马上春节将至，各个方面的开销都很大，段上需要的钱基本是等分局的拨款。往年这个时候，会拿多经办的钱来支撑，可今年的钱该怎么办呢？

白家喜只好硬着头皮找到财务分处，先借 20 万元以解燃眉之急。然后又到多经分处借 20 万元，这样加上自己段上的结余，总算把 1989 年的春节给应付过去。可说好的借归借，财务、多经分处说必须在上半年还清，否则就要从工资总额中逐月扣除。这下，白家喜真的有点坐不住了，找来李应安思考如何增收。

李应安想了半天，告诉白家喜办法不是没有，就看段上支不支持。

“都火烧眉毛了，你就说有什么办法吧！”白家喜急不可耐。

“办法嘛，还是有的。白段长，你看我们的优势就是车皮，围绕着货场还可以有仓储、装卸、代管代购等等。你把主要几个点的货场给我，我来经营管理，保证可以收到可观的收入。”白家喜想了一会，有点为难。

“李主任，那些货场都是公共货场，本来就是为货主服务的，你用来开发，会不会引来投诉？”

“是为货主服务啊，又没有说是有偿还是无偿服务，再说了，收多少钱是我们和货主谈定的，一个愿打一个愿挨，两相情愿的事，他怎么去告啊？还有，我们提供仓储服务，可以优先提供车皮，这可以吸引货主嘛，这也是积极为货主服务啊！”

白家喜眨巴眨巴眼睛，好像李应安说的也有道理，勉强同意了李应安的部分方案。

“李主任，你先把蒙自、雨过铺的货场给经营起来，如果效果可以又深得货主满意，我们在全段铺开，但你得想个辙，让货主写申请什么的以表示是他们主动找我们的，这个工作要做通了，少留下些后患！”

“白段长，这个容易，我给他们一说就是了。还有什么吩咐的没有？”

“暂时没有，你可得抓紧一点。我这边是等米下锅啊。”

李应安答应着离开白家喜的办公室，赶紧到多经办开会，动员全体人员连轴转。

这点小事确实难不倒李应安，经过多年的经营，李应安也积累了些人脉关系。他亲自跑到蒙自、雨过铺货场，找到经常来拉货和发货的货主，把意图一说，有十多家货主愿意租赁货场，同时也愿意把半年的租金提前打给多经办。货主们只有一个要求，就是尽量保证他们的货能够说发就发。李应安觉得这是合情合理的事情，没有想到的是他们这么积极和爽快，真后悔没有把租金抬高一点。

三天之中，李应安已经将二十万元的半年租金支票摆在白家喜的桌子上，白家喜很是激动。

“李主任，你是怎么骗到的啊？”

“白段长，我们与他们之间是有协议的，也是按照你的要求，开头都是应乙方的请求，我们暂时将货场租借给乙方使用，在协议里也明确租用货场并不意味着优先给予车皮支持。我怕其他货主去工商局去拱，在协议里故意这样说。”

“正常情况下，我们可以优先给予车皮照顾，接着做就是了，没有必要过多地宣传。”

“白段长，我知道了。不过，在交班会上你要先打好招呼，否则，货运、运转那班小子们不一定领会你的意图，到时候他们故意刁难就麻烦了。”

“这个你放心，我会交代的。”

在每周的交班会上，白家喜重点谈了主业与多经的关系问题。他说道，车务系统搞多种经营，大多是一张收据一张桌子，尽管我们去年与电务段共同开发电话机项目，但毕竟投入大、来钱慢，许多同志在说风凉话。说就说吧，说说也不能把项目给说跑了。大家要明白一个道理，我们是分局的一员，不让你参与开发，分局一声令下，叫你支援你敢说不？所以，我要大家站在一定的高度来看待和理解这个事情。

现在，多经办把我们闲着的部分货场拿出来租赁给货主，本身就是吸引货主的重要举措。关起门来说，人家一分钱不给你，你还不是得给人家用，现在人家主动提出来愿意给我们一定的费用，这是个好事。将心比心，人家给我们这么大的便利，我们也要给人家一定的方便，这从做人做事上来说，都说得过去。

站在车务段一家人的角度，今天我先提醒大家，无论货运、装卸、运转等部门都要把多经办的事当作我们自己的事，不允许对多经办进行刁难。如果有谁刁难多经办，我就将他调到多经办，也让他知道知道多经办的难处。

现在，我突然有个想法，没有和张书记商量过，就是为了调动各个部门的积极性，也实现多经办与主业一盘棋的思想，多经办可以尽快考虑提出一个方案，就是把部分指标分劈到各个部门和各个车站，让大家都有压力，都来支持多经办。你说呢，张书记。

面对白家喜的突然提议，党委书记张华不好意思说不行。

“白段长的意思，我们清楚，就是要调动大家的积极性，争取今年的多经办再上一个新的台阶。我个人对这个提议不持反对意见，请多经办尽快拿出方案，上会通过后执行！”

经白家喜这么一说，李应安彻底地放开了手脚。

车务段多种经营的办法产生了积极的影响。车务系统各个部门和车站原来袖手旁观的状况得到了彻底改观，大家都希望李应安多到自己的部门和车站坐坐，目的是多给他们出出主意、想想办法，想尽快完成任务，不要到年底被通报和扣钱。因此，这段时间，李应安活的比较滋润，抽的烟都是带嘴的红塔山，一般的烟都不抽了。

又到一个季度召开一次的股东会议。李应安迈着方步来到电务段多经办的会议室。李有生一看李应安的做派，知道他最近又红火了。

“李主任，看样子发大财了。”

“还不是被你给逼出来的，春节时我们段长巴不得把我给吃了，一分钱都没有，你这里又还不到分红的时候，哎，想想都痛苦啊。”

“现在，不是好多了吗？是不是不给我们分红了？”

“呃，公事归公事，红还是要分的。不分的话，你也不得我也不得，何苦呢？”

李应安打着哈哈，会议开到半途就被车务段多经办打电话叫走了。说是，建水、石屏、面甸货场都要出租出去，货主已经有意见了。

“李主任，你就按照规定办吧，你看离开一会都不行。告辞了。”李应安临出门时转身告诉李有生。

李有生生怕在会上李应安提出一季度的红利太少，他这一走，悬着的心就放下了。实际上只有两家股东，分局投入的钱算主业的投资，不能说是分红。李应安一走，李有生也就不开会了，直接告诉多经办的人，下班后到蒙自饭店吃饭，庆祝我们的项目开始分红。

散会后，李有生分别到段长、书记的办公室去请领导参加今晚的会餐。王诚如没有说什么，只是说可能要晚点到。邢明棠问他定了几桌，李有生心领神会，马上请示邢明棠。

“邢段长，您看您这边需要多少座位？”

“把领导班子成员及各个部门的负责人都请去，你算一下就知道要定多少桌了。”邢明棠想摆开的庆祝一下。

李有生赶紧过来和王诚如报告，说段长想把各室主任和领导班子成员都请去，看看书记还有什么指示。

“没有什么指示了，不过，既然这样的话，我邀请车务段党政主要领导也出席，人家也是出钱的主啊！”

“那邢段长那里？”

“我给他说，你去准备吧！”

李有生得令，赶紧安排桌子和座位，这可是从成立到现在的第一场正式聚餐，他可不敢怠慢，立即带着人就去蒙自饭店定桌子和点菜。

王诚如与车务段白家喜和张华联系好后，到段长办公室向邢明棠通报一声，告知他连同车务段主要领导一并请一下，毕竟在我们最困难的时候人家帮助过我们，邀请他们可以联络一下感情，表示一下感谢。邢明棠想说我们自己聚一聚就可以了，话到嘴边还是忍住了没有说，却改为“还是书记考虑的周全”，算是认可了王诚如的提议。

整个聚会变成了两家单位的联谊会。刚好，电务段的领导班子加上车务段的主要领导以及两个段的多经办主任正好一桌，其余的工作人员一桌。

电务段和车务段领导同处于一个地区，基本上都是抬头不见低头见，宴会上也就没有那么多规矩，两杯酒下肚，也就逐对开始“厮杀”，气氛着实热烈，场面有些混乱。

白家喜主动向邢明棠敬酒。

“邢段长，谢谢给我们这个参与机会，使我们在车务段的多种经营项目中有了坚实的实体，车务系统开会也都得到表扬，全仰仗你们的功劳啊！”话说得好听，邢明棠也没有再摆出一副知识分子的样子，一起干了一杯。

王诚如和张华就没有这么多客气，原本他们就是一个系统的人，只是没有交集就分开了。但张华比较佩服自己面前这个年轻的同行，对他有车务系统背景深感自豪。

“王书记，你对车务比较了解，以后还要多给我们出出主意，之前我就听应安主任说，你帮我们出了许多点子，一直没有机会表示感谢。今天我们借花献佛，应安，过来一起敬一敬王书记。”张华刚说完，李应安就来到王诚如身边，尽管李应安年纪比王诚如大，但王诚如职务高，李应安显得很谦卑，低头弯腰并把酒杯低于王诚如。白家喜一看，喊了一声："还有我呢！"，也凑了过来，场面变成了三敬一，王诚如觉得哪里不对，赶紧叫了声："邢段长、李主任，一起向车务段敬酒吧！"

多亏王诚如反应快，如果三敬一的话，不仅邢明棠不高兴，王诚如也不敢接受，毕竟是两个单位在一起聚会，礼节上还是要对等，否则大家都难看。

张华觉得王诚如的反应真是恰到好处，也就欣然接受，一起干了一杯。然后，王诚如提议车务段回敬一杯，这样整个聚会才在圆满的气氛中结束。

出门回家，也就三三两两地说着话往车站走。王诚如拉着白家喜边走边聊天，说着说着就扯到了迷哈地。

"白段长，杨民海是我师傅杨老六的儿子，现在跟着窦春红在学徒，三年也快满了。我有个不情之请，不知道白段长能不能帮我个忙？"

"王书记，你有什么要求？不会是把他调到蒙自吧。"

"白段长，我们都是当领导的，如果这样的话，可真有点为难你了。杨老六一开始跟我说最好不要去迷哈地车站，那是他工作了一辈子的地方。当时我是答应他了，可后来一想，一个学徒就挑挑拣拣不太合适，我也没有给你讲。"

"杨老六又找过你？"

"还真没有。我知道我这个师傅，为难人的事情他一般不开口。他还是比较理解我们现在的情况吧。可他不来说，我越发觉得过意不去。可不向你说说，我好像没有地方去说。哎，都难！"

"这样行不行，一步调到蒙自不是做不到，但产生的影响太不好了，我想能不能先到迷拉地，反正条件比迷哈地好多了，对各个方面我都好说话，不知道这样可不可以？"

"谢谢白段长，让你费心了。我相信杨老六会理解的！"

心里的一块石头落地，王诚如有些不好意思。

"白段长，请你们来吃饭，还为我办事，好像有目的似的，真不好意思！"

白家喜赶紧接过话，"王书记，看你说的，我们不是兄弟们嘛，干啥老是这么客气，没准哪天我也来求你呢。"

"好说，好说。"就这样散了。

听说下段千门程控电话的事既得名又得利，处于上段的张山明有点坐不住了，在办公室里主动拨通李文林的电话想聊一聊此事。

“文林，我可听说你们的程控电话名利双赢啊！你不透露点消息给我们？”

“是很热闹的。张段，我一个分管信号的，得到的消息可能和你知道的消息差不多。我不是在推脱，确实掌握的情况不多。要不，你问问王诚如？”

张山明一听，有三个感觉：一是他们的关系最近有点降温，不像之前那么融洽；二是李文林与王诚如的关系现在处的平淡；三是李文林在蒙自并不像在盘溪那样受重视，明显处于边缘。当然，估计各为其主的目的，不想向他透露更多的信息。

张山明坐在办公室东想西想，没有个头绪。苏磊也没有多少事，想过来找张山明聊聊。

“张段长想什么呢？看你愁眉苦脸的。”

“哦，苏书记，没有想哪样。刚才，打电话给文林想了解一下蒙自段程控电话的事情，结果没有得到有价值的信息。”

“你在想这个事啊。前两天我去了一趟电务分处，林处长对这个问题也有看法。”

“林处长有什么看法？”

“大概林处长说的是，用主业的钱去干多种经营，还到处去宣传，反正他们的说法不太好听。”

张山明第一次听到这种说法，但心里还是比较佩服蒙自，能用主业的钱去开发和经营，总比车务系统的“一张收据”强多了。张山明并不想和苏磊往深处交流，也就点点头，算是知道这样的说法。

“张段长，你看你也不小了，个人问题怕是要抓紧考虑。要不，我帮你牵牵线？”

“谢谢了，苏书记，这种事情不是说行就行的，还得看缘分，你说是不是？”

“我觉得你也不要太纠结，我感觉财务室的马丽，还是不错的，要不，我来做做工作？”

“苏书记，我看就算了吧。你出面去做工作不太好吧！”

“你的意思是别人可以去做工作。好，我知道了！”

苏磊的理解是，你张山明不是反对，而是说我去不合适，那我就请别人去，应该就合适了吧。他按照自己的理解，还真托财务室主任去传话，得到的结果有些模棱两可。大概意思是领导也关心这些私事，就没有明确的下文。

哪曾想，事情的变化超乎了大家的想象，马丽直接找到张山明的办公室，差点让张山明下不了台。

“张段长，我们之间的事，你何必叫人绕来绕去的找我，你有想法可以直接告诉我啊！”

“我们之间的事？我们有什么事？”

“你就别给我装了，苏书记托人来问我，是否看上你张段长，你叫我咋个说。一个大男人，这点勇气都没有！”

“马丽，可能是他们误会了我的意思，实在对不起！我向你道歉！”

“你的意思是没有这回事？”

“差不多是这个意思。”

“你什么意思嘛？你不敢正面回答，我来回答，我看上你了，怎么办？”

“这，这……”

“给你三天时间考虑，再见！”

张山明这下真的懵了。看着马丽离开的背影，心里有些不是滋味。

马丽自从和李文林在北站发生关系后，也没有太多地去理会。开始李文林见她还有些不自然，但她像什么事也没有发生一样。这段时间也有人给她介绍过对象，她连见都不见就说不合适，让介绍的人也自讨没趣，久而久之，许多人认为马丽心高，一般人她看不上。

这次张山明主动托人来说，说实话她也并没有看好，觉得有点不甘。张山明年纪大，尽管是段长，身材并不高，反正都不合意。原本也就说说算了，哪知说完就当没事一样，见到马丽也没有表示出个眼神，这让马丽不能接受。这不是逗老娘玩嘛，点起火来就要想跑，所以马丽主动跑到张山明的办公室把问题挑明了。

话说出后，马丽就像没事一样，觉得解脱了。可张山明觉得哪里不对劲，也说不上来哪里不好，就是心里有些不爽快。

实际上，张山明在段上没有什么朋友，也并不是他藏得很深，而是在领导岗位上没有跟谁走得很近。再说，他又从蒙自过来，在来之前对上段的情况知道的也不多。原来，李文林和他的关系既是师徒，也像上下级，更像是朋友，之间可以无话不说，算了，还是找找李文林。打定主意，就拨通电话，恰好李文林也在办公室。

“喂，文林吗?”

“张段，有事吗?”

“你觉得马丽怎么样?”

“你是什么意思?”

张山明在电话里简单地把苏磊和马丽来找他的事情重复了一遍，拿着话筒等待李文林的回话。李文林拿着电话竟不知道怎么回答，以致于电话两端都沉默不语。

“文林，你有什么建议啊?”

“张段，我还真不好建议你哪样，就看你自己的意见了。”张山明哪里知道，马丽和李文林曾经的乱性，他的这个徒弟已提前把绿帽子给他戴上。

张山明最近越来越感觉李文林回到蒙自后怪怪的，已不是原来有哪样说哪样的李文林了。时间和距离真的可以改变一切，唯一不变的就是一切都在变。张山明有点脊背发凉，心里很不是滋味。

三天后，张山明接受了马丽的求爱，但张山明并没有把话一次说死，而是答应先处着看，以朋友的身份相处。

对马丽来说，这就进了一大步，只要你答应交往，其他就不是事。俗话说，女追男就是隔层纸，男追女隔座山。现在是女追男，哪还有你跑得了。

马丽心想你给给我纳俏，一两个月我就把你拿下，看你还嘴硬。

张山明哪里会知道马丽的心思，只是从答应后，只要张山明在段上，马丽总会在她该出现的时候就出现。比如说，该吃饭了，她就会把饭端来，吃完饭就帮张山明换茶水；衣服脏了，就会被马丽拿去洗干净。总之，外人都觉得他们应该是一家人了，原来总在背后指指戳戳的那些人，也改变了看法，都在讨好马丽，马丽俨然一副段长夫人的感觉，时间一长，大家也就习惯了，好像张山明天生就是等待着马丽的出现，等待着马丽走进他的生活。原先的那些情与爱，随着马丽的进攻，都淡化了。

佟玲江还在蒙自休产假，没事就经常带着李彤到南湖边上溜达。眼看着所有假都快休完了，却一直都没有去王诚如家串门。前一段时间，李文林以李彤太小，没有让她去找小黄和小燕子，我都在这么长时间也没有去过一趟，有些说不过去。晚上吃完放，佟玲江就和李文林商量去王诚如家，看看小燕子，也让李彤去见见姐姐。

“要不改天吧，今天有点累。”李文林一开始推脱，有点不想去。

“要不，你抱着李彤，几步路就过去了。走吧，要不，我都要回阿迷去上班了，这么长时间都没有去过，有些说不过去。”佟玲江抬腿就往外走，李文林也没有办法，只好跟着佟玲江往外走。

“文林，走在前面嘛，我又不知道王诚如住哪里?”

李文林从盘溪过来，住的是青工宿舍，只不过住在端头的两间房子里，并不配套。王诚如他们是住在原先车务的家属区，离电务段不算远，大约一公里左右。

到了王诚如家，王诚如在帮小燕子放好洗澡水，准备让她自己洗澡。小黄在收拾厨房，打扫卫生。

“稀客呀，文林。来，进来。”王诚如看见他们过来，连忙在门口招呼。

李文林、佟玲江进屋有点尴尬，“哎呀，好像我们来得不是时候。”佟玲江先说话。

“哪里，没有什么。小黄，你去给小燕子洗澡，我陪文林他们!”王诚如指示小黄，目的是尽快避免尴尬。

“小童，你抱着孩子，坐沙发!”王诚如伸手指引，李文林跟在后面，一前一后坐到了沙发上。

“王书记，都这么久了，也没有过来看看，有些不好意思。”佟玲江替李文林把话说了，也好让李文林少想。

“孩子还小，我让小童不要到处跑。今天她跟我讲，差不多就要回阿迷上班去了，所以今天特地过来看看。”李文林还是把话给说圆了，他生怕王诚如多心，早不来晚不来，这个时候来。

“这么快啊，真是愁生不愁长，你看孩子都想说话了。孩子叫什么名字?”

“叫李彤，红彤彤的彤。”

“好听，你们两个人的姓都在孩子名字里了。还是文林有文化。”

“说笑了，王书记，我们家文林哪有你的文化高啊!”

“呃，小童，不兴这样埋汰人的。我一个中专生，哪能跟大学生比。”王诚如调侃似的回应，引得大家相视一笑，就算解围了。

“小童，说到回阿迷，张部长最近有没有来催你啊？”

“没有，我也好久没有他们的消息了。一个女人生孩子，好像所有的消息都断了一样，好在看着孩子心里踏实一些。”小童的话，似乎让王诚如想起了什么。因为，从进门李文林只说过一次话，其他时候都是捡点话题笑笑。

“文林，小童去上班你要专程送去，顺便去看看张部长，如果他方便的话，我们一起聚一下，过了今年，明年张部长就退休了。”

“啊，时间过得好快。行，等小童去上班的时候，我去拜访他，并把你的意思转达给他。”

“就不要转达了，就说是你们两口子的意思，我们作陪不就完了。”

洗完澡的小燕子，蹦蹦跳跳地从卫生间里出来，也嚷着要作陪，惹得大家哄堂大笑，整个气氛到这个时候才缓和下来。

看来，孩子是大人的缓冲器和释放器，一见到孩子，大人的防备也就都放下了。佟玲江看着大伙一笑之后的舒坦，她觉得这一趟来王诚如家值了。

目的基本达到，佟玲江起身准备离开，小黄整理好卫生间过来。

“诚如啊，连杯水都不会倒，只会聊天。”小黄有些埋怨，相反让佟玲江他们进退不是。倒好茶水，小黄转身去卧室里。一会拿出一套衣服，递给李文林。

“这套衣服是上周我们给李彤买的，本来说是给你们送过去，可他一直没有时间，我又在食堂，要等饭卖完才回来有点晚，正好，你们过来了，我觉得是合穿的。”小黄噼噼啪啪说了一堆话，连王诚如都懵了，什么时候我们去买的小孩衣服。

“哎呀，还是小黄考虑的周到，谢谢你和王书记了。”佟玲江抱着李彤过来，连声感谢。

“还有我呢！”小燕子奶声奶气地抬头问小童。

“不要没有礼貌，要叫小童阿姨！”

“好的，小童阿姨！”

“好的，小童阿姨也特别谢谢你！以后来阿迷找李彤玩。”佟玲江见李彤打着哈欠，催促李文林回家。

“那我们回去了，你们也早点休息。”王诚如、小黄和小燕子一起把李文林他们送出门，小燕子依依不舍，连声喊：“小童阿姨再见！小童阿姨再见！”

我想嫁给你

今年的清明节，马公安如同往年一样到大青山烈士陵园扫墓。快到李桂仙墓前，只见一个年轻的女人也在扫墓。马公安觉得很奇怪，每年他到来前都已经有人来过，但就是每次都不见人，今年真是巧了，恰恰碰到。马公安上前一步，轻轻地问道。

“你是?”

“我是她的生前战友。”

“你是栗莉?”

“你怎么知道?”

“我猜的，之前我让你们的王诚如书记找过你，本来我想亲自找你，又怕你不见面。今天在这样的地方，当着李桂仙，我向你敬个军礼!”

马公安立正，笔挺地向栗莉敬了一个军礼，与此同时栗莉也回敬了一个军礼。马公安将自己带来的鲜花、食品摆放好，也不管栗莉在场，开始述说起来。

“三花”，你知道吗? 十年了，我不是无情的人，每年我都来看你，总是期望在你的坟前能碰到你的生前好友，可一次都没有碰见。生死一别的时候，你们四姐妹和我相约，从战场归来，我们再相见。可战争结束，我就只能与你阴阳相隔，与她们再也没有见面。都是我无能，十年都不能找到她们。好在老天有眼和你显灵，让我和栗莉在此见面，我相信我一定能在栗莉的帮助下，找到她们并带她们来看你，也使你能够在此安息!

在说的当中，栗莉已经泣不成声。等马公安回过头来，栗莉已经昏死过去。马公安赶紧掐住栗莉的上嘴唇，栗莉慢慢地回过神来。

“我这是怎么了，怎么在你怀里!”栗莉轻声说到，马公安赶紧放开。

“你刚才可吓死我了。没事了吧。”

“没事了。你就是王书记说的马处长吗?”

“是的，我叫马公安，应该与你一样当年去参战的。不管怎么样，我们还是战友呢。”

在李桂仙的坟前,马公安与栗莉说去了当年的往事。

“马处长,当年我怎么没有听说过你们的事。王书记说的时候,我也在尽力回忆,就是想不出你们说的四姐妹的事。最近我在战友群中写信,目前回来一部分信件,但还是有些失望,其中的一些细节,包括我们回国途中的各种遭遇,都是不一样。也许,如同我一样被吓傻了,然后历经这些生活的种种际遇,回忆起来零零散散,支离破碎。也许,这都是我们女人的通病吧!”

“也不能这么说,只要战友们回信,有一丁点消息我都会去找,以我现在的身份去找他们相对比较方便。你说过,在资阳和成都两个地方可能有她们的消息,如你能把详细地址给我,我应该可以找到并核实信息是否准确。”

“我回到蒙自再去整理整理,争取给你提供一些有价值的信息,这样你找起来会容易点。”

“栗莉,你是怎么来的?”

“我是坐班车来的。”

“我们一起回去吧。我的车在下面,每次来我都让司机远远地停在下面,不要开车过来吵醒他们。”

“马处长,看不出来你心还真细。”

“栗莉,我有个建议,今后我们就不要喊职务,行吗?”

“那我叫你什么呀?”

“就叫我老马吧,我叫你小栗。”

“你可真会充老,我们俩差不多嘛!”

“女同志喊小一些显得年轻嘛,我们男人无所谓的。”

“那好吧,老马,我们和李桂仙告别,就此走吧。”

马公安深情地看着坟墓,走出几米后又返回,深深一吻,才离开。

小刘在车里,远远看见马公安还带着一个女的下来,上去的时候只有一个人啊。揉了揉眼睛,生怕看错了。“不会是鬼吧!”

到了面前,却是一个大活人,长得还清秀可人。

“小刘,过来,叫栗姐。”

“栗姐好!”

栗莉点点头,算是认可这种叫法。

“先到蒙自,把栗姐送回去后再回阿迷!”马公安吩咐小刘,自己还是坐在副驾的位置上。

“小栗，你在车上可以休息一下，需要一段时间才能到蒙自的。”马公安侧过身，向栗莉说话，栗莉并没有出声，只是点点头表示同意。

一路无话，各回各家！

张山明自从答应马丽之后，马丽的攻势很猛烈，只要张山明在盘溪，除了工作时间，张山明身边都有马丽跟着，整个段包括外单位的人都认为，张山明的老婆就是马丽。这正是马丽想要的效果。有时候，马丽在张山明的房间里待着基本就不出来，甚至就不回自己的房间，人们也开始议论纷纷。

苏磊不可能不知道，尽管他们不在一层楼，但许多人叽叽喳喳地议论多少还是传到他的耳朵里。苏磊不是那种保守的书记，但毕竟张山明是段长，这样下去对段长的形象不好，也影响全段的形象。苏磊有时候也在调侃自己，成也萧何，始作俑者还是他这个书记，而且是财务主任去说的。哎，还得尽快让他们结婚，所有的传闻也就没有“市场”。打定主意后，苏磊专门找张山明谈话。

“张段长，我看时机成熟了，把你们的婚事给办了吧。反正早晚都要结，那就趁早把婚事办了。”

“苏书记，你说的在理，马丽一天到晚缠着我，让大家笑话！”

“也不能这样说嘛，你们这是夫妻恩爱嘛。你看这样行不，你们商量好时间，就在段上把婚礼给办了，回头你请假度蜜月再说。”

“谢谢苏书记，我和马丽商量过，把婚礼办了就回去几天，看看双方的父母和兄弟姊妹，段上还有许多事呢。”

“我看就在咱们的食堂里办吧。你确定一下人数，还有需要请的分局和其他单位的朋友，你大概告诉我一个数，我们的招待所也可以利用起来，让来贺喜的人有个住的地方。总之，既要热闹，也要欢欢喜喜，没准还能为我段增添新的运气呢！”苏磊把话说得很到位，让张山明很感动。

晚上，张山明和马丽商量何时办婚礼，马丽想把家里的人全都请来，一算差不多有 30 人，张山明并没有直接反对，而是说盘溪这个地方既不是城市，也不是乡村，许多亲戚坐车又不方便，还不如我们回去再办一次，这样既不会得罪亲戚朋友，又不让他们来盘溪受罪。经张山明这么一说，马丽基本同意，就请单位的同事和比较要好的朋友来盘溪，这样人数就大幅度下降了。

最后，张山明和马丽商定在隔一个周的周日，即5月21日在段上举办婚礼，全部人数大约在100人左右，大部分是段上的同事以及友邻单位的朋友。

苏磊知道具体的时间和人数后，把办公室主任阿斌以及食堂管理员魏明涛召集起来开会，将段长婚礼办酒席的事一一落实。

“阿斌主任，按照100人的规模，目前我们食堂能否凑够需要的桌子和椅子数，另外，张段长还有部分朋友从外地赶来，招待所的容量有多少？”

“苏书记，平常我们开生产会也就是容纳五六十人就餐用的桌子和椅子，要满足100人问题不大，我们可以去车站和工务借一部分，按照120人的规模来控制。至于说是招待所，平常我们也就接待30人左右，如果张段长的朋友超过这个数，我们可以到镇上的车站大门旁边的小客栈，总之，食堂和招待所都没有问题。”阿斌办事比较可靠，说出来有板有眼，苏磊比较满意。

“小魏，那就看你的食堂的师傅们能否做得出来了，以前办过这么大的酒席吗？”苏磊一样一样的落实，对食堂能否办好没有多少底。

“苏书记，十多桌，应该没有问题。只是餐标是多少，应该上什么样的菜？如果能够提前订好，我们也好准备。”魏明涛这么一问，还真是难住了苏磊。

阿斌一听，看苏书记不说话，赶紧接过话来打圆场。

“苏书记，餐标先按照120元一桌来准备，至于上什么菜，魏师傅你们就根据这个餐标提出菜单来，报给苏书记和张段长审定后再操作。苏书记，你看这样行吗？”

“对，对，就按照阿斌主任的说法去准备，有什么问题，你们与阿斌主任共同商量办，总之要办出我段的风格来，也是通过这个段长的婚礼检验你们在接待、餐饮、服务等方面的水平，给大家留下一个深刻的印象。”苏磊拍板定论，阿斌他们就回去召集相关人员开始从卫生、环境以及各个方面进行准备。

毕竟是办喜事，阿斌提前几天将食堂、招待所的门窗重新粉刷一新，叫办公室的人员将大红喜字准备好，等待时间再张贴。

办公室一切都在有序地准备之中。张山明专门跑了一趟分局，将请帖送到电务分处和林秉坤手上，自然少不了大家的恭喜一番。来到组织部，先到张志刚的办公室。

“张部长，我专程来邀请您出席我的婚礼，请你务必抽空去参加。”说完，将请帖送上。

“哎呀，恭喜恭喜，张段长，我一定去！”张志刚接过请柬，新娘是马丽，脸上掠过一丝诧异，瞬间的些许变化，张山明并没有觉察。

“怎么这样乱！”张山明走后，张志刚大有感慨。心想，他们如何来处理这种混乱的感情，今后如何面对。算了，少操这份心，当事人都没事，我何必自寻烦恼。

顺利邀请到张志刚，张山明驱车前往蒙自。他要亲自去邀请王诚如、邢明棠和李文林。到了蒙自电务段，王诚如和李文林他们都在，唯独邢明棠出差在外，王诚如一口答应负责转达。

当李文林拿到请柬时，一看到马丽的名字，脸一下就绿了。好在当时张山明忙着与王诚如讲话，并未看到瞬间晴转阴的变化。王诚如倒是没有多少诧异，只是觉得为什么非得是马丽，而不是其他人，心里替张山明叫屈。但看到张山明高高兴兴的样子，不忍心说哪样。再说了，即便张山明知道，也是之前的事情，只要李文林不与马丽再续前缘，这种事情也就翻篇了。俗话说得好啊，一切往前看。

王诚如一念之间，不管张山明是否知道此事，都应该恭喜，否则一直这样挂着也不是个事，也许这是他们的缘分吧。

王诚如和李文林一再请张山明留下吃完饭再走，可他就是不吃，连说在阿迷时只顾想到电务段，怎么就忘了去一趟公安分处。

离开蒙自时，张山明与马公安约定，两小时后再见。

又到阿迷，张山明告诉司机直奔公安分处。门卫一听来找马公安，就直接把车杆抬起来，张山明他们把车开进了公安分处大院。

听见汽车声音，马公安从办公楼里出来。

“哎呀，张段长，听说你要大喜了，真为你高兴！走吧，先去吃饭，我已经安排好了，再忙你也要让司机吃饭嘛。”马公安伸手拉着张山明就往外走。

“马处长，今天我还得赶回盘溪，简单一点就可以了。”

“知道，我已经把菜都点好，估计现在已经上桌了。”马公安带领张山明右转出门，大约 100 米左右，一个叫作“乡巴佬”的小饭店，小刘已经在门口等候。

“小刘，上菜！”

“马处长，菜已经上齐，酒已经准备了半斤，杯子里也倒满了！”

“好，你去找一下张段长的司机，叫他赶快过来吃饭。”张山明回头一看，司机就在不远处，“没事，他已经过来了。”

“来吧，你有喜事，当然得喝口酒啊！”马公安端起杯子敬张山明，张山明不好推辞，只好跟着马公安干杯。

“今天，你要赶路，也不催你，三杯要喝的嘛。”马公安知道张山明的酒量，起码喝六杯酒也醉不了。

“好吧，说好三杯为限，5 月 21 日来盘溪喝吧，我好好陪你喝！”

“算了吧，那天是你的洞房花烛夜，我可不想让的媳妇守空房。对了，媳妇是哪个单位的人？”

“都是一个段的，财务室的会计！”

“好事，你是老大哥，我们又不好意思催你，现在一切都好了。哪天，我们迷哈地的几个老朋友又可以聚在一起了。说真的，张段长，我们打心眼里为你高兴。”马公安确实是高兴，端起酒杯自己又干了一杯。

“马处长，说好只喝三杯的啊，你可不能赖账！”

“是三杯，那是你啊，我又不赶路，高兴了我就多喝几杯。”马公安指着司机，“兄弟，辛苦你了，你多吃菜，我敬你一杯酒，可把张段长招呼好了。”司机点头，赶紧吃了几口菜，扒拉几口饭，说吃饱了就出去了。小刘也借故离开，饭桌上只留下张山明和马公安。

“张段，差不多了。你吃点饭，我再陪你喝口酒。”说完，自己跟老板要了一杯酒，自己喝了起来。

“张部长、王诚如和李文林你都请了吧？”

“都请了，张部长很高兴地告诉我，他一定去！”

“那我们可以在喝你的喜酒时好好聚聚。对了，赵向南这小子你请了没有？”

“我写了封信给他，告诉他我要结婚了。希望他能够请假回来，也不知道到时他能不能收到信，估计收到信他会回来的。”

“我也有好久没有他的音信了，能在盘溪相见那是最好不过了。但愿他能够收到你写给他的信。”

“我吃好了，马处长，谢谢你的款待。我不能再陪你喝酒了，还是那句话，来盘溪好好喝，不醉不散！”张山明本来不善言辞，这些年来当领导，确实得到了锻炼。

“好吧，我也不留你了，看得出来你是归心似箭！不过，有点晚了，你们在路上要慢一点。”马公安跟着张山明走出了该店，一路送到汽车旁，再三叮嘱路上安全。

5月21日一大早，一切正常。

离出发还有两小时，张志刚与王诚如通了个电话，交代他不要让李文林失态，否则一桩喜事会变成一件丑事，到时候谁都没法收场。王诚如告诉张志刚，李文林昨晚就回阿迷了，走之前也没有说什么，估计他们不会去盘溪参加张山明的婚礼。

“不对啊，昨天下班时，我还告诉小童，如果去盘溪不方便的话，他们两口子就来坐我的车，小童当时答应得好好的啊。”

“张部长，你也不用着急，估计还有点时间，难说他们一会就去找你呢！”王诚如在电话里劝张志刚。

放下电话，大约十多分钟，李文林打电话过来向张志刚说明不去的原因，说是李彤还小，怕小孩吃不消，请张志刚把人情送到，明天小童上班时再补给他。

“也行，我转告张山明，你们准备送多少啊？”

“张部长，您就帮我们送一百元吧！”

“好的，我一定把你们的情谊送到。”

张志刚放下电话，心也跟着放下了。他生怕李文林他们在张山明的婚礼上弄出什么来，让大家都下不了台。这下好了，李文林他们不去，这个问题也就不用操心了。可张山明辉怎么想呢，难道张山明一点没有觉察。“真是皇帝不急太监急”，张志刚自嘲一笑。看看时间是下午两点半，差不多与司机约好的时间，就出门往办公室走。

也就在这个时间，王诚如从蒙自出发了。临出发前，邢明棠在大门口将人情交给王诚如，请他转告祝福并说明值班的原因，王诚如答应着。小黄和小燕子也向邢明棠挥挥手，司机启动车“嗡”的一声离开电务段。

马公安由于昨天在巡检司派出所检查工作，从巡检司到盘溪不远，他也就没有在这个时间点出发，而是继续在派出所。他估计张志刚、王诚如大约在下午五点半左右才会到，因此，就先检查派出所的工作，等下午四点左右再出发。

且说盘溪这边，从一大早就开始忙活。阿斌主任坐镇机关大院，差什么就临时调遣。大约到中午十二点左右，新房才布置停当，餐厅桌子基本摆放好，厨房里鸡、鸭、鱼全部宰杀并清洗干净，一头猪昨晚就已经宰杀分割好，需要的酥肉、丸子昨晚也全部炸好，包括扣肉已经全部准备齐全。

魏明涛一脸着急地找到阿斌，询问将鲤鱼换成草鱼行不行。

“都什么时候了，你还来跟我说换鱼，这是苏书记与张段长商量定的，我哪敢做主？”

“阿主任，也不是全部换，今天到镇上去，找遍全部摊点就只有九条鲤鱼，按照十二条准备，怎么也买不到，我想用三条草鱼代替一下，鲤鱼也满足外地来的客人，草鱼就给我们比较熟的人就是了。”

“你啊，鲤鱼有跳龙门之意，草鱼有草草之嫌，你可叮嘱好了，不要端着草鱼到处上！”阿斌已经将利害关系讲给魏明涛，希望魏明涛不要添乱。

魏明涛正要离开去厨房，阿斌叫住了他。

“你把菜单拿出来，我们再对一下，不要又出什么幺蛾子。”

魏明涛赶紧从外衣内兜里掏出菜单，一一念给阿斌听。

1. 松鼠鱼；2. 扣肉；3. 白菜煮酥肉；4. 茄饼夹肉；5. 清汤炖鸡；6. 黄焖鸭；7. 牛肉冷片；8. 红烧牛肉；9. 糖水八宝饭；10. 卤三拼；11. 东坡肉；12. 炒芹菜百合；13. 果盘；14. 豆沙包子；15. 凉卷粉；16. 米饭。

“你那个卤三拼，是个什么东西？”

“阿主任，主要是猪下水，也就是猪肝、猪心和猪头肉。”

“有几个菜你改一下名字，毕竟这是婚宴菜，要有点喜庆的感觉。”

“阿主任，你想改哪几道菜？”

“比如芹菜百合，你把它改成情投意合；卤三拼就叫心甘情愿；糖水八宝饭就叫甜甜蜜蜜；豆沙包子变成枣核花生及豆沙包子，早生贵子。就改这几样吧。”

“其他都可以，现在没有枣子啊。”

“你呀，就不会动脑子，到镇上的药铺里看看，枣子要不了多少，一个包子里放一个，也就是100多个就行了。赶快去啊！”

阿斌为自己改的菜名高兴。心想，没准吃饭的时候大家都会觉得食堂做得好，菜名更好。

阿斌他们忙着弄菜和装饰喜房，财务人员却领着张山明和马丽到镇上仅有的一家美发店去烫头和化妆，一直倒腾到下午，让苏磊到处找张山明。好在张山明的头饰不复杂，下午三点一刻左右他先回来。

“你可回来了。你请的分局的人有哪些啊?”

“不多，也就是张部长和林处长，其他几位就是蒙自电务段的老朋友。”

“他们都会来吗?”

“没说不来啊。不过，赵向南来信说他回家看父母，之后就准备去学校，他赶不过来了。”

“那我们就分分工，你肯定每桌都要去敬酒，我主要帮你陪正职，其他领导就让冯云祥他们几个去陪。之后我再安排阿斌他们去确定主桌。哦，你们双方的父母来了没有，来了也要坐主桌，也就是分成两个主桌。”

“没有，我们说好回去办的时候，才叫双方的父母。这次没有叫他们来，这里一切就交给你苏书记张罗了。”

“有你这句话，我就去安排了。”

苏磊与张山明沟通后，就找阿斌他们布置。整个机关大院忙忙碌碌，一片喜庆的样子，如同一家人在大办宴席的感觉。

一切准备就绪，静待客人来贺。张山明和马丽早上 5:30 准时出现在机关大门口。张山明穿着西装打着领带，马丽一身红色连衣裙，头发烫了爆炸头，原本他们俩有一定的年龄悬殊，这样一种装束，基本拉近了距离，要是在平常就像父女俩一样。

张志刚、王诚如、马公安陆续进入食堂大厅，苏磊就把他们引进了主桌上，苏磊和张山明都在东张西望，只不过他们找的不是同一个人。苏磊在找林秉坤，张山明在找李文林。

差不多吉时已到，苏磊充当起了主持人和证婚人。

“各位，请大家静一静。现在张山明和马丽的婚礼正式开始。首先，我代表一对新人欢迎各位朋友的光临。今天是个好日子，让我们共同祝愿新人和和美美，共同开启新的生活！下面，有请新郎讲话。”

“感谢大家出席我和马丽的婚礼，我和马丽谢谢大家的光临和祝福!”

“下面有请新娘讲话。”

“今天是我和张山明的婚礼，我很激动，也很兴奋，大家跑这么远来出席我们的婚礼，我们来敬大家一杯酒吧。”事先的安排中没有这样的一个环节，正不知道怎么办时，马丽从主桌上端起两杯酒，一杯给张山明，一杯留给自己，双双一碰杯，在朋友们的见证下一口就喝了。

“请大家入席，喜宴开席了！”苏磊大声宣布。苏磊陪着张志刚、王诚如和马公安三位入座主桌，每桌按照 8 人，司机在另外的桌上，因此，加上一对新人正好。

酒桌上大家伙都说一些吉利、祝福的话，一会工夫，苏磊就建议张山明、马丽到每桌上去敬酒，实际主桌上就剩下他们几位了。

苏磊更像男方的家人，招呼张志刚、王诚如和马公安喝酒。正喝的起劲，一个人悄悄来到苏磊身边，耳语了几句，苏磊就跟着他出去了。

苏磊跟着的是段调度的一个人，分局通知要苏磊去处理。一看传真，是要求各个段的党政主要领导和各部门负责人，于明天早上十点到分局大会议室传达中央重要指示，但传真里没有说明要传达什么内容。

一会儿，苏磊从外面回来了。

“苏书记，有什么事吗？”

“张部长，你们可能都得连夜赶回去，明天早上十点有个重要会议，要求部门领导和站段党政正职参加，估计分局值班室都会通知到各个部门。”

“哦，那你还是告诉张山明一下，说明天还要去分局，今天可别喝醉了。”张志刚提醒苏磊。苏磊起身去找张山明。

“张部长，我们大家敬您一杯，祝您身体健康，万事如意！”王诚如抓住这个空当，邀约马公安向张志刚敬酒。

“大家同喜同贺！不过今天情况特殊，少喝一点吧。七点半我们准时回去。”张志刚看了一下表，现在是六点半，还有一个小时的时间。

苏磊转了一圈回来，不仅没有劝住张山明，还被周围的人灌了几杯酒，回到座位上也是晕晕乎乎的了。

“张部长，我是劝不了，说什么他都听不进去，只有酒才能如他的耳，说其他话没有用。”苏磊说的是不是醉话，但张志刚还是听出点不对劲。

“苏书记，你找人去把马丽叫来，我来给她说。”苏磊马上把阿斌叫来，告诉他，张部长找马丽说话。

一会儿，马丽来到了张志刚的旁边。

“张部长，你找我？”马丽喷着酒气，但感觉酒喝得不多。

“马丽，不好意思，按道理我不该劝你，今天是你们大喜的日子，但张段长身份不同，明天一大早又要赶到分局开一个很重要的会议，我想可能只有你才能劝住张段长，让他少喝点酒，不然这样会误事的。”马丽一听，知道问题严重，不能刚结婚就出事，让人说笑话。

马丽算是听明白了，与张山明去敬酒，她都上前挡，不让张山明喝酒。有人嚷嚷着让马丽和他们喝酒。本来马丽的酒量在盘溪段是出了名的，她这样往前站，其他想让张山明喝酒的也就打消了念头。到晚上七点，大部分的客人已经散场，只有张志刚他们还在桌上坐着。

马丽拽着张山明回到主桌，非要跟张志刚他们喝一杯酒。张志刚叫苏磊给每人倒一小杯。马丽也没有再给大家添酒，而是自己倒满一大杯，连说“谢谢”，与张山明一起逐一碰杯，最后停在张志刚这里。

“张部长，我和老张真的感谢你们的到来，我把酒干了！”到这个时候，马丽都依然没有醉酒的迹象，真让大家佩服。

“张段长、马丽，今天婚礼办得很隆重，也很热烈。我们这就要回去了，你们也差不多该休息了。明天我们在阿迷再见！”张志刚不想再继续这样喝酒，准备现在就离开盘溪，打道回府。

苏磊和副段长冯云祥、阿斌，送张志刚、王诚如和马公安他们出大门。一出来，几辆汽车就停在路边，各自上车后，众人挥挥手，一会儿，几辆车就消失在夜色之中。

将腐败分子揪出来

从 4 月底到 6 月 4 日，阿迷分局的干部职工保持较高的出勤率，以实际行动维护着大动脉的畅通，工人阶级先锋队的作用在这个时候更加凸显和重要。

为响应最高人民法院、最高人民检察院《关于贪污、受贿、投机倒把等犯罪分子必须在限期内自首坦白的通告》，分局机关由党委组织一个反腐败大会。

会前，分局党委副书记魏学之授意检察院起草一个贯彻意见的通告，但铁路检察院认为没有必要重新搞一个，就用最高院的这个通告就行了。同时要求机关党委于8月16日组织机关全体党员干部在大院里开会。

机关党委以此次会议重要，他们组织可以，但需要分局领导出面才能镇得住为由，提请分局领导出面主持和讲话，这样效果可能会更好一些。魏学之也认为是这样的，就不再勉强机关党委主持和讲话。本来魏学之想让党委书记郝卿明讲话，结果被郝卿明否决了，没有办法，只能由他来讲。

会议如期举行，整个会议议程共三项：第一项由检察院宣读两高院的通告；第二项是魏学之讲话。这个讲话比较长，大约30分钟，平常大家都是坐着听，今天是站着听，大家感觉这家伙平常没机会讲，今天逮着机会，从历史上的刘青山、张子善讲起，一直讲到当前的一些相关的问题，使大家不得要领，听得很不耐烦。有些干部交头接耳，有些议论声。

眼看大会就要结束了，魏学之宣布会议进入第三项议程："将腐败分子揪出来！"

话音落下，检察院的四名干警从大院两边分头进入参会人员队伍中，两队人马各自带着一人就来到台阶上。

所有的目光都集中在台阶上，大伙一看，一人是调度所的、一人是房管所的，名字叫不上来。分局机关大院两三百人都踮起脚，伸着脖子往台上张望。脸熟是必然的，但是哪个部门的不清楚。

"带走！"魏学之一发话，整个大院的空气如凝固一般，所有人的眼睛齐刷刷地顺着他们走出大门的方向看去，直到目送离开大门。

"散会"的声音一出，大家静悄悄地离开大院，回各自的办公室工作。离开的过程没有一点议论，各自沉默着离开。

第二天会议精神就传达到各个站段，有些采取分局机关大院的办法，多数则采取温和的办法来贯彻"两高"的通告。

王诚如通知各个支部书记到段上开会。会上，该学的文件、通告一份不少，目的是让支部书记们掌握政策。临近散会，王诚如作了一个简短而实用的发言。

"同志们，反腐败事关党和国家的前途命运，不能掉以轻心。但在这个问题上不能采取简单粗暴的办法对待。我们是党的组织，要善于发挥我们的政治优势，不能靠吓唬和恐怖手段来反腐败。如果搞这种手段就可以的话，腐败分子早就没有了。从既能贯彻上级要求，又能够保证我们的党员、干部队伍纯洁的角度，我今天给大家几个建议，以供参考。

1. 从思想上筑牢反腐败的防线。苍蝇不叮无缝的鸡蛋，要多从预防上着手，教育我们的党员和干部千万不要伸手去碰不该碰的东西。这是大面上的教育。实际工作呢，我们的支部书记要善于与管钱、管物、管设备的人交心，多打预防针。我相信你三天两头的去说，他就有可能没有想法，除非他已经早就有问题。

2. 多从政治上采取主动攻势。早就有问题的人，其实他心里还是存有侥幸心理的。他认为你不一定掌握他的情况，他会一直在观望。我们就要抓住他的这个心理波动时期，添上一把火、加上一捆材，让他自己去权衡得失。要告诉他们，许多人就站在悬崖的边缘，拉一把的话，家庭、工作都还能保住，等一等就什么都没有了。这是通告之中的主要精神，你们要巧妙地宣传。我们要靠拉人帮助他们脱离险境。

3. 区别不同对象开展预防工作。我们不能把谁都看成是腐败分子，如果这样的话，我们之中的人就都是好人了。作为支部书记，工作不要老是去一线的工人当中宣传。当然，让他们理解反腐败的重要性是必须的，但他们不是重点，不要把问题颠倒了。记住，多给工班长、领工员和领工区的干部做工作。

我相信，我段绝大多数党员干部是好的，对此，我们有底气，也很自信。”

讲完话，各个支部书记也就分头去做工作。王诚如回到办公室，段办副主任刘凯在门口等着。

“刘凯，有什么事吗?”

“王书记，听说我们办公室是这次反腐败的重点之一，我来的时间不长，想请教您，我们应该怎么反?”

“谁告诉你，咱们段是反腐败重点? 你是不是有什么问题?”

“王书记，天地良心，我多一分的便宜都不敢沾。再说了，我只是一个经办人员，哪有这种机会腐败。”

“耶，听你的意思要是有机会，你也会腐败?”

“王书记，我说错了，不是这个意思。”

王诚如把刘凯调上来一年多，基本没有时间与他交流。一是怕行政觉得他在拉拢人，二是刘凯对一些具体工作处理得也不错。因此，王诚如也就没有时间与他交流。既然他主动来说事，就以这个机会说道说道，培养一个年轻干部可不容易。

“刘凯，办公室确实是容易腐败的部门和重点。接待费、办公用品、专业物资以外的采购，福利的发放，你说哪一块不会出问题？都有可能！你不要打岔。这一年多来，我是看得见你做出的努力的，各项工作基本走上正轨，这只是第一步。”王诚如喝了口水，机灵的刘凯马上提起暖水壶给王诚如续水。

“办公室是一个段的窗口，你们的一言一行代表着全段的水平和风貌，许多指令都是通过你们发给全段干部职工和路内外各个单位，不能说对你们没有投诉，你们就是最好的。我看还有许多的工作要做，不能以反腐败为借口，绷着个脸，什么事都不去做，或者等领导，把所有问题都上交，这是一种深层次的腐败，比其他腐败更危险、更加难以防范。”

刘凯眨巴眼睛，好像听不懂书记在说什么，但又不敢多问。王诚如看得清楚，刘凯是不明白。

“我今天就交代几个任务给你，算是今后杜绝腐败的措施：第一，你要尽快建立有关制度办法，比如说发放办公用品，有个标准和程序，领多少，谁批准，而且领多少也不是下面要多少就给多少，不给的理由你要有嘛，你不能今天给王二这么多，明天给李四就那么点，你不是自己跟自己过不去吗？他们不去反映才怪呢；第二，要制定接待的标准。今天段长高兴了，就按照 300 元的标准，明天不高兴了就按照 200 元，你这样就容易滋生腐败，容易让人钻空子。都在一个标准之下，要突破的话必须有人批准，不得随意更改。你明白我的意思吧；第三，采购东西，在货比三家的基础上，严格两人制度和批准范围，不能擅自购买。就这三条，你把它理解之后尽快制定出来并下发到各个领工区，让大家执行！”

“王书记，我到您这里汇报工作太少了，要是我早点来，这些制度都已经起草好并发挥作用了。真该向你检讨！”

“行了，不要整这些没用的，一个月后我来检查，到时候拿不出来拿你是问。”刘凯赶紧答应，离开书记的办公室。

反腐败工作在各个单位轰轰烈烈地进行着，大有老鼠过街人人喊打的态势。蒙自车务段开始就没有分清方向，把火往多经方向引，一时间把李应安搞得焦头烂额，更恼火的是上面三天两头来查账，有些账目本来就不规范，他也说不清。结果查账的人直接去找对方，弄得货主都不敢与他们做生意。

李应安的烦恼又不敢找自己的党委书记张华和段长白家喜去诉苦，难说他们都以为自己就是腐败分子。这天，他悄悄来到王诚如的办公室。

“李主任，怎么了？像霜打的茄子一样。”

“王书记，你不知道，他们都防着我，生怕我就是腐败分子把他们拉下水。”

“有这么严重吗？那你还不去自首？”

“王书记，我是那样的人吗？如果有问题，我还敢来找你？”

“说实话，你自己贪了没有？如果有，现在还来得及！”

“哎呀，王书记，现在不是我贪不贪的问题，连起码的相信和做事的环境都没有了。一直与我们做生意的人都不敢来找我了，好像我就是一个十恶不赦的腐败分子。”李应安说话时眼睛都是红的，再说下去估计就要落泪了。

“怎么会这样，你没有去找张书记申辩？”

“你慢慢说吧，有什么委屈只管说，看看我能否帮助你。”王诚如觉得事态严重，给李应安倒了一杯水，把办公室的门关上。

李应安说，这一段时间以来就围着多经办查账，有几笔账的出处他已经记不清，但他们去找对方，对方也积极配合，全部查完，账目比较清楚。但三番五次地来问我，确实我也说不清，有时候跟他们发火，他们就认为我不配合。甚至还查到当年我们合作搞程控电话的事情，问我为什么要和你们一起开发。

今天，我来找你不纯粹是我那边的事，我有些预感，他们要查程控电话的事情，直接找你们就行了，可为什么要来找我。

“对了，其中问到车务段在分配奖金时有没有给车务段以外的人。问这个事，我都有点纳闷。”

“他们只是泛泛地讲你们发奖金的事，还是另有所指？”

“我想起来了。我们发奖金尤其是给领导的奖金，我一般都不让领导在签收单上签字，由我单独给领导，他们就问程控电话分红的奖金有没有给过电务段。对，电务段领导！我说没有啊，我不可能给电务段领导。”

“怎么会有这个风呢，我们这边好像没有什么动静嘛！”

“王书记，你还是小心点，欲加之罪，何患无辞！”

“李主任，我知道了，你也小心点，现在的形势有些不太好说。”

送走李应安后，王诚如把李有生叫到他的办公室。李有生以为是问多经办反腐败的事情，因此做好准备回答王诚如的问题，可王诚如问的问题出乎他的意料。

“李主任，最近有没有人来查过你们多经办的账目?”

“没有啊! 多经办的工作一直都正常。对了，好像是车务段的人打电话问过，车务段出资程控电话的事，我回答有协议，你们可以去找你们自己的多经办问，我不方便回答。之后，就没有其他人来问过什么了。”李有生的说法，有部分能和李应安的对得起来，但也没有李应安说的那么悬乎。

“李应安最近来找过你吗?”

“没有，连电话都没有打过。怎么了，是不是他们那边有什么问题?”

“你不要猜了，车务段有问题怎么会牵扯到电务段!”

“也是，不过有些单位的多经办在议论，说运输站段的反腐败重点在多经办，我们感觉这个风有些问题。”

“李主任，最近反腐败的事抓得比较紧，我希望你们借此机会也整顿一下，该规范的要规范，该有的制度就把它建立起来，还是靠制度比较稳妥一些。另外，你们发奖金的事，要有个制度和办法，同时还要有审批程序，不能用嘴说说就行了，这容易出问题。时间一长，谁会来替你承担责任，无论从单位还是从保护自己的角度，都应该按照制度办事。你说是不是?”王诚如并没有直接说多经办有什么问题，而是从规范和责任的方面来提醒李有生。

李有生被惊着了。按道理，王诚如并不知道发奖金的事情，尽管也发给他，之前他基本不问，也不问签字与否。现在他这么一问，难道我们申请发的奖金多少与他们拿到手上的差距被发现了，还是另外有诈。

王诚如这是敲山震虎，实际他也不知道多经办具体运作的方式。一个党委书记哪里会直接去管他们的经营与管理。但两个李主任与他说的话中有话，不得不让人怀疑。

第二天，刘书学送来分局有关反腐败的专题简报。简报上提到全分局先后宣传动员 568 场，听众达到 32150 人次，几乎人均听 2 次，发给职工的公开信 500 余份，共有 10 人投案自首，查处经济案件而退出赃款 87650 元。王诚如提笔在简报上批示:请段领导班子成员阅。多经办、两办也阅!

看到分局的简报，李有生松了一口气。车务段的李应安也跟他一样，长长地吁了一口气。

正在大家都松一口气的时候，盘溪电务段有人举报张山明段长以权谋私，在自己结婚的时候没有出钱，而是段上出钱给他办的婚礼。

分局调查组即刻奔赴盘溪。到了盘溪电务段，苏磊大吃一惊，告诉检查组哪有这样的事，整个过程都是他参与办的，哪里可能不出钱。

“我们需要找张段长谈谈。”调查组组长段金龙不听苏磊的解释，要见当事人。

“张段长这几天在休婚假，不在段上。”

“那就把办公室主任叫来。”段金龙的话不容置疑，口气十分强硬。

阿斌主任来到段金龙的面前。

“段组长，我是办公室主任阿斌，你有什么问题就问吧。”

“我问你，张山明的婚礼是在你们食堂操办的吗？”

“是啊，我们把所有的厨具和家什借给他办事，具体过程是我操办的。”

“你只要回答是，还是不是。”

“总共办了十桌，是吗？”

“是！”

“全部餐料是你参与采买的？”

“是！”

“所有餐料、酒水都是经过张山明同意的？”

“是！”

“可以了，我没有要问的了，你回去吧！”段金龙挥挥手示意阿斌离开，没有他的事了。阿斌走出来，感觉哪里不对，他又转回来。

“段组长，你怎么不问问谁出的钱，就让我回去了？”

“这不是明摆着的吗？没有必要问嘛！”

“段组长，我觉得你们是来找证据的，根本不用问结果，你这种方式是整人！”

“小伙子，你就不用操心了。你说的都是证据，我们都可以采用你说的证据！”段金龙有点狡黠的一笑，更加激起阿斌的愤怒。

“我要向分局党委告你们！”阿斌不服气，苏磊看在眼里，他怕阿斌和段金龙论理不清而打起来，段金龙是一定会吃亏的。赶忙拉开阿斌，不让他和段金龙吵架。

“阿斌，事情总会调查清楚的，就这么简单的事，你相信分局调查组是会搞明白的。”苏磊话里有话，他也在暗示调查组，要把事情搞清楚、整明白。

“段组长，我想只要问问财务，有没有人在段上开支买东西。也就是说看看5月20、21号这几天的账目是否正常，不就清楚了吗？”苏磊想从正规渠道引导他们去查账。可段金龙却说：“张山明老婆就是财务人员，你说这个账怎么查？”

这样僵持了一会，食堂管理员魏明涛站出来，他说他能说得清楚。不一会，就从抽屉里拿出一堆票据，摆在段金龙面前。

“你想说明什么问题？这么一堆票据就能说明问题吗？”

“可以说明问题，这些票据全部加起来1200元，你们不相信可以自己去算。”魏明涛比较硬气，估计他有其他的依据。

“就算是1200元，他能说明是张山明付的款吗？”段金龙说到点子上了。

只见魏明涛不慌不忙地从自己的上衣口袋里掏出一张纸，在段金龙面前晃了一下，拍在桌子上。

“看好了，这是张山明张段长写给我的纸条，白纸黑字，你可以让苏书记看看是不是他的真迹。”苏磊凑近一看，“是真迹。”

“可能是一场误会！我们还不是想搞清楚还他一个清白，现在没事了。”段金龙有些尴尬，准备带领他的三个人离场。

这下可让魏明涛出气了，指着段金龙的鼻子高声说道：“张段长请假时叫我收好这张纸，他早就料到你们这帮家伙会来，真是聪明啊，我们的段长，要不是你留下这张纸条，我现在还真是说不清，你们为什么就不去查那些吃拿卡要的家伙，专门来欺负我们，你们的眼睛真是被狗给吃了。”

段金龙虽然只是纪委的一名工作人员，但他毕竟代表分局纪委来的，苏磊不愿看着自己的职工以下犯上羞辱他们，到时候不好交代，马上就叫停了魏明涛，叫他不要再说了。

魏明涛看见苏磊出来制止，也就不再说话，并指指门外请他们出去。段金龙比较识数，赶紧往外走，这种场合他不会待下去，更不会较劲，他比谁都清楚，再继续闹下去吃亏的是他们，而不是段上的人。

段金龙他们走后，苏磊立即召开会议，将冯云祥等段领导召集起来，通报了今天发生的事情，对魏明涛做出了扣除三个月的奖金，并写出深刻检查的决定，同时要求各级干部认真反省。

会议结束，苏磊给纪委办公室和党委办公室发了一份传真。等段金龙他们回到办公室准备汇报时，纪委副书记代正茂大手一挥，说道："不用汇报了，我都知道了。"这件事就这样不了了之。

当然，在盘溪段，会议记录上显示，不仅没有扣魏明涛的钱，而且他连书面检查也没有写。

等张山明回来，听说这个事，大家也都是当个笑话而已。没过几天，大家也就把这事给忘了。

过了许久，王诚如听说盘溪的这个事的时候，反腐败已经告一个段落。但他对这件事可当真了。他认为，没有风哪有浪，有人在作祟，证明专门有人在盯事，而且这些人在暗处，从一定意义上来说，对党的事业还是有好处的，至少有人看着，大家做事都要格外小心。他从这样一个有些无聊的事，看出了它的积极意义。事后，他把这些观点和张山明交流时，连张山明都佩服。

"老弟，也就是你了，否则我认为这个事没有一点积极意义，你却把它变成了非常有意义的事，谨受教育了。"

"张段长，是你给了我教育，如果你当时不把字条留下，回头再补的话，肯定是不行的。你为什么就知道会有人要告你呢？"

"确实不知道，估计是冥冥之中有人在帮我，临时要出门就把钱付了。光付钱不行啊，还得留下点字据，这不就用上了。"

"张段长，我还是有点不明白，按理办公室主任收钱，应该是他写收据啊，怎么会是你写的啊，这有些说不过去嘛！"

"诚如啊，怪不得你聪明，一下问到点子上了。实际上，我没有给阿斌写收据，而是顺手写了一张付款证明，证明我已经付过款了。当时，我是怕没有我的签名，以后也怕过不了关，还真是用上了！"

"老兄，我信哪句话？"

"哪句话？"

"憨人有憨福，好人有好报！"

"说得好，我接受！"

颂歌献给党

1990年的春节来得比较早，1月26日，大年三十。春节一过，各项工作又按照正常的轨道在运行。

节后第一天上班，分局党委书记郝卿明组织召开一个会议，专题研究米轨铁路通车80周年暨分局成立20周年庆典活动筹备事宜。会上，来自各个部门提出了不同方向的活动方案。

首先，劳资分处处长伍兆生提出为了激励在米轨工作的职工，满三十年的为荣誉职工，满四十年及以上的职工为功勋职工，同时满一年以上的每一名职工给一个不锈钢饭盒。

组织部和工会联名举办"颂歌献给党"大型歌咏比赛，从6月上旬开始，在全分局举行。按照片区以站段单位组织参加，除阿迷以外的地区，原则上每个地区只能来第一名。在6月28日左右在分局举办决赛。第一名一家、第二名二家、第三名三家，其余为优秀奖。

宣传部提出出版米轨画册，准备邀请省内比较知名的摄影师和自己段上的摄影师拍摄照片，估算画册需要经费25万元左右。宣传部同时还提出组织中央驻滇媒体到米轨集体采访，可能要从昆明拉通到河口，预计30人，活动时间3天，包括7月1日参加庆典活动。

办公室主要任务是筹备窄轨铁路历史文化陈列馆，这项工作在去年就已经开始筹备，估计在今年7月1日前可以面向公众开放。目前，大量的工作主要是整理历史资料和对陈列物品编写说明。

工会还提出组织一台文艺晚会，主题也是庆祝米轨铁路通车80周年暨分局成立20周年，主要是依靠职工群众的文艺骨干来完成。大约时长一个半小时。

总工会提出与西南交通大学举办一次米轨研讨会，邀请国内专家为米轨把脉，提出下一步米轨的发展方向和思路。

各个部门汇报结束，郝卿明对筹备活动提出了要求。

“整个活动的基调是热烈、团结、鼓劲，通过庆祝米轨铁路通车80周年暨分局成立20周年活动，进一步激发干部职工的爱国、爱党、爱路热情，动员全分局干部职工在改革开放中再立新功，再创辉煌！

关于各个方面提出活动的批准问题，我的意思是回去以后再深化和细化，10天之内按照程序上会。之前，我与陈局长交换过意见，这么大的一个活动，钱肯定要花一些，但还是本着从简的原则，我们自己能做的就坚决不向上面申请要。

关于活动的主题，我认为主题还是“献身边疆建设，振兴米轨铁路”。在这样的一个大主题之下，每一个活动大家都要形成一个小的主题，你比如说，歌咏比赛就用“颂歌献给党”。其他的画册、晚会、研讨会、陈列馆等等，有了主题就能够提神、鼓劲。

为整个活动能不能创作一首歌曲，既可以是分局的局歌，也可以是专门为这次活动准备的歌曲。当然，如果能够实现两者合一的话，那就更好。至于说怎么来创作这首歌，我是外行，还得由你们中的专业人员来琢磨。有关作词、作曲的事，我建议可以在全分局进行征集，通过这个活动以检阅我们文艺队伍。

总之，今天就算整个活动的筹备会，从今天开始，各项工作进入倒计时，各个部门要按照已经确定的方案加快推进。有什么问题及时向我报告，我给你们当好后勤部长。

郝卿明提出要求后，各个部门就对自己原先提出的方案进行再优化。

组织部在这次活动中的工作不多，或者说是基本没有。说是一起组织歌咏比赛，其实大部分工作都是工会在做。还有一个原因，张志刚认为，10月份他就退休了，少揽些事来，以免让后任者不好开展工作。听了整个筹备会议的安排，他有些蠢蠢欲动，他那颗不安分的心在驱使着他。因为一生中能碰到这么大的事就这样甘当配角，他有些不甘。

回到组织部，他把大家召集起来，传达会议精神。由于没有多少组织部的事，大部分也就是听听而已，没有往深处去想。这时候，就能体现出一将无能，大家散伙。张志刚扫了一圈，清了清嗓子。

“从安排上来说，我们没有多少事。在回来的路上，我在想，这么大的一个活动，党组织和党员的身影在哪里？当然，整个大的活动都是党委在领导，可是下面没有响应，你们不觉得有些不正常吗？我们常常讲，党员和党组织要在一些大型活动、关键事件上，体现作为，表现风采，可是米轨铁路通车 80 周年暨分局成立 20 周年活动，我们在哪里？”

张志刚这一问，大家低头不语。身处这个环境，确实是能够触动神经的。

“我不怪大家，是我的革命意志懈怠了，因此，也影响到你们。尽管郝书记没有批评我们组织部，但我还是有些脸红。今天，我与大家交交心，我觉得我们还是要积极参与这个重大活动，而且声势还要浩大。我初步设想，党组织和党员要以 20 周年为契机，勇立潮头再创新功，以优异的成绩和表现迎接分局成立 20 周年！”

张志刚的话音刚落，大家对他报以热烈的掌声，看样子大家的积极性被他调动起来了，激情被点燃了。

“大家的掌声说明支持这个活动。我想让小童为总牵头，分管支部和党员的同志尽快提出具体的操作方案来，5 日之内我专门去向郝书记检讨和请战。大家有信心吗？”

“有！”组织部内齐声地喊道。

“散会！”张志刚也被这个气氛感染了，眼含泪花结束了这个动员会。

王诚如在郝书记会后第二天就知道了要开展这个活动。作为一个段的党委书记，全分局的活动有些能参与，有些是参与不了的。他觉得这么大的一个活动，作为党组织应该有一个发声和表现的渠道、舞台，这样才能凝聚起党员的意志和力量。

王诚如把党办的几个干部召集起来，实际就是他们三人开了个碰头会。

“听说分局即将开展米轨铁路通车 80 周年暨分局成立 20 周年活动，各项工作正在紧锣密鼓地进行之中。不管分局开展什么样的活动，我们都要以积极的姿态参加。但是，我们电务段有自己的特点，应该通过这个时候展示我们的风采，尤其是党员的风采。书学，你配合敏杰，尽快起草一个在全段党员和职工中开展以“喜迎 20 年、奉献再出发”为主题的比学赶超活动，激励全段党员和职工为分局再作新贡献！”

“王书记，我觉得以支部为单位，人数基本均衡。如果以领工区为单位，有些领工区只有十多个人，有些又有四五十人，这对大的领工区来说有点不公平。”雷敏杰的建议有一定的道理。

“继续说，还有什么建议?”

“关键是要比什么? 这个在文件中要明确，否则开展半天活动，比的都是虚的，就没有意义了。”刘书学说在点子上了。

“书学、敏杰，我提一个大概，你们下去再琢磨。这次比，要用实在的数据支撑，比如说，从现在开始到7月份，100天之内你的安全，不能有违章，也不能有故障，这是指在现场一线的党员和职工；又比如，在机关的，起草文件不能有差错、职工对你不能有投诉、经济考核不能有扣分；再比如，在多经办，100天之内的创收指标，这个是可以衡量的；通信工、信号工的工作质量、出勤率、任务完成情况等等，我就不一一列举了。我的意思是对党支部的考评，拉一个大的线条就可以了，但也不要面面俱到，突出安全、任务、质量即可。对党员和职工的考评，提出几条指导性意见，由各个支部去掌握和细化，我们不要大包大揽。我就说这些，你们两个再琢磨琢磨。没有意见的话就赶快去干活吧!”

王诚如的风格就是提出操作的原则内容，不会在会上就具体的问题耗时间。这样的领导风格让手下人很好干活，不至于像其他单位那样，领导不说话还知道怎么干活，领导越发话越不知道怎么干。

第二天下午，刘书学和雷敏杰就将文稿递给王诚如审核，王诚如提笔改了几个字就让刘书学交给打字室去打字。核校稿后，王诚如签发各个支部和领工区，同时传真给分局组织部、宣传部和党办。

次日一上班，张志刚就把佟玲江叫过来。

“小童，你看看，王诚如动作可真神速啊，我们还在酝酿之中的事，他就发文件了，你结合全分局的实际，就在他的上面修改一下出一份文稿来，下午我就去找郝书记汇报。”佟玲江一看，昨晚可真白忙活了，电务段已经将基本要表达的内容全部列出来了。心里突然冒出了一句:“谢谢了，王书记!”

张志刚好久没有主动打电话给王诚如，这次是得表扬表扬他了。

“诚如，看到你的传真了，你想得可够快啊!”

“张部长，我只是听说，也不知道分局的具体要求，也没有向您请示，如有不妥，您多包涵!”

“没有不妥，一切都可以。我已经安排小童，就在你的文件上放大成分局的背景，下午我就去找郝书记汇报。这次，我真的受你的启发了。”

“张部长，您可不能这样说，我都是你带出来的，有什么不妥的话，您还得担待些!”

“估计郝书记会很高兴,之前都是一些其他部门做方案,我们组织部没有具体的方案,明显没有党组织和党员的活动的内容,你这个出来就为我们提供了炮弹,也让其他人不要对党组织说三道四。”

“没有这么严重吧!”

“你不懂! 等你以后到了分局就知道了!”

张志刚留下的话意味深长,王诚如也一时半会没有搞懂张志刚的话。

庆典活动有条不紊地进行着。这个夏天,米轨铁路上的各个单位歌声不断,各种节目都在排练之中,静等这个日子的到来。许多坐车的旅客经过车站,总能听到许多老歌曲,如《东方红》《唱支山歌给党听》《南泥湾》等,少不了议论,这铁路上怎么了,还不到七月嘛,就开始唱歌了。

下午四点半左右,杨老六带着儿子杨民海来到电务段找王诚如,他依稀记得王诚如在三楼。

王诚如正要出去,一看是杨老六,便赶紧把他让进办公室,边请杨老六和杨民海坐下,边给他们倒茶水。

“民海,叫王叔叔。”

“杨站长,可使不得,叫王哥!”

“王哥好!”

“杨站长,您今天怎么有空来这啊!”

“王书记,民海在你的关照下,已经调到迷拉地车站了。我带着他,主要是来感谢你,如果方便,晚上请你吃顿饭?”

“方便,有什么不方便的。我来请,顺便把车务段的领导也叫过来。”话音落下,王诚如就拨通白家喜的电话。

“白段长,今晚你和张书记都有空吗?”

“怎么了,你要请我们吃饭?”

“是的,车站附近不是新开了家川菜馆吗,我们一起去尝尝?”

“就这么说定,不过张书记下小站去了,我把李应安叫来吧。”

“那咱们说定,六点见!”

王诚如放下电话,告诉杨老六,白家喜段长和李应安会过来。然后把刘书学叫来，当着他们的面让刘书学把他们带到招待所。

“杨站长，你们先到招待所休息一会，五点四十分左右我过来叫你们，你们现在跟着刘干事先过去，我还有点事要处理。”

杨老六和杨民海他们前脚刚走，邢明棠后脚就进来。

“王书记，庆典活动我不是不同意员工参加，但所有活动你都让员工去参加，弄得现场都没有人干活，你说还要不要生产，还保不保安全！”

“邢段长，参加分局庆典活动，是分局的要求，再说当时你也没有说哪些不参加，你现在来告诉我庆典活动影响生产、影响安全，你说怎么办嘛？”

“能不能不歌咏比赛，四五十人的队伍，一下就把蒙自附近的生产人员都抽空了，我也没有办法！”

“歌咏比赛最能代表一个单位的形象，最能看出一个单位的团结和整体风貌，这个不能停，必须参加！邢段长，我觉得出现什么问题就解决什么问题，不要动不动就不参加分局的活动，那还要我们这级组织干什么！”

“行，你行。我说不过你，你看着办吧！”邢明棠气嘟嘟的离开王诚如的办公室。

邢明棠走后，王诚如也在想，是要想个办法，否则最终影响生产也不好交差，到时候会被分局通报的。思来想去，还是得想出个两者兼顾的法子来。

“文林，你过来一下，我有事与你商量。”王诚如还是把电话打给负责生产的李文林。李文林过来后，王诚如简单说了一下邢段长对参加庆典活动会影响生产的担心。李文林一听，实际上是两人对此问题的看法和处理问题的方式不同，但作为副职的他也不好多说什么，静等王诚如的下文。

“文林，你能不能想个法子，把活动与生产两者都兼顾到。”

“王书记，最近生产任务我本来就安排不多，但邢段长的担心也不是没有道理，我想能不能这样，歌咏也调整一下作息时间，尽量安排在下午或者晚上，生产任务我尽量安排在早上。至于安全，我的意思是不参加活动的人员，在安排集中检修的时候都到现场去把关，等检修结束再回来，这样的话，各个方面的工作都能兼顾到。”

“文林，你这个主意好，你就按照你的想法进行调整。关键时候，还是文林能帮我啊！”

“王书记，要是没有其他事，我就去制定方案，争取明天让你和邢段长都过目一下，就下发执行！”

“还有个事，杨老六来了，要不一起陪他吃顿饭？”

“我就不去了，你看这一摊子事。”李文林推脱得有理由，王诚如也不好再强求。

“那好吧，你去忙！”

下班时间，王诚如叫上刘书学一起去吃晚饭。到车站门口，王诚如让刘书学去请杨老六父子，自己先到川菜馆点菜。

正要点菜，李应安出来见到王诚如，赶忙打招呼。

“王书记，菜我已经点好了，白段长已经在包房里喝茶等你们呢。”李应安引着王诚如进了包房。

“白段长，今天说好，我来做东，你可不要抢！我是有理由的。”

“能有什么理由？”

“杨老六，你知道吧，他带着他的儿子杨民海专程来感谢你。他是我的师傅，你说不该我请客吗？”

“哦，杨老六啊，我都有好多年没有见他了。可他是我们车务段的人哪，理所当然我们来请，你说不是吗？我不能让杨老六说车务段无情无义，人走茶凉嘛。”

李应安坐在旁边，觉得这样争来争去意思不大，赶紧站出来说话。

“两位领导，其实坐东坐西无所谓，王书记请客，白段长坐东，我来埋单。”李应安真是担任过办公室主任，一句话说得大家都哈哈大笑。

笑声传到了川菜馆大门，杨老六、杨民海在刘书学的带领下，循着声音就来到了包房里。

一番客气和相互让座后，杨老六勉强地坐到主位上，心里还是有些忐忑不安，脚不听使唤地晃动，连手去拿杯子都拿不稳。

“杨师傅，您没事吧！”白家喜站起来，生怕他有什么事。

“没事，就是脚不听使唤，喝两口酒就没事了。”

不一会，服务员就陆续把菜端上来，李应安已经将酒倒满，不过这次使用牛眼睛杯，正好可以一次一杯。

“怎么样，王书记，你开席吧，已经有三个菜了。”白家喜把这个人情还是交到王诚如的手上。

王诚如站起来，大家伙也跟着站起来。

“今天，杨站长带着儿子杨民海，专程来感谢车务段的领导，白段长亲自帮忙，亲自出席，我和杨站长非常感谢。今后，杨民海在迷拉地要多向师傅们学习，早日像你父亲那样担当重任。我提议，为了杨站长的健康，为了电务段和车务段的情谊，干了！”王诚如简短的致辞，既感谢了车务段，也暗示多培养杨民海，还对杨老六的健康祝福，可谓一箭三雕啊。

第一杯酒喝下，王诚如招呼大家吃菜。白家喜仔细琢磨，这顿饭可真有意思，钱不用自己出，倒落了个好人情。

“白段长，我提议第二杯酒你来，第三杯由杨站长来，三杯之后，各自互敬！”白家喜想王诚如这个家伙年轻气盛，什么事都站在高点上。

“既然王书记都说了，我就来敬第二杯。杨师傅，车务段是你的家，今后常来常往。王书记是您带出来的，这么优秀，让我们都羡慕。我相信，在大家的关心下，杨民海也会成为车务段上的一个优秀职工。今天，也借这个机会，感谢电务段和王书记对我们的关照，祝福杨师傅多保重。干了！”白家喜干了多年的段长，说话也丝毫不在王诚如之下，表达的意思刚刚好，再说就过了。

倒上第三杯酒，杨老六也站起来了，明显感觉还是有些紧张，端着酒杯的手有些颤抖，酒本来就少，又洒了一些，儿子杨民海又给他父亲倒满。

“我不会说什么话，今天感谢各位领导，今后杨民海就拜托各位领导了。”说完，双手托杯一口干了。

“大家先吃会菜吧，要不厨师有意见了！”李应安建议大家先休战一会，把肚子填饱。之后，就是各自敬酒，整个饭局充满着一种温馨、友爱的气氛，少了些相互之间的客气，满满都是工友情谊。

庆典活动以各个地区的歌咏比赛率先拉开帷幕。蒙自地区排在第二家，第一家被昆明北抢先。在蒙自地区包括雨过铺地区在内，共有五家站段级单位，大型站段就只有车务段和电务段，派出的阵容都是 50 人，其余的单位是 30 人。

大合唱讲究的是阵容强大，人多从气势上就占尽先机，不过人多也有人多的麻烦。许多合唱团在声音的控制上很难达到要求。

电务段除规定的《米轨之歌》外，还有自选的歌曲《太行山上》和《铁道游击队之歌——弹起我心爱的土琵琶》，这两首自选歌曲都可以分部演唱，指导老师开始制订的方案是四个分部，但指挥一直达不到状态，只好改为两个分部。王诚如参加过几次排练，总是觉得效果不是太好。但自己不是这方面的专家，他也说不出来到底哪里不好，眼看着只剩一周的时间了，各个方面的状态还是达不到最好的效果。

这天晚上排练快要结束时，栗莉主动请战，她想来试一试指挥。

“栗姐，你学过指挥?”

“应该算学过吧。我在部队的时候就是业余指挥，只是多年不练，有点手生了。”

“没关系，反正权当救火，练一把试试!”

“大家过来，我们的栗监察来指挥，大家配合配合。”王诚如与原先的指挥耳语了几句，大家按照演出的队形围过来，开始从头到尾把三首歌排练一遍。

第一首歌《铁道游击队之歌——弹起我心爱的土琵琶》一结束，大家就开始来劲，似乎找到点感觉了。第二首歌是《米轨之歌》，第三首歌是压轴之作《太行山上》，气势一下就出来了，只是两个分部，稍微欠缺一些。

第一遍过后，指导老师建议由栗莉来指挥。王诚如也没有接话，而是说既然大家的积极性很高，就再来一遍。

两遍过后，大家都不愿散去，已经是晚上十点了，再不走的话，住得远的就没有汽车了。王诚如征求栗莉的意见，栗莉就说，大家都回家吧，已经很晚了，既然大家都信任她，她想想如何做得更好，等明天下午与大家一起探讨。

说完，整个合唱队才解散，各自回家。栗莉也随着整个队伍出门。王诚如有过被人传闻的教训，故意拖在后面，不想再给自己和栗莉惹是非。

第二天下午，分局开筹备庆典活动的电话会议，王诚如并没有出现在排练场。他不知道栗莉对整个演唱形式的改变。

栗莉在与指导老师商定后，将自选的歌曲《太行山上》改为三分部，《铁道游击队之歌——弹起我心爱的土琵琶》改为四分部，而且演唱顺序做了调整。就是先唱《米轨之歌》，接着再唱《太行山上》和《铁道游击队之歌——弹起我心爱的土琵琶》。整个演唱从开始的平缓到逐步提升调子，到最后的四个分部一出来，完全被震撼了。

快下班时，刘书学跑来与王诚如汇报下午的整个合唱情况，连他自己还在激动之中。

“王书记，整个演唱被栗莉一改，唱出了气势，唱出了感觉，我觉得与专业合唱队没有什么两样。”

“真的，假的，才一下午就改变这么大?!”王诚如有些不相信。

“你不信，晚上排练你去看啊!”

吃完晚饭，王诚如带着小黄和小燕子来到排练场。见王诚如过来，栗莉主动过来与他们一家子打招呼。

“她们在家也没事，过来一起看看。”王诚如向栗莉介绍自己的妻子和女儿。

“王书记，全家都过来助阵。”栗莉在表示欢迎后，就告诉王诚如他在第一分部。

“第一分部，就是正常演唱的部分，这没有问题。”

“有问题，每一段的最后两句歌词，你们都要分别唱三遍、四遍。”

“到底是三遍，还是四遍?”

“都有，第二首歌曲唱三遍，第三首歌曲唱四遍。我已经标注好交给刘干事了，你们主要领导都在第一分部。”王诚如到处在看，不知道刘书学在哪里。

“来了，王书记，你的歌词在这里。”刘书学从大门外跑进来赶紧递给王诚如。

“那我们就开始吧!”栗莉看人都到齐了，双手一抬呈一字型，慢慢合拢，大家也就按照队形站好队了。

王诚如不知道自己应站在哪里，就站在第一排的最边上。王诚如身高 1.75 米，不算太高但也不矮。

“王书记，你到最后一排的正中间，旁边是邢段长。”栗莉把王诚如调到最后一排。

第一轮排练结束，小燕子带头鼓掌，围观的职工家属也跟着鼓掌，全场掌声响起。三轮之后，栗莉采取新的排练方式，每一个分部单独排练。其他分部的人就在旁边看和听，出现声音不齐或者有其他情况的，重新开始，直到满意才能过关。

第一分部一上来，第一遍王诚如就跟不上，再练，直到第三遍才勉强过关。弄得王诚如很不好意思。女儿小燕子在旁边不停地给他加油，让观看的人不时发出会心一笑。

正式比赛这天下午，歌咏队只在排练场进行了三遍排练，之后就要求各自回家进行简单的化妆，到晚上七点准时到段上。由于蒙自地区没有大型的演出场地，在分局工会的协助下，把车站的篮球场改成简易舞台兼观众台。好在篮球场四周都有四级台阶，这样就减少了搭舞台的工作。

按照抽签顺序，电务段排在第三家，第一家是车务段。一般来说，第一家在打分上相对要吃亏一些，因为所有的评委不敢把第一家的分数打得太高，否则对第二、三家以及后面的几家来说，就显得不公平。

蒙自车务段比赛结束，分数为 90 分，第二家单位是蒙自水泥厂，分数只有 82 分。

蒙自电务段上场，指挥栗莉一袭紧身的紫红旗袍，恰到好处地显出了她阿娜的身姿，一根细小的指挥棒在她的纤纤小手之中，恰是整个合唱队的灵魂。只见她双手拉开，指挥棒随着她的手指回到中间，乐队奏出声音，前奏就像从她的指挥里飞出一般。

全场的焦点在栗莉的身上和指挥棒上，三首歌曲在她的指挥下，张弛有度、跌宕起伏，在场的观众和评委都被征服了。观众给予他们最热烈的掌声。

98 分，目前全场最高分。

接下来的两家分别获得 89 分和 85 分，蒙自电务段最终获得蒙自地区的第一名，将代表蒙自地区参加 6 月 29 日的全分局歌咏比赛的最终决赛。

栗莉在这次比赛中赢得了大家的尊重。没想到，她以这样的方式被全段职工记住和赞扬。利用颁奖间隙，王诚如走上前去与栗莉握手，对她取得的成绩表示祝贺！

蒙自地区的比赛结束，离 6 月 29 日还有一周。栗莉利用难得的时间，对每一首歌再进行一遍又一遍的排练，力求在分局演唱时更加完美。

6 月 29 日下午两点，在准备出发去分局时，王诚如到现场给队友们打气。排练场上，王诚如站在指挥的位置，向他的队友们发表演唱前的讲话。

“同志们，我的队友们，晚上七点分局歌咏比赛的决赛就要开始，我们排在第四家出场。这是一个好的顺序，希望我们大家继续努力，到分局唱出我们的激情、唱出我们的风采、唱出我们的水平。名次已经不重要了，重要的是要告诉分局的各个单位，我们，蒙自电务段来了！最后，预祝我们唱出好成绩，夺得好名次！”

王诚如讲完之后，栗莉作了简单的交代，演唱人员各自回家准备自己的洗漱用具。

晚上七点歌咏比赛正式开始，之前基本没有更多的内容。宣布歌咏比赛开始的是郝卿明。

“现在，我宣布庆祝米轨铁路通车 80 周年暨分局成立 20 周年歌咏比赛正式开始！”

主持人用 3 分钟时间简单说明了比赛规则，比赛就开始了。第一家演唱的是开远车辆段，第二家是检法两院联合演唱队，第三家是公安分处，第四家是蒙自电务段，分局机关排在第十家出场，后面还有两家。

到第十家分局机关演唱结束后，98.5 分的有分局机关和公安分处两家，蒙自电务段以 98 分排在第三。张志刚过来向王诚如表示祝贺！祝贺蒙自电务段取得了好成绩。

“诚如，你们的指挥气质不错啊！”

“张部长，她就是栗莉！”

“哦，是她！”

张志刚没有再多说话。不一会儿，第十二家的演唱也结束了，得了 87 分。最终，整个比赛的名次也就排定了。主持人大声宣布：

“第一名：分局机关、公安分处，第二名：蒙自电务段，第三名：开远车辆段，其他各队为优秀队，有请分局党委书记郝卿明为第一名的代表队颁奖！”

王诚如代表蒙自电务段代表队接过分局长陈世忠颁给的奖牌，他亲吻奖牌的动作给现场观众留下了深刻的印象，观众也对其报以热烈的掌声和欢呼声。

7 月 1 日上午九点，在分局礼堂举行了隆重的米轨铁路通车 80 周年暨分局成立 20 周年庆典。来自北京、昆明以及沿线各地州市县的代表、先进模范代表，历任分局领导代表和阿迷地区的干部职工近 500 人出席了大会。

路局领导、职工代表和地方政府代表在会上先后发言。陈世忠宣读了分局表彰决定，出席大会的第一排的领导为获奖代表颁奖。

郝卿明在会上发表主旨讲话，讲话分三个部分：第一部分回顾了米轨铁路通车 80 年来的艰苦历程，尤其是分局成立 20 年来的光辉历程，其重点是分局发展和职工队伍的变化；第二部分总结了米轨铁路通车 80 年来，尤其是分局成立 20 年来，在党的领导下取得的辉煌成绩和需要我们在改革开放中坚持的基本经验，突出地将“人心思变、人心思走”转变为“人心思变、人心思改”；第三部分重点描绘米轨铁路发展的光明前景，动员全分局干部和职工进一步发扬“献身边疆建设，振兴米轨铁路”的米轨铁路精神，积极投身铁路改革与发展事业，用出色的工作服务于边疆经济社会和边疆各族人民群众。

上午十点半，庆祝大会圆满结束。按照活动安排，参加分局庆典的嘉宾先参观米轨铁路历史文化陈列馆，路内职工被安排在下午参观。

陈列馆就在车站二楼大厅。由于观众太多，只能分批进入参观，而且每个批次的观众在馆里停留的时间不超过十五分钟。讲解员只能照顾前面的观众，排在后面的观众只有自己浏览了。

庆典晚会安排在晚上八点半，这之前还在车站安排了十分钟的焰火。焰火照亮了车站的整个夜空，引得阿迷市民纷纷到火车站观看。不大的一个城市，数十年来难得有这样喜庆的时刻和瞬间。

庆典晚会开始，歌咏比赛第一名的两个队，组成联合表演队专门演唱《米轨之歌》，由此，拉开了晚会的帷幕。

晚会上表演的人，来自分局各个基层单位，都是一线职工，他们真挚的表演给观众留下了深刻印象。

人生没有多少个20年，只有一个80年，这些都被张志刚撞上了。张志刚看着徐徐落下的晚会大幕，心生无限感慨。他知道，今夜是如此的美好，美好的不忍离去！

张志刚几乎是最后一个走出大礼堂。

抬头仰望夜空，满天的星星都在眨眼。不远处，一颗流星迅速划过。张志刚一惊，感叹道：“我们每一个人又何尝不是那颗流星！”